Bärbel van Alen

Und fort bist du

Ein Düsseldorf-Krimi

Das Buch:

Als die Tessiner Künstlerin Lou Caprini zu einem Besuch in ihrer Heimatstadt Düsseldorf eintrifft, stellt sie zu ihrem Entsetzen fest, dass ihre beste Freundin Tessa verschwunden ist. Lou ahnt sofort, dass etwas Furchtbares geschehen sein muss. In Ihrer Verzweiflung bittet sie den ausgebufften Büdchenbesitzer Lucky um Hilfe. Gemeinsam begibt sich das ungleiche Paar auf Spurensuche. Schnell wird klar: Tessa ist nicht die einzige Person, die im Düsseldorfer Süden vermisst wird. Während die Polizei im Dunkeln tappt, geraten Lucky und Lou nicht nur aneinander, sondern auch in höchste Gefahr. Denn sie haben es mit einem brandgefährlichen Gegner zu tun, der auch vor Mord nicht zurückschreckt. Kann es trotzdem gelingen, den Wettlauf gegen die Zeit zu gewinnen und Tessas Leben zu retten?

Bärbel van Alen ist ein Kind des Düsseldorfer Südens. Aufgewachsen in Benrath, mit erster eigener Wohnung in Urdenbach, ist sie auch heute noch eng mit ihrer Heimat verbunden. Nach ihrem Studium der Germanistik und Philosophie an der Heinrich-Heine-Universität Düsseldorf arbeitete sie als freie Journalistin für Agenturen, Fachzeitschriften und renommierte Tageszeitungen. Mit ihrer Familie lebt sie derzeit im Siegerland und hat nun den ersten Kriminalroman geschrieben, der natürlich in der Stadt spielt, für die ihr Herz schlägt: in Düsseldorf.

Bärbel van Alen

Und fort bist du

Ein Düsseldorf-Krimi

Impressum

1. Auflage
© 2022 Bärbel Althaus

Verfasser:
Bärbel Althaus
Eiserfelder Straße 4
57234 Wilnsdorf
Mail: baerbelvanalen@gmx.de

Umschlaggestaltung: ohne plan B, Agentur für visuelle Kommunikation, Hamburg
Umschlagfoto: Markus Kamp Hobbyfotografie, Düsseldorf
Druck und Bindung: InDemand Printing GmbH, Monheim am Rhein
ISBN: 978-3-00-073682-7

Ohne Wahnsinn gibt es keine Kunst

Salvador Dali

Alle Rechte vorbehalten. Nachdruck, auch auszugsweise, nur mit schriftlicher Genehmigung der Autorin.

Alle Personen und Handlungen sind frei erfunden, etwaige Ähnlichkeiten mit real existierenden Personen sind rein zufällig und nicht beabsichtigt. Auch wenn es manche Orte wirklich gibt, ist dieser Roman trotz einer realen Kulisse ausschließlich eines: der Fantasie entsprungen.

Marken sowie Warenzeichen, die in diesem Buch verwendet werden, sind Eigentum ihrer rechtmäßigen Eigentümer.

Prolog

Still stieg der milchige Nebel aus den feuchten Wiesen der Urdenbacher Kämpe empor. Tessa folgte mit ihrem Blick dem kleinen schwarzen Hund, der freudig und unbekümmert abseits des Weges nach Mäusen buddelte, sodass die dunkle Erde nach allen Seiten stob. Obwohl sie jeden Morgen mit Rocky am Rhein durch die Flussauen lief, fühlte sie sich dieses Mal unbehaglich. Ein Gefühl, das sie sich selbst nicht erklären konnte. Sie fragte sich, ob es an dem immer dichter werdenden Nebel lag oder daran, dass die feuchte Luft das Atmen erschwerte?

Immer öfter verspürte sie den Drang, sich umzuschauen. Doch so sorgfältig sie ihre Umgebung auch in Augenschein nahm, Tessa konnte niemanden entdecken. Offenbar war sie um diese frühe Uhrzeit noch ganz alleine unterwegs in dem weitläufigen Naturschutzgebiet, in dem sich bei schönem Wetter zahlreiche Ausflügler und Spaziergänger tummelten. Sie atmete erleichtert auf und wandte ihren Blick wieder nach vorne. Inzwischen hatte auch Rocky, der trotz seines imposanten Namens unter dem zotteligen Fell ein eher schmächtiges Kerlchen war, sein Buddeln unterbrochen und schien Witterung aufzunehmen. Zumindest reckte er seine feuchte, perlschwarze Nase hoch in die Luft und ließ einen kurzen, unfreundlichen Knurrlaut vernehmen. Tessa fröstelte. Sie zog ihren dicken Mantel enger um sich, als könnte er sie vor allen Unwägbarkeiten des Lebens beschützen. In der Ferne glaubte sie, die Mauern von Haus Bürgel zu erkennen, dem mittelalterlichen Lehngut, das auf den verbliebenen Grundmauern eines alten römischen Kastells errichtet worden war. War sie tatsächlich bereits eine so weite Strecke gegangen oder spielten ihre Augen ihr einen Streich? Sie schreckte aus ihren Gedanken auf, als sie im Unterholz ein leises Knacken vernahm. Gespannt lauschte sie in die Stille hinein, während ihr Blick furchtsam über die Landschaft glitt, als würde das Unheil hier im Verborgenen lauern. Doch nur ein fetter Feldhase kreuzte ihren Weg, nicht ohne sie für einen kurzen Moment neugierig zu mustern. Sie rief nach Rocky, ehe der kleine Terrier-Mischling auf die Idee kommen konnte, seinem Jagdinstinkt nachzugeben und diese vermeintlich leichte Beute zu verfolgen. Nur unwillig setzte ihr Hund sich in Bewegung, um ihr hinterherzutrotten.

Der Gedanke, das trostlose, menschenleere Gebiet zu verlassen und in ihr gemütliches Heim zurückzukehren, beflügelte Tessa ungemein und trieb ihre Schritte voran. Denn in ihrem urigen Fachwerkhaus am Rande des beschaulichen Vororts im Düsseldorfer Süden lockte nicht nur ein wärmender Cappuccino samt dick mit Spekulatiuscreme bestrichener Weißbrotscheibe zum Frühstück. Nein, sie erwartete auch sehnsüchtig den Besuch ihrer besten Freundin Louisa, die vor zwei Jahren der Liebe wegen ins Tessin gezogen war und seitdem die mediterrane Lebensweise in vollen Zügen auskostete. Selbst wenn die einst so stürmische Liebe zu ihrem jetzigen Ex-Freund mittlerweile der Vergangenheit angehörte, war Lou dem Charme dieser bezaubernden Landschaft der Südschweiz erlegen und lebte in einer alten Villa am Monte Bré in einer flippigen Künstler-WG.

Bereits seit der Grundschule waren Lou und Tessa eng verbunden, daran konnten auch die knapp 800 Kilometer, die mittlerweile zwischen ihnen lagen, nichts ändern. So unterschiedlich ihre Wege bis dahin verlaufen waren, zweimal im Jahr trafen sie sich, um im nostalgischen »Weißt-du-noch« zu schwelgen und ausgiebig über Gott, die Welt und natürlich Männer zu tratschen. In wenigen Stunden würden sie sich wieder in den Armen liegen und ihr Wiedersehen mit einem feucht-fröhlichen Umtrunk in der Düsseldorfer Altstadt begießen. Als verschworenes Duo, wie früher, als Lou und sie gemeinsam die Schulbank gedrückt und manche Lehrkraft mit ihren Albernheiten in den Wahnsinn getrieben hatten. Lange bevor sie als Journalistin durchgestartet war und Lou ihrer künstlerischen Kreativität durch das Malen großer, plakativer Landschaftsbilder Ausdruck verliehen hatte.

Trotz der ungemütlichen Temperaturen wurde es Tessa warm ums Herz, als sie an ihre Freundin dachte. Sie hatte ihr so viele Dinge, die ihr auf der Seele brannten, zu erzählen. Lou würde staunen. Sorgsam band sie ihr langes rotbraunes Haar, das sich aus ihrem Zopf gelöst hatte, wieder zusammen und warf einen flüchtigen Blick auf ihre Armbanduhr. Es war kurz vor acht. Noch hatte sie genügend Zeit, alles perfekt für ihren Gast vorzubereiten, die Wohnung auf Hochglanz zu polieren und das Gästezimmer herzurichten, denn sie rechnete erst am späten Vormittag mit Lous Ankunft. Wieder einmal empfand sie es als großes Glück, das denkmalgeschützte Fachwerkhäuschen von ihren Eltern geerbt zu haben. Es hatte einen ganz speziellen Charme, der ihr ein unbezahlbares Heimatgefühl vermittelte.

Gedankenverloren suchte sie nach ihrem Hund, der in den weitläufigen Wiesen verschwunden war. Verdammt! Sie hätte besser aufpassen sollen. Hatte er den Hasen vielleicht doch noch entdeckt? Dann konnte es lange dauern, Rocky zu finden und zur Umkehr zu bewegen. Warum hatte sie ihn nur von der Leine gelassen? Ihr Herzschlag beschleunigte sich wieder und auch das unbehagliche Gefühl kehrte zurück. Tessa verspürte nicht das geringste Verlangen, sich länger als nötig an diesem unwirtlichen Ort aufzuhalten. Die schönen Sommertage, an denen sie ausgedehnte Spaziergänge am Rhein und in der Kämpe genossen hatte, gehörten längst der Vergangenheit an. Jetzt zeigte der November sein unfreundliches Gesicht. Von nun an würde sie eine gemütliche Morgenrunde mit Rocky durch den Benrather Schlosspark drehen, das stand fest. Ihr Smartphone summte leise. Ein Geräusch, das in dieser fast mystisch anmutenden Atmosphäre ungebührend laut erschien. Tessa warf einen Blick auf das Display und musste trotz ihrer Anspannung lachen. Lou hatte ihr ein Foto aus dem Zug geschickt. Mit ihren wirren blonden Locken und ihrem offenherzigen Lächeln vermittelte sie unmittelbar ein beruhigendes Gefühl. Schnell tippte Tessa eine Antwort ein, die sie mit einem Herzsmiley versah.

»*Bin mit Rocky in der Urdenbacher Kämpe spazieren. Ist echt einsam und unheimlich hier. Mache mich jetzt auf den Heimweg. Kann es kaum erwarten, dich zu sehen!*«

Sie fotografierte die im Nebel unwirklich erscheinende Landschaft und schickte den Schnappschuss an Lou. Erneut spürte sie ein unbändiges Glücksgefühl, ihre Freundin bald wiederzusehen. Jetzt musste sie sich wirklich sputen. Nicht allzu weit entfernt hörte sie Rocky kläffen. Alles war gut, auch wenn die feuchte Kälte ihr in die Knochen kroch. Unvermittelt verstummte das hektische Hundegebell und ließ einer beängstigenden Stille Raum. Schlagartig kehrte ihr Unbehagen zurück.

»Rocky?« Tessa konnte nicht verhindern, dass ihre Stimme unsicher klang. »Rocky?!«, rief sie etwas lauter.

Doch sie vernahm nur das leise Gurgeln des Rheins, auf dem bereits zu dieser frühen Stunde Frachtschiffe fuhren. Laut klatschten die Wellen an das Ufer und ließen Erinnerungen an unbeschwerte Jugendtage aufkommen. Wie oft hatten sie früher mit ihrer Clique hier gesessen, Lagerfeuer gemacht und Würstchen gegrillt, immer in Sorge, erwischt und vertrieben zu werden. Unweigerlich musste sie lächeln.

Allerdings verging ihr das Lächeln nur allzu bald, denn Tessa konnte weiterhin keine Spur von ihrem Hund entdecken. Wo war der kleine Racker nur? In der Ferne sah sie die Fähre nach Zons ablegen, auf der sich nur wenige Pendler befanden. Sie beschloss, weiter das Rheinufer abzusuchen, da Rocky es liebte, mit den auflaufenden Wellen zu spielen. Beim Gehen buddelte sie mit ihrer Stiefelspitze einen flachen Kieselstein aus dem feuchten Sand. Sie hockte sich hin und ließ ihn schwungvoll über das Wasser titschen. Einmal, zweimal, dreimal… Dann verschwammen die Kreise, die der Stein hinterlassen hatte, immer mehr, bis er schließlich still im Fluss versank – so als hätte er niemals existiert.

Kapitel 1

Endlich drosselte der Zug seine Geschwindigkeit, was ein deutliches Anzeichen dafür war, dass er bald in den Düsseldorfer Hauptbahnhof einfahren würde. Lou seufzte erleichtert, als sie nach ihrem olivgrünen Rucksack in der Gepäckablage griff. Nach mehr als zwölf Stunden Bahnfahrt hatte sie es endlich geschafft. Jetzt würde es nicht mehr lange dauern, bis sie ihre Freundin Tessa in die Arme schließen konnte. Es war schon viel zu viel Zeit vergangen, seit sie sich das letzte Mal gesehen hatten. Sie zwängte sich ungeduldig an einigen anderen Bahnreisenden vorbei auf den Ausstieg zu. Als sich die Türen des Waggons öffneten, schlug ihr ein kalter Luftschwall entgegen, der sie erschaudern ließ. Das usselige Novemberwetter an diesem Tag war mehr als ungemütlich. Noch immer hing feuchter, undurchdringlicher Nebel in der Luft, gegen den die Sonne keine Chance zu haben schien. Ganz anders als in Lugano, wo an ihrem Abreisetag herrliches Herbstwetter mit Temperaturen knapp unter zwanzig Grad geherrscht hatte. Das war einer der Gründe, warum Lou es selten bereute, Deutschland den Rücken gekehrt zu haben, auch wenn sie ihre Heimatstadt Düsseldorf liebte.

»La città del mio cuore«, murmelte sie leise. Klangvolle Worte, mit denen Lugano bei den Touristen für sich warb, die aber gleichermaßen auf die zweite Stadt ihres Herzens, Düsseldorf, zutrafen. Sie verharrte einen kurzen Moment auf dem zugigen Bahnsteig, um den Reißverschluss ihres Parkas zu schließen. Menschen hasteten eilig an ihr vorbei, ohne ihr die geringste Beachtung zu schenken. Sie alle schienen ein festes Ziel vor Augen zu haben, das sie möglichst schnell erreichen wollten.

Entschlossen schulterte Lou ihren Rucksack und stieg die

Treppe in die hell erleuchtete Bahnhofshalle hinab, wo sie sich suchend umsah. Bevor sie ihre Fahrt zu Tessa fortsetzte, brauchte sie dringend einen kräftigen Koffein-Booster, um die aufkommende Müdigkeit zu bekämpfen. Zwar hatte ihre Freundin ihr ein spätes Frühstück versprochen, doch Lous Lust auf einen starken, süßen Espresso duldete keinen Aufschub. Ah – jetzt sah sie, wonach sie gesucht hatte. Zielsicher steuerte sie eine Starbucks-Filiale an und reihte sich geduldig in die Schlange der Wartenden ein. Währenddessen schrieb sie eine kurze Textnachricht, um Tessa vorzuwarnen, dass sie bald bei ihr eintreffen würde. Doch anders als sonst erhielt sie keine Antwort. Das war mehr als ungewöhnlich, da Tessa das Smartphone nur selten beiseitelegte. Unzählige Male hatte Lou ihre Freundin damit aufgezogen, dass sie glaubte, immer erreichbar sein zu müssen, um bloß nichts Wichtiges zu verpassen. Vermutlich wirbelte sie noch mit ihrem Staubsauger durch das Haus, um Rockys Haarbüschel vom Teppich und dem Sofa zu entfernen, auf dem es sich der Vierbeiner gerne gemütlich machte. Wie immer in allerletzter Minute, bevor ihr Besuch eintraf. Als sie dieses Bild vor Augen hatte, musste Lou grinsen. Manchmal fragte sie sich, wer in dieser Mensch-Hund-Wohngemeinschaft das Sagen hatte. Sie zweifelte stark daran, dass es wirklich Tessa war.

Gleich nachdem sie ihren Espresso getrunken hatte, verließ Lou den Hauptbahnhof und winkte ein Taxi heran, dessen wohlbeleibter Fahrer sich nur unwillig von seinem lammfellbezogenen Sitz erhob, um ihren sperrigen Rucksack in den Kofferraum seines betagten Mercedes zu hieven.

»Wo soll's denn hingehen, junge Frau?«, schnaufte er kurzatmig, wobei sein buschiger, schwarzer Schnauzbart leicht vibrierte.

»In die Gänsestraße nach Urdenbach, aber bitte ab Holthausen über die Bonner Straße«, entgegnete Lou gedankenverloren, während sie zum wiederholten Male einen Blick auf ihr Smartphone warf, auf dem noch immer keine Nachricht von Tessa eingegangen war. Na gut, dann konnte sie es auch nicht ändern. Lou stopfte ihr Handy in die Jackentasche. Spätestens wenn sie vor der Haustür stände, würde Tessa ihre Ankunft bemerken. Sie lehnte ihren Kopf gegen die kühle Autoscheibe, während sich das Taxi im Schneckentempo durch die mit Autos verstopfte Innenstadt quälte. Kein Wunder, dass Düsseldorf im Stau-Ranking immer auf den vorderen Plätzen lag.

Lou atmete erleichtert auf, als sie endlich das Zentrum verließen und der Fahrer beschleunigen konnte. Wie immer wenn sie Tessa besuchte, hatte sie den Taxifahrer darum gebeten, die etwas längere Route am Rhein entlang nach Urdenbach zu nehmen. Das war ihr ganz persönliches Ankunftsritual, an dem sie auch dieses Mal festhalten wollte. Fasziniert fiel ihr Blick auf den mächtigen Strom, der ihr heute besonders grau und massig erschien. Im Vorbeifahren versuchte sie, den Namen eines niederländischen Frachtschiffs zu entziffern, das sich schwerfällig durch die kräftige Strömung stromaufwärts kämpfte. *Dark Mystery* prangte in schwungvollen Lettern auf dem Bug, der sich im Einklang mit dem Wellengang rhythmisch hob und senkte, während gelbliche Gischt nach allen Seiten spritzte. Lou fühlte sich bei diesem Anblick seltsam bewegt. Es war schön, wieder einmal die Heimat zu besuchen. Noch schöner würde es sein, in wenigen Minuten Tessa wiederzusehen, um mit ihr die alte Vertrautheit aufleben zu lassen, die sie seit der Grundschulzeit verband. Ihr Herz klopfte freudig, als das Taxi endlich in der Gänsestraße vor einem schnuckeligen Fachwerkhäuschen stoppte, dessen Blumenkästen mit lilafarbenem Heidekraut,

Scheinbeeren und Tannenzweigen herbstlich bepflanzt worden waren.

»44,80«, brummte der Taxifahrer und ließ Lou für einen kurzen Moment an der Notwendigkeit ihres geliebten Ankunftsrituals zweifeln. Bei diesen saftigen Preisen sollte sie beim nächsten Mal vielleicht lieber die S-Bahn bis Benrath nehmen und sich nur für den Rest der Strecke den Luxus eines Taxis gönnen. Rheinblick hin oder her. Natürlich wäre Tessa auch bereit gewesen, sie vom Bahnhof abzuholen, aber Lou mochte das nicht. Erstens war die Bahn nicht immer pünktlich, was für den Wartenden äußerst nervig sein konnte. Und zweitens liebte sie es, die ersten Minuten nach ihrer Ankunft alleine zu genießen und die Stadt, die sie besuchte, ungestört auf sich wirken zu lassen. Dieser Spleen hatte offensichtlich seinen Preis. Also zückte sie ihr Portemonnaie und drückte dem Fahrer schweren Herzens einen 50-Euro-Schein in die schwielige Hand.

Wenig später stand sie mit ihrem Rucksack allein vor dem Haus, das merkwürdig verlassen wirkte. Offenbar hatte Tessa die Ankunft ihrer Freundin noch gar nicht bemerkt. Verwundert drückte Lou auf den Klingelknopf. Augenblicklich vernahm sie ein melodisches Läuten, das allerdings nicht, wie sonst üblich, von Rockys euphorischem Kläffen untermalt wurde. Stattdessen blieb es still. Totenstill! Lou betätigte die Klingel ein weiteres Mal und versuchte gleichzeitig, durch das Fenster einen Blick in die Küche zu werfen. Sie war menschenleer. Kein Laut drang aus dem Haus zu ihr heraus. Nachdenklich zückte Lou ihr Smartphone und wählte die Nummer ihrer Freundin. Doch nur die Mailbox sprang an. Ein ungutes Gefühl beschlich Lou. Hier stimmte etwas nicht. Hier stimmte sogar etwas ganz und gar nicht! Sonst stürmte ihr Tessa schon entgegen, sobald sie das Taxi vorfahren hörte. Sie war in diesen Dingen absolut zuverlässig. Was sie auch daran hindern mochte, ihre Freundin zu empfangen, musste überaus wichtig sein. Unbewusst kam ein Seufzer über Lous Lippen, als sie ihren Rucksack hinter einem Busch im Vorgarten versteckte. Was sollte sie jetzt bloß tun? Sie zwängte sich vorsichtig zwischen der üppigen Ligusterhecke und der Außenwand des Hauses hindurch, um in den Garten zu gelangen. Warum musste hier nur alles so zugewachsen und unübersichtlich sein? Entnervt klopfte Lou sich den Dreck und einige Blätter von der Kleidung, bevor sie sich gründlicher umsah. Auch hier war keine Spur von Tessa zu entdecken. Lou war ratlos. Sie betrat die Terrasse und linste durch die halbgeschlossenen Gardinen ins Wohnzimmer. Es war unaufgeräumt und wirkte wie ausgestorben. Langsam machte sie sich Sorgen. Zum wiederholten Male wählte sie Tessas Telefonnummer, doch erneut sprang nur die Mailbox an. Lou beschloss, nicht länger untätig zu bleiben. Sie musste etwas unternehmen, denn mittlerweile war die feuchte Kälte mehr als unangenehm. Sie sehnte sich nach einem leckeren Imbiss und vor allem nach einem warmen Bad. Verflucht, wo mochte Tessa sein?

Noch während sie mit der Situation haderte, kam ihr ein Gedanke in den Sinn. Hatte ihr Tessa in den letzten Wochen nicht ständig mit einem Mann in den Ohren gelegen, der ein Büdchen in der Nachbarschaft betrieb? Vielleicht hatte dieser Typ ja eine Idee, wo ihre Freundin sein könnte. Womöglich war sie sogar bei ihm und hatte beim Shoppen und Plaudern einfach die Zeit vergessen. Lou googelte in ihrem Smartphone nach der Adresse. Allzu viele Büdchen konnte es hier in der Gegend ja nicht geben. Aha, das musste es sein, ein Kiosk in der Urdenbacher Dorfstraße. Sie fand, es war einen Versuch wert, dort hinzugehen und nach Tessa zu fragen. Jedenfalls besser, als hier unverrichteter Dinge zu warten und sich den Allerwertesten abzufrieren. Sie zwängte sich erneut an der Ligusterhecke vorbei und schob ihren Rucksack mit dem Fuß noch tiefer in die Büsche, sodass er von der Straße aus nicht zu sehen war. Dann machte sie sich auf den Weg.

Lucky's Luke stand in neongrünen Buchstaben über der Tür des alten Hauses, an dem der graue Putz bereits hier und da abzublättern begann. Neben der großen, blankgewienerten Schaufensterscheibe bemerkte sie ein weiteres kleines Fenster, das aufklappbar war und offenbar dem schnellen Außer-Haus-Verkauf diente. Ein hagerer, langhaariger Mann mit blondem Zopf und Musketierbärtchen hatte es sich trotz der Kälte auf einem Klappstuhl vor eben dieser Luke bequem gemacht und nippte sichtlich beseelt an einer dampfenden Tasse Tee. Gleichzeitig blätterte er in einem dicken Buch, von dem er derart gefesselt zu sein schien, dass er für Lou nicht einmal das Zucken eines Augenlides erübrigte. Unmittelbar neben ihm und dem Klappfenster hing eine dicke Schiffsglocke aus Messing, mit der man klangvoll auf sich aufmerksam machen konnte. Lou überlegte kurz, ob sie den merkwürdigen Freak stören und die Glocke betätigen sollte. Dann aber entschied sie sich anders. Entschlossen strich sie sich durch ihre unbändige Lockenpracht und trat in den kleinen Verkaufsraum ein. Sofort war sie angenehm überrascht von der Atmosphäre, die sie umfing. Offensichtlich gab es hier – trotz der räumlichen Enge – alles, was das Herz eines Büdchenbesuchers begehrte. Während an den Wänden in urigen Holzregalen klare Schnäpse, Whiskys, Weine und andere Alkoholika sorgfältig in Reih und Glied aufgereiht standen, türmten sich daneben sämtliche Chips-Verführungen, die man für einen gemütlichen Fernsehabend auf der Couch benötigte. Lous Blick fiel auf eine beträchtliche Anzahl an bauchigen

Gläsern mit einem bunten Sortiment an Süßigkeiten, die sie als Kind geliebt hatte. Lollis, Leckmuscheln, Lakritze, Weingummis in allen Formen und Farben, Salinos, bunte Bonbons und Bubblegums, die man sich in beliebiger Menge in spitze Papiertütchen füllen lassen konnte, je nachdem, wie viel Taschengeld zur Verfügung stand. Sie registrierte unzählige in Kästchen verpackte Spielzeugautos, Stapel an Glanzbildern, Sammelhefte für Fußballfans und ein beachtliches Sortiment an Comics. Außerdem Fachzeitschriften, die insbesondere Autos, Motorräder und Rockmusik zum Thema hatten. In der Ecke des winzigen Raumes prunkte eine nostalgisch anmutende Eistruhe, die Kindheitserinnerungen an heiße Sommer und klebriges Wassereis aufkommen ließ. Die auffällige amerikanische Blechreklame aus den 70er-Jahren hätte es gar nicht gebraucht, um dieses Schmuckstück in Szene zu setzten. Daneben wurden auf einer Schiefertafel in akkurater Kreideschrift belegte Butterbrote und Kaffee angeboten. Es war, als wäre mit dem Betreten von *Lucky's Luke* ein wohltuender Abstecher in die Vergangenheit verbunden.

Trotz ihrer Anspannung und der Sorgen um Tessa musste Lou in diesem Ambiente unwillkürlich lächeln. Erst jetzt bemerkte sie, dass aus einem angrenzenden Raum ein großgewachsener, schlanker Mann hinter die Ladentheke getreten war, der sie fragend ansah.

»Darf ich Ihnen behilflich sein?«

Neugierig musterte Lou den Fremden, wobei sie sich fragte, ob dieser Mann Tessas Bekannter war, von dem sie in letzter Zeit so häufig gesprochen hatte? Auf den ersten Blick passte er gar nicht zu ihrer stets auf perfektes Styling bedachten Freundin. Viel zu salopp war sein Aussehen. Sein dunkles, leicht gewelltes Haar fiel lang über den Kragen, offenbar hatte er sich seit Tagen nicht rasiert, und sein kariertes Hemd, das er offen über einem schwarzen T-Shirt trug, zeigte deutliche Knitterspuren. Unter seinen wachsamen, stahlblauen Augen bemerkte sie dunkle Ringe, als hätte er in letzter Zeit nicht ausreichend geschlafen. Sein Alter konnte sie nur schwer einschätzen. Er wirkte nicht älter als 30, höchstens 35, doch in seinem Blick lag etwas, das ihn deutlich reifer erscheinen ließ. Als Künstlerin nahm sie oftmals Nuancen wahr, die den meisten Menschen verborgen blieben. Dass dieser Mann anders als die versnobten Business-Typen war, mit denen Tessa sich sonst umgab, daran hatte sie keinen Zweifel. Leise räusperte sie sich.

»Ich hoffe tatsächlich, dass Sie mir helfen können. Mein Name ist Louisa Caprini. Ich bin eine Freundin von Tessa Tiede.«

Als er ihre Worte vernahm, erschien unvermittelt ein warmes Lächeln auf seinem Gesicht.

»Wie schön. Sie sind also die berühmt-berüchtigte Lou aus dem Tessin. Tessa hat mir erzählt, dass sie Ihren Besuch erwartet. Ich bin übrigens Lucky.«

Er trat hinter der Theke hervor und reichte ihr die Hand, wobei ihr auf der Innenseite seines Unterarms ein ungewöhnliches Tattoo mit einem Schwertfisch ins Auge fiel.

»Was kann ich für Sie tun, Louisa? Hat Tessa vergessen, ausreichend Alkohol für den geplanten Mädelsabend einzukaufen? Das Problem können wir mit Leichtigkeit lösen.« Er wies mit einer lässigen Geste auf das Spirituosenregal.

Lou kam unbewusst ein Seufzer über die Lippen. »Das wäre das geringste Problem. Ehrlich gesagt hatte ich gehofft, Sie wüssten vielleicht, wo Tessa sich derzeit aufhält.« Hoffnungsvoll sah Lou ihn an. »Sie war bei meiner Ankunft nicht zu Hause und auf ihrem Smartphone springt nur die Mailbox an. Dabei weiß sie genau, dass ich am späten Vormittag eintreffe. Wir haben heute Morgen noch Nachrichten ausgetauscht.« Sie holte ihr Handy hervor und zeigte Lucky das Foto, das Tessa in den nebligen Rheinauen gemacht hatte.

»Womöglich hat ihr Spaziergang länger gedauert als beabsichtigt.« Lucky zuckte mit den Schultern. »Vielleicht ist Rocky wieder auf Hasenjagd gegangen und sie musste ihn suchen.« Er grinste breit. »Soweit ich weiß, macht der kleine Racker das häufiger. Letztens hat er sich bei einem seiner spontanen Ausflüge sogar ein Stück seines Ohres an einem Stacheldrahtzaun abgerissen.«

Lou schüttelte energisch den Kopf. »Tessa würde mich niemals grundlos so lange vor verschlossenen Türen stehen lassen. Sie müsste längst daheim sein. Ich habe Sturm geläutet und mich wie ein Einbrecher in den Garten geschlichen, um ins Haus zu schauen. Keine Spur von ihr. Ich mache mir wirklich Sorgen und weiß nicht, an wen ich mich sonst wenden könnte. Von Ihnen hat sie mir gelegentlich erzählt und ich hoffte, dass Sie mir vielleicht …« Sie brach den Satz ab. Ein Gefühl der Hoffnungslosigkeit überkam sie. Wie sollte ihr dieser Mann helfen? Ein zwar freundlicher, aber im Grunde unbeteiligter Büdcheninhaber, der von bunten Comicheften, Glanzbildern, Süßkram und Spielzeugautos umgeben war. Es war absurd.

»Haben Sie schon bei der Polizei und in den umliegenden Krankenhäusern nachgefragt, ob es vielleicht einen Unfall gegeben hat?«, unterbrach er ihre Überlegungen.

Lou schüttelte niedergeschlagen den Kopf. Daran hatte sie bislang nicht denken wollen. Es war angenehmer gewesen, nach anderen Erklärungen zu suchen.

»Soll ich das übernehmen?« Er warf ihr einen fragenden Blick zu, den Lou nur mit einem stummen Nicken beantworteten konnte. Lucky griff nach seinem Smartphone und ging in den Nebenraum, aus dem sie ihn bald darauf leise telefonieren hörte. Es dauerte nicht allzu lange, bis er mit einem nachdenklichen Gesichtsausdruck zu ihr zurückkam.

»Nichts«, bemerkte er achselzuckend. »Es liegen keine entsprechenden Meldungen vor.«

»Und jetzt?« Lou bemühte sich um einen festen Klang ihrer Stimme, obwohl sie sich hilflos fühlte.

»Jetzt ...«, er griff nach einem Schlüssel, der hinter der Ladentheke in einer bunt glasierten Tonschale lag, zog eine Lederjacke an und dirigierte Lou sanft, aber bestimmt zur Tür hinaus, »jetzt haben wir genug gesabbelt. Wir gehen Tessa suchen!«

Der merkwürdige Teetrinker saß noch immer an seinem Platz und war in das Buch vertieft, als sie das Büdchen verließen. ›Enzyklopädie der psychoaktiven Pflanzen‹ entzifferte Lou den Titel seines dicken Schmökers. Aha, Luckys Kunde schien offenbar spezielle Interessen zu haben.

»Hey, Johnson, kannst du hier übernehmen und nachher abschließen?« Lucky warf dem Mann seinen Ladenschlüssel zu, den dieser bemerkenswert reaktionsschnell auffing. »Ich hab was Dringendes zu erledigen.«

»Logo.« Der Mann, den ihr Begleiter Johnson genannt hatte, hob nicht einmal den Kopf, sondern las unbeirrt weiter. Zwar wunderte sich Lou, dass Lucky diesem komischen Typen sein Geschäft anvertraute, aber ihr konnte es nur recht sein, denn sonst hätte sie womöglich auf seine Hilfe verzichten müssen.

Nach nur wenigen Minuten standen sie gemeinsam vor Tessas Haustür und Lucky betätigte die Klingel. Abermals verlor sich das Läuten in der Leere des Hauses. Keine Reaktion, kein Kläffen, nur beunruhigende Stille.

»Ich würde sagen, wir schauen uns mal hinter dem Haus um«, schlug Lucky vor.

»Da brauchen wir nicht zu suchen«, seufzte Lou. »Im Garten war ich vorhin schon. Das führt zu nichts.«

»Da bin ich völlig anderer Meinung«, widersprach Lucky, bevor er sich, wie Lou kurz zuvor, den Weg an der Ligusterhecke vorbei in den Garten bahnte. Lou folgte ihm lustlos. Auch wenn sie dankbar war, dass er ihr half, wusste sie nicht, was das bringen sollte. Doch ihr Begleiter schien ganz eigene Pläne zu verfolgen. Er warf einen flüchtigen Blick durch alle Fenster, bevor er vorsichtig an der Terrassentür rüttelte.

»Das kannst du vergessen«, maulte Lou, die unbewusst dazu übergegangen war, Lucky zu duzen. »Die Tür ist abgeschlossen.«

Lucky ignorierte ihren Einwand. Stattdessen ging er zu einer schmalen Treppe an der Längsseite des Hauses, die hinunter in den Keller führte. Von der Straße aus war die Sicht auf diesen Teil des Gartens durch einen Anbau weitestgehend verdeckt. Leichtfüßig lief er die Stufen hinunter, während Lou sich ihm nur zögernd anschloss. Vor der Kellertür zog er aus der Innentasche seiner Jacke ein schwarzes Lederetui mit einem Lockpicking-Set hervor. Überrascht starrte sie ihn an, aber er zuckte nur gelassen mit den Schultern und grinste schief.

»Du willst Antworten, Lou? Vielleicht bekommen wir diese Antworten, wenn wir uns Zugang zum Haus verschaffen. Ganz abgesehen davon, dass wir hier rein müssen, damit du während deines Aufenthalts irgendwo wohnen kannst. Oder sehe ich das falsch?«

Er fingerte nach zwei schmalen, silbernen Instrumenten, die auch zu einem OP-Besteck hätten gehören können, und öffnete in Sekundenschnelle absolut geräuschlos das Schloss. Es sah keineswegs aus, als hätte er das zum ersten Mal gemacht, stellte Lou befremdet fest. Lucky drückte die Klinke nach unten und schob langsam die Tür auf, wobei ihre Scharniere kaum vernehmbar knirschten. Dann nickte er Lou zu und gab ihr ein Zeichen, ihm zu folgen. Ihre Augen gewöhnten sich nur langsam an die Dunkelheit, die sie im Inneren des Hauses umfing, nachdem Lucky die Kellertür wieder verschlossen hatte. Erst jetzt schaltete er die Taschenlampe seines Smartphones ein. Wie es schien, waren sie in Tessas Waschküche gelandet. Auf der linken Seite standen Waschmaschine und Trockner, daneben ein zusammenklappbarer Wäscheständer und mehrere Körbe mit sorgsam nach Farben sortierter Schmutzwäsche. Sie folgte Lucky in den angrenzenden Kellerraum, in dem sich zahlreiche Getränkekästen, eine kleine Auswahl an Weinen sowie ein üppig mit Konserven befülltes Regal befanden. Unbeabsichtigt entfuhr Lou ein kurzer, spitzer Schrei, als sich eine dicke, braun-graue Hauswinkelspinne, die von den ungewohnten Eindringlingen und dem hellen Lichtstrahl aufgeschreckt worden war, aus ihrem Versteck hinter einem Pappkarton hervortraute und auf sie zu krabbelte. Sie begegnete Luckys warnendem Blick, der sie daran erinnerte, dass sie keineswegs die Aufmerksamkeit der Nachbarn erregen wollten. Er schaute kurz in den Heizungskeller und deutete dann nach oben. Leise stiegen sie die steile Kellertreppe empor, öffneten die Verbindungstür zum Flur und betraten den Wohnbereich. Lou bemerkte sofort, dass am Schlüsselbrett neben der Haustür, wo sonst Tessas Hausschlüssel und Rockys Leine hingen, nur der Zweitschlüssel baumelte. Entweder war sie nach ihrem Spaziergang nicht wieder zurückgekehrt oder sie hatte ihr Haus ein weiteres Mal verlassen. Aufmerksam durchsuchte Lucky das Erdgeschoss, wobei er einen prüfenden Blick in sämtliche Räume warf. Dann schloss er die Vorhänge zur Straße.

»Schließlich muss nicht jeder sehen, dass wir uns hier aufhalten, nicht wahr?«, raunte er ihr zu. »Warte hier, ich schau mich mal kurz oben um.« Mit federnden Schritten sprintete er die knarzende Holztreppe zum ersten Stock empor, in dem sich neben dem Schlafzimmer auch Tessas Arbeits- und Gästezimmer, eine kleine Dachkammer sowie ihr Bad befanden. Darüber war nur noch ein Spitzboden, den Tessa als Abstellraum nutzte.

»Hier ist auch niemand«, hörte Lou seine gedämpfte Stimme aus dem Obergeschoss. »Aber«, er kam langsam wieder zu ihr herunter, »im Grunde haben wir es nicht anders erwartet, nicht wahr?«

Er ließ sich in Tessas abgewetzten, antiledernen Ohrensessel fallen, der vor dem kleinen Kamin im Wohnzimmer stand. Lou setzte sich ihm gegenüber auf die Couch. Sie fühlte sich, als wäre ihr jegliche Energie entzogen worden.

»Wir müssen Tessa bei der Polizei als vermisst melden«, flüsterte sie kraftlos. »Es muss nach ihr gesucht werden.«

Lucky lachte leise auf. »Vergiss es, Lou. Tessa ist eine erwachsene Frau. Sie kann machen, was sie will, und gehen, wohin sie will, ohne sich bei jemandem abmelden zu müssen. Es interessiert niemanden, wenn sie ein paar Stunden später als üblich nach Hause kommt.«

»Aber wir müssen doch etwas unternehmen!« Lou spürte einen leichten Anflug von Panik in sich aufsteigen, bei dem Gedanken, dass Lucky sie in dieser Situation allein lassen könnte. »Du weißt ebenso gut wie ich, dass ihr Verschwinden ungewöhnlich ist. Sonst wärst du nicht wie ein Krimineller mit mir in ihr Haus eingebrochen.«

Lucky verzog keine Miene, sondern warf einen Blick auf seine Uhr. Na klar, er musste zurück in sein Büdchen, das er mitten am Tag spontan und ohne lange zu überlegen für sie im Stich gelassen hatte.

»Zeigst du mir bitte noch mal das Foto, das Tessa dir heute Morgen geschickt hat?«, riss seine Stimme sie aus ihren trüben Gedanken. Im Nu hatte Lou das Bild parat und reichte ihm ihr Smartphone.

»Ich denke, ich weiß, wo sie das fotografiert hat. Siehst du diesen abgestorbenen Baum?« Er tippte mit seinem Finger vorsichtig auf das Handydisplay. »Wenn mich nicht alles täuscht, befindet er sich in der Nähe des Auslegers.«

Er erhob sich und griff nach seiner Lederjacke. »Ich schlage vor, du holst deinen Kram ins Haus und richtest dich ein. Ich komme gleich motorisiert wieder, um dich zu einem kleinen Erkundungstrip abzuholen. Oder willst du lieber in einem Hotel einchecken?«

Lou überlegte nur kurz, ehe sie den Kopf schüttelte. »Nein, ich bleibe hier. Ich möchte im Haus sein, wenn Tessa zurückkommt. Ganz abgesehen davon, dass ich derzeit knapp bei Kasse bin und mir ein Hotel nicht leisten kann.«

»Gut«, nickte er ihr zu. »Was denkst du, wie lange du brauchst, bis du fertig bist? Vielleicht möchtest du etwas essen oder dich ein bisschen ausruhen. Schließlich bist du schon lange unterwegs.«

Lou winkte ab. »Ich möchte nur eines: dass sich diese Angelegenheit möglichst bald aufklärt und ich mir keine Sorgen mehr um Tessa machen muss.«

Er berührte kurz tröstend mit seiner Hand ihre Schulter, bevor er das Haus ganz ungezwungen durch die Vordertür verließ. Als hätte er einen Besuch bei einer guten Freundin gemacht, wie vermutlich unzählige Male zuvor. Sie sah ihm nach und fragte sich, in welcher Beziehung er wohl zu Tessa stehen mochte. Zwar hatte ihre Freundin Lucky häufig erwähnt, sich aber nicht dazu geäußert, wie eng ihr Verhältnis zu ihm tatsächlich war. Bisher hatte Lou sich auch nie Gedanken darüber gemacht. Es hatte keine Rolle gespielt. Bis heute.

Lucky hielt Wort und stand nur kurze Zeit später mit einer schwarz-silbernen Harley-Davidson Fat Boy vor der Tür. Er reichte ihr einen Helm. »Steig auf! Wir fahren zum Ausleger und starten dort mit unserer Suche. Vielleicht haben wir Glück und finden Tessa.«

Etwas unbeholfen stülpte Lou den Helm über ihre blonden Locken, ehe sie mit einem mulmigen Gefühl hinter ihm auf dem Soziussitz Platz nahm. Eigentlich hatte sie eher an ein Auto gedacht, als er sagte, er würde sie abholen. Aber sie wollte nicht zugeben, dass sie noch niemals zuvor auf einem Motorrad gesessen hatte und diesen Dingern gründlich misstraute. Doch wie es schien, war ihm ihre Unsicherheit nicht entgangen.

»Alles klar?« Er drehte sich zu ihr um und nickte ihr aufmunternd zu. »Halt dich einfach gut an mir fest und passe dich dem Fluss meiner Bewegungen an.«

Lou schluckte nervös, als sie ihre Arme zaghaft um den Körper des Mannes schlang, der vor ihr saß. Ein Mann, den sie kaum kannte, dessen Hilfe sie aber dringend benötigte, wenn sie Tessa finden wollte.

Wenige Augenblicke später hatte Lou ihre Angst völlig vergessen. Es war wie ein Rausch, auf dem Motorrad die Strecke zum Rheinufer zurückzulegen. Die Bäume am Straßenrand flogen nur so vorbei und die Landschaft verwischte zu einem verschwommenen Farbenspiel aus nebelzarten Pastelltönen. In Gedanken begann sie bereits, diese inspirierenden Eindrücke zu einem Kunstwerk zu verarbeiten. Wie gerne hätte sie sich jetzt an ihre Staffelei gestellt, auf der Palette einzigartige Farben gemischt und diese nahezu unberührte Natur mit geübtem Pinselstrich auf die Leinwand gebannt. Sie fühlte sich unbeschwert, ja beinahe glücklich, als sie sich diesem wundervollen Moment hingab. Doch als Lucky das Tempo seiner Harley verlangsamte, wurde ihr schlagartig bewusst, dass es nicht den geringsten Grund gab, ein solches Hochgefühl zu empfinden. Zumindest nicht, solange Tessas Schicksal ungewiss war. Lucky stoppte die Maschine vor einem Ausflugslokal, das in unmittelbarer Nähe zur Anlegestelle der Fähre nach Zons lag. Sie sah sich um. Bei sonnigem Wetter war es bestimmt wunderschön an diesem Ort, der jetzt allerdings eher ungastlich wirkte. Eine uralte Linde, die neben dem Gasthof stand, reckte ihre Äste in den Himmel und setzte mit ihrem dürftigen Laubkleid ein unübersehbares Zeichen dafür, dass der Sommer sich längst verabschiedet hatte. Ebenso wie die vereinsamte Terrasse, auf der sich bei warmen Temperaturen sicherlich zahlreiche Ausflügler tummelten. Jetzt war das Restaurant allerdings geschlossen, denn Spaziergänger oder Fahrradfahrer verirrten sich nur noch selten hierher. Gedankenverloren folgte sie Lucky, der bereits zielsicher den Weg zum Ufer eingeschlagen hatte und dabei lautstark nach Tessa und Rocky rief. Erfolg hatte er damit jedoch nicht, denn außer ein paar Möwen, die höhnisch schreiend über dem Rheinufer kreisten, antwortete ihm niemand.

Lou begann unkontrolliert zu zittern. Das lag nicht nur an den niedrigen Temperaturen und ihrer Müdigkeit, sondern maßgeblich an der Angst, die langsam, aber kontinuierlich ihren Körper hinaufkroch und ihr förmlich die Luft zum Atmen raubte. Was war bloß mit Tessa geschehen? Diese Frage hatte sich in ihrem Gehirn festgefressen und hinderte sie daran, einen klaren Gedanken zu fassen. Das Plätschern des Rheins, das sie bislang immer als beruhigend empfunden hatte, ließ sie nun erschaudern. Der große Strom, an dessen Ufer in einiger Entfernung ein alter, rostiger Lastkahn ankerte, der behäbig in den

Wellen hin und her schaukelte, wirkte heute erschreckend bedrohlich auf sie. Zum wiederholten Male ließ sie ihren Blick zu Lucky wandern, der den befestigten Weg verlassen hatte und systematisch die Uferböschung absuchte. Er hatte sich bereits ein ganzes Stück von ihr entfernt. Irgendetwas an diesem Typen kam ihr sonderbar vor. Lou konnte zwar nicht mit Bestimmtheit sagen, was es war, aber Lucky wirkte auf sie nicht wie jemand, dessen Lebenstraum es war, im gutbürgerlichen Umfeld Bier, Chips und Süßigkeiten zu verkaufen. Was in aller Welt hatte ihn also dazu gebracht, gerade hier ein Büdchen aufzumachen? In der Düsseldorfer Altstadt oder auf dem Hamburger Kiez hätte sie ihn sich vielleicht noch vorstellen können, aber im beschaulichen Urdenbach? Es gab offenbar nicht nur ein Rätsel zu lösen. Nachdenklich beobachtete sie seine Silhouette, die in den Nebelschwaden am Rheinufer fast gespenstisch wirkte. Es war einer dieser furchtbaren Novembertage, an denen es gar nicht richtig hell wurde. Sie hasste die düstere Jahreszeit und sehnte sich nach Sommer, Sonne und angenehm warmen Temperaturen. Lou schloss die Lider, um sich den Luganer See in Erinnerung zu rufen, auf dem im Sonnenlicht stets kleine Lichter funkelten, die Balsam für ihre Seele waren. Balsam, den sie jetzt dringend brauchte. Als sie die Augen wieder öffnete, sah sie, dass Lucky umgekehrt war und gemächlich auf sie zu schlenderte.

»Hier ist niemand«, bemerkte er achselzuckend, als er schließlich unmittelbar vor ihr stand. »Weder am Ufer noch auf dem parallel verlaufenden Pfad oder im angrenzenden Gehölz. Allerdings kann ich jetzt unmöglich das ganze Gelände durchkämmen. Es ist viel zu weitläufig. Ich schlage vor, wir fahren zurück. Wir verschwenden nur unsere Zeit.«

Ein Seufzer der Enttäuschung kam über Lous Lippen, aber

sie musste einsehen, dass Lucky recht hatte. Es brachte nichts, noch länger die verlassene Gegend abzusuchen. Wenn Tessa und Rocky in Reichweite wären, hätten sie sie finden müssen. Doch der Gedanke daran, den Abend und die Nacht ohne ihre Freundin und voller Sorge allein in dem alten Fachwerkhaus verbringen zu müssen, bereitete ihr Unbehagen. Auch wenn sie dieses Gefühl Lucky gegenüber nie zugegeben hätte, nahm es immer mehr Raum ein.

Während der Rückfahrt hoffte sie inständig, Tessa könnte mittlerweile zu Hause und alles nur ein dummes Missverständnis gewesen sein. Doch als sie mit dem Ersatzschlüssel die Haustür öffnete, schlug ihr erneut bedrückende Stille entgegen. Lucky lehnte im Türrahmen und warf ihr einen prüfenden Blick zu.

»Wie sieht's aus, Lou? Hast du Lust, mit mir zum Italiener an der Ecke zu gehen? Du hast bestimmt Hunger und wir könnten dort bei einem leckeren Essen und ein paar Gläsern Wein unser Kennenlernen begießen und das weitere Vorgehen besprechen? Ich lade dich ein.«

»Gerne.« Ohne nur einen Moment zu zögern, stimmte Lou seinem Vorschlag zu. Auch wenn es vielleicht ein miserabler Zeitpunkt war, die neue Bekanntschaft mit Lucky zu feiern, war alles besser, als alleine zu sein. Ganz abgesehen davon, dass sich ihr Hungergefühl inzwischen spürbar meldete.

Es war bereits dunkel, als Lucky die Tür zu dem kleinen italienischen Lokal aufstieß, von dem er gesprochen hatte. Lou erinnerte sich, dass in diesem Eckhaus aus rotem Backstein, über dessen Eingang nun der Schriftzug *da noi – Cucina Italiana* italienische Gaumenfreuden verhieß, früher eine Grillstube gewesen war. Präziser gesagt: die angesagteste Grillstube Urdenbachs, in der es die knusprigsten Hähnchen und krossesten Pommes frites weit über den Düsseldorfer Süden hinaus gegeben hatte. Vor allem der Radieschensalat war legendär gewesen. Inzwischen war der typische Pommes-Geruch verflogen und dem verführerischen Aroma italienischer Kräuter gewichen. Für einen kurzen Moment fühlte sie sich ins Tessin zurückversetzt, wo in ihrer WG häufig gemeinsam gekocht, gegessen und gelacht wurde. Sie sehnte sich nach dieser vergnügten Gesellschaft, in der kein Raum für Trübsal und Kummer zu sein schien. Gedankenverloren folgte sie Lucky zu einem der hübsch eingedeckten Tische am Fenster. Wieder bemerkte Lou, wie hungrig sie war. Seit gestern Abend, als sie voller Vorfreude auf ein Wiedersehen mit Tessa in den Zug nach Düsseldorf gestiegen war, hatte sie kaum etwas gegessen. Ungeduldig studierte sie die Speisekarte, während ihr schon bei dem Gedanken an das Essen das Wasser im Munde zusammenlief.

»Ciao Lucky!« Die Bedienung lächelte Lous Begleiter freundlich an. »Was darf ich euch bringen? Habt ihr schon gewählt?« Offensichtlich war Lucky hier bestens bekannt. Fragend sah er sie an. »Weißt du schon, worauf du Appetit hast?«

Lou musste nicht lange überlegen. »Ich möchte die Pizza Primavera«, entschied sie bestimmt.

»Okay.« Lucky wandte sich wieder der Servicekraft zu. »Dann nehmen wir einmal die Primavera und eine Pizza Inferno mit viel Peperoni. Und dazu eine Flasche Valpolicella. Oder möchtest du etwas anderes trinken, Lou? Vielleicht lieber ein Wasser?«

»Nein, vielen Dank«, wehrte sie ab. »Wein ist perfekt.«

Ihr kam die Situation völlig absurd vor. Eigentlich sollte sie jetzt mit Tessa in der Altstadt ausgelassen ihr Wiedersehen feiern, stattdessen saß sie mit ihrer neuen Bekanntschaft beim Essen und machte sich Sorgen. Sie schaute in Luckys markantes Gesicht, das ihr bereits vertraut erschien, obwohl sie ihn gerade erst kennengelernt hatte und nahezu nichts über ihn wusste. Vielleicht konnte sie das heute Abend ändern.

»Hast du auch einen richtigen Namen?« Lou nippte an ihrem Wein, den die Kellnerin mittlerweile serviert hatte, und sah ihn neugierig an.

»Klar, wer hat das nicht?« Er zögerte einen kurzen Moment. »Ich heiße Alex Luckmann, aber alle meine Freunde nennen mich Lucky.« Er krempelte sich die Ärmel seines Hemdes hoch, sodass Lous Blick erneut auf das sonderbare Tattoo fiel.

»Du wirkst nicht unbedingt wie ein Kioskbesitzer«, entfuhr es ihr unbeabsichtigt.

Lucky grinste. »Da siehst du, wie man sich täuschen kann. So mancher ist in Wahrheit nicht das, was er nach außen hin vorgibt zu sein, nicht wahr? Das macht das Leben spannend. Man kann immer wieder Überraschendes erleben. Wie wirke ich denn auf dich?«

Sie überlegte kurz. »Ich hätte eher auf einen Rockstar getippt!«

Jetzt lachte er laut auf. »Schön wär's. Aber da muss ich dich leider enttäuschen. Auch wenn ich ein bisschen auf der Gitarre schrammeln kann, bin ich von einem Rockstar meilenweit entfernt. Für das Lagerfeuer im Pfadfindercamp würde es gerade so reichen.«

»Bist du eng mit Tessa befreundet?«

»Wie man's nimmt. Wir haben uns ab und an unterhalten, wenn sie zu mir ins Büdchen kam. Gelegentlich habe ich ihr auch bei Reparaturen oder Renovierungsarbeiten im Haus geholfen. Wie du als quasi Einheimische sicher weißt, ist Urdenbach auf gewisse Weise immer noch ein Dorf. Man kennt und hilft sich gegenseitig.«

»Prego.« Mit einem freundlichen Lächeln wurden ihnen in diesem Moment ihre Pizzen serviert. Luckys Augen leuchteten auf. »Mensch, hab ich einen Hunger. Für eine gute Pizza könnte ich sterben.«

»Soweit würde ich jetzt nicht gehen«, gab Lou zurück. »Aber ich muss zugeben, dass Pizza in unserer WG quasi ein Grundnahrungsmittel ist.«

»Klingt nach einem Ort, an dem man sich wohlfühlen kann«, lachte Lucky.

»Stimmt, aber das ist Urdenbach ebenfalls. Lebst du schon lange hier?«

Er schüttelte langsam den Kopf. »Erst seit ein paar Monaten. Ich brauchte eine Auszeit von meinem alten Leben. Zumindest eine temporäre Veränderung. Wie du anscheinend auch, oder? Tessa hat mir erzählt, dass du nach Lugano gezogen bist, um Bilder zu malen. Klingt inspirierend, würde ich sagen.«

»Das ist es wirklich«, pflichtete sie ihm bei. »Apropos Tessa. Was werden wir als Nächstes unternehmen, um sie zu finden? Hast du schon eine Idee?«

Er rieb sich nachdenklich über die dunklen Bartstoppeln.

»Ich schlage vor, dass wir zuerst in ihrem Haus nach Hinweisen suchen. Sie ist doch Journalistin. Womöglich war sie einer spannenden Story auf der Spur und ist den falschen Leuten auf die Füße getreten. Wir filzen ihre Schränke und ihren PC, vielleicht finden wir dabei etwas Interessantes. Oder hast du Bedenken, ihre Sachen zu durchsuchen? Ich mache nichts, wozu du nicht ausdrücklich dein Okay gibst.«

»Wenn es hilft, Tessa zu finden, bin ich zu allem bereit«, sagte Lou entschlossen.

»Na also, das wollte ich hören.« Lucky schob sich genussvoll das letzte Stück seiner Pizza in den Mund und nickte zufrieden. »Und falls Tessa in den nächsten Tagen nicht wieder auftauchen sollte, werden wir sie bei der Polizei als vermisst melden. Dann ist genug Zeit verstrichen, dass man uns Beachtung schenken sollte. Einverstanden?«

Auch wenn er sie um ihre Zustimmung bat, klang Luckys Tonfall nicht so, als würde er Widerspruch dulden. Vielmehr schien er sehr genau zu wissen, was er zu tun gedachte. Obwohl Lou es normalerweise verabscheute, bevormundet zu werden, war sie heute nicht in der Stimmung, mit ihm darüber zu streiten. Im Grunde war sie sogar froh über das sichere Gefühl, das er ihr durch seine Entschlossenheit vermittelte.

Erst als sie geraume Zeit später aus dem Restaurant in die kalte Abendluft hinaustraten, kehrte ihre Beklemmung zurück. Sie kuschelte sich in ihren warmen Parka, um ihr Frösteln zu unterdrücken. Doch ihr war nicht nur kalt, sondern die Angst vor der ersten Nacht, die sie in dem alten Fachwerkhaus ohne Tessa verbringen musste, war zurückgekehrt.

»Komm, ich begleite dich nach Hause«, bot Lucky an.

»Das musst du nicht«, wehrte Lou ab. »Ich bin schon ein großes Mädchen. Außerdem ist es nicht weit.«

»Mag sein«, seine Miene verhärtete sich für einen kurzen Moment, »aber das ist Tessa auch. Und dennoch ist sie verschwunden. Ich gehe lieber kein Risiko ein.«

»Meinetwegen«, lenkte Lou ein. Es gab wirklich Schlimmeres, als von Lucky nach Hause gebracht zu werden. Schweigend gingen sie durch die verlassenen Straßen und blieben erst vor Tessas Haus stehen, das zwischen den heimelig beleuchteten Nachbarhäusern bedrückend finster wirkte.

»Wir sollten unsere Handynummern austauschen«, schlug

Lucky vor. »Dann kannst du mich anrufen, wenn du etwas Ungewöhnliches bemerkst oder einfach nur reden willst. Ich bin jederzeit für dich da. Auch nachts.«

»Danke, das ist nett von dir«, antwortete Lou und hoffte gleichzeitig, nie auf dieses Angebot zurückgreifen zu müssen.

Nachdem Lucky sich verabschiedet hatte, schloss sie die Haustür auf und betrat den engen, dunklen Hausflur. Sie glaubte, mit jeder Faser ihres Körpers das drohende Unheil, das fast greifbar in der Luft lag, zu spüren. In den letzten Stunden hatte Lucky mit seiner Gelassenheit und Umsicht ihre Sorgen zerstreut und ihr Hoffnung gegeben. Doch jetzt, da er gegangen war, prallten ihre Ängste mit unverminderter Wucht auf sie ein. Wie eine riesige Welle, die man zwar auf sich zukommen sieht, der man aber nicht ausweichen kann. Manche nennen es Karma, andere Schicksal – und das hatte sich, zumindest in John Greens Bestseller, bereits als mieser Verräter offenbart. Sie schaltete die Deckenbeleuchtung ein und fühlte sich gleich besser, als der helle Lichtschein die Dunkelheit vertrieb. Umständlich schlüpfte Lou aus ihrem Parka und hängte ihn an die Flurgarderobe neben Tessas kornblumenblaue Lieblingsstrickjacke, die sie seit Jahren trug. Lou drückte ihr Gesicht gegen die flauschige Wolle und spielte kurz mit dem Gedanken, sie überzuziehen. Einfach, um Tessa nah zu sein. Doch irgendwie hielt sie es für unangebracht. Fast so, als hätte sie sich bereits damit abgefunden, dass Tessa nicht zurückkehren würde. Also ließ sie widerstrebend den Cardigan hängen und schlenderte in die Küche, um sich ein Glas Mineralwasser einzuschenken. Der Wein hatte ihre Sinne berauscht. Das war zwar ein äußerst angenehmes Gefühl, verhinderte aber klare Gedanken, und die brauchte sie jetzt. Lou leerte das Glas in großen Schlucken, bevor sie ins Obergeschoss hinaufstieg. Sie öffnete die Tür zu dem gemütlichen Raum, den Tessa je nach Bedarf als Arbeits- oder Gästezimmer nutzte. Hier schlief Lou immer, wenn sie bei Tessa zu Besuch war. Die Bettwäsche hatte ihre Freundin bereits parat gelegt, um nach ihrem Spaziergang mit Rocky alles vorzubereiten. Lou seufzte leise. Dann legte sie selbst Hand an, warf das Laken über die Schlafcouch, schüttelte die Kissen auf und quetschte die kuschelig warme Daunendecke achtlos in den Bettbezug. Sie lief die schmale Treppe wieder hinunter, um die Blendläden zu schließen und die Türen zu verriegeln. So fühlte sie sich sicherer. Dann griff sie nach ihrem Rucksack, den sie im Hausflur hatte stehen lassen. Sie kramte ihren flauschigen Pyjama heraus, schlüpfte hinein und begab sich mit ihrer Kulturtasche nach oben ins Bad. Auch hier hatte Tessa nicht aufgeräumt, was absolut untypisch für sie war, wenn sie Besuch erwartete. Ihr Badetuch hing feucht über dem Wannenrand, ihre Kosmetika waren auf der Ablage verstreut und ihre Birkenstock-Latschen lagen schludrig in der Ecke. Alles sprach dafür, dass sie das Haus nach ihrem Spaziergang mit Rocky nicht mehr betreten hatte. Warum hatten Lucky und sie nicht die mindeste Spur von Tessa am Rheinufer gefunden? Vielleicht hatten sie doch am falschen Ort gesucht. Die Urdenbacher Kämpe war weitläufig und letztendlich konnten sie nicht wissen, welchen Weg Tessa eingeschlagen hatte, nachdem das Foto entstanden war.

Lou schaltete das Licht aus und kuschelte sich in ihre Decke. Ihre Gedanken wanderten erneut zu Lucky! Nach wie vor war sie unschlüssig, was sie von ihm halten sollte. Er war zwar äußerst zuvorkommend, aber gleichermaßen distanziert gewesen. Auch wenn er sein Geld damit verdiente, hinter dem Verkaufstresen seines Büdchens zu stehen, war er offensichtlich nicht auf den Kopf gefallen. Man konnte sich mit ihm über Politik ebenso angeregt unterhalten wie über Sport oder Musik. Nur für bildende Künste schien er sich zu ihrem Bedauern nicht sonderlich zu interessieren. Ihren Fragen zu seinem Privatleben war er geschickt ausgewichen, was zugegebenermaßen Lous Neugierde befeuert hatte. Ebenso wie der Umstand, dass er mit spielerischer Leichtigkeit Tessas Kellertür hatte knacken können. Das merkwürdige Tattoo auf seinem Unterarm kam ihr in den Sinn. Sie hatte ein solches Emblem noch nie gesehen. Ob es etwas zu bedeuten hatte? Es gab viele Geheimnisse zu ergründen. Sie nahm sich vor, gleich morgen damit zu beginnen.

★★★★

Nachdem er Lou sicher zurück zu Tessas Haus begleitet hatte, machte Lucky sich gemächlich auf den Heimweg. Trotz der widrigen Umstände war es ein überraschend angenehmer Abend gewesen. Er zog eine Zigarettenschachtel aus der Innentasche seiner Jacke, fischte sich einen vorgedrehten Joint heraus und zündete ihn an. Dann nahm er einen tiefen Zug. Nur gut, dass es um diese Zeit hier menschenleer war und niemand daran Anstoß nehmen konnte. Kurz spielte er mit dem Gedanken, noch einen nächtlichen Spaziergang durch den benachbarten Schlosspark zu machen. Doch der einsetzende Nieselregen ließ ihn diese Idee verwerfen. Stattdessen wählte er Johnsons Nummer auf seinem Smartphone.

»Hey Jo, was geht bei dir? Wie ist es im Laden gelaufen?«

»Lucky!« Sein Kumpel schien hocherfreut zu sein, von ihm zu hören. »Bestens, bestens. Willst du noch bei mir rumkommen?«

»Lass mal. Heute nicht, das wird mir zu spät. Könntest du morgen noch mal die *Luke* für mich übernehmen? So ab halb zehn vielleicht?«

»Logo. Ich bin da, wenn du mich brauchst.«

»Danke Jo.« Lucky beendete das Gespräch ohne weitere Erklärungen. Die waren zwischen ihnen nicht nötig. Johnson würde morgen pünktlich bei ihm auf der Matte stehen, darauf konnte er sich verlassen. Lucky nahm einen weiteren Zug und stieß den Rauch genussvoll aus, bevor er den Joint mit leichtem Bedauern ausdrückte. Dann öffnete er die grünweiße Holztür neben dem Schaufenster seines Büdchens und betrat den dahinter liegenden Innenhof, in dem sich das Licht der Straßenbeleuchtung nur spärlich auf dem feuchten Kopfsteinpflaster spiegelte. Im Vorbeigehen tätschelte er liebevoll seine Harley, die er dort abgestellt hatte. Dann schloss er die Hintertür auf und betrat den Hausflur, der ihn mit dem typischen, leicht abgestandenen Geruch dieses alten Gemäuers empfing. Seit er in Urdenbach lebte, bewohnte er die ersten beiden Stockwerke des unter Denkmalschutz stehenden Hauses aus dem 18. Jahrhundert. Oben angekommen, warf er seine Jacke achtlos auf das Sofa, trat ans Fenster und dachte an Tessa. Auch wenn er Lou gegenüber seine Sorgen heruntergespielt hatte, war er mehr als beunruhigt. Es passte nicht zu Tessa, ohne ein Wort der Erklärung zu verschwinden. Wenn sie in den nächsten Tagen nicht wieder auftauchte oder sich zumindest Anhaltspunkte für ihren Verbleib fänden, mussten sie wohl oder übel zur Polizei gehen, um eine Vermisstenanzeige aufzugeben. Ein Gedanke, der ihm nicht behagte, denn für gewöhnlich löste er seine Probleme auf eigene Faust, was seiner Meinung nach weitaus effektiver war.

Lucky wandte sich vom Fenster ab und nahm eine Flasche Füchschen Alt aus dem Kühlschrank, die er mit einem schmatzenden »Pfung« öffnete. Dann schaltete er den Fernseher ein und ließ sich auf die alte, abgewetzte Couch fallen. Sie stammte noch von seinem Vormieter und wirkte neben seinen Sesseln aus den 90ern wie ein Relikt aus der Urzeit. Er hatte bislang kein Bedürfnis verspürt, sie gegen ein neues Modell auszutauschen, auch wenn ihre braungrüne Farbe optisch an einen Kuhfladen erinnerte. Aber das störte Lucky nicht. Im Gegenteil! Diese Couch hatte nicht nur viele Jahre auf dem Buckel, sondern, genau wie das alte Haus, Charakter und zudem einen hervorragenden Federkern. Ganz abgesehen davon, dass sie perfekt zu seinem mit Büchern, Schallplatten und CDs überfrachteten Ivar-Regal passte, das er gerne als multifunktionelle Ablagefläche benutzte. Müde streifte er seine Schuhe ab und legte die Füße auf den schwarz gekachelten Fernsehtisch, der schon zu Jugendzeiten seiner Eltern altmodisch gewesen war. Lucky zappte durch die Programme. Er dachte an sein früheres Leben, von dem er eine vorübergehende Auszeit in diesem idyllischen Düsseldorfer Vorort genommen hatte. Hier wollte er zur Ruhe kommen, seine Gedanken ordnen und Entscheidungen über seine Zukunft treffen. Tessas Verschwinden durchkreuzte diese Pläne. Er hatte sich gerne mit ihr unterhalten, wenn sie in seinen Laden gekommen war, um Wein, Knabberzeug oder Zeitschriften zu kaufen. Sie waren auf einer Wellenlänge gewesen und hatten über dieselben Dinge gelacht. Er mochte ihren trockenen Humor und ihre selbstironische Art. Jetzt war Tessa womöglich in Schwierigkeiten und brauchte Hilfe. Er glaubte nicht, dass Lou überreagierte. Sie schien keinesfalls jemand zu sein, der sich schnell aus der Ruhe bringen ließ. In ihren Boyfriend-Jeans, dem grauen Oversize-Strickpulli und den Wildlederstiefeletten hatte sie lässig, aber nicht allzu flippig oder überdreht gewirkt, wie man es von einer Künstlerin vielleicht erwartet hätte. Trotz dieses Schlabberlooks war ihm ihre gute Figur aufgefallen, die seiner Auffassung nach genau an den richtigen Stellen gerundet war. Wenn Tessa und Lou gemeinsam einen Zug durch die Düsseldorfer Altstadt unternahmen, waren sie zweifelsohne ein attraktiver Hingucker. Lucky warf einen Blick auf die Uhr. Mitternacht war längst vorbei und er musste am nächsten Morgen wieder früh um sechs im Büdchen stehen. Seufzend schaltete er den Fernseher aus und ging ins angrenzende Schlafzimmer. Auch hier hatte er bisher mehr Wert auf Funktionalität als auf Wohndesign gelegt. Das Bett war groß und bequem, der stabile Schrank hatte ausreichend Stauraum und die Wände waren schlicht weiß gestrichen. Das reichte. Obwohl er bereits eine Weile hier wohnte, hatte er noch keine Bilder aufgehängt. Es war ihm lästig, sich mit solchen Nebensächlichkeiten zu befassen. Zumal er nicht genau wusste, wie lange er überhaupt an diesem Ort bleiben würde. Erschöpft ließ er sich auf seine Matratze fallen und starrte die Decke an. Wieder einmal schmerzte seine beschissene Schulter. Wie so oft seit diesem verhängnisvollen Einsatz, der sein perfekt durchstrukturiertes Leben von jetzt auf gleich auf den Kopf gestellt hatte. Ihm stand eine weitere schlaflose Nacht bevor, das war ihm mehr als bewusst.

Kapitel 2

Am nächsten Morgen wurde Lou durch vereinzelte Sonnenstrahlen, die ihren Weg durch die schmalen Ritzen der Blendläden gefunden hatten, sanft geweckt. Wider Erwarten hatte die Erschöpfung sie in einen tiefen, traumlosen Schlaf fallen lassen. Sie brauchte einen kurzen Moment, um sich zu erinnern, wo sie sich befand und was geschehen war. Dann schlug sie die Bettdecke zurück und schlurfte verschlafen ins Badezimmer. Noch immer hing der Duft von Tessas Parfüm in der Luft. Eine zarte Note von Mandel, Orange und Moschus, die Lou unweigerlich mit ihrer Freundin in Verbindung brachte. Was blieb davon übrig, wenn sie nicht wieder auftauchen würde? Lou schüttelte diesen beängstigenden Gedanken ab. Sie betrachtete sich kritisch im Spiegel. Im Großen und Ganzen war sie zufrieden mit ihrem Aussehen. Die lockigen Haare waren goldblond, auf ihrer leichten Stupsnase, die nach ihrem Geschmack ein bisschen klassischer hätte sein dürfen, tanzten einige vorwitzige Sommersprossen und ihr Mund hatte genau die richtige Größe. Besonders ihre grauen Augen, die von langen, dichten Wimpern umsäumt waren, gefielen ihr, auch wenn ihr Blick heute Morgen eher müde als strahlend wirkte. Kein Wunder, bei dem, was der gestrige Tag an Aufregung gebracht hatte. Schnell sprang sie unter die Dusche, bevor sie in ihre Wohlfühl-Jeans und ihr knallrotes Sweatshirt schlüpfte. Wenn es draußen schon trüb war, wollte sie wenigstens mit ihrem Look ein bisschen Farbe ins Leben bringen. Die widerspenstigen Locken band sie zu einem schnellen Dutt zusammen. Es war bereits nach neun Uhr. Bald würde Lucky kommen, um mit ihr gemeinsam das Haus nach Hinweisen auf Tessas Verbleib zu durchsuchen. Sie kramte im Küchenschrank nach dem Kaffeepulver. Hier war

Tessa offensichtlich retro, denn sie besaß nur eine antiquierte Filtermaschine statt eines modernen Vollautomaten. Lou kippte Wasser in die Maschine, schaufelte Kaffeepulver in den Filter und schaltete das Gerät ein. Während der Kaffee glucksend und spuckend durchlief, bestrich sie sich eine Scheibe Brot dick mit Butter und Pflaumenmarmelade. Ob Lucky erwartete, dass sie ihm Frühstück machte? Falls ja, war er auf dem Holzweg. Sie hatte eindeutig Wichtigeres zu tun, als ihre Zeit auf diese Weise zu verplempern. Ganz abgesehen davon, dass er Kaffee und Stullen in seinem Büdchen anbot und sich demnach wohl selbst versorgen konnte. Sie fegte lässig einige Krümel vom Tisch, bevor sie ihren Teller samt der schmutzigen Tasse in die Spülmaschine räumte. Fertig. Sie war bereit. Jetzt konnte er kommen.

Nur wenig später stand Lucky tatsächlich vor der Haustür. Er sah noch übernächtigter aus als am Vortag, falls das überhaupt möglich war. Immerhin hatte er das verknitterte Karohemd gegen einen schwarzen Pulli und die verwaschenen Jeans gegen eine dunkelgraue Cargohose ausgetauscht. Was allerdings geblieben war, war sein einnehmendes Lächeln.

»Hey, wie sieht's aus, Lou?«, begrüßte er sie, »bist du bereit, die Bude mit mir auseinanderzunehmen?«

Lou nickte. »Möchtest du noch einen Kaffee trinken, ehe wir mit der Suche anfangen?« Anstandshalber wies sie auf den Rest der dunklen Plörre, der in der Kaffeekanne verblieben war. Doch Lucky winkte ab.

»Später vielleicht. Lass uns erst überlegen, wie wir uns organisieren wollen. Ich schlage vor, wir fangen im Erdgeschoss an. Du durchsuchst Tessas Schränke und Schubladen, während ich mir ihren Laptop vornehme.«

Lou nickte stumm, obwohl sie nun doch ein ungutes Gefühl

beschlich. Was, wenn Tessa nach Hause käme, während sie in ihren privaten Unterlagen wühlten? Vielleicht hatte sie überreagiert und ihrer Freundin war gar nichts zugestoßen. Hatten sie überhaupt das Recht, in Tessas Sachen zu schnüffeln? Eigentlich nicht. Andererseits fühlte sie sich verpflichtet, ihrer Intuition zu folgen und herauszufinden, was mit Tessa geschehen war. Denn irgendetwas stank hier gewaltig gen Himmel.

»Lou?!« Luckys Stimme riss sie unsanft aus ihren Gedanken. »Wollen wir anfangen?«

»Ja klar.« Sie schob ihre aufkeimenden Skrupel beiseite. »Ich habe den Rechner schon auf den Esstisch gestellt. Du hast freie Bahn.«

»Perfekt!« Lucky klappte den Laptop auf und schaltete ihn ein. Dass er passwortgeschützt war, schien ihn nicht zu stören. Es dauerte nur wenige Augenblicke, dann hatte er die ersten Dateien geöffnet.

»Schau mich nicht so verwundert an«, lachte er, als er Lous erstaunten Blick bemerkte. »Ihr Passwort ist ›Rocky Balboa‹. Nicht gerade besonders schwierig zu knacken, oder? Vor allem dann nicht, wenn ihr Hund nach ihm benannt ist.«

Lou war skeptisch. Ihre neue Bekanntschaft schien sehr spezielle Fähigkeiten zu haben. Nicht gerade typisch für den Inhaber eines Büdchens, dachte sie, während sie damit begann, den Inhalt der Schubladen und Schränke akribisch zu überprüfen.

****

Während Lou auf der Suche nach Hinweisen die Fächer des Wohnzimmerschranks ausräumte, scrollte Lucky sich durch eine Vielzahl an Dateien. Tessas Job als Journalistin machte es ihm nicht leicht. Zahllose Fotos, Reportagen und Zeitungsartikel befanden sich auf dem Rechner. Alle sorgfältig nach Themen und Daten sortiert. Was davon konnte wichtig sein? Lucky beschloss, mit ihren aktuellen Recherchen zu beginnen und sich zeitlich nach hinten durchzuarbeiten. Er klickte unzählige Fotos an. Düsseldorfer Politprominenz, Wirtschaftsbosse, Models, Stars und Sternchen.

»Wer von euch hat etwas zu verbergen?«, murmelte er leise. Wer auch immer es war, er würde ihn oder sie finden, dessen war sich Lucky sicher. Die Frage war nur: Wie lange würde er dafür brauchen? Sein Kopf begann unangenehm zu pochen. Der Schlafmangel der letzten Zeit machte sich deutlich bemerkbar. Zum Glück war Johnson heute Morgen pünktlich erschienen, um ihn im Büdchen abzulösen. Wie so oft hatte er sich auch dieses Mal auf seinen Kumpel verlassen können. Schon jetzt freute Lucky sich auf das chillige Treffen, das für den Abend in Johnsons Garten geplant war. Das würde ihm bestimmt helfen, sein Stresslevel herunterzufahren. Vielleicht konnte er dann endlich schlafen. Er rieb sich die Schläfen, während er die nächste Datei aufrief.

Lou setzte ihm einen Becher mit dampfendem, schwarzem Kaffee vor die Nase. »Heiß, stark und ganz frisch aufgebrüht«, lächelte sie. »Ich dachte mir, so wie du aussiehst, kannst du den jetzt vielleicht brauchen.«

»Perfektes Timing«, nickte Lucky dankbar und griff nach der Tasse. »Genau wie ich ihn mag. Hast du schon etwas gefunden?«

»Nichts Auffälliges«, sie zuckte mit den Schultern, »nur den Prospekt einer Galerie, die mich interessiert.« Sie schob ihm eine aufwendig designte Broschüre auf edlem Hochglanzpapier entgegen.

»Galerie van der Sand«, las er leise. »Was ist daran für dich interessant?«

»Ganz abgesehen davon, dass ich Malerin bin und Kunst meine Berufung ist, in erster Linie, dass die Galerie einem ehemaligen Kunstlehrer von Tessa und mir gehört – Bruno van der Sand.« Sie strahlte über das ganze Gesicht. »Wir waren damals alle verrückt nach ihm. Er war so charismatisch, so kreativ und so herrlich unkonventionell. Er war einer der Gründe dafür, dass ich Künstlerin werden wollte. Ich würde ihn furchtbar gerne wiedersehen, auch wenn er jetzt bereits in den 60ern sein müsste. Vermutlich wollte mich Tessa mit einem Galerie-Besuch überraschen. Ich wusste nicht einmal, dass Bruno van der Sand immer noch als Künstler aktiv ist und Ausstellungen organisiert. Es hieß damals, er hätte eine Schaffenskrise und sich komplett aus der Kunstszene zurückgezogen.«

»Ich glaube, ich kenne diese Galerie oder – treffender gesagt – das Gebäude, in dem sie sich befindet«, sagte Lucky mit Blick auf den Prospekt und die darauf abgebildete Zeichnung eines hochmodernen Gebäudes. »Wenn mich nicht alles täuscht, liegt die Galerie direkt gegenüber vom Benrather Schloss in einem Neubau, dessen oberstes Geschoss nahezu komplett verglast ist. Das Haus fällt in erster Linie deshalb auf, weil es neben einer wunderschönen Jugendstilvilla steht. Vermutlich der perfekte Kontrast von Moderne und alter Architektur, wenn man es mit den Augen eines Künstlers betrachtet.«

Er legte seine Stirn in Falten. Lou war bereits aufgefallen, dass er das oft tat, wenn er intensiv nachdachte. Dann löste er seinen Blick von dem Prospekt und sah sie an. »Wenn du willst, können wir bei Gelegenheit dorthin fahren. Vielleicht hat dein ehemaliger Lehrer ja etwas Aufschlussreiches zu erzählen. Möglicherweise hat Tessa ihn sogar aufgesucht.« Er deutete auf den Laptop. »Aber erst konzentrieren wir uns auf dieses

Schätzchen. Ich habe jetzt sämtliche E-Mails und die Dateien der letzten acht Wochen gesichtet.«

»Und?«, fragte Lou, während sie sich schräg auf die Tischkante setzte, um einen Blick auf den Bildschirm zu erhaschen, »hast du eine entscheidende Spur gefunden?«

Lucky schüttelte den Kopf. »Auf den ersten Blick zumindest nicht. Hier klingt alles ganz harmlos, was allerdings nicht bedeutet, dass es das auch tatsächlich ist. Zumal wir nicht genau wissen, wonach wir suchen müssen. Ich hab schon Pferde kotzen sehen, das kannst du mir glauben.« Er trank einen Schluck Kaffee und lehnte sich zurück. »Tessas letzten Recherchen befassen sich hauptsächlich mit einer kürzlich eröffneten Luxus-Seniorenresidenz am Benrather Rheinufer und einem erfolgreichen Unternehmerehepaar aus der Modebranche. Saatmann – sagt dir der Name etwas? Ich kenne mich in der Schickimicki-Szene nicht wirklich aus.«

»Saatmann …« Lou ließ sich den Namen auf der Zunge zergehen. Dann schlug sie sich mit der Hand vor die Stirn. »Aber natürlich! Dass ich nicht gleich darauf gekommen bin. Ulrich Saatmann gehören mehrere etablierte Modemarken. Unter anderem GloriElle, Dorf-Girl und Kö-Prinzessin. Diese Labels müssten dir eigentlich auch etwas sagen. Die kennt nahezu jeder.«

»Ich offensichtlich nicht«, widersprach Lucky lachend. »Aber ich gebe unumwunden zu, dass Fashion nicht unbedingt mein Ding ist.« Er warf erneut einen Blick auf den Bildschirm, auf dem er nun Tessas Kalendereinträge anklickte. »Ich finde, das hier klingt vielversprechend.« Er deutete auf einen rot markierten Eintrag. »Tessa hat morgen Abend eine Verabredung mit Yannick Schwarz, dem Bassisten von Mortal Septicemia. Das ist eine Düsseldorfer Rockband, die derzeit erste internationale

Erfolge verzeichnet und gerade ein neues Album mit dem Titel ›Life in the South‹ produziert hat. Sie wollte sich um 22 Uhr in der *Alten Apotheke* mit ihm treffen. Ich schlage vor, dass wir dort hingehen und diesen Typen mal unter die Lupe nehmen.

»Herrje«, Lou schien plötzlich seltsam bewegt, »die *Theke* war früher unsere Stammkneipe. Tessa und ich waren fast jedes Wochenende dort.« Sie konnte ein leichtes Zittern in ihrer Stimme nicht verbergen. »Ich kann immer noch nicht fassen, dass sie verschwunden ist. Was, wenn ihr wirklich etwas Schlimmes zugestoßen ist?«

Mit einem Mal wirkte sie so zerbrechlich, dass Lucky für einen Moment den Impuls verspürte, sie tröstend in die Arme zu nehmen. Aber da er nicht missverstanden werden wollte, zog er es vor, einfach zu schweigen.

»Lass uns schon morgen zur Polizei gehen«, drängte Lou plötzlich mit belegter Stimme. »Wer weiß, ob das alles hier überhaupt etwas bringt. Ich finde, wir sollten nicht länger warten, sondern so schnell wie möglich eine Vermisstenanzeige aufgeben. Unabhängig davon können wir ja trotzdem auf eigene Faust nach Tessa suchen.«

In ihrem Tonfall schwang so viel Besorgnis mit, dass Lucky diesmal nicht widersprach. Auch wenn er überzeugt davon war, dass die Polizei nicht viel unternehmen konnte, solange keine Anzeichen für ein Verbrechen oder ein Unglück vorlagen. Schließlich war es nicht ihre Aufgabe, den Aufenthaltsort einer erwachsenen Person zu ermitteln, nur weil sich jemand sorgte. Für ihn stand längst fest, dass er sich persönlich um diese Angelegenheit kümmern würde. Darauf konnten Tessa und Lou sich verlassen!

Kapitel 3

Es war bereits Abend, als Lucky mit seinem Motorrad die um diese Zeit größtenteils verlassene Kleingartenanlage in der Paulsmühlenstraße erreichte. Die Durchsuchung des Hauses hatte sich länger hingezogen als erwartet. Er war immer wieder verblüfft darüber, wie viel Krimskrams Frauen in ihren Schränken horteten. Sie hatten längst nicht alles gründlich durchsucht, was unter anderem daran lag, dass Lou sich bei der Durchsicht alter Fotos und Alben viel zu lange aufhielt und in Erinnerungen schwelgte. Alleine wäre er deutlich schneller und effektiver gewesen, dessen war Lucky sich sicher. Er versuchte, den Gedanken an Tessa und Lou zu verdrängen. Wenigstens einen freien Abend hatte er sich verdient, auch wenn dieser zweifelsohne nicht so unbeschwert sein würde, wie er es sich erhofft hatte.

Johnson wartete bereits auf der kleinen Terrasse vor seiner Gartenlaube auf ihn. Wie immer in seinem Liegestuhl und mit einem Buch in der Hand, das er allerdings sofort beiseitelegte, als er seinen Freund bemerkte. Bereits vor Jahren hatte er beim Garten-Verein eine kleine, abseits gelegene Parzelle des weitläufigen Geländes gepachtet und verbrachte bei gutem Wetter den Großteil seiner Zeit in seiner Gartenlaube. »Mein Tiny-House« nannte er sie liebevoll und ignorierte geflissentlich, dass das Wohnen dort eigentlich untersagt war. Im Grunde interessierten Johnson sowieso keine Vorschriften. Er tat, was er für richtig hielt, wobei ihn die Konsequenzen aus seinem Tun wenig kümmerten. Die Nachbarn des Gartengeländes, das idyllisch eingebettet im Staatsforst zwischen Hassels und Benrath lag, hatten sich mittlerweile an den außergewöhnlichen Gartenfreund gewöhnt. Sie bereiteten ihm keine Schwierigkeiten, da

Johnson nicht nur äußerst charmant sein konnte, sondern außerdem stets zur Stelle war, wenn irgendwo Hilfe benötigt wurde. Eine Eigenschaft, die ihn hier extrem beliebt machte und jetzt auch Lucky zugutekam. Denn ohne die Unterstützung seines Kumpels hätte er sein Büdchen komplett schließen müssen, während er mit Lou auf der Suche nach Tessa war – so viel war klar.

»Hey Johnson, was geht?« Lucky legte seinen Helm auf die hölzerne Gartenbank vor der Laube und setzte sich in den anderen der beiden bunt gestreiften Liegestühle, die beileibe schon bessere Zeiten gesehen hatten. Der Stoff hing schlapp und verblasst im wackeligen Holzrahmen, der erbärmlich unter Luckys Gewicht knirschte. »Hat im Büdchen heute alles geklappt?«

Johnson nickte bedächtig. »Läuft. Du musst dir keine Gedanken machen. Ich stehe auch morgen wieder zur Verfügung. Aber darf man fragen, was los ist? Du lässt die *Luke* doch sonst nie allein. Hat dieses blonde Shakira-Double etwas damit zu tun?« Er stellte eine Bong auf den kleinen Campingtisch, der zwischen den Liegestühlen stand, und begann, sorgfältig einen Kopf zu stopfen.

Lucky schüttelte den Kopf. »Nur indirekt. Es geht hauptsächlich um Tessa. Sie ist seit gestern spurlos verschwunden.«

»Verschwunden?« Irritiert sah sein Freund ihn an. »Man verschwindet doch nicht einfach so?«

»Du sagst es«, stimmte Lucky ihm zu. »Vor allem dann nicht, wenn man sich seit Wochen auf den Besuch der besten Freundin freut.« Er wies auf die Bong. »Hast du was Gutes da?«

»Yesssss!« Johnson warf seinem Freund einen äußerst selbstzufriedenen Blick zu. »Amnesia Haze. Prima Gras. Willst du mal probieren?«

»Nee, lass mal«, winkte Lucky ab. »Ich bin mit der Harley hier. Ein andermal vielleicht.«

Trotz seiner Anspannung fühlte Lucky sich in Johnsons Gegenwart wohl. Es tat gut, mal wieder einen gemeinsamen Abend zu verbringen. Er stemmte seine knapp 90 Kilo aus dem klapprigen Liegestuhl und betrat das kleine Gartenhaus, in dessen Ecke ein überdimensional großer Kühlschrank brummte, der komplett mit Getränken vollgestopft war. Er öffnete die Tür und griff nach zwei Flaschen Vanilla Coke, die er sich unter den Arm klemmte. Draußen reichte er Johnson eine der Flaschen, bevor er erneut die Stabilität des Liegestuhls auf die Probe stellte.

Sein Freund sah ihn erwartungsvoll an. »Lass dir nicht alles aus der Nase ziehen, Lucky. Sag, was Sache ist. Vielleicht kann ich dir in irgendeiner Form behilflich sein?«

»Bist du doch schon. Du schmeißt mein Büdchen.«

Lucky warf einen Blick in den dunklen Himmel, in dessen unendlicher Weite nach und nach immer mehr Sterne aufploppten. Es würde eine dieser klaren Herbstnächte werden, die er so sehr liebte. Endlich gehörte die drückende Schwüle des Stadt-Sommers der Vergangenheit an. Müde schloss er die Augen, um zum wiederholten Male die Ereignisse Revue passieren zu lassen. Hatten Lou und er womöglich etwas Entscheidendes übersehen? Vielleicht hatte Johnson tatsächlich eine brauchbare Idee, die bei der Suche nach Tessa helfen konnte. Er setzte sich auf und blickte zu seinem Freund hinüber.

»Das Ganze ist schnell erzählt. Tessa war gestern Morgen mit Rocky in der Kämpe unterwegs. Vermutlich in der Nähe des Auslegers. Zumindest hat sie von dort noch ein Foto an Lou geschickt. Seitdem ist sie wie vom Erdboden verschluckt. Weder nach Hause gekommen noch am Handy erreichbar. Also sind Lou und ich zum Ausleger gefahren, um dort nach ihr zu suchen. Leider vergeblich. Es gibt keine Spur von ihr.«

»Was ist mit dieser kläffenden Töle?«, fragte Johnson, der inzwischen seinen Kopf geraucht hatte und sich von der Wirkung langsam einlullen ließ.

»Rocky ist ebenfalls verschwunden«, ergänzte Lucky. »Beide haben sich förmlich in Luft aufgelöst.«

Er nahm einen großen Schluck aus der Cola-Flasche, während sein Kumpel neben ihm bereits die Augenlider schloss. Normalerweise liebte Lucky diese entspannten Stunden, doch heute fiel es ihm schwer, sich gänzlich darauf einzulassen. Seine innere Unruhe ließ sich einfach nicht abstellen. Vielmehr hatte er das unbestimmte Gefühl, sich gegen eine noch unbekannte Gefahr wappnen zu müssen. Er musste bereit sein. Und das war er definitiv nicht, wenn er jetzt Johnsons Gras rauchte – auch wenn er große Lust dazu gehabt hätte. Er entschied sich, den Abend trotzdem zu genießen. Es war wirklich idyllisch in diesem Gartenparadies, das vom Weg aus kaum einsehbar war. Johnson wusste, warum er diese Abgeschiedenheit suchte. Nicht nur, dass er stolzer Besitzer einiger wohlbehüteter Cannabispflanzen war, an seine Laube grenzte auch ein kleines Gewächshaus, in dem er diverse Pflanzen mit psychoaktiven Wirkstoffen hegte und pflegte. So hatte eben jeder seine kleinen Geheimnisse. Erneut warf er einen Blick in den Himmel, an dem der Mond als schmale Sichel kaum Licht spendete. In der Ferne waren leise Rufe zweier Waldkäuzchen zu hören. Irgendwie wirkte das alles wie eine gelungene Theaterinszenierung, aber es war real. Ebenso real wie die seltsamen Geschehnisse um Tessa. Er warf einen Blick auf Johnson, der nach wie vor seine Augen geschlossen hielt. Gerade als er glaubte, sein Kumpel sei im Liegestuhl eingeschlafen, begann dieser mit

leiser Stimme zu rezitieren:
»When blood is nipped and ways be foul,
Then nightly sings the staring owl,
›Tu-whit tu-who‹.
A merry note,
While greasy Joan doth keel the pot.«

Dann grinste er Lucky breit von der Seite an, wobei sein blasses, schmales Gesicht fast dämonische Züge annahm.
»Shakespeare. ›Love's Labour's Lost‹ oder auch ›Verlorene Liebesmüh‹, 5. Akt, 2. Szene. Ein Werk, das einem literarischen Barbaren wie dir vermutlich nicht geläufig sein wird, in dem aber auch die Käuzchen rufen.«
Na klar, Jo musste wieder den Klugscheißer raushängen lassen. Wenigstens hier blieb alles beim Alten. Lucky verzog amüsiert seinen Mund und beschloss, Johnsons Bemerkung geflissentlich zu ignorieren. Besser war das auf jeden Fall, denn man konnte nie wissen, wohin seine ausschweifenden Darlegungen letztendlich führen würden.
»Und was macht ihr jetzt?«, bohrte Johnson nach seinem unerwarteten Shakespeare-Exkurs mit schläfrigem Klang in der Stimme weiter.
»Lou will Tessa morgen bei der Polizei als vermisst melden, und ich werde diese vortreffliche Gelegenheit nutzen, um auf eigene Faust ein bisschen herumzuschnüffeln.«
Sein Kumpel grunzte leise. »Pass bloß auf. Man weiß nie, mit wem man es zu tun hat. Schon William Faulkner gab zu bedenken, dass die Gefahr bei der Suche nach der Wahrheit darin liegt, dass man sie manchmal findet.«
»Ganz abgesehen davon, dass wir die Wahrheit finden wollen, ist mir das Risiko, jemandem dabei auf die Füße zu treten,

durchaus bewusst.«

»Weiß Lou eigentlich, was du früher gemacht hast? Ich meine, bevor du die *Luke* übernommen hast?« Johnson wurde plötzlich erstaunlich munter.

»Wozu?«, wollte Lucky wissen. »Sie hat zwar versucht, mich beim Essen ein bisschen auszufragen, aber noch bin ich für sie ein langweiliger Kioskinhaber, dem es an beruflichem Ehrgeiz mangelt. Und zum jetzigen Zeitpunkt ist es auch gut, sie in dem Glauben zu lassen. Das verringert ihre Erwartungen an mich.« Er strich sich fahrig durchs Haar. Sein Interesse, Lou von seiner Vergangenheit zu erzählen, tendierte gen null. Sie würde noch früh genug merken, dass sie eine komplett falsche Vorstellung von ihm hatte. »Du weißt, dass ich etwas Abstand von meinem früheren Leben brauche. Wozu also alles aufwühlen, indem ich mit Lou darüber spreche? Ich kenne sie ja kaum«, schickte er hinterher.

»Ist auch wieder wahr«, murmelte Johnson, der mittlerweile selig dahindämmerte. Lucky beneidete ihn um diesen Zustand. Auch er schloss die Augen, wurde aber nur wenig später durch das aufdringliche Vibrieren seines Smartphones aus der Ruhe gerissen. Ein kurzer Blick auf das Display zeigte ihm, dass es Lou war. Vielleicht war Tessa wieder aufgetaucht! Er beeilte sich, das Gespräch anzunehmen.

»Lucky?«, flüsterte sie mit angsterfüllter Stimme. »Entschuldige, dass ich dich jetzt noch störe, aber ich habe den Eindruck, dass jemand ums Haus herumschleicht. Seit Tessa fort ist, bin ich offensichtlich paranoid.«

»Keine Sorge, du störst mich nicht.« Lucky schwang sich erstaunlich schnell aus dem alten Liegestuhl, der dabei bedenklich ächzte. »Ich bin ohnehin noch unterwegs und wollte mich gleich auf den Heimweg machen. Wenn du willst, schau ich kurz bei dir vorbei und checke die Lage. Bis dahin schließ alle Türen ab und mach die Fenster zu.«

»Ich hatte gehofft, dass du das sagen würdest«, gab Lou zu, wobei nicht zu überhören war, dass ihr dieses Eingeständnis schwerfiel.

»Bleib ganz ruhig, ich bin gleich bei dir«, erwiderte er knapp.

»Was ist denn los?«, grummelte Johnson träge.

»Das war Lou. Sie braucht meine Hilfe. Ich bin dann mal weg.«

»Lucky, der edle Ritter«, kommentierte Johnson mit schläfriger Stimme, »ist mal wieder ganz in seinem Element.«

»Du kennst mich zu gut«, entgegnete Lucky. »Wir sehen uns dann morgen.« Er nahm seinen Helm und verließ eilig den Garten. Johnson war mittlerweile sowieso kein brauchbarer Gesprächspartner mehr. Er hatte einen weiteren Kopf geraucht, seine Lungen durch einen bellenden Hustenanfall unsanft aus dem Dornröschenschlaf gerissen und beabsichtigte jetzt, erneut ins Nirwana abzutauchen.

Zehn Minuten später brauste Lucky auf seinem Motorrad deutlich schneller als erlaubt über die Urdenbacher Dorfstraße, auf der um diese Zeit nur noch wenig Betrieb herrschte. Erst als er in die Gänsestraße einbog, drosselte er sein Tempo. Alles war menschenleer und wirkte friedlich. Nur hier und da brannte noch vereinzelt Licht in den Häusern. Aufmerksam ließ er seinen Blick umherschweifen, konnte aber im Vorbeifahren nichts Verdächtiges bemerken. Leise stellte er schließlich seine Maschine vor dem Gartenzaun ab. Lou hatte ihn bereits bemerkt und öffnete die Haustür, bevor er klingeln konnte. Im fahlen Licht der Straßenlaterne sah sie ungewohnt blass aus. Lucky fragte sich, ob Lous Idee, alleine in diesem Haus zu bleiben, womöglich ein Fehler war. Denn abgesehen davon, dass sie hier ständig an ihre Freundin erinnert wurde, lag noch völlig im Dunkeln, was hinter Tessas Verschwinden steckte.

»Lucky!« Sie fiel ihm spontan um den Hals, als er sie erreichte. »Ich bin so froh, dass du da bist.«

»Wow, so stürmisch werde ich selten begrüßt«, lachte er leise. »Wie sieht es aus? Hast du noch etwas Ungewöhnliches bemerkt, nachdem wir telefoniert haben?« Vorsichtig löste er sich aus ihrer Umarmung.

»Nein, habe ich nicht.« Jetzt wirkte Lou verlegen. »Es tut mir leid, dass ich dir deinen Abend ruiniert habe. Du hast sicher Besseres in deiner Freizeit zu tun, als eine hysterische Frau zu beruhigen.«

»Das lass mal meine Sorge sein«, erwiderte er gelassen. »Hast du vielleicht eine Taschenlampe für mich? Mein Akku ist schwach und der Lichtstrahl des Handys dementsprechend schlecht.«

»Ja klar, warte einen Moment.« Lou verschwand im Wohnzimmer und kam wenig später mit einer Stablampe zurück, die sie ihm reichte.

»Bitte sei vorsichtig«, bat sie. »Schließlich wissen wir nicht, wer draußen ums Haus schleicht.«

»Wahrscheinlich niemand«, beruhigte Lucky sie. »Du bleibst am besten im Wohnzimmer, bis ich zurück bin. Es wird nicht lange dauern.«

Dann stieg er in den Keller hinab und öffnete die Tür, durch die er selbst vor zwei Tagen ohne große Mühe in Tessas Haus eingedrungen war. Für einen Profi stellte diese Holztür kein Hindernis dar, selbst ein Laie hätte es vermutlich geschafft, das marode Schloss zu knacken. Als er hinaustrat, wunderte er sich nicht, dass Lou merkwürdige Geräusche gehört hatte. Ein leichter Wind, der inzwischen aufgekommen war, ließ das verbliebene Laub der Bäume rascheln, und auch die alte Kiefer im angrenzenden Garten ächzte, während die knorrigen Äste sanft hin und her schwangen. Lautlos bewegte er sich um das Haus und leuchtete in jeden Winkel und hinter jeden Busch, wo sich jemand hätte verbergen können. Fehlanzeige. Er hoffte inständig, dass ihn die Nachbarn nicht für einen Einbrecher halten und die Polizei rufen würden. Verwundert hätte es ihn nicht, so wie er ums Haus schlich. Schließlich schaltete er das Licht seiner Lampe aus und lauschte angestrengt in die Dunkelheit. Doch er konnte nichts Ungewöhnliches hören. Entweder hatte Lou sich geirrt oder der ungebetene Besucher hatte sich mittlerweile verdrückt. Nachdenklich ging er zurück in den Keller und verriegelte sorgfältig die Tür hinter sich.

»Und …?« Gespannt sah Lou ihn an, als er schließlich zu ihr ins Wohnzimmer zurückkehrte und die Taschenlampe auf den Tisch legte.

»Ich konnte niemanden entdecken«, antwortete Lucky. »Falls tatsächlich jemand ums Haus herumgeschlichen ist, hat er mittlerweile das Weite gesucht.«

Lou wirkte zerknirscht. »Es tut mir wirklich leid, dass du meinetwegen extra herkommen musstest. Normalerweise bin ich kein ängstlicher Typ, aber Tessas Verschwinden zerrt an meinen Nerven.« Fahrig knibbelte sie an ihren Fingernägeln. »Ich wollte dir wirklich nicht …«

»Hör auf, dich ständig bei mir zu entschuldigen«, unterbrach Lucky sie. »Ich habe dir gesagt, du kannst mich jederzeit anrufen und das war absolut ernst gemeint. Wenn du willst, bleibe ich heute Nacht hier und penne auf der Couch.«

Lou schaute ihn unschlüssig an, ohne zu antworten. Offenbar wusste sie nicht, wie sie auf sein spontanes Angebot reagieren sollte. Lucky seufzte. Warum mussten Frauen so kompliziert sein? Er wollte ihr wirklich nur einen Gefallen tun, ganz ohne Hintergedanken.

»Wenn es dir unangenehm ist, muss ich nicht bleiben.« Er wandte sich zur Tür. »Es war nur ein Vorschlag, damit du dich sicherer fühlst. Aber es ist wohl besser, ich gehe nach Hause.«

»Nein, warte.« Sie hielt ihn am Ärmel zurück. »Mir ist auf jeden Fall lieber, du bleibst hier.«

»Okay.« Er zog seine Lederjacke aus und warf sie lässig auf das Sofa. »Wenn das so ist, dann wäre zumindest dieses Problem geklärt.«

★★★★

Bereits kurze Zeit später fragte sich Lou, ob sie tatsächlich die richtige Entscheidung getroffen hatte. Zwar war sie froh, nicht alleine in Tessas Haus bleiben zu müssen, aber gleichzeitig fand sie es beunruhigend, mit Lucky unter einem Dach zu schlafen. Der machte sich im Gegensatz zu ihr darüber anscheinend keine Gedanken. Er kramte bereits in der handgearbeiteten, massiven Truhe, die seit Urzeiten unter einem antiken Wandspiegel im Hausflur stand, nach einer Decke und einem Kissen. Es schien, als hätte er schon öfter hier übernachtet, denn er kannte sich augenscheinlich bestens aus. Lou fragte sich nicht zum ersten Mal, wie sein Verhalten zu der Behauptung passte, dass er und Tessa nur gute Bekannte waren. Sie bemühte sich, ihre aufkeimenden Zweifel an Luckys Aufrichtigkeit zu zerstreuen. Bislang hatte er sich ihr gegenüber von seiner besten Seite gezeigt. Es gab also keinen triftigen Grund, ihm zu misstrauen. Oder vielleicht doch? Galten nicht gerade Psychopathen als überaus charmant, entgegenkommend und manipulativ? Dem Serienmörder Ted Bundy hatte sein unvergleichliches Charisma Tür und Tor geöffnet. Mit tödlichen Folgen für all jene Frauen, die seiner Masche auf den Leim gegangen waren. Sie warf einen verstohlenen Blick zu Lucky hinüber. Offensichtlich war er inzwischen in der Truhe fündig geworden, denn er pfefferte ein rosafarbenes Sofakissen samt einer karierten Wolldecke auf die Couch. Dann ließ er sich auf das Polster sinken und begann, seine Boots auszuziehen. Lou fand, dass es spätestens jetzt an der Zeit war, sich in ihr Zimmer zurückzuziehen, ehe womöglich Hose und Pulli den Schuhen folgen würden.

»Schlaf gut«, sagte sie leise, bevor sie langsam die Stufen ins Obergeschoss hinaufstieg. Als die Zimmertür hinter ihr ins Schloss fiel, drehte sie den Schlüssel zweimal um, in der Hoffnung, dass Lucky es nicht bemerken würde. Was würde er sonst von ihr denken? Schließlich wollte sie ihn durch ihr Misstrauen keinesfalls verärgern. Dann legte sie das scharfe Küchenmesser, das sie vorsorglich aus dem Messerblock in der Küche entnommen hatte, griffbereit neben ihre Schlafcouch. Sie war gewappnet. Vertrauen war gut, aber Vorbeugung in jedem Fall besser!

Am nächsten Morgen erwachte Lou bereits in aller Frühe. Wider Erwarten hatte sie tief und traumlos geschlafen. Leise öffnete sie die Zimmertür und lauschte, doch aus dem Erdgeschoss war nicht das geringste Geräusch zu hören. Ob Lucky bereits zur Arbeit gegangen war? Sie schaute aus dem Fenster und sah, dass seine Harley am selben Platz vor der Tür stand, wo er sie gestern Nacht abgestellt hatte. Vermutlich schlief er noch und Johnson öffnete das Büdchen für ihn. Sie fragte sich, was ihn mit diesem seltsamen Typen verband, der mit seinem Musketierbärtchen und dem Zopf wie aus der Zeit gefallen wirkte. Sie schlich ins Bad, wusch sich und schlüpfte in Jeans und Sweatshirt, bevor sie auf Socken nach unten ging, um das Frühstück zuzubereiten. Ein vorsichtiger Blick ins Wohnzimmer zeigte Lou, dass Lucky sich im Schlaf auf der Couch unruhig hin und her wälzte. Na ja, besonders bequem war es für ihn bei seiner Körpergröße sicher nicht, dort zu nächtigen. Lou zögerte einen kurzen Moment, ehe sie sich entschied, ihn zu wecken. Schließlich hatten sie heute noch eine Menge zu tun. Obwohl sie ihn nur sacht anstieß, fuhr Lucky augenblicklich erschrocken hoch, wobei er für einen kurzen Moment schmerzhaft das Gesicht verzog. Als ihm die Decke von den Schultern bis zur Taille herabrutschte, war Lou augenblicklich klar, warum. Denn auf seinem bloßen Oberkörper zeugten deutlich sichtbare Narben von einer Verletzung, die er vor noch nicht allzu langer Zeit erlitten haben musste. Lou spürte, wie ihr die Röte der Verlegenheit ins Gesicht schoss.

»Sorry, es tut mir leid, ich ... ich wollte dich wirklich nicht erschrecken«, stammelte sie verunsichert.

Wortlos zog Lucky sein Shirt über und griff nach seiner Hose, die er achtlos auf den Boden geworfen hatte. Lou hielt es für angebracht, ihn in Ruhe zu lassen, zumal sie den Blick, mit dem er sie bedacht hatte, nicht wirklich deuten konnte. Hastig flüchtete sie in die kleine Küche, um Kaffee aufzusetzen und ein paar Brote zu schmieren. Sie atmete tief durch. Was war nur mit Lucky passiert? Ob er mit seinem Motorrad einen Unfall gehabt hatte? Es war ihr peinlich, dass sie ihn so unverhohlen angestarrt hatte. Was mochte er nun von ihr denken? Ob er sauer auf sie war? Oder – schlimmer noch – gekränkt?

Während Lou von ihrem schlechten Gewissen geplagt wurde, steckte Lucky seinen Kopf durch die halbgeöffnete Küchentür und deutete auf den Stapel an Butterbroten, der sich mittlerweile auf einem rustikalen Holzbrett türmte.

»Es sieht aus, als hättest du einen gewaltigen Appetit. Wollen wir frühstücken?« Er holte zwei große Tassen aus dem Küchenschrank, griff nach der Kaffeekanne und ging nebenan ins Wohnzimmer, wo er ganz zwanglos am Esstisch Platz nahm. Lou folgte ihm deutlich verhaltener mit den Broten. Ihre Unbefangenheit ihm gegenüber war verflogen. Zumindest für einen kurzen Moment, denn als er sie ansah und ihr ein wohlwollendes Lächeln schenkte, war schlagartig alles wieder gut. Er schien kein bisschen sauer zu sein. Ganz im Gegenteil. Lou fand, dass er zwar müde, aber durchaus zufrieden wirkte.

»Darf ich dich etwas fragen?«, beschloss sie, den Stier bei den Hörnern zu packen.

»Du willst wissen, woher meine Narben stammen?« Lucky biss herzhaft in ein Schinkenbrot und lehnte sich genüsslich kauend zurück.

Lou fühlte sich ertappt. »Es geht mich zwar nichts an, aber ja, ich würde gerne wissen, was dir zugestoßen ist. Hattest du einen Motorrad-Crash?«

Er schüttelte den Kopf. »Es war ein Arbeitsunfall. Shit happens, nicht wahr?«

»Ein Arbeitsunfall? Im Büdchen?«, fragte sie verwirrt.

Lucky lachte laut auf. »Nein, ganz bestimmt nicht im Büdchen. Ich habe früher was anderes gemacht. Bei Gelegenheit erzähle ich dir davon, aber jetzt habe ich, um ehrlich zu sein, keine Lust dazu.«

»Hast du noch Schmerzen? Es wirkte vorhin so.«

»Ab und an. Aber es ist schon deutlich besser geworden. Es gibt also keinen Grund, sich Sorgen zu machen. Lass uns über etwas anderes sprechen als über meine unbedeutenden Wehwehchen.«

Er strich sich mit den Fingern durch sein verstrubbeltes Haar, das ihrer Meinung dringend einen Haarschnitt benötigt hätte. Dann deutete er mit einer Kopfbewegung auf den Prospekt der Kunstgalerie, den Lou auf dem Tisch hatte liegen lassen.

»Was hältst du davon, wenn wir uns heute Vormittag den bildenden Künsten widmen? Vielleicht bringt es uns bei der Suche nach Tessa einen Schritt weiter. Und falls nicht, freust du dich wenigstens, deinen ehemaligen Pauker wiederzusehen.«

»Das wäre prima«, nickte Lou erfreut. Auch wenn ihr Aufenthalt in Urdenbach ganz anders verlief als ursprünglich geplant, wollte sie sich auf dieses unfreiwillige Abenteuer einlassen. Tessa zuliebe!

Kapitel 4

Allmählich fand Lou Gefallen daran, mit Lucky auf seiner Harley durch die Gegend zu brausen. Dieses Mal zur Galerie van der Sand auf der Benrather Schlossallee. Lou war zugegebenermaßen etwas nervös, denn ihr Kunstlehrer war zu Schulzeiten der leibhaftige Grund vieler sehnsuchtsvoller Gedanken von Tessa und ihr gewesen. Sie waren damals fasziniert gewesen von seiner Kreativität und der Leidenschaft, mit der er seine Kunst perfektionieren wollte. Im Nachhinein hatte sie sich allerdings oftmals gefragt, ob sein Anspruch angemessen war. Musste Kunst wirklich einem Idealbild entsprechen und makellos sein? Joseph Beuys kam ihr in den Sinn. Der exzentrische Düsseldorfer Künstler, der mit Fett und Filz die Kunstwelt aufgemischt und für Furore gesorgt hatte. »Jeder Mensch ist ein Künstler« waren seine Worte gewesen. Für Bruno van der Sand eine erschreckende Vorstellung. Lou fand diesen Gedanken allerdings durchaus legitim. Insbesondere für jene, die an ihrer Kunst zweifelten und ihr Tun kritisch hinterfragten. Und das waren viele. Auch Lou überlegte manchmal, ob ihr Talent genügte, diesen Weg zu beschreiten. Zum Glück waren ihre Zweifel nur flüchtiger Natur. Denn spätestens wenn sie im blühenden Garten ihrer Tessiner Villa die Staffelei aufstellte, einen Blick auf das im Sonnenlicht glitzernde Wasser des Luganer Sees warf und das satte Grün der bewaldeten Hügel auf sich wirken ließ, wusste sie, dass sie an keinem anderen Ort sein und nichts anderes tun wollte, als zu malen. Ihren Mitbewohnern erging es ebenso. Auch für sie gab es keinen besseren Platz auf Erden, was oftmals als Grund dafür herhalten musste, dass begeistert gefeiert wurde. Lou spürte, wie sie von einer heftigen Welle der Glückseligkeit ergriffen wurde, als sie an dieses Leben dachte. Ein Gefühl, das ihr wegen Tessas Verschwinden in den vergangenen Tagen komplett abhandengekommen war. Daran konnte auch die Bekanntschaft mit Lucky nichts ändern, obwohl sie ihn zugegebenermaßen recht gut leiden konnte.

Gerade passierten sie auf ihrer Fahrt das Benrather Dorf und folgten der viel befahrenen Schlossallee. Sie warf einen schwärmerischen Blick auf das prunkvolle rosafarbene Schloss und den angrenzenden Park, den sie so sehr liebte. Unterdessen stoppte Lucky vor dem imposanten Neubau, in dem sich einem großen Schild am Eingang zufolge in der obersten Etage die Galerie van der Sand befand.

»Wie sieht's aus?«, zwinkerte er ihr zu, »bist du bereit?«

Lou nickte stumm. Sie war sich nicht sicher, ob sie wirklich bereit war, Bruno van der Sand zu treffen. Womöglich würde er eine wunderschöne Illusion ihrer Jugendzeit zerstören, die sie bislang sorgsam bewahrt hatte. Lucky schien sich über solche Sentimentalitäten keine Gedanken zu machen. Er schob sie sanft in einen der beiden Aufzüge und drückte auf die leuchtende Sechs, neben der in kunstvollen Lettern *Galerie van der Sand* zu lesen war. Mit einem leichten Ruck setzte sich die Kabine in Bewegung, um nur wenig später mit einem leisen ›Ping‹ das Tor in eine andere Welt zu öffnen. Denn diese Galerie war ganz anders als alles, was Lou bislang gesehen hatte. Einfach überwältigend! Der flauschige Teppichboden, der nahezu jedes Geräusch ihrer Schritte schluckte, war in elegantem Cremeweiß gehalten. Eine imposante Panorama-Fensterfront umgab den Großteil der Etage, weshalb die Bilder der Ausstellung an überdimensional großen, mobilen Stellwänden hingen, die so platziert worden waren, dass die Werke perfekt zur Geltung kamen. Sie bewegten sich in einer Traumwelt, in der van der Sand die Kunst zur Protagonistin erhoben hatte. Staunend ließ

Lou den Eindruck auf sich wirken. Und auch Lucky schien kurzfristig gebannt zu sein von dem Bild, das sich ihnen bot.

Es dauerte nur einen unbedeutenden Moment, bis Bruno van der Sand in einem mit dem Ambiente harmonierenden, cremefarbenen Outfit ihnen entgegenrauschte. Er hatte hinter einem transparenten Acrylglas-Schreibtisch gesessen, der sich elegantbrillant in die Szenerie einfügte. Lou erkannte ihren ehemaligen Lehrer sofort. Zwar waren einige Jahre vergangen und die blonden Haare mittlerweile ergraut, doch sein Markenzeichen, der hochgezwirbelte Moustache, war geblieben. Ihr Herz klopfte aufgeregt, als er auf sie zuschritt, um sie zu begrüßen. Einen kurzen Moment stutzte er, dann wurde sein Gesicht von einem strahlenden Lächeln erhellt.

»Louisa Caprini. Welch unerwarteter Besuch. Wie schön, dass du die Zeit findest, mich in meiner Galerie zu besuchen. Wie ich gehört habe, bist du Künstlerin geworden und lebst im Tessin.« Seine flinken Augen wanderten neugierig über sie hinweg, ehe er sie kritisch auf Lucky richtete. »Du hast deinen Mann mitgebracht? Ich nehme an, er ist auch Künstler oder zumindest der Kunst zugetan?«

Lou wollte das Missverständnis aufklären, doch Lucky kam ihr zuvor.

»Alex Luckmann«, stellte er sich vor. »Es freut mich, Sie endlich kennenzulernen, Herr van der Sand. Lou hat schon viel von Ihnen erzählt. Allerdings ist Kunst nicht mein Metier. Ich bin Geschäftsmann.«

Fast hätte Lou laut aufgelacht. Unter einem Geschäftsmann stellte sie sich definitiv etwas anderes vor. Aber wenn Lucky sich damit besser fühlte, sollte es ihr recht sein. Also schluckte sie einen bissigen Kommentar hinunter. Stattdessen ließ sie ihre Augen voller Bewunderung durch die Räumlichkeiten schweifen.

»Dies ist nun meine Welt«, frohlockte Bruno van der Sand unterdessen. Er schien bei dieser Aussage förmlich um einige Zentimeter zu wachsen. »Das ist atmosphärischer als der dunkle Kunstsaal in unserem alten Gymnasium, nicht wahr?« Seine Stimme bebte förmlich vor Stolz.

Lou nickte zustimmend, obwohl sie sich an ihrer alten Schule immer äußerst wohl gefühlt hatte.

»Das ist wirklich beeindruckend, haben Sie die ausgestellten Bilder gemalt?« Lou musterte die Werke voller Interesse.

»Oh nein!« Der Galerist schüttelte den Kopf, sodass seine gezwirbelten Bartspitzen ganz leicht erzitterten. »Die Bilder dieser Ausstellung sind von einer bemerkenswerten, hochtalentierten Künstlerin, die sich in ihrem aktuellen Zyklus dem Thema Vergänglichkeit gewidmet hat. Sie heißt Larissa Rogowski. Du hast bestimmt schon von ihr gehört.«

Lou verkniff sich die Bemerkung, dass ihr der Name der Künstlerin rein gar nichts sagte. Denn van der Sand wirkte äußerst beglückt, als er Lou durch das exklusive Stellwand-Labyrinth führte, um ihr in aller Ausführlichkeit die Einzigartigkeit dieser Werke zu erläutern. Verstohlen blickte sie zu Lucky hinüber, der nur mühsam ein Gähnen unterdrücken konnte. Er wirkte während des Vortrags mächtig gelangweilt. Schließlich schien er der Meinung zu sein, genug künstlerischen Input erhalten zu haben, denn er unterbrach abrupt van der Sands Redefluss.

»Hatten Sie eigentlich kürzlich Kontakt zu Tessa Tiede?«

Für einen kurzen Augenblick brachte diese Frage den Galeristen aus dem Konzept.

»Tessa?«, murmelte er konsterniert. »In der Tat war sie letztens bei meiner Vernissage. Sie wollte einen Artikel über Larissa Rogowski und diese Ausstellung schreiben.« Er warf Lou einen Blick zu. »Wart ihr nicht damals befreundet?«

Lou nickte und bemerkte, dass Lucky Witterung aufnahm. Sein Verhalten erinnerte sie an einen Jagdhund, der seine Beute bereits fest im Visier hatte.

»Wann haben Sie Tessa denn zuletzt gesehen?«, fragte er interessiert. »Wir wollten sie gestern besuchen, konnten sie aber leider nicht antreffen. Kann es sein, dass sie womöglich verreist ist?«

Bruno van der Sand runzelte die Stirn. »Nein, davon hat Tessa nichts gesagt. Das kann ich mir auch nicht vorstellen. Sie sprach von einer ganzen Reihe an Aufträgen, die sie noch zu erledigen hätte. Urlaub? Das glaube ich nicht.«

»Hat sie erwähnt, mit wem sie sich treffen oder über wen sie schreiben wollte?«, hakte Lucky nach.

Der Galerist strich sich durch seine wallende Haarpracht. »Daran kann ich mich nicht erinnern. Wir haben weitestgehend über Kunst geplaudert. Tessa war sehr interessiert an meinen Plänen. Warum ruft ihr sie nicht einfach an?«

Lucky ignorierte diese Frage und wies auf eine geschlossene Tür im hinteren Teil der Galerie. »Gibt es dort noch weitere Kunstwerke zu bewundern?«

Lou war erstaunt, wie aufmerksam Lucky plötzlich war. Dabei war sie sich sicher, dass er keinerlei Interesse an anderen Exponaten von Larissa Rogowski hatte. Aber van der Sand winkte ab.

»Das ist mein Lager. Dort stehen nur Leinwände, Bilderrahmen und Werke, die meine Auswahlkriterien nicht erfüllen.« Er tupfte sich mit einem weißen Batisttaschentuch seine glänzende Stirn ab, auf der sich kleine Schweißperlen gebildet hatten.

»Haben Sie kein Atelier, in dem Sie selbst den Pinsel schwingen? Lou sagte, Sie seien auch Künstler.« Lucky ließ einfach nicht locker.

»Das habe ich in der Tat«, räumte van der Sand ein. »Mein privates Atelier befindet sich allerdings in meinem Wohnhaus an der Augsburger Straße. Ich habe derzeit wenig Gelegenheit, selbst künstlerisch tätig zu werden. Die Arbeit als Galerist nimmt ausgesprochen viel Zeit in Anspruch.«

»Natürlich, das kann ich mir vorstellen«, nickte Lucky verständnisvoll, wobei Lou starke Zweifel an der Aufrichtigkeit seiner Anteilnahme hatte. Anscheinend war sein Bedarf an Kunst und Kultur für den heutigen Vormittag inzwischen mehr als gedeckt, denn jetzt steuerte er zielstrebig auf den Ausgang zu. Lou folgte ihm nur widerwillig, sie hätte sich noch gerne mit ihrem ehemaligen Lehrer über ihre Malerei unterhalten. Sein Urteil war ihr nach wie vor wichtig. Doch sie stellte die Fragen, die ihr auf der Seele brannten, vorerst hinten an. Von einem Ignoranten wie Lucky konnte sie kein Verständnis erwarten. Sie beschloss, wieder herzukommen, wenn die Gelegenheit günstiger war. Ohne Zeitdruck und erst recht ohne Lucky.

★★★★

Lucky knurrte der Magen. Sie hatten fast zwei Stunden in der Galerie vergeudet, den abgehobenen Worten dieses überdrehten Mannes zugehört und sich Bilder ansehen müssen, die er sich nicht für Geld und gute Worte an seine noch kahlen Wände gehängt hätte. Wenn das Kunst war, wollte er gerne darauf verzichten. Wie konnte Lou sich dieses Geschwätz anhören, ohne Bruno van der Sand zu unterbrechen? Wie konnten sie und Tessa überhaupt für diesen weltfremden Typen geschwärmt haben? Es war ihm absolut unverständlich.

Als sie hinaus auf die Straße traten, atmete er tief durch. Froh, endlich wieder im normalen Leben angekommen zu sein. Mittlerweile war der blaue Morgenhimmel einem tristen Grau gewichen. Doch dieses Grau war ihm allemal lieber als die weiße Wunderwelt, die ihn oben in der Galerie umgeben hatte. Anders als er, schien Lou von Bruno van der Sand und der Ausstellung beeindruckt zu sein. Seit sie die Räume der Galerie verlassen hatten, schwärmte sie ununterbrochen von seinem Händchen, begabte Talente zu entdecken und zu fördern.

»Ich fand die Bilder deprimierend.« Lucky konnte sich diese Bemerkung nicht verkneifen. »Alles in Schwarz und Grau, als ob es nicht schon genug Tristesse im Leben gäbe. Ich hoffe, deine Gemälde sind bunter.«

»Das sind sie«, musste Lou unwillkürlich lächeln, »aber Larissa Rogowski ist trotzdem ein begnadetes Talent. Auch wenn ihre Farbauswahl zugegebenermaßen ein bisschen auf die Stimmung drückt. Du musst nur versuchen, ihren künstlerischen Ansatz zu verstehen und dich ihrer Perspektive zu öffnen, dann wirst du trotz allem von ihrer Darstellung fasziniert sein.«

»Dein Ernst?« Lucky sah sie belustigt an. Glaubte Lou wirklich, was sie gerade von sich gab? »Mir kommt so was jedenfalls nicht an meine Wand.«

»Vermutlich hast du Motorrad- und Playboy-Poster aufgehängt«, stichelte Lou. »Oder doch lieber Rockstars? Ich tippe auf Motörhead, Iron Maiden oder Deep Purple. Vielleicht auch Black Sabbath und den Fürsten der Finsternis, Ozzy Osbourne? Hab ich recht?«

»Ich bin kein Teenager mehr«, entgegnete Lucky genervt, bemühte sich aber, seine aufkeimende miese Stimmung zu unterdrücken. Erneut knurrte sein Magen. Ein flüchtiger Blick auf seine Uhr zeigte ihm, dass dieses Hungergefühl durchaus Berechtigung hatte, denn es war bereits Mittag.

»Was hältst du davon, wenn wir irgendwo ein Häppchen essen gehen«, schlug er vor. »Anschließend muss ich unbedingt nach Hause. Duschen, mir saubere Klamotten anziehen und dann Johnson in der *Luke* ablösen, bevor wir heute Abend diesen blasshäutigen Bassisten treffen.«

Seine Bemerkung schien Lou aus ihren entrückten Gedanken zu reißen. Sie schwebte nach wie vor auf Wolke sieben, da hatte so etwas Profanes wie Nahrungsaufnahme natürlich keinen Platz. Überraschenderweise stimmte sie seinem Vorschlag dennoch zu. Lucky war erleichtert. Wenigstens diesbezüglich gab es keine Diskussion.

Im *Pännche*, einem beliebten Bistro, das fast rund um die Uhr geöffnet hatte, herrschte um diese Zeit bereits reger Betrieb. Lucky registrierte, dass Lous Augen bewundernd über die appetitanregenden Törtchen in den Vitrinen glitten.

»Siehst du, das ist wahre Kunst«, stichelte er und fing sich für diese Bemerkung umgehend einen strafenden Blick ein. Er zuckte entschuldigend die Schultern und nahm an einem kleinen Tisch in der Ecke des im Retro-Stil eingerichteten Gastraumes Platz.

»Magst du Pfannkuchen?«, erkundigte er sich. »Das *Pännche* ist bekannt für seine ausgefallenen Kreationen.«

Lou schüttelte den Kopf. »Ich nehme lieber einen Salat und anschließend eines dieser kleinen Törtchenwunder.« Sie zeigte auf eine Vitrine, die reichhaltig bestückt war.

Nachdem Lucky die Bestellung aufgegeben hatte, kam er direkt zur Sache. »Ich weiß ja, dass du Bruno van der Sand verehrst, aber wenn du mich fragst, hat dieser Typ gewaltig eine

Schraube locker.« Er tippte sich gegen die Stirn.

Lou biss sich auf die Unterlippe. Ein deutliches Anzeichen dafür, dass sie sich über seinen Kommentar ärgerte.

»Du solltest nicht so über ihn urteilen«, tadelte sie. »Dir fehlt einfach das Verständnis für Kunst.«

»Ja klar«, stöhnte Lucky. »Ist dir schon mal aufgefallen, dass in der Kunst immer alles schöngeredet wird. Selbst wenn die Bilder noch so grässlich sind, ist offen ausgesprochene Kritik nicht erwünscht. Ihr beweihräuchert euch lieber selbst und drückt jedem, der klare Worte findet, den Stempel des unwissenden Idioten auf. Ich sag's mal ganz deutlich: Nicht alles, was sich Kunst schimpft, hat diese Bezeichnung auch verdient. Und die vermeintliche Kunst, die bei van der Sand hängt, braucht meiner Meinung nach kein Mensch.«

»Das sagt derjenige, der auf Comics steht und Abziehbildchen verkauft«, fuhr Lou ihm harsch dazwischen.

Er warf ihr einen gereizten Blick zu. Allmählich begann ihre überhebliche Art ihn gewaltig zu nerven. Seit ihrem Besuch in der Galerie war Lou komplett verändert, als hätte dieser Spinner sie einer Gehirnwäsche unterzogen.

»Du merkst schon, wie arrogant du klingst, oder?«, blaffte er sie deshalb unfreundlicher als beabsichtigt an. Ihm waren grundsätzlich Menschen zuwider, die sich aus unerfindlichen Gründen für etwas Besseres hielten. Eigentlich hatte er Lou nicht so eingeschätzt, sondern sie ziemlich nett gefunden. Das änderte sich gerade gewaltig. Sein Blick verfinsterte sich. »Du weißt gar nichts über mich, Lou. Du kennst mich kaum und glaubst dennoch, ein Urteil über mich und das, was ich tue, fällen zu können. Na und, dann steh ich eben auf Comics und verkaufe Abziehbildchen. Ich habe meine Gründe dafür.«

»Dann erzähle mir halt was über dich«, verteidigte sie sich

heftig. »Bislang weiß ich nicht mal, wo du eigentlich herkommst. Aus Urdenbach oder Benrath bestimmt nicht, sonst würde ich dich kennen.«

»Zuletzt habe ich in der Nähe von Kiel gelebt«, antwortete er knapp.

»Das ist alles?«, sie sah ihn herausfordernd an, »mehr hast du mir nicht zu sagen?«

Genau in diesem Moment brachte die Kellnerin das Essen an den Tisch, was Lucky die perfekte Gelegenheit bot, Lous Frage zu überhören. Statt ihr zu antworten, griff er beherzt nach dem Besteck. »Endlich, ich hab riesigen Kohldampf.«

»Und schon siegt der Körper wieder über den schwachen Geist«, stichelte Lou. »Ist dir eigentlich bewusst, dass das vermeintliche Hungergefühl, das du verspürst, nur Hysterie des Körpers ist? Im Grunde hast du keinen Hunger. Ich möchte sogar sagen, du weißt gar nicht, was das ist. Du hast einfach Lust, dir deinen unersättlichen Bauch vollzuschlagen.«

Nur mit Mühe gelang es Lucky, eine unwirsche Antwort zu unterdrücken. Er wollte sich jetzt nicht mit Lou streiten. Sie hatten derzeit wirklich andere Probleme. Deshalb zog er es vor zu schweigen. Auch Lou stocherte stumm in ihrem Essen herum. Gerade als er glaubte, sie hätte ihre Inquisition aufgegeben, legte sie erneut los.

»Hat es dir die Sprache verschlagen? Ich dachte, du gibst mir die Möglichkeit, dich besser kennenzulernen.«

»Wozu?«, entgegnete Lucky spöttisch, »du hast dir doch längst dein Urteil über mich gebildet. Schon vergessen? Ich bin der Typ mit dem schwächelnden Geist, dem gierigen Körper, ach ja, und nicht zu vergessen, dem infantilen Verlangen nach Spielzeug und Comics.«

Er schob seinen leeren Teller zur Seite, kippte den letzten

Schluck Cola hinunter und winkte die Bedienung heran, um zu bezahlen.

»Lucky, bitte«, sie machte eine entschuldigende Geste, »sprich mit mir.«

»Ein anderes Mal vielleicht.« Er schob den Stuhl zurück und stand auf. »Jetzt ist mir die Lust auf Konversation vergangen.«

»Klar doch«, giftete Lou, die nun gar nicht mehr versöhnlich wirkte. »Wenn's unangenehm wird, machst du dicht und aktivierst den Fluchtmodus. Typisch Mann.«

»Was ist? Willst du hier Wurzeln schlagen oder können wir gehen?« Lucky beschloss, dem unschönen Streit ein Ende zu setzen, indem er über ihre letzte Bemerkung einfach hinwegging. Sie zu ignorieren und einfach weiterzumachen, war vielleicht nicht die beste, definitiv aber die bequemste Lösung.

Sichtlich missmutig folgte ihm Lou aus dem Bistro auf die Straße hinaus. Mittlerweile hatte es zu regnen begonnen, was die Laune nicht unbedingt besserte. Ihr aufsässiger Blick, als sie sich den Helm aufsetzte und hinter ihm auf der Harley Platz nahm, sprach Bände. Lucky war überzeugt davon, dass sie am liebsten zu Fuß nach Hause spaziert wäre, statt hinter ihm zu sitzen und sich an ihm festzuklammern. Die innerliche Distanz, die zwischen ihnen entstanden war, konnte er quasi körperlich spüren. Dabei gab es keinen Grund, sauer zu sein, nur weil er seine Meinung geäußert hatte. Schließlich hatte sie ihn mit ihren abfälligen Bemerkungen über sein Leben zur Weißglut gebracht. Es wurmte ihn, dass sie bei dieser überflüssigen Streiterei ihr eigentliches Ziel aus den Augen verloren hatten. Schließlich ging es weder um Lou noch um ihn, sondern ausschließlich um Tessa.

Als er zwanzig Minuten später in seinem Badezimmer unter der Dusche stand, hatte er seinen Ärger weitestgehend abgehakt. Denn Lucky mochte vieles sein, nachtragend war er nicht. Er zog sich eine trockene Jeans und einen frischen Pulli an, bevor er nach unten ins Büdchen ging. Johnson war gerade dabei, eine neue Ladung Chips in das bereits übervolle Regal zu stopfen. Sein Becher mit dampfendem Tee aus einer selbstgefertigten Mischung roch intensiv und wenig vertrauenerweckend. Lucky wollte gar nicht wissen, welche Pflanzen sein Kumpel dafür miteinander in psychoaktiven Einklang gebracht hatte. Er nahm sich lieber einen Energydrink aus dem Kühlschrank. Ein kleiner Powerschub konnte nicht schaden, wenn er an den vermutlich langen Abend dachte.

»Habt ihr schon was über Tessas Verbleib in Erfahrung bringen können?«, erkundigte sich Johnson interessiert.

»Nope. Rein gar nichts.« Lucky konnte nicht verhindern, dass in seiner Stimme leise Enttäuschung mitschwang. »Eventuell kann uns der Musiker heute Abend weiterhelfen. Aber ich habe, was das betrifft, keine allzu großen Hoffnungen.«

Er setzte die Dose an und ließ den Großteil des herrlich kalten Getränks durch seine Kehle rinnen. Dann wischte er sich mit seinem Arm den Mund ab. »Mal ehrlich, Johnson. Was soll Yannick Schwarz mit Tessas Verschwinden zu tun haben? Das macht alles keinen Sinn.«

»Man sieht nur, was man sehen will«, philosophierte Johnson. »Schon Wilhelm Busch sagte: ›Ach, die Welt ist so geräumig und der Kopf ist so beschränkt‹«. Er zwinkerte Lucky zu. »Vielleicht ist es einen Versuch wert, deine Beschränkungen aufzuheben, falls es dir möglich ist.«

»Danke für den Tipp«, knurrte Lucky ungehalten und kickte die Dose mit Schwung in eine große Tonne, in der sich bereits einiges an Leergut stapelte. »Warum gründest du mit Lou nicht einen Klub?«, schlug er vor. »Offensichtlich seid ihr zwei derart helle, dass ich kleines Licht da nicht mithalten kann.« Er zog ein Asterix-Heft aus dem Regal und ließ sich auf seinem Hocker hinter der Theke nieder. »Widmet ihr euch ruhig der Kunst und Philosophie. Ich lese lieber ›Asterix und der Greif‹. Nenne du es ruhig Beschränktheit, für mich ist es Lebenshilfe in Reinkultur.«

Johnson gluckste belustigt. »Na, dann will ich dich bei deinen fundamentalen Studien nicht weiter stören. Wir sehen uns morgen früh in alter Frische.«

****

Lou stand am Fenster und betrachtete versunken zwei kleinen Kohlmeisen, die vergnügt auf dem Rasen hinter dem Haus miteinander spielten. Sie hingegen war alles andere als vergnügt, sondern fühlte sich mies, denn Lucky hatte sie mehr oder weniger wortlos vor der Tür ihres Heims abgesetzt. Heim, sie musste fast lachen. Wie konnte dieses Haus ohne Tessa für sie ein Zuhause sein – wenn auch nur ein vorübergehendes? Sie lehnte ihren Kopf gegen die kühle Scheibe, an der kleine Regentropfen sich langsam den Weg nach unten bahnten. Mit ihrem Finger folgte sie der Spur, die hier und da von der Ideallinie abwich. Auch sie war heute vom richtigen Weg abgewichen, denn sie hatte mit ihren Worten Lucky gekränkt. Den einzigen Menschen, den sie hier kannte und der sofort bereit gewesen war, ihr ohne Wenn und Aber zu helfen. Was machte es also aus, dass er sich nicht für Kunst interessierte? Lou wandte sich ab und ging in die Küche, um sich einen Tee zuzubereiten. Bedächtig kramte sie nach der kleinen, portugiesisch anmutenden Teekanne, die sie und Tessa gemeinsam bei ihrem letzten Besuch im *Ausprobierladen* erstanden hatten. Lou liebte dieses handgefertigte Stück, dessen Griff aus geöltem Olivenholz war und sie an etliche Urlaube an der Algarve erinnerte. Während das mittlerweile munter blubbernde Wasser über das prall gefüllte Tee-Ei plätscherte, spielte sie mit dem Gedanken, in diesem Tempel für feine Kost und Tischkultur baldmöglichst nach einem Entschuldigungsgeschenk für Lucky zu suchen. Es stimmte. Sie war ein bisschen überheblich gewesen. Aber wenn es sich um Kunst handelte, gingen die Pferde gelegentlich mit ihr durch. Bei ihren Mitbewohnern in der alten Künstler-Villa in Albonago fiel dieses Verhalten nicht weiter auf. Im Grunde waren sie alle auf die eine oder andere Weise ein bisschen verrückt. Obwohl sie sich dagegen wehrte, überkam sie ein hefiges Gefühl von Sehnsucht nach Lugano. Ohne Tessa fühlte sie sich in ihrer alten Heimat einsam, zumal ihre Eltern inzwischen ihr Rentnerdasein in einem kleinen Dorf in Ostfriesland genossen. Und jetzt hatte sie sich auch noch mit Lucky gestritten. Ob sie lieber die Sache der Polizei melden und nach Hause fahren sollte? Dort könnte sie jetzt im warmen Sonnenschein nur im T-Shirt auf der Steinterrasse sitzen, entspannt einen Espresso schlürfen und sich ein saftiges Stück Torta di Pane einverleiben. Auch ein kleiner Nocino wäre nicht schlecht. Lou liebte diesen Nusslikör, der umgehend die Laune hob. Ebenso wie die endlosen Gespräche mit Gino, Roberto und Ramona über den Sinn und Unsinn von Kunst, die Werke neuer Künstler oder Ausstellungen im MASI, dem *Museo d'arte della Svizzera italiana*. Sie seufzte und warf einen Blick auf die Uhr. Mittlerweile war es fast drei. Bis zum Treffen mit Yannick Schwarz in der *Alten Apotheke* waren es noch sieben endlos lange Stunden. Wie sollte sie sich nur die Zeit vertreiben? Erneut kam ihr Bruno van der Sand in den Sinn. Wenigstens er konnte ihre Leidenschaft für Kunst teilen. Das war damals schon so gewesen. Als ihre Eltern auf Lous Wunsch, Künstlerin zu werden, mit absolutem Unverständnis reagiert hatten, hatte van der Sand ihr zur Seite gestanden und für sie Partei ergriffen. Ebenso wie Tessa, die nie einer Konfrontation aus dem Weg gegangen war.

Lou stellte ihre leere Tasse auf die Anrichte, denn jetzt war ihr klar, was sie als Nächstes tun musste. Auch wenn Lucky es offensichtlich für verfrüht hielt, die Polizei einzuschalten, würde sie nach Benrath aufbrechen, um eine Vermisstenanzeige aufzugeben. Sie schlüpfte erneut in ihre Stiefeletten und streifte den Parka über, der noch von der Regenfahrt auf dem Bike feucht war. Dann schlug sie die Tür hinter sich zu und machte sich zu Fuß auf den Weg zur Polizeiwache. Es dauerte knapp zwanzig Minuten, ehe sie die Benrather Dienststelle in der Börchemstraße erreicht hatte. Lou schüttelte sich wie ein nasser Hund, dann atmete sie tief durch und betrat entschlossen das Gebäude.

Knapp eine Stunde später stand sie wieder auf der Straße. Anders als Lucky vermutet hatte, waren ihre Ängste ernst genommen worden. Mehr als ernst sogar. Eigentlich sollte sie sich darüber freuen, aber es gab keinen Grund dazu. Denn ihre schlimmsten Befürchtungen waren noch verstärkt worden. Streit hin oder her, sie musste so schnell wie möglich mit Lucky sprechen und ihm mitteilen, was sie auf der Polizeiwache erfahren hatte. Lou setzte sich in Bewegung und trabte eilig über die feuchten Wege des Schlossparks in Richtung Urdenbach, während der mittlerweile heftig prasselnde Regen sie völlig durchnässte. Wie ausgestorben war es hier, nur einige Stockenten, die sich durch ihre Anwesenheit gestört fühlten, bedachten sie mit einem vorwurfsvollen Blick. Normalerweise hätte sich Lou darüber amüsiert, doch heute war es ihr egal. Endlich erreichte sie die Urdenbacher Dorfstraße. Noch nie war ihr der

Weg zwischen Benrath und Urdenbach so lang vorgekommen. Sie schnaufte kurz durch, bevor sie *Lucky's Luke* ansteuerte. Als sie schließlich die Tür zum Büdchen schwungvoll aufstieß und klatschnass den Verkaufsraum betrat, starrten sie gleich drei Augenpaare erstaunt an. Denn anders als sie erwartet hatte, war Lucky nicht allein, sondern hatte Kundschaft. Auch das noch! Zwei unentschlossene Kinder, die nicht wussten, wofür sie ihr spärliches Taschengeld ausgeben sollten, aber umso mehr Zeit mitgebracht hatten. Lou spürte, dass ein bohrendes Gefühl der Ungeduld sie ergriff. Allzu gerne hätte sie die lästige Bagage mit ein paar deutlichen Worten hinauskomplimentiert, um ungestört mit Lucky reden zu können. Der aber ließ sich nicht aus der Ruhe bringen und zeigte eine Engelsgeduld.

»Drei Salinos, bitte. Und dann noch vier Schnuller, zwei weiße Mäuse, drei Schnecken und zwei Lakritzstangen.« Ein schmuddeliger Finger, dem ein bisschen Seife durchaus gutgetan hätte, zeigte auf die prall gefüllten Gläser mit Schnuck. Lucky füllte bedächtig das Tütchen, das er in der Hand hielt. Dann schaute er das zweite Kind fragend an.

»Und du Clemens? Was darf ich dir geben?«

Clemens schien die offensichtlich lebenswichtige Entscheidung noch länger hinauszögern zu wollen als sein Kumpel. Minutenlang starrte er auf die Gläser, deren Inhalt er vermutlich längst kannte. Er seufzte tief und Lou hätte es ihm am liebsten gleichgetan. Stattdessen trat sie ungeduldig von einem Fuß auf den anderen und hoffte, dass Lucky die Dringlichkeit ihres Besuchs bemerken würde. Im Moment sah es jedoch nicht danach aus. Endlich hatte Clemens seine Wahl getroffen.

»Drei Lutscher, eine Schleckmuschel, ein Bubblegum und vier Brausetütchen«, murmelte er zögerlich.

Nachdem Lucky alles eingetütet hatte, kramten die beiden

umständlich ein paar Münzen aus ihren Hosentaschen, legten sie auf den Tresen und verließen zufrieden das Büdchen – endlich.

Lucky nahm ein weiteres Tütchen und sah sie fragend an. »Möchtest du auch etwas zur Beruhigung deiner Nerven haben oder was führt dich hierher? Wenn ich mich recht entsinne, sind wir erst später verabredet.«

Sie prüfte seinen Gesichtsausdruck und fragte sich, ob er noch immer sauer auf sie war. Falls ja, konnte er es zumindest gut überspielen. Unwillig schüttelte sie den Kopf. »Ich muss dir dringend etwas erzählen. Tessa ist nicht die einzige Person, die im Düsseldorfer Süden verschwunden ist.«

Jetzt legte Lucky das Tütchen, das er noch immer in der Hand hielt, beiseite. »Ach«, bemerkte er überrascht, »und woher weißt du das?«

»Von der Polizei.« Fast trotzig sah sie ihn an. »Ja, ich weiß, dass du die Polizei noch nicht einschalten wolltest, aber ich habe es nach unserem Streit einfach nicht mehr alleine in Tessas Haus ausgehalten und musste etwas unternehmen. Also war ich vorhin auf der Benrather Wache, um die Vermisstenanzeige aufzugeben Und leider sieht es so aus, als sei alles deutlich schlimmer, als wir befürchtet haben.« Mühsam versuchte sie, die aufsteigenden Tränen zu unterdrücken, die sich mit Gewalt ihren Weg nach oben bahnten. Sie wollte keinesfalls vor Lucky die Fassung verlieren. Doch offensichtlich hatte er längst bemerkt, wie angeschlagen ihr Nervenkostüm war. Denn jetzt kam er hinter dem Tresen hervor, schloss die Tür des Büdchens von innen ab und drehte das Schild von *open* auf *closed*.

»Komm, lass uns nach oben in meine Wohnung gehen, dann kannst du mir alles in Ruhe erzählen«, schlug er vor.

Stumm folgte ihm Lou durch die Hintertür in ein enges

Treppenhaus, in dem es roch, als hätten sich Essensdünste und Bohnerwachs über Jahrhunderte hinweg zu einem provinziell anmutenden Aroma gepaart, das die Vergangenheit bewahren wollte. Sie hatte bislang keinen Gedanken daran verschwendet, wo oder wie Lucky lebte. Wozu auch? Sie konnte ihn, wenn er nicht bei ihr war, fast jederzeit im Büdchen finden Jetzt ließ sie ihren Blick neugierig durch den Flur schweifen, während sie langsam hinter ihm die alten Holzstufen hinaufstieg. Im ersten Stock blieb er stehen, schloss die Wohnungstür auf und bat sie herein.

»Entschuldige«, er fischte ein T-Shirt vom Boden und warf es lässig beiseite, »ich habe keinen Besuch erwartet. Es ist ein bisschen – sagen wir mal – unaufgeräumt.«

›Unaufgeräumt‹ war äußerst charmant formuliert, ›chaotisch‹ hätte es deutlich besser getroffen, fand Lou.

»Nimm Platz«, forderte Lucky sie auf, nachdem er einen Stapel Zeitschriften von der Couch entfernt und auf einen Tisch gelegt hatte, der in den 70er-Jahren sicher superstylish gewesen war, bei ihr aber umgehend auf dem Sperrmüll gelandet wäre.

»Ich mache uns einen Kaffee. Oder willst du lieber einen Schnaps?« Er hängte ihren vom Regen durchnässten Parka an einem Garderobenständer auf, den er kurzerhand vor die Heizung schob. Lou musterte die spartanische Möblierung und fragte sich, wie man so leben konnte. Die kleine Küchenzeile, die in das Wohnzimmer integriert war, hatte schon einige Jahre auf dem Buckel. Nur der knallrote amerikanische Kühlschrank, der in der Ecke stand, sah neu aus. Entweder legte er keinen Wert auf Wohnkultur oder konnte sich gescheite Möbel einfach nicht leisten.

»Lou?«, sie fuhr zusammen und fühlte sich ertappt, als er sie ansprach, »Kaffee oder Schnaps? Oder beides?«

»Beides«, entschied sie spontan.

Es dauerte nicht lange, bis ein randvolles Schnapsgläschen und ein dampfender Kaffee vor ihr auf dem Tisch standen. Lucky setzte sich ihr gegenüber auf einen alten Hocker.

»Jetzt erzähl schon, was los ist«, forderte er sie auf.

Krampfhaft suchte Lou nach den passenden Worten. Mit einem Mal scheute sie sich davor, laut auszusprechen, was sie bei der Polizei erfahren hatte. Als würde erst durch den Klang ihrer Stimme real, was nicht real sein sollte. Sie starrte gebannt in Luckys Augen, deren intensives Blau eine nahezu hypnotische Wirkung auf sie ausübte.

»Hey«, riss seine Stimme sie jetzt unsanft in die graue Wirklichkeit zurück, »sagst du mir jetzt endlich, was du auf der Polizeiwache erfahren hast?«

Sie atmete tief durch, um den Druck, der augenblicklich wieder auf ihrer Brust lastete, wenigstens geringfügig zu mindern. Dann griff sie nach ihrem Schnaps und kippte den eiskalten Klaren in einem Zug hinunter.

»Also«, setzte sie an, »anders als du vermutet hast, hat man mir bei der Polizei Aufmerksamkeit geschenkt. Wenn ich ehrlich bin, sogar mehr, als mir lieb ist.« Sie stockte einen Moment, ehe sie fortfuhr. »Es ist nämlich so, dass im Düsseldorfer Süden zwei weitere Menschen auf mysteriöse Weise verschwunden sind. Ein Mittvierziger namens Carl Behrens und eine junge Frau, die zuletzt an der Meliesallee gesehen wurde. Ihr Name ist Madeleine Brinker. Deshalb musste ich umgehend mit der Kripo sprechen. Präziser gesagt, mit dem zuständigen Kriminalhauptkommissar Konstantin Kirchberg, der gemeinsam mit seiner Kollegin Koch die Fälle bearbeitet.«

»Sie haben dir die Namen der Vermissten genannt?«, wunderte sich Lucky. »Ist das das übliche Prozedere?«

»Keine Ahnung«, entgegnete Lou. »Aber da bereits in der Presse nach beiden gesucht wurde, spielt es wohl keine Rolle. Hast du davon nichts mitbekommen?«

»Höre ich da einen leisen Vorwurf in deiner Stimme?« Lucky runzelte die Stirn. »Wenn ja, dann entschuldige ich mich dafür, dass ich den Regionalteil der Zeitung in der Regel nur überfliege, weil mich der Dorfklatsch nicht interessiert. Mea culpa!« Er stand auf, holte die angebrochene Flasche Korn und schenkte Lou einen weiteren Schnaps ein.

»Für einen Zusammenhang zwischen den Vermisstenfällen gibt es noch keine konkreten Hinweise«, schniefte Lou. »Aber Kirchberg scheint ihn zumindest für möglich zu halten. Vielleicht ist alles auch ein merkwürdiger Zufall. Ich hatte den Eindruck, die Kripo tappt noch komplett im Dunkeln.«

»Meliesallee …?«, überlegte Lucky leise. »Wohnt da nicht das Unternehmerehepaar, über das Tessa recherchiert hat? Vielleicht sollte ich mir die Herrschaften mal näher ansehen.«

»Was hast du vor?«, fragte Lou interessiert.

Doch ehe Lucky antworten konnte, störte das Klingeln seines Smartphones ihre Unterhaltung. Lucky warf einen kurzen Blick auf sein Display.

»Sorry, da muss ich rangehen«, entschuldigte er sich. Dann stand er auf und verließ den Raum, um ungestört telefonieren zu können. Kurz darauf kehrte er ins Wohnzimmer zurück.

»Es tut mir leid, dass du warten musstest. Das war Stammkundschaft, die dringend ein paar Kästen Bier braucht. Ich geh kurz runter in den Laden. Es dauert nicht lange, du kannst es dir inzwischen hier gemütlich machen.«

Lou nickte lahm. Sie spürte mittlerweile die auf wunderbare Weise einlullende Wirkung der Schnäpse. Als die Tür leise hinter Lucky ins Schloss schnappte, erhob sie sich, um seine Wohnung näher zu inspizieren. Es war die perfekte Gelegenheit, einen Blick in die anderen Räume zu werfen. Das Schlafzimmer war genauso puritanisch eingerichtet wie das Wohnzimmer – und ebenso unordentlich. Das Bett war zerwühlt und die Klamotten, die er am Vortag getragen hatte, lagen verstreut auf dem Boden vor dem Schrank. Lou fühlte das dringende Verlangen, dieses Chaos zu beseitigen, aber ihr war klar, dass sie in diesem Raum eigentlich nichts verloren hatte. Ihr Blick suchte nach Fotos oder persönlichen Dingen, die ihr mehr über Lucky verraten würden. Vergeblich! Offenbar legte er keinen besonderen Wert auf Erinnerungsstücke.

Sie verließ das Schlafzimmer und lauschte an der Wohnungstür, um zu hören, ob Lucky sich womöglich bereits auf dem Rückweg befand. Aber im Hausflur war es noch still. Anscheinend war er noch mit seiner Kundschaft beschäftigt. Deshalb wagte sie, eine weitere Tür zu öffnen, hinter der sie eine steile Stiege entdeckte, die in die obere Etage führte. Lou zögerte kurz. Sie wusste, dass es nicht richtig war, was sie hier tat, aber Lucky gab ihr Rätsel auf. Und noch mehr Rätsel konnte sie in ihrem Leben derzeit wirklich nicht brauchen. Langsam stieg sie die Treppe empor und betrat den ausgebauten Dachboden des Hauses. Wow – sie pfiff spontan durch die Zähne. Hier oben hatte sich Lucky einen Trainingsraum eingerichtet, der – anders als die Wohnräume in der darunterliegenden Etage – top ausgestattet war. An Geld schien es ihm also nicht zu mangeln, auch wenn seine Wohnung diesen Eindruck erweckte. In einer Ecke unter der Dachschräge fielen ihr einige Umzugskisten auf, die Lucky aus unerfindlichen Gründen noch nicht ausgepackt hatte. Lou juckte es in den Fingern, in diese Kartons hineinzuschauen. Sie zog den ersten hervor und klappte den Deckel auf. Der Inhalt war sorgfältig mit Zeitungspapier bedeckt. Erneut meldete sich ihr Gewissen. Was um Himmelswillen machte sie hier eigentlich? Lucky war der einzige Mensch, der ihr in der jetzigen Situation zur Seite stand, und sie hatte nichts Besseres zu tun, als in seinen privaten Sachen zu schnüffeln? Schweren Herzens klappte sie die Kiste wieder zu und drehte sich um. Erst jetzt bemerkte sie die dunkle Gestalt, die hinter ihr stand. Lucky! Sie hatte ihn gar nicht kommen hören, so lautlos hatte er den Raum betreten. Lou spürte, dass ihr die Röte ins Gesicht schoss und sich ihr Herzschlag beschleunigte. Sie fühlte sich wie eine Kröte im Schlangenmaul, die sich aus ihrer ausweglosen Lage nicht mehr befreien konnte und der grausamen Tatsache ins Auge sehen musste, dass sie bald verspeist werden würde. Sie wagte kaum zu atmen, denn Lucky sah sie aus zusammengekniffenen Augen an und wirkte plötzlich gar nicht mehr so harmlos wie sonst.

»Lou?«, raunte er leise, wobei sein Blick sie förmlich durchbohrte, »suchst du etwas Bestimmtes? Kann ich dir dabei vielleicht behilflich sein?«

Lou schluckte nervös. Ihre Kehle war trockener als der Sand in der chilenischen Atacama-Wüste. In ihren Ohren spürte sie das hektische Pochen ihres Herzschlags. Krampfhaft suchte sie nach einer plausiblen Erklärung für ihr Verhalten. Aber die gab es nicht. Schuldbewusst sah sie auf den Boden und zuckte dann entschuldigend mit den Schultern.

»Was soll ich sagen? Ich war neugierig. Ich dachte, vielleicht erfahre ich etwas über dich, wenn ich mich hier umschaue. Es tut mir leid, aber du warst heute Mittag nicht sehr mitteilsam.«

»Du hättest mich einfach noch mal fragen können.« Die Enttäuschung, die in seiner Stimme mitschwang, war nicht zu überhören. »Traust du mir etwa nicht? Oder denkst du, ich habe etwas mit Tessas Verschwinden zu tun?«

Seine Frage traf sie unvorbereitet. Hatte er womöglich recht mit dieser Vermutung? Glaubte sie tief in ihrem Inneren, dass er in das ganze Geschehen verstrickt war?

»Bist du verrückt? Natürlich traue ich dir, sonst wäre ich nicht hier.« Sie lachte, wobei sie selbst merkte, wie aufgesetzt dieses Lachen klang.

»Ganz ehrlich«, entgegnete er sichtlich angefressen, »du lügst grottenschlecht.« Dann drehte er sich ohne ein weiteres Wort um und ließ sie einfach stehen. Bedrückt folgte ihm Lou die schmale Treppe hinab ins Wohnzimmer.

»Lucky.« Sie berührte zaghaft seinen Arm. »Es tut mir wirklich leid, dass ich deine Kiste geöffnet habe. Ich vertraue dir. Ganz bestimmt.«

»Du hast eine sehr merkwürdige Art, das zu zeigen«, entgegnete er trocken und öffnete ihr die Wohnungstür. »Ich denke, es ist besser, wenn du jetzt gehst.«

Zögernd nahm Lou ihre Jacke von der Garderobe.

»Sehen wir uns denn später?« Flehentlich schaute sie ihn an. »Gehst du noch mit mir zur *Alten Apotheke* oder war's das jetzt mit deiner Unterstützung?«

»Halb zehn bei dir«, antwortete er nur knapp, bevor er die Tür nicht gerade leise hinter ihr schloss.

Kapitel 5

Als sie die *Theke* gegenüber der *Böke Pomp*, dem alten Urdenbacher Wahrzeichen, betraten, schlug ihnen bereits lautes Stimmengewirr entgegen. Im Gegensatz dazu herrschte zwischen Lou und Lucky weiterhin eisiges Schweigen. Sie schien ihm gegenüber immer noch ein schlechtes Gewissen zu haben. Zugegebenermaßen hatte Lucky Spaß daran, sie ein bisschen schmoren zu lassen. Was schnüffelte sie auch bei ihm herum, als hätte er etwas zu verbergen? Er warf einen prüfenden Blick auf die anwesenden Gäste. Yannick Schwarz konnte er nirgendwo entdecken, aber sie waren auch zwanzig Minuten zu früh. Deswegen dirigierte er Lou langsam zu einem Tisch, von dem aus er die Tür problemlos im Auge behalten konnte.

»Magst du Guinness?«, durchbrach er das Schweigen.

Lou nickte stumm. Wenn sie nicht bald ihre Sprache wiederfände, würde es ein extrem langweiliger Abend werden. Lucky gab der Bedienung ein Zeichen und orderte zwei Gläser des irischen Schwarzbiers. Dann streckte er seine langen Beine von sich und beschloss, dem unsinnigen Theater ein Ende zu bereiten, bevor Yannick Schwarz hier auflaufen würde. Er beugte sich zu Lou vor und bedachte sie mit einem entgegenkommenden Lächeln.

»Nun mal Butter bei die Fische, Lou. Was hat dich so sehr an meinem privaten Kram interessiert?«

Lou wirkte betreten. Sie knibbelte sichtlich nervös an ihrem Bierdeckel herum, bis sie es endlich wagte, ihm in die Augen zu schauen.

»Wenn ich ehrlich bin, weiß ich es selbst nicht genau. Ich habe so viele Fragen und keine Antworten.« Sie nahm einen kräftigen Schluck aus ihrem Glas. »Vermutlich habe ich geglaubt, ich finde zumindest einige bei dir.«

»Und?«, fragte er leise, »hast du deine Antworten gefunden?«

»Nein«, gab sie zu, »habe ich nicht. Weil ich nämlich den Karton wieder zugeklappt und nicht hineingeschaut habe, wie du vielleicht bemerkt hast.«

»Okay«, bemühte sich Lucky, seine Belustigung zu unterdrücken, »dann sag mir, was du über mich wissen willst.«

Während im Hintergrund ›Don't fear the Reaper‹ von Blue Öyster Cult aus der Musikbox schepperte, fragte er sich, ob er sich mit dieser Aufforderung womöglich zu weit aus dem Fenster lehnte. Er hatte zwar nichts zu verbergen, aber auch keine Lust, ihr allzu viel aus seinem Leben zu erzählen. Es gab einfach Dinge, die er vergessen wollte, ja musste, um halbwegs unbeschwert weiterleben zu können. Allerdings war es ihm wichtig, ihre Zweifel an seiner Person auszuräumen. Also ergriff er selbst die Initiative.

»Um es auf den Punkt zu bringen. Ich heiße Alex Luckmann, bin 32 Jahre alt, habe die letzten Jahre in der Nähe von Kiel gewohnt und betreibe jetzt ein Büdchen in Urdenbach. Das meiste davon weißt du schon und viel mehr gibt es auch nicht zu erzählen. Das sind die relevanten Fakten. Was fehlt dir noch?«

»Ein paar Infos aus deiner Vergangenheit wären schön«, sagte Lou. »Es ist nämlich gar nicht Tessas Art, sich mit Typen wie dir einzulassen. Ihr passt überhaupt nicht zusammen.«

»Ja klar.« Er spürte, dass erneut Ärger in ihm aufwallte. Da war sie wieder, diese anmaßende Borniertheit, mit der Lou ihn auf die Palme trieb. Ihn reizte es ungemein, sie von ihrem hohen Ross herunterzuholen. Am liebsten hätte er ihr ein paar deutliche Worte gesagt, doch er ließ das, was ihm auf der Zunge lag, unausgesprochen. Noch. Stattdessen bemühte er sich erneut um ein verbindliches Lächeln.

»Du bist doch auch mit mir zusammen. Heute Abend, in dieser Kneipe hier. Ich hätte diesen Bassisten auch alleine abchecken können. Warum bist du also mitgekommen, wenn du der Auffassung bist, dass ein Typ wie ich eurem exorbitanten Bildungsniveau nicht entspricht? Was auch immer du darunter verstehen magst.«

»Das habe ich nicht gesagt«, wehrte Lou ab. »Das interpretierst du völlig falsch. Ich finde nur, dass du anders bist als die Männer, die Tessa üblicherweise datet.«

Er legte die Stirn in Falten. »Mal abgesehen davon, dass wir keine Dates hatten, wäre es in diesem Zusammenhang interessant zu erfahren, mit was für Leuten sich Tessa sonst verabredet hat. Das könnte in der derzeitigen Situation vielleicht hilfreich sein.«

Er bemerkte, dass Lou erneut mit ihrer Antwort zögerte. Meine Güte, war diese Frau umständlich. Warum sagte sie nicht einfach geradeheraus, was ihr in den Sinn kam?

»Nun sag schon«, drängte er ungeduldig. »Als beste Freundin wirst du doch ihren Männergeschmack kennen.«

»Na schön.« Lou fuhr sich verlegen durchs Haar und starrte auf das dunkel schimmernde Bier, das vor ihr auf dem blankgescheuerten Holztisch stand. »Auf die Gefahr hin, dass ich dir auf deinen nicht vorhandenen Schlips trete – Tessa steht mehr auf den schnieken Anzugtypen. Gebildet, kultiviert, literarisch interessiert und insbesondere erfolgsorientiert.«

»Das Gegenteil von mir also. Was ein weiteres Indiz dafür ist, dass wir nicht mehr als gute Bekannte sein können«, stellte Lucky nüchtern fest.

»Hast du denn eine Freundin?«, hakte Lou nach.

»Das kann man so oder so sehen«, entgegnete Lucky ausweichend. »Maja und ich machen gerade eine Art Beziehungspause, also würde ich sagen, ich hab keine. Was ist mit dir? Bist du liiert?«

Sie schüttelte so vehement den Kopf, dass ihre Mähne, die im gedämpften Kneipenlicht golden schimmerte, ihr ein verwegenes Aussehen gab. »Ich bin derzeit überzeugter Single. Meine letzte Beziehung mit Paolo war ein Fiasko. Seinetwegen bin ich nach Lugano gezogen, doch es hat nicht gepasst. Mit ihm nicht, meine ich. Mit Lugano und mir dafür umso mehr.« Sie lächelte ihn an. »Sei ehrlich, Lucky. Warum hast du dieses Büdchen aufgemacht? Ist das dein Lebenstraum? Was hast du vorher so getrieben?«

Gerade als Lucky überlegte, wie viel er von sich preisgeben wollte, nahte die Rettung in Form von Yannick Schwarz, der die Kneipe betrat und sich suchend umsah. Lucky warf verstohlen einen Blick auf das Foto des Musikers, das er auf seinem Smartphone abgespeichert hatte. Ja, der Typ im Iron-Maiden-Shirt mit den langen schwarzen Haaren und dem blassen Teint war zweifelsfrei der Bassist von Mortal Septicemia. Er stand auf und tippte Schwarz auf die Schulter.

»Up the irons!«, begrüßte er ihn grinsend und deutete auf das Shirt. »Wie ich sehe, bist du nicht nur der Bassist von Mortal Septicemia, sondern auch Iron-Maiden-Fan.«

»Up the irons«, entgegnete Schwarz. »So isses. Und wer bist du?«

»Ich bin Lucky. Er deutete zu dem Tisch, an dem Lou saß. »Und das ist Lou. Wir sind stellvertretend für Tessa hier.«

»Tessa kommt nicht?«

Yannick Schwarz sah Lucky überrascht und gleichermaßen enttäuscht an. »Seid ihr von der Presse? Schreibt ihr auch für

Progsy Roxy? Tessa hat mir ein großes Interview in dem Musikmagazin versprochen.«

»Ja klar«, log Lucky unverblümt. »Tessa ist leider verhindert. Ein plötzlicher Auftrag, den sie nicht verschieben konnte. Aber wir sind ja hier. Setz dich zu uns an den Tisch. Ich bestell dir ein Bier.«

Er ignorierte Lous verwunderten Blick. Jetzt war nicht der richtige Zeitpunkt für große Erklärungen. Er war sich sicher, am meisten über die Band und Yannick Schwarz in Erfahrung bringen zu können, wenn er dessen Ego gewaltig pushte. Das hatte bei selbstverliebten Menschen fast immer Erfolg.

»Erzähl mal«, forderte er den Bassisten auf, »was für Projekte habt ihr zuletzt gemacht und wie sehen die künftigen Pläne von Mortal Septicemia aus? Spielt ihr bald wieder live? Vielleicht sogar hier in der *Alten Apotheke*?« Dabei legte er sein Smartphone auf den Tisch und schaltete die Aufnahmefunktion ein. Dann lächelte er Yannick Schwarz unschuldig an. »Du hast sicher nichts dagegen, dass wir das Interview aufzeichnen?«

»Natürlich nicht«, nickte Schwarz. Wie Lucky erwartet hatte, startete er einen ausführlichen Monolog über die kommende Tour, die sogar in die USA führen sollte, sowie das neue Album ›Life in the South‹, in dem die Bandmitglieder ihr Leben im Düsseldorfer Süden musikalisch verarbeitet hatten. Lucky bemerkte schnell, dass er genau die richtige Stelle angepikst hatte, um die Zunge des Bassisten zu lösen. Einige weitere Biere erledigten den Rest. Er war erstaunt, wie leicht Schwarz zu manipulieren war. Nur wenige gezielte Fragen und Zwischenbemerkungen genügten, um das Gespräch genau in die Richtung zu lenken, die er beabsichtigte. Auf diese Weise erfuhren sie, dass er mit dem Gitarristen der Band im Clinch lag, Jonas Brasse, der Bandleader und Sänger, auf Groupies stand und nichts anbrennen ließ und der Drummer schwul war. Das alles war nicht wirklich wichtig. Interessant war jedoch, dass sich Yannick mit Tessa bereits einige Male vor diesem Termin zu Gesprächen getroffen hatte. Lucky merkte deutlich, dass sich der Bassist dabei gewaltig in die Journalistin verguckt hatte. Wenn Lous Bemerkung über den Männergeschmack ihrer Freundin jedoch zutreffend war, konnte er bei ihr keine Chance haben. Denn ein kultivierter Anzugträger war der Bassist definitiv nicht. Auch wenn bislang nichts dafür sprach, dass der Musiker etwas mit Tessas Verschwinden zu tun hatte, ergaben sich hier vielleicht neue Ansatzpunkte. Nachdem Yannick Schwarz zum wiederholten Male den unglaublichen Groove der Band betont hatte, entschied Lucky, für diesen Abend genug Selbstbeweihräucherung gehört zu haben. Er beendete das Interview und griff nach seinem Smartphone, um die Aufnahmefunktion abzuschalten.

»Hey«, rief Schwarz überrascht aus, wobei er auf Luckys Tattoo am Unterarm deutete, »warst du bei den Kampfschwimmern? Ich habe einen Freund, der sich dort beworben hat. Hat aber nicht geklappt. Zu heavy für ihn.« Er grinste breit. »Obwohl – ihr seid zwar cool, aber den Längsten haben die Bassisten und am tiefsten kommen sie auch.«

»Du sagst es«, nickte Lucky, wobei ihm nicht entging, dass Lou ihn plötzlich interessiert musterte. Er klopfte Yannick auf die Schulter. »Für uns ist es jetzt Zeit, die Sache hier abzubrechen, Buddy. Mach's gut und grüß die übrigen Jungs aus der Band. Am besten gibst du mir deine Handynummer, falls ich noch Fragen habe. Wir sprechen uns bestimmt noch.«

Dann wandte er sich an Lou. »Wollen wir direkt aufbrechen oder magst du noch was trinken?«

»Ich möchte lieber nach Hause«, murmelte sie, wobei sie nur

mühsam ein Gähnen unterdrückte.

»Ist mir auch recht«, entgegnete Lucky. Er erhob sich und ging zum Tresen, um die Rechnung zu begleichen, während Lou den Ausgang ansteuerte und dort auf ihn wartete. Als sie schließlich gemeinsam auf die Straße traten, empfand Lucky die Ruhe, die sie nach dem lauten Stimmengewirr und der Musik in der Kneipe umfing, als äußerst wohltuend. Das war früher anders gewesen, als er nächtelang durchgefeiert hatte. Anscheinend wurde er alt.

Mittlerweile hatte es aufgehört zu regnen, es waren sogar vereinzelt kleine Lücken in der dunklen Wolkendecke zu erkennen. Er griff in die Tasche seiner Lederjacke und kramte einen Joint hervor.

»Im Ernst?« Lou starrte ihn entgeistert an.

»Stört es dich etwa?«, zwinkerte er ihr belustigt zu. »Ich dachte, die Bohème geht mit Kreativität und persönlicher Freiheit einher und steht maßgeblich für Selbstverwirklichung und intensive Emotionen. Als Künstlerin müsste das doch genau deinem Lebensstil entsprechen. Oder rebellieren kreative Freigeister heute nicht mehr?«

»Wir leben nicht mehr im 19. Jahrhundert«, entgegnete sie scharf. »Aber ja, kreative Freigeister rebellieren auch heute noch. Trotzdem stört es mich. Zumindest wenn du auf der Straße in meiner Begleitung kiffst.«

Er unterdrückte eine spöttische Bemerkung und steckte den Joint zurück in seine Jackentasche. Dann würde er eben später ein bisschen relaxen. Die letzte Nacht kam ihm in den Sinn, die er auf Tessas Couch im Wohnzimmer verbracht hatte. Lou würde kaum erwarten, dass er auch heute bei ihr bliebe. Aber wenn sie es wollte, würde er noch nachschauen, ob rund ums Haus alles in Ordnung war.

»Kampfschwimmer also?« Ihre Frage kam in diesem Moment völlig unvermittelt.

»Jep«, antwortete er knapp. Es gab dazu nicht mehr zu sagen.

»Ist das nicht eine Spezialeinheit der Marine? Für Sondereinsätze? Warum hast du davon nichts erwähnt?«

Mittlerweile hatten sie Tessas Haus erreicht und Lucky blieb stehen. »Ganz einfach. Weil es derzeit nicht relevant ist. Ich habe mir eine Auszeit genommen, um nachzudenken, wie es für mich weitergehen soll. Das betrifft nur mich und sonst niemanden.«

»Heißt das, dass du vielleicht wieder zurück nach Kiel gehen wirst und das Büdchen hier nur eine Zwischenstation ist?«

»Um es genau zu sagen, liegt die Kampfschwimmerkompanie in Eckernförde«, korrigierte er sie. »Ich weiß noch nicht, was ich machen werde. Die Entscheidung hängt von unterschiedlichen Faktoren ab.«

»Ich nehme an, du willst mir nicht sagen, was das für Faktoren sind?«

»Du hast es erfasst«, erwiderte er knapp. Er hatte nicht das mindeste Interesse daran, dieses Thema weiter zu vertiefen. Vielmehr kam ihm gerade ein ganz anderer Gedanke in den Sinn, als sein Blick auf die parkenden Autos fiel, deren Dächer das Licht der Straßenlaternen reflektierten. Mensch, warum war er nicht früher drauf gekommen?

»Sag mal«, warf er ein, »weißt du, was für ein Auto Tessa hat? Wenn sie zu Fuß mit dem Hund unterwegs war, müsste ihr Wagen doch irgendwo in der Nähe des Hauses geparkt sein.«

Lou wirkte überrascht. »Stimmt, warum habe ich nicht daran gedacht? Ich glaube, sie fährt einen blauen VW. Einen Polo oder

Golf. Ich muss zugeben, mich interessieren Autos nicht besonders.«

»Hm.« Mit ausladenden Schritten begann Lucky die Straße entlangzulaufen, wobei er die Modelle und Nummernschilder der parkenden Autos überprüfte. Nicht weit von Tessas Haus entfernt entdeckte er einen dunkelblauen Polo. »D-TT und dann das Geburtsjahr«, murmelte er nachdenklich. Das musste der Wagen sein. Dann sah er zu Lou hinüber, die ihm langsam gefolgt war.

»Weißt du, ob ihr Autoschlüssel im Haus ist?«

Lou schüttelte den Kopf. »Keine Ahnung. Ich habe nicht darauf geachtet. Am Schlüsselbrett hing er definitiv nicht. Sollen wir nachsehen?«

»Jetzt nicht«, entschied Lucky, nachdem er einen Blick auf seine Uhr geworfen hatte. »Es ist schon spät und morgen ist auch noch ein Tag.«

Als er sich wenig später auf dem Heimweg befand, fingerte er seinen Joint wieder aus der Tasche heraus und steckte ihn an. Ja, morgen war auch noch ein Tag. Ein ganz besonderer Tag sogar, denn Johnson und er würden Familie Saatmann in der Meliesallee einen Besuch abstatten, von dem er Lou lieber nichts hatte erzählen wollen.

Kapitel 6

Bruno van der Sand durchschritt seine Galerie mit leuchtenden Augen. Er liebte diese hellen, lichtdurchfluteten Räumlichkeiten, die ausreichend Raum für ein Höchstmaß an Genialität gaben. Zwar war Larissa Rogowski durchaus vielversprechend und er konnte mehr als zufrieden sein, ihre Werke ausstellen zu dürfen, aber er wollte mehr. Er war überzeugt davon, dass es noch besser, noch kreativer und vor allem noch genialer ging, wenn er nur intensiv genug nach entsprechenden Talenten suchte. Viel zu lange hatte er seine Zeit damit verschwendet, lustlosen Schülern Verständnis für Kunst zu vermitteln und ihnen klarzumachen, dass im Namen der Kreativität und des Innovationsgeistes auch Regeln gebrochen werden durften, ja sogar mussten. Aber sie hatten ihn absichtlich missverstanden und statt Unglaubliches zu schaffen, den Unterricht geschwänzt oder heimlich auf dem Klo geraucht. Kretins! Er schenkte sich genüsslich ein Glas Champagner ein. Keinen gewöhnlichen Champagner aus dem Supermarkt, sondern einen Vazart-Coquart Blanc de Blanc Grand Cru. Ein Name, der ebenso fein und geschmeidig auf der Zunge perlte wie der Champagner selbst. Auch das ist Kunst, frohlockte van der Sand. Diese Komposition von Frucht und Flora, diese leichte Luftigkeit, diese himmlischen Aromen. Er schloss die Augen und gab sich dem Moment vollkommen hin. Was für ein wundervoller Tag war das heute.

Louisa kam ihm in den Sinn. Louisa Caprini! Eine seiner begabtesten Schülerinnen, die mit ihrer inspirierenden Kreativität Licht in die Tristesse seines Lehrerdaseins gebracht hatte. Zwar war auch ihre Freundin Tessa durchaus ambitioniert gewesen, aber sie hatte bei Weitem nicht über das schöpferische Potenzial

Louisas verfügt. Er hatte sich gefreut, Lou wiederzusehen. Allerdings schien der Mann, in dessen Begleitung sie gekommen war, alles andere als ein Feingeist zu sein. Schon das hässliche Tattoo, das seinen Unterarm zierte, zeugte von unglaublicher Geschmacklosigkeit. Und dann dieser despektierliche Blick, mit dem er seine Exponate bedacht hatte. Ein solch äußerlich zwar attraktiver, aber innerlich grobschlächtiger Typ konnte sich in die Phalanx der Unwissenden einreihen, denen es an Sensibilität und Kunstverständnis mangelte. Immer wieder traf er auf diese Menschen, die aus Unkenntnis und einem bedauernswerten Defizit an ästhetischer Empfindsamkeit seine Kunst diskreditierten. Aufgebracht strich er durch sein ergrautes Haar. Wie konnte sich Louisa mit einer solchen Person abgeben? Er stellte sich an die überdimensionale Panoramaglasfront, um seine negativen Gedanken zu eliminieren. Ein Blick hinüber zum Benrather Schloss genügte. Was für einen himmlischen Anblick bot dieses Maison de Plaisance. Bescheiden im Dekor und doch so aussagekräftig, wenn man den Skulpturen im Avant-corps Beachtung schenkte.

»Oh, Diana, Göttin der Jagd«, seufzte er theatralisch, »wer könnte besser dieses Jagd- und Lustschloss zieren als du?« Lachend drehte er sich im Kreis, wobei er seine Arme weit von sich streckte. Er fühlte sich wieder beschwingt. Das Hochgefühl kehrte zurück. Was für eine Fortune hatte er gehabt, diese Räume für seine Galerie zu finden? Sie waren perfekt. Bildeten einen architektonischen Gegenpol zum Schloss und erschufen auf diese Weise ein künstlerisches Spannungsfeld, das seinesgleichen suchte. Stilelemente des Rokoko und Klassizismus konkurrierten mit der Baukunst des 21. Jahrhunderts. Hinreißend! Er stellte sein Glas beiseite. Jetzt konnte es nicht mehr lange dauern bis zur Ankunft Ulrich Saatmanns. Es erfüllte ihn mit Stolz, dass der Düsseldorfer Modemogul von allen potenziellen Galerien der Stadt gerade seine erwählt hatte, um nach einem überzeugenden Kunstwerk für seine Sammlung zu suchen. Als alteingesessener Benrather hatte Saatmann enormen Einfluss in der Landeshauptstadt und darüber hinaus. Einfluss, der van der Sands Aufstieg, aber auch seinen Untergang zur Folge haben konnte. Mit einem Mal war die glückselige Leichtigkeit einer bleiernen Schwere gewichen. Er musste besser werden. Sehr viel besser. Er musste nicht nur fremde Kunst anbieten, sondern seine eigenen Werke perfektionieren, die Brillanz der Farben optimieren und die Pinselführung leichter, unbeschwerter gestalten. Wie eine Brise, die sanft über die Leinwand streicht. Liebevoll, erotisch, lustvoll. Das höchste Gut war das Streben nach ästhetischer Vollkommenheit. Um sich dieser nur anzunähern, bedurfte es der Vereinigung von elitärem Wahnsinn, Hingabe und Genialität. Eine Fiktion. Ein Traumbild. So fern und doch zum Greifen nah.

Kapitel 7

Seine Harley hatte Lucky heute ganz bewusst daheim gelassen und sich zu Fuß auf den Weg in die Meliesallee gemacht. Das hatte seinen guten Grund, denn er wollte auf keinen Fall auffallen und in der ruhigen Straße wäre sein Motorrad bestimmt bemerkt worden. So schlenderte er gemächlich durch den Benrather Schlosspark, am Spiegelweiher entlang in Richtung Schloss. Bei Lou hatte er sich für heute Vormittag entschuldigt, einen dringenden Arzttermin vorgeschoben und sie gebeten, alleine nach dem Autoschlüssel zu suchen. Im Schnüffeln war sie ja durchaus talentiert, wie er hatte feststellen müssen. Auch die *Luke* musste ausnahmsweise geschlossen bleiben, denn bei dem, was er heute vorhatte, benötigte er Johnsons Hilfe. Ein Blick auf seine Armbanduhr verriet ihm, dass er noch deutlich zu früh war. Erst in einer halben Stunde wollte er Johnson treffen. Obgleich *treffen* vielleicht nicht ganz die richtige Formulierung war. Er setzte sich auf eine Parkbank, um seinen Plan noch einmal Punkt für Punkt gedanklich durchzuspielen. Zugegeben, ein gewisses Risiko bestand dabei, aber das machte sein Vorhaben für ihn erst reizvoll. Er tastete in seiner Jacke nach seinem Lockpicking-Set und den Handschuhen. Noch eine Viertelstunde, bis Johnson seinen großen Auftritt haben würde.

Lucky erhob sich und setzte gemächlichen Schrittes seinen Weg fort. Als er in die Meliesallee einbog und wenig später am früheren Wohnhaus des ehemaligen Bundespräsidenten Walter Scheel vorbeischlenderte, sah er Johnson bereits in rasantem Tempo die Straße entlang radeln. Dicht, viel zu dicht, schrammte er dabei an den parkenden Autos vorbei. Lucky wusste nur zu gut, dass dieses Fahrmanöver weder gelingen konnte noch sollte. Er grinste, als fast im selben Moment ein heftiges Scheppern lautstark davon zeugte, dass Johnson ganzen Körpereinsatz gezeigt hatte, um den Spiegel eines auf Hochglanz polierten Porsche Cayenne abzufahren. Tja, es war definitiv ein Fehler von Frau Saatmann gewesen, den Wagen am Straßenrand abzustellen, anstatt ihn in die Garage zu fahren. Ein Fehler, der ihr aus Bequemlichkeit zur Gewohnheit geworden war und der Johnson und ihm äußerst gelegen kam. Lucky verlangsamte seinen Schritt, um auf das zu warten, was nun hoffentlich passieren würde. In der Tat dauerte es nur wenige Augenblicke, bis die Haustür sich öffnete und Ursula Saatmann wütend auf den Gehweg stürmte. Mit einem sehr unschönen Repertoire an Schimpfworten, wie Lucky belustigt feststellte. Aber Johnson würde das regeln können, da hatte er keinen Zweifel. Hauptsache, die Saatmann war eine Weile abgelenkt. Unbemerkt glitt er an der großen Taxushecke vorbei in den Garten des imposanten Anwesens. Den Gedanken, hier nachts einzusteigen, hatte er aufgrund der Einbruchmeldeanlage schnell verworfen. Bei Tag aber war die Gelegenheit günstig. Ulrich Saatmann war außer Haus, die Alarmanlage deaktiviert und die Hausherrin damit beschäftigt, den Verkehrsrowdy zu beschimpfen, der ihren wunderschönen Porsche demoliert hatte.

Lucky streifte sorgfältig seine Handschuhe über, um bei seinem Einbruch keine Fingerabdrücke zu hinterlassen. Doch diesen Aufwand hätte er sich sparen können, denn offenkundig war Ursula Saatmann eine überzeugte Frischluftfanatikerin. Jedenfalls hatte sie die Terrassentür trotz der niedrigen Temperaturen sperrangelweit zum Lüften aufstehen lassen. Leichtsinnig. Sehr leichtsinnig, dachte Lucky. Leise betrat er das Wohnzimmer und lauschte angestrengt, ob ein Geräusch zu vernehmen war. Schließlich war es nicht unwahrscheinlich, dass die Unternehmergattin Hauspersonal hatte. Doch außer dem lautstarken Gezeter vor der Tür, das mittlerweile auch die Nachbarn auf die Straße gelockt hatte, war kein Laut zu hören. Perfekt! Lucky ließ seinen Blick durch das riesengroße Wohnzimmer gleiten, an das sich unmittelbar ein fast ebenso geräumiges Speisezimmer anschloss. Er hoffte für die Saatmanns, dass die Zimmerdecke den üppigen Kristallkronleuchter, der bedrohlich über dem Esstisch schwebte, dauerhaft halten würde. Anscheinend liebte das gut betuchte Unternehmerpaar nicht nur Mode, sondern auch extravagante Möbel und Kunstobjekte. Riesige abstrakte Gemälde, denen Lucky wenig abgewinnen konnte, hingen an den makellos weißen Wänden der hohen Räume. Auf Säulen standen meterhohe Skulpturen, bei denen Lucky rätselte, was sie darstellen sollten. Nun gut, er war nicht hier, um über den Kunstgeschmack der Saatmanns zu urteilen. Rasch öffnete er Schubladen und Schränke, um sie gründlich zu durchsuchen. Hier im Wohnzimmer fand er jedoch nichts, das im Zusammenhang mit Tessas Verschwinden interessant erschien. Er schlüpfte ins angrenzende Herrenzimmer, in dem neben einem viktorianischen Mahagoni-Bücherschrank auch ein unglaublich monströser Schreibtisch einen musealen Eindruck vermittelte. Jetzt kam sein Werkzeug doch noch zum Einsatz. Geschickt öffnete er die verschlossene Schreibtischschublade, in der Lucky mehrere dicke Bündel mit 100-Euro-Scheinen sowie einen in Kalbsleder eingebundenen Organizer fand. Er nahm den Kalender heraus, schlug den Tag auf, an dem Tessa verschwunden war, und fotografierte die Seite mit seinem Handy. Dann blätterte er weiter, bis er den Eintrag fand, der auch in Tessas Laptop vermerkt war. Oha! Hier hatte der Unternehmer in fetten, roten Buchstaben ›BITCH!‹ hinter Tessas Namen geschrieben. Das war ein Ausdruck, der so gar nicht zum Umgangston einer feinen Unternehmerfamilie passte, wie Lucky fand. Schnell machte er weitere Fotos von Saatmanns Terminen und Kontakten. Wer weiß, vielleicht würde es ihm später weiterhelfen. Gerade als er den Organizer zurück an seinen Platz legen wollte, fiel ihm eine Broschüre auf, die er schon bei Tessa gesehen hatte. Es war der Hochglanzprospekt der Galerie van der Sand. Das war interessant! Kannten Ulrich Saatmann und der Galerist sich etwa? Vermutlich, denn an Zufälle dieser Art glaubte Lucky schon lange nicht mehr. Deshalb stöberte er erneut in Saatmanns Terminkalender. Sieh an, heute traf sich der Modemogul mit dem lieben Bruno in dessen Galerie. Was die beiden wohl zu besprechen hatten? Darüber musste er sich später Gedanken machen. Jetzt sollte er sich lieber beeilen.

Ein Blick aus dem Fenster zeigte ihm, dass Johnson derweil zur Höchstform aufgelaufen war und das volle Programm des von rücksichtslosen Autofahrern diskriminierten Fahrradfahrers abzog. Mittlerweile hatten sich zwei Parteien gebildet, die auf dem Gehweg hefig miteinander diskutierten, ob die Schuld für das unglückliche Spiegel-Malheur beim Radfahrer zu suchen oder dem schlechten Einparkstil der SUV-Fahrerin zuzuschreiben sei. Er fragte sich, ob die Diskussion ihm noch ausreichend Zeit verschaffen würde, die Räume im oberen Stockwerk zu durchsuchen. Nach kurzer Überlegung entschied sich Lucky, sein Glück nicht herauszufordern. Sorgsam legte er alles an seinen Platz in der Schublade zurück, verschloss sie und klappte dann die Tür vom seitlichen Schreibtischschrank auf, in dem Saatmann offensichtlich seine Fotoalben aufbewahrte. Lucky zog das erste heraus und blätterte es flüchtig durch. Wie es schien, hatte Familie Saatmann ein Faible für Urlaub in den Schweizer Alpen. Schön, aber für ihn irrelevant. Er schnappte sich das zweite Album und stutzte, als ihm unvermittelt ein loses Foto entgegenfiel. Denn das Bild, das er vor Augen hatte, zeigte den Unternehmer mit einer jungen Frau im Arm, die sich eng an ihn schmiegte und ihm ein verliebtes Lächeln schenkte. Tessa! Für einen kurzen Moment war Lucky perplex. Dann fotografierte er die Aufnahme, schob das Album zurück und schloss leise die Schreibtischtür. Mittlerweile war er schon deutlich länger in der Villa, als er ursprünglich beabsichtigt hatte. Lange würde Johnson das Theater vor der Haustür nicht mehr aufrechterhalten können. Es war definitiv an der Zeit, sich vom Acker zu machen. Leise bewegte er sich durch das Wohnzimmer zurück in den üppig bepflanzten Garten. Er duckte sich entlang der dichten Hecke, durchquerte das Nachbargrundstück, zog die Handschuhe aus und wartete auf den perfekten Moment, um unbemerkt den Bürgersteig zu betreten und Richtung Park zu verschwinden.

Nur wenige Minuten später saß er auf einer Bank im Blumengarten und sendete Johnson einen Smiley als Zeichen dafür, dass alles erledigt war. Er musste nicht allzu lange warten, bis sein Freund zu ihm stieß. Mit einem breiten Grinsen im Gesicht und seinem Fahrrad, das er ordnungsgemäß durch den Park schob.

»Und?«, wollte Lucky wissen, »bekommst du jetzt Ärger, weil du die Luxuslimousine der Lady geschrottet hast?«

Johnson winkte lässig ab. »Wie wir erwartet haben, hatte die Uschi keinerlei Interesse daran, die Polizei zu rufen. Wenn du mich fragst, war die ordentlich angeschickert. Eine Flasche Schampus hatte sie mindestens intus. Mehr ›Desperate Housewife‹ ging nicht.« Er kratzte sich am Kinn. »Und wie sieht es bei dir aus? Hast du in dem Luxusbunker was Interessantes entdeckt?«

»Das habe ich tatsächlich. Tessa scheint Saatmann viel besser zu kennen, als wir bislang geahnt haben.« Lucky zeigte seinem Kumpel das Bild, das er von dem Foto in Saatmanns Schublade gemacht hatte, ebenso wie den Eintrag aus dem Terminplaner.

»›Bitch‹ klingt nicht gerade freundlich«, merkte Johnson nachdenklich an, während er sich eine Zigarette anzündete. »Vielleicht hat sie ihn wegen dieses Bassisten verlassen, von dem du mir erzählt hast.« Er nahm einen tiefen Zug und schloss die Augen. »Der Schmerz, den die Eifersucht verursacht, ist darum so nagend, weil die Eitelkeit ihn nicht ertragen hilft.«

Lucky seufzte. »Sei mir nicht böse, Jo, aber ich habe keine Ahnung, von wem diese Einsicht nun wieder stammt.«

»Das ist aus dem ›Buch der Liebe‹«, erklärte Johnson großspurig. »Henri Stendhal, falls dir das was sagt. Wenn du deine Nase häufiger in gute Literatur statt in Comicheftchen und Motorradzeitschriften stecken würdest, wüsstest du das.«

Das Vibrieren von Luckys Smartphone unterbrach Johnsons Belehrung. Es war Lou.

»Hey, Lucky, ich hoffe, mein Anruf kommt nicht ungelegen. Bist du noch beim Arzt? Ist alles in Ordnung bei dir?«

Lucky zögerte einen kurzen Moment, ehe er ihr antwortete. Die Besorgnis in Lous Stimme klang echt und verursachte ihm überraschenderweise leichte Gewissensbisse. Er hatte Lou mit dem vorgetäuschten Arzttermin nicht beunruhigen wollen, aber er war sich sicher gewesen, dass sie seinen Einbruch in die Saatmann-Villa nicht gutgeheißen hätte. Manchmal war es besser, die Dinge nicht unnötig zu verkomplizieren. Das rechtfertigte auch eine kleine Notlüge. Er würde ihr später alles erklären und ihr von den neuen Erkenntnissen berichten. Allerdings nicht am Telefon.

»Es ist alles okay«, wich er deshalb aus, »was gibt's denn?«

Sie lachte nervös. »Ich habe heute Morgen nach Tessas Autoschlüssel gesucht und ihn tatsächlich gefunden. Keine Ahnung, warum ich ihn vorher übersehen habe. Er war in ihrer Handtasche, die an der Garderobe hing. Also quasi direkt vor unserer Nase.«

»Wusste ich's doch!«, entfuhr es Lucky spontan. Am liebsten wäre er sofort aufgebrochen, um Tessas Auto gründlich zu filzen. Aber er hatte Johnson als Belohnung für seinen schauspielerischen Akt versprochen, ihm erst bei *Goldi's Imbiss* am Benrather Marktplatz eine Currywust und anschließend ein leckeres Eis bei *Baldini* zu spendieren. Weiße und dunkle Schokolade im Knusperhörnchen – darauf hatten sich beide schon den ganzen Tag gefreut. So viel Zeit musste sein. Bei dem Gedanken daran lief ihm bereits das Wasser im Mund zusammen.

»Hast du schon einen Blick in das Fahrzeug geworfen?«

»Nein. Ich dachte, das machen wir gemeinsam. Sonst entgeht mir vielleicht etwas Entscheidendes«, erwiderte Lou.

»Okay. Hat die Polizei überhaupt nach dem Auto gefragt?«, hakte Lucky nach.

»Bislang nicht«, antwortete Lou. »Soll ich den zuständigen Beamten gleich anrufen?«

»Auf keinen Fall«, wehrte Lucky ab. »Wenn der Polo von der Polizei beschlagnahmt wird, erfahren wir gar nichts mehr. Erst durchsuchen wir den Wagen, dann überlegen wir in Ruhe, welche Vorgehensweise sinnvoll ist. Vielleicht könntest du das Auto ja nutzen, dann wärst du mobil und nicht immer auf mich angewiesen.«

Überraschenderweise widersprach Lou nicht, was er als Zeichen dafür deutete, dass sie seinen Vorschlag zumindest in Erwägung zog.

»Wann kommst du denn zurück?«, fragte sie jetzt.

»Spätestens um drei bin ich im Büdchen«, entgegnete Lucky. »Gelegentlich sollte ich auch ein bisschen Geld verdienen. Johnson hat heute keine Zeit, mich zu vertreten. Wenn du Lust und Langeweile hast, komm doch vorbei. Bei mir gibt's immer frischen Kaffee, leckere Butterbrote und haufenweise süße Verführungen.«

»Klingt gut«, hörte er sie lachen. »Dann bis später. Ich werde auf dein Angebot zurückkommen.«

Lucky beendete das Gespräch und steckte das Smartphone in die Innentasche seiner Lederjacke.

»Soso, süße Verführungen«, frotzelte Johnson und warf seinem Kumpel dabei einen mehrdeutigen Blick zu.

Der leckte sich mit der Zunge über seine Lippen. »Currywurst und Eis?«, fragte er grinsend, ohne auf Johnsons Bemerkung einzugehen.

Dieser nickte zustimmend. »Currywurst und Eis!«

★★★★

Nach dem Telefonat mit Lucky war Lou unschlüssig, was sie als Nächstes tun sollte. Sie langweilte sich allein in dem alten Haus. Mittlerweile war ihr Luckys Gegenwart so selbstverständlich geworden, dass sie sich ohne ihn regelrecht verlassen vorkam. Ein Gefühl, das sie nicht nur irritierte, sondern ihr auch missfiel. Mürrisch zappte sie sich durch die Flut an Fernsehprogrammen, ohne wirklich auf den Inhalt der ausgestrahlten Sendungen zu achten. Sie interessierte sich weder für Trash-TV noch für Soaps oder Rentnerkrimis und schon gar nicht für Nachrichten. Ein Blick auf die Uhr zeigte ihr, dass es noch eine Weile dauern würde, bis Lucky in seine *Luke* zurückkehren würde. Sie entschloss sich, einen Spaziergang durch den benachbarten Park zu machen. Der Spätherbst zeigte sich heute von seiner angenehmen Seite. Sie erinnerte sich an ihre Kindheit, als sie vor Freude kreischend durch das bunte Laub auf den Parkwegen gelaufen war und Kastanien und Bucheckern gesammelt hatte. Tessa war ihre ständige Begleiterin gewesen. Wo war sie nur? Sie fragte sich, ob Lucky womöglich das Interesse an der Suche nach ihrer Freundin verloren hatte? Es passte so gar nicht zu ihm, dass er zum Arzt gegangen war, statt das Auto zu inspizieren. Vielleicht fühlte er sich wirklich schlecht? Lou dachte an die frischen Narben auf seinem Oberkörper. Was war ihm widerfahren? Noch immer traute sie sich nicht, ihn erneut auf seinen rätselhaften Arbeitsunfall anzusprechen. Lucky war äußerst verschlossen, wenn es um persönliche Dinge und seine Vergangenheit ging.

Genussvoll atmete sie die klare, kühle Herbstluft ein und trabte Richtung Orangerie. In den Räumen des alten, gelb gestrichenen Gemäuers war sie früher zur Ballettschule gegangen, allerdings ohne mit besonderem Talent gesegnet zu sein. Deshalb hatte sie dieses Hobby bald wieder aufgegeben und sich ihrer wirklichen Leidenschaft, der Malerei, zugewandt. Ihre Schritte führten sie fast automatisch in den wundervoll angelegten Garten hinter der Orangerie. Wie schön wäre es, im Sommer hier die Staffelei aufzustellen und die wunderschöne Blumenpracht auf Leinwand zu bannen? Doch auch um diese Jahreszeit übte dieser Teil des Parks eine besondere Faszination auf sie aus. Für einen kurzen Moment wollte sie in diesem Paradies verweilen, ihren Kopf von den belastenden Gedanken befreien und sich einfach an der Schönheit dieser Anlage erfreuen. Deshalb setzte sie sich auf eine der zahlreichen Bänke und sah den vereinzelten Spaziergängern zu, die durch den Park flanierten. Erst als ihr kalt wurde, stand Lou auf, um ihren

Weg fortzusetzen.

Als sie sich dem Schloss näherte, hörte sie aus der Ferne lautes Kindergeschrei, das vom Spielplatz herüberschallte. Lächelnd dachte sie an Schaukelwettbewerbe, die nicht selten mit aufgeschürften Knien geendet hatten, wenn man erproben wollte, wer am weitesten vom Brett abspringen konnte. Plötzlich bekam sie große Lust, ins Dorf zu gehen, um ein bisschen zu bummeln. Sie ließ den Französischen Garten rechter Hand liegen und schritt durch das schmiedeeiserne Tor zwischen dem Hauptgebäude, dem Corps de Logis, und dem Ostflügel, in dem früher die Schlossgymnasiasten ihr Unwesen getrieben hatten. Heute befand sich dort das Museum für europäische Gartenkunst und daran angrenzend ein charmantes Café.

Nur wenige Minuten später stand Lou in der Hauptstraße, in der reges Leben und Treiben herrschte. Kurz überlegte sie, sich in der Bäckerei ein Stück Kuchen zu holen, als sie plötzlich verdutzt stehenblieb. War das nicht Lucky? Doch, das war er ganz sicher. Er stand gemeinsam mit Johnson vor der Eisdiele und schien sich bestens zu amüsieren. So schlecht konnte es ihm demnach nicht gehen. Obwohl er ihr keine Rechenschaft schuldig war, verspürte Lou eine leichte Verstimmung. Aus unerfindlichen Gründen hatte sie das Gefühl, dass die zwei ihr etwas verheimlichten. Nun gut, dann würde sie den beiden Spezis mal auf den Zahn fühlen. Bewusst unbefangen schlenderte sie auf Lucky und Johnson zu, die einen kurzen, verschwörerischen Blick austauschten, als sie sie bemerkten. Offensichtlich hatte Johnson es plötzlich sehr eilig, denn augenblicklich klopfte er seinem Kumpel auf die Schulter, um sich von ihm zu verabschieden.

»Ciao, mein Lieber. Und vielen Dank für das Eis. Wir sprechen uns morgen.« Dann nickte er Lou kurz zu, schwang sich auf sein Bike und radelte flugs davon.

Lucky wischte unterdessen die klebrigen Finger an seinen schwarzen Jeans ab.

»Möchtest du auch ein Eis?« Er deutete zur Ausgabe, wo eine beneidenswert flotte Italienerin auf Kundschaft wartete.

Lou schüttelte den Kopf. »Ich muss gestehen, ich hatte nicht damit gerechnet, euch hier zu treffen.«

»Ich wollte mich gerade auf den Heimweg machen«, sagte Lucky. »Kommst du mit oder hast du was anderes vor?«

Suchend schaute sie sich nach Luckys Fat Boy um. »Wo hast du denn deine Maschine abgestellt?«

»Die Harley? Die steht zu Hause. Ich bin heute per pedes unterwegs. Wir werden also laufen müssen.«

Seine Antwort verstärkte Lous Misstrauen noch. Welchen Grund sollte er haben, sein heiß geliebtes Motorrad stehenzulassen und sich zu Fuß auf den Weg nach Benrath zu machen?

»Bei welchem Arzt warst du überhaupt?«, fragte sie argwöhnisch.

Augenblicklich fuhr ein verschmitztes Lächeln über sein Gesicht. Er beugte sich zu ihr vor, strich sanft ihre blonden Locken zur Seite und flüsterte ihr leise ins Ohr: »Bei Dr. Saatmann.«

Jetzt konnte Lou ihre Verblüffung nicht verbergen. Wollte Lucky sie auf den Arm nehmen?

»Komm mit«, er hakte sich bei ihr ein und setzte sich in Bewegung, »ich erzähle dir alles auf dem Heimweg, wenn wir unter uns sind. Hier ist definitiv zu viel Betrieb für große Erklärungen.«

Während Lou versuchte, mit Lucky Schritt zu halten, rätselte sie, was er mit seiner Bemerkung gemeint haben könnte. War er etwa ohne sie zu Saatmann gefahren, um mit dem Unternehmer zu sprechen? Im Alleingang? Warum aber war er dann in Begleitung von Johnson gewesen? Sie musterte Lucky von der Seite. Seine Kinnmuskeln zuckten und auf seiner Stirn hatte sich eine tiefe Falte gebildet, wie immer, wenn er intensiv über etwas nachdachte. Ihr brannten so viele Fragen auf der Seele, aber sie war sich nicht sicher, ob er ihr befriedigende Antworten geben konnte oder überhaupt wollte. Als sie am Schlossweiher angekommen waren, blieb Lucky schließlich stehen und holte sein Smartphone aus der Tasche. Er hielt ihr ein Foto unter die Nase, das sie noch nie gesehen hatte. Es zeigte Tessa mit einem ihr unbekannten, nicht mehr ganz taufrischen, aber durchaus attraktiven Mann.

»Das ist Ulrich Saatmann«, erklärte er Lou. »Ich habe heute einen kurzen, vielleicht nicht ganz legalen Abstecher in seine Villa gemacht, wobei mir Johnson ein wenig Schützenhilfe geleistet und versehentlich den Porsche der Gattin demoliert hat.« Der Gedanke daran schien Lucky zu erheitern.

»Du hast WAS gemacht?!« Fassungslos starrte Lou ihn an. Sie konnte nicht glauben, was er gerade von sich gab. »Du bist nicht wirklich bei Saatmann eingebrochen, oder? Bist du jetzt von allen guten Geistern verlassen?«

»Genau das ist der Grund, warum ich dir vorher nichts von meinem Plan gesagt habe«, konterte Lucky trocken. »Meiner Ansicht nach war das der schnellste und definitiv effektivste Weg, etwas in Erfahrung zu bringen.«

»Und zweifellos der riskanteste«, echauffierte sie sich. »Was wäre passiert, wenn sie dich erwischt hätten? Hast du daran auch nur einen Gedanken verschwendet?«

»Haben sie aber nicht«, gab er lapidar zurück. »Kein Mensch hat gemerkt, dass ich überhaupt im Haus war. Johnson hat mit seinem Ablenkungsmanöver ganze Arbeit geleistet.« Er öffnete ein weiteres Foto auf dem Smartphone und zeigte es ihr.

»Bitch«, flüsterte Lou, als sie den abgelichteten Eintrag in Saatmanns Kalender las. Sie versuchte, sich daran zu erinnern, ob Tessa jemals Ärger mit einem ihrer Verehrer erwähnt hatte. Aber ihr fiel nichts dazu ein. Wie sollte es auch? Tessa hatte ja so getan, als sei sie überzeugter Single und nicht an einer festen Beziehung interessiert. Allmählich keimte in ihr der Verdacht auf, dass sie ihre Freundin längst nicht so gut kannte, wie sie bisher geglaubt hatte. Erst ihr wie auch immer geartetes Verhältnis zu dem Rockmusiker Yannick Schwarz, dann das Geturtel mit Ulrich Saatmann und schließlich die ungewöhnliche Freundschaft zu Lucky, dem Mann, der gerade neben ihr stand und tat, als sei der Einbruch in die Villa eines angesehenen Unternehmers nur eine Lappalie. Sie musste schwer schlucken und spürte, dass ihr flau im Magen wurde. Was war los mit Tessa? In was war sie nur hineingeraten? Um sie herum begann sich alles zu drehen.

»Lou?«, stieß Lucky sie sachte an, »ist alles in Ordnung mit dir?«

»Wie kann es das sein«, rang sie nach Worten, »wenn meine beste Freundin spurlos verschwunden ist und sich der Mann, auf den ich mich bei der Suche nach ihr verlassen habe, als Krimineller entpuppt, dessen Hobby es ist, in Häuser einzubrechen.«

»Jetzt übertreib mal nicht«, beschwichtigte er sie. »Schließlich habe ich nichts mitgehen lassen, sondern mich nur ein bisschen in der Villa umgesehen. Ganz abgesehen davon, dass die Terrassentür sperrangelweit offen stand. Ist das mein Verschulden?«

»Ich finde, das Risiko war ein bisschen zu hoch«, entgegnete Lou.

»Meine Definition des Begriffs ›Risiko‹ ist etwas anders geartet als deine«, widersprach Lucky. »Im Übrigen hat sich die kleine Exkursion meines Erachtens durchaus gelohnt. Oder wusstest du bereits, dass der Modemogul heute eine Verabredung mit deinem Künstlerfreund in dessen Galerie hat? Sie stehen in Kontakt zueinander, auch wenn ich noch nicht weiß, welcher Art dieser Kontakt ist. Aber«, er rieb sich das Kinn, »das finde ich auch noch heraus.«

»Bau bitte keinen Scheiß, Lucky«, ermahnte sie ihn eindringlich und ergriff seinen Arm. »Das ist kein Spiel. Ich will auf keinen Fall, dass dir etwas zustößt oder du im Knast landest, nur weil du mir bei der Suche nach Tessa hilfst. Wir sollten die ganze Angelegenheit lieber der Polizei überlassen.«

»Die können gerne ihren Job machen«, erwiderte Lucky gelassen. »Keiner hält sie davon ab. Wir stochern nur ein bisschen an Stellen, die bislang vernachlässigt worden sind.«

Inzwischen waren sie vor seinem Büdchen angekommen. Lucky zog den Schlüssel aus seiner Tasche und öffnete die Ladentür. »Wie sieht's aus? Kommst du mit rein? Du kannst Zeitung lesen, wenn du magst. Oder Regale einräumen.«

Lou nickte und folgte ihm ins Büdchen. Alles war besser, als wieder alleine in Tessas Haus zu sitzen und zu grübeln. Bald darauf spuckte die Kaffeemaschine laute Töne, während Lucky kunstvoll Butterbrote belegte, die einem das Wasser im Munde zusammenlaufen ließen. Er reichte ihr eine Stulle mit Käse, Gürkchen, Radieschen und einem selbst gemachten Chutney. Mittlerweile hatte Lou so großen Hunger, dass sie glaubte, niemals etwas Besseres gegessen zu haben. Lucky holte sich eine Dose Cola aus dem Kühlschrank und griff nach der *Rheinischen Post*, um sie durchzublättern.

»Gibt es was Neues?«, wollte Lou wissen, während sie genussvoll auf dem letzten Stück des knusprigen Bauernbrots kaute.

»Kann man so sagen.« Lucky schob ihr den Lokalteil hinüber und deutete wortlos auf eine Schlagzeile, die direkt ins Auge sprang.

Horrorfund in Urdenbach. Spaziergänger findet Leichenteile in der Kämpe!

Schlagartig verspürte Lou einen heftigen Würgereiz, den sie nur mühsam unterdrücken konnte. Entsetzt starrte sie Lucky an, der jedoch keine Miene verzog.

»Keine Panik«, stellte er nüchtern fest, »das muss nicht Tessa sein. Lass uns aus diesem Zeitungsartikel keine voreiligen Schlüsse ziehen.«

»Wer soll das sonst sein?«, stieß Lou hervor. Sie bemühte sich, nicht hysterisch zu klingen. »Tessa ist verschwunden, seitdem sie mit Rocky in der Kämpe spazieren war. Wie kannst du annehmen, es sei jemand anders?«

Lou brach so heftig in Tränen aus, dass Lucky sie in seine Arme nahm, um sie zu trösten.

»Ich habe bislang die Erfahrung gemacht, dass es besser ist, sich nicht auf Mutmaßungen, sondern alleine auf Fakten zu stützen. Und Fakt ist: Bis jetzt hat uns niemand mitgeteilt, dass es sich bei der toten Person um Tessa handelt. Du weißt nicht einmal, ob es tatsächlich eine Frau ist. Bevor du also komplett durchdrehst, sollten wir bei der Kripo nachfragen, was wirklich Sache ist. Schließlich hast du mir selbst erzählt, dass noch weitere Personen vermisst werden.«

Seine beschwichtigenden Worte drangen nur langsam zu ihr durch. Auch wenn sie nicht an ein Wunder glaubte, bestand zumindest eine minimale Möglichkeit, dass er recht hatte. Noch gab es keine Bestätigung, für das schlimmste Szenario, das sie sich vorstellen konnte. Noch konnten sie hoffen!

★★★★

Im Grunde hatte Lucky es nicht anders erwartet. Der Anruf bei der Kripo war ergebnislos verlaufen. Niemand konnte oder wollte ihnen zum jetzigen Zeitpunkt Auskunft darüber geben, was es mit den mysteriösen Leichenteilen auf sich hatte. Man müsse erst die Ergebnisse der Forensik abwarten, war die knappe Antwort der Kommissarin Laura Koch gewesen, die gemeinsam mit ihrem Vorgesetzten, Kriminalhauptkommissar Konstantin Kirchberg, den Fall bearbeitete. Auch wenn Lucky Verständnis für diese Auskunft hatte, nervte ihn die Ungewissheit. Denn eines war klar: Sollten die menschlichen Überreste wirklich von Tessa stammen, würde die Polizei bald hier aufkreuzen, viele Fragen stellen und vermutlich den Wagen konfiszieren. Sie mussten dringend den blauen Polo durchsuchen. Sofort! Er warf die leere Coladose treffsicher in den Leerguteimer und stand auf.

»Hast du den Autoschlüssel vom Polo dabei?«

Lou nickte.

»Gut. Dann lass uns gehen.« Lucky schob sie energisch zur Tür hinaus, schloss sein Büdchen ab und eilte mit ausladenden Schritten in Richtung Gänsestraße.

»Warum hast du es plötzlich so eilig?« Wieder einmal hatte Lou Mühe, mit ihm Schritt zu halten.

»Ist doch ganz einfach, Lou«, sagte er leise. »Sollte sich herausstellen, dass Tessa die Tote ist, wird die Kripo hier bald alles auf den Kopf stellen, um nach Hinweisen zu suchen. Dann wird sie auch das Auto beschlagnahmen und wir erfahren gar nichts mehr. Ich will ihr einfach zuvorkommen.«

»Aber wenn es wirklich Tessa ist, brauchen wir keine Hinweise mehr«, entgegnete Lou niedergeschlagen. »Dann ist die Suche für uns vorbei.«

»Ganz im Gegenteil«, antwortete Lucky mit grimmigem Blick, » denn dann beginnt die Jagd nach ihrem Mörder.«

Endlich hatten sie den blauen Polo erreicht, auf dem sich mittlerweile eine dünne Laubschicht angesammelt hatte. Lou kramte den Autoschlüssel aus ihrer Handtasche und reichte ihn Lucky. Er öffnete die Autotür und ließ sich geschmeidig auf den Fahrersitz gleiten. Besonders ordentlich war das Interieur von Tessas Auto nicht. Er fand nicht nur leere Verpackungen von Schokoriegeln und eine angebrochene Tüte Pfefferminzbonbons, sondern auch mehrere leere Getränkedosen. Das alles war für ihn nicht relevant. Interessanter waren die zahlreichen Parkscheine, die achtlos im Wagen herumlagen. Er sammelte sie ein, um später herauszufinden, wo sich Tessa in den letzten Tagen vor ihrem Verschwinden aufgehalten hatte. Dann öffnete Lucky das Handschuhfach und sichtete sorgfältig den Inhalt. Unter dem VW-Handbuch entdeckte er eine Tube Handcreme, Tempotücher, Desinfektionsspray, eine Parkscheibe und schließlich einen kleinen, unscheinbaren Computer-Stick. Wer sagt's denn, dachte er zufrieden und ließ den Stick in die Tasche seiner Jeans gleiten. Tessa war immer für Überraschungen gut. Er warf einen Blick auf die Rückbank, auf der nichts weiter als eine graue Decke für Rocky lag. Blieb noch der Kofferraum. Lucky hangelte sich aus dem Fahrzeug und öffnete die Heckklappe. Verbandskiste, Warndreieck, Westen, Starthilfekabel, Scheibenenteiser, Laufschuhe, ein Trinknapf. Lucky schob alles beiseite und öffnete eine braune Ledertasche, die in der Ecke des Kofferraums lag. Aber sie enthielt nur altes Werkzeug.

»Und?«, Lou tippelte neben ihm ungeduldig von einem Bein auf das andere, »hast du was Außergewöhnliches entdeckt?«

Lucky schlug die Kofferraumklappe zu und verschloss den Wagen.

»Das wird sich noch zeigen.« Er zog den Stick aus der Hosentasche. »Hast du eine Ahnung, was da drauf sein könnte?«

Lou schüttelte den Kopf. »Mittlerweile habe ich den Eindruck, ich weiß gar nichts über Tessas derzeitiges Leben. Und jetzt ist es vermutlich zu spät, das zu ändern.« Die Wehmut, die in ihrer Stimme mitschwang, war nicht zu überhören.

Lucky zog genervt die Augenbrauen hoch. Warum nur musste Lou wieder so sentimental werden? Für ihn war das einzig Interessante in diesem Moment, was sie auf diesem USB-Stick finden würden.

»Dann lass uns nachsehen, ob sich hierauf womöglich die Antworten zu deinen Fragen befinden«, schlug er vor. »Am besten sofort.«

Bald darauf saßen sie vor Tessas Laptop, um die Dateien zu durchforsten, die auf dem Stick gespeichert waren. Es waren hauptsächlich Verträge, Bilanzen und Kopien von Überweisungen sowie eine stattliche Anzahl an Fotos. Tessa hatte eifrig in der Modebranche recherchiert. Ob sie dabei in Kontakt mit Ulrich Saatmann gekommen war? Offenbar hatte der Unternehmer diverse Ladenlokale in den teuersten Vierteln Düsseldorfs angemietet, um Luxusboutiquen zu eröffnen. Ein Objekt befand sich auf der Kö, die anderen in Oberkassel, Kaiserswerth und Benrath. Tessa hatte diese Etablissements alle fotografiert. Lucky scrollte weiter durch ihre Unterlagen. Sieh an, auch wenn die Räumlichkeiten exklusiv waren, schien die georderte Ware kein Top-Niveau zu haben. Zumindest war ihm keiner der Designer, deren Kollektionen Saatmann veräußerte, bekannt. Es schienen vielmehr Mode-Newbies zu sein, deren teils verwegenen Entwürfe Saatmann unter dem Label ›KonFusioN‹ zu exorbitanten Preisen anbot. Lucky konnte sich kaum vorstellen, dass er mit dieser Strategie Erfolg haben würde. Er fand die Fummel absolut grauenhaft und fragte sich, wer freiwillig so etwas anziehen würde. Erst als sich Lou vernehmlich räusperte, um ihre Anwesenheit in Erinnerung zu bringen, sah er auf.

»Kannst du was damit anfangen?«, drängte sie.

»Noch nicht«, gestand Lucky. »Kennst du einen dieser Designer, deren Entwürfe unser Modezar veräußern will? Mir sagen diese Namen nichts, aber ich bin in der Modewelt auch eher ein Alien.«

Lou ließ ihren Blick über die Namen schweifen. »Ich muss zugeben, von denen noch nie etwas gehört zu haben.« Sie zuckte bedauernd mit den Schultern. »Und ich kenne mich klamottentechnisch ziemlich gut aus. Dachte ich bislang zumindest.«

»Das bestätigt nur meine Vermutung, dass die Preise völlig überzogen sind«, nickte Lucky. »Die Frage ist: Warum verfolgte Tessa eine Spur zu Saatmanns Geschäften? Ich sag dir, der Typ ist nicht astrein. Warum eröffnet er Luxusboutiquen, in denen nicht wirklich Luxusware angeboten wird? Und dann gleich mehrere. Da stimmt was nicht. Mein Bauchgefühl täuscht mich nur selten. Ich brauche allerdings ein bisschen Zeit, um darüber nachzudenken. Du weißt ja, ich bin nicht so helle.« Er tippte sich gegen die Stirn und grinste Lou provozierend an. Dann griff er nach den Parkquittungen, die er in Tessas Polo gefunden hatte. Zweimal hatte sie an der Kö geparkt, einmal in der Nähe der Luegallee und ein weiteres Mal an der Mühlenstraße. Er warf die Belege unwillig auf den Tisch. Das half ihnen auch nicht weiter.

»Lass uns für heute aufhören«, schlug er vor. »Ich mache sicherheitshalber noch eine Kopie von dem Stick und dann läuten wir den Feierabend ein.«

»Würde es dir etwas ausmachen, noch einmal hier zu übernachten?«, fragte Lou unvermittelt. Sie biss sich unsicher auf die Lippe, woraus er folgerte, dass ihr diese Frage alles andere als leicht fiel. Für einen kurzen Moment kämpfte Lucky mit einer Antwort. Er wollte nach Hause, sich ein kühles Alt zischen, ein blutiges Steak in die Pfanne hauen und den Rest des Abends gemütlich vor der Glotze oder bei Johnson im Garten abhängen.

»Bitte Lucky!« Sie sah ihn flehentlich an.

»Na schön«, gab er nach. Wer konnte dem Blick aus diesen wunderschönen grauen Augen schon widerstehen? Dann würde er eben ein weiteres Mal auf der Couch campieren. Er brachte es nicht übers Herz, ihr diese Bitte abzuschlagen. Letztendlich spielte es auch keine Rolle, wo er schlief. Allerdings brauchte er etwas Vernünftiges zu essen. Wenn er schon seine Pläne ändern musste, sollte wenigstens sein Magen nicht darunter leiden. Lucky stand auf und ging in die Küche, um den Inhalt des Kühlschranks zu inspizieren.

»Was dagegen, wenn ich uns was Leckeres koche?« Er warf ihr einen fragenden Blick zu.

Sichtlich erleichtert schüttelte Lou den Kopf. Offenbar war es ihr mehr als recht, heute sämtliche Verantwortung an ihn abzugeben. Lucky griff nach den Eiern und den Champignons. Dann stellte er Tessas alte Gusseisenpfanne auf den Herd. Ein schmackhaftes Omelett mit Pilzen ging immer, fand er.

★★★★

Es war weit nach Mitternacht, als Lou aus dem Schlaf hochschreckte. Irgendetwas hatte sie geweckt, doch sie konnte nicht mit Bestimmtheit sagen, was es war. Der Wind war aufgefrischt und rüttelte unsanft an den Läden, die sie vorsorglich verschlossen hatte. Obwohl sie wusste, dass Lucky unten auf der Couch lag, verspürte sie ein beklemmendes Gefühl der Angst. Sie schob ihre Bettdecke beiseite und erhob sich langsam. Die Tür knarzte leise, als sie sie vorsichtig öffnete. Dann lauschte sie in die Stille des Hauses, ehe sie barfuß die hölzernen Treppenstufen hinabschlich, sorgsam darauf bedacht, ein Geräusch zu vermeiden. Verdammt, sie hätte die Taschenlampe mitnehmen sollen. Sie tastete sich unsicher an der Wand entlang und warf einen Blick ins Wohnzimmer, in dem Lucky schlief. Oder besser gesagt, schlafen sollte! Denn zu Lous Überraschung war die Couch leer.

»Lucky?«, flüsterte sie verhalten, während sie zögernd den Wohnraum betrat und in der Dunkelheit nach ihm Ausschau hielt. Doch sie bekam keine Antwort. Stattdessen wurde sie plötzlich unsanft gepackt und zur Seite gerissen. Noch ehe sie schreien konnte, spürte sie eine Hand auf ihrem Mund, die jeden weiteren Laut erstickte. Leise hörte sie Luckys heisere Stimme an ihrem Ohr.

»Pssst, kein Wort.« Er zog sie mit sich in die angrenzende Küche. Dann erst ließ er sie los. Erschrocken starrte Lou ihn an. Er trug nur seine Jeans und war ebenfalls barfuß.

»Jemand versucht, durch den Keller ins Haus einzudringen«, raunte er ihr zu. »Und ich bin mir sicher, dass es nicht lange dauert, bis er Erfolg haben wird. Bei dem einfachen Schloss ist das überhaupt kein Problem. Du erinnerst dich, wie schnell ich die Tür geöffnet habe.«

Er zog ein spitzes Küchenmesser aus dem Messerblock und klemmte es sich in den Gürtel. »Am besten gehst du wieder nach oben und schließt dich in deinem Zimmer ein«, befahl er,

»um den Rest kümmere ich mich.«

»Nein.« Sie klammerte sich angstvoll an seinen Arm. »Ich gehe nirgendwohin. Ich lasse dich auf keinen Fall hier allein.«

»Glaub mir«, lachte er grimmig, »du solltest dir mehr Sorgen um den Einbrecher machen als um mich.«

Sie schüttelte störrisch den Kopf. »Ich bleibe.«

Luckys Blick verfinsterte sich zwar, aber er widersprach ihr nicht.

»Dann warte hier«, wies er an. Er zog sein Handy aus der Tasche seiner Jeans und gab es ihr. »Im absoluten Notfall rufst du die Polizei. Aber nur dann, verstehst du. Das soll heißen, wenn ich außer Gefecht gesetzt bin und du in Gefahr schwebst.« Er sah sie eindringlich an. »Ist das klar? Ich muss wissen, wer dieser Eindringling ist und was er hier will. Das finden wir aber nur heraus, wenn ich ihn befragen kann. Also keep cool.«

Lou hätte laut auflachen können. Lucky hatte definitiv nicht alle Tassen im Schrank. Sie sollte ruhig bleiben?! Ihre Nerven waren längst bis zum Anschlag gespannt. Sie hatte das Gefühl, aus der Situation ausbrechen zu müssen. Viel länger würde sie dem Druck nicht standhalten können. Er hingegen war zumindest äußerlich absolut ruhig. Fast schien es, als würde er die Situation genießen. Wieder fiel ihr Blick auf seine Narben. Na klar, er war bei den Kampfschwimmern gewesen und hatte Sondereinsätze ausgeführt. Geheime und auch gefährliche Missionen, wie diese Narben vermuten ließen. Für ihn war ein nächtlicher Einbrecher vermutlich nicht mehr als eine willkommene Abwechslung. Lou presste sich eng gegen die Küchenwand und sah schweren Herzens zu, wie Luckys Gestalt im dunklen Flur verschwand. Ihr Herz schlug ihr bis zum Hals. Die Angst schnürte ihr förmlich die Kehle zu, sodass sie

Schwierigkeiten hatte, zu atmen. Wer brach gerade in dieses Haus ein? Und was hoffte derjenige, hier zu finden? Sie rang mit sich, ob sie Lucky folgen sollte, um ihm gegebenenfalls beizustehen. Doch sein Blick, als er ihr befohlen hatte, in der Küche zu bleiben, war von einer Eindringlichkeit gewesen, die keinen Widerspruch duldete. Jetzt vernahm sie ein leises Knirschen aus dem Flur. Anscheinend öffnete jemand vorsichtig die Tür, die in den Keller hinabführte. Lous Gedanken jagten in alle Richtungen. War es Lucky, der den Einbrecher im Keller abfangen wollte oder der unbekannte Eindringling, der ihnen immer näher kam? Lou spürte, dass ihre Handflächen vor Aufregung feucht wurden. Ein lautes Keuchen und Poltern ließ sie aufschrecken. Jemand schrie schmerzerfüllt auf, dann ging der Schrei in ein dumpfes Röcheln über.

»Lucky!« Panisch stürzte sie aus der Küche ins Wohnzimmer. Bereit, es mit dem unbekannten Feind aufzunehmen. Doch das war gar nicht erforderlich, denn Lucky stand unversehrt im Raum und schubste eine schlaffe Gestalt auf die Couch.

»Mach das Licht an«, befahl er Lou. Als der helle Schein der Lampe aufflammte und dem unbekannten Eindringling direkt in sein Gesicht schien, begann sich dieser langsam zu regen. Lou hatte ihn nie zuvor gesehen. Seine Haare waren strubbelig und fast weißblond gefärbt, er hatte dunkle Augenringe und stank erbärmlich nach Bier. Lucky griff ihn unsanft am Kragen seines schwarzen Blousons und zog ihn hoch. Dann verpasste er ihm einige Ohrfeigen.

»Hey, aufwachen!« Er schüttelte ihn heftig.

»Mein Gott, Lucky!« Lou starrte ihn entsetzt an.

»Was denn?«, knurrte er. »Sei nicht so zimperlich.« Dann wandte er sich wieder dem Fremden zu, der ihn mit großen Augen angsterfüllt anstarrte.

»Los. Spuck's aus, du Pfeife. Wer bist du und was willst du hier?« Er schüttelte ihn erneut, sodass der Mann leise aufstöhnte, offensichtlich fühlte er sich gar nicht wohl. Doch Lucky schien das kalt zu lassen. Er stieß ihn zurück aufs Sofa, zog sich einen der Esszimmerstühle heran und setzte sich rittlings vor den Fremden. Dann starrte er ihn schweigend an. Minutenlang, bis er sich unter Luckys eiskaltem Blick wie ein Aal zu winden begann. Dabei wanderten seine Pupillen unruhig von links nach rechts, als suche er einen Ausweg aus seiner Situation. Lucky rutschte mit seinem Stuhl noch ein Stückchen näher an ihn heran. Er zog das Küchenmesser aus seinem Hosenbund und begann sanft mit dem Finger über die Klinge zu streichen. Dann beugte er sich vor, bis sein Gesicht ganz nah an dem des Eindringlings war. »Du sagst mir jetzt sofort, was du hier willst und wer dich geschickt hat, sonst sagst du in diesem Leben gar nichts mehr.«

Bei seinen Worten zuckte Lou zusammen. Das konnte unmöglich Luckys Ernst sein. Aber zu ihrem Entsetzen sah er nicht im Entferntesten aus, als würde er scherzen. Sie berührte ihn vorsichtig an der Schulter. »Vielleicht sollten wir doch lieber die Polizei rufen?«

»Sei still«, zischte er, bevor er dem Blondschopf mit der Messerspitze leicht gegen den Hals tippte.

»Jetzt ... und ... sofort«, flüsterte er so eindringlich, dass selbst Lou das Blut in den Adern gefror.

»Max«, stotterte der Mann mit zitternder Stimme. »Mein Name ist Max Nowak.«

»Okay, Max Nowak.« Lucky pikste ihn erneut. »Was hast du hier zu suchen?«

Max' Gesicht war kreidebleich. Mühsam rang er nach Worten. »Ich ... also ich ... ich wollte nur den Laptop klauen.«

»Den Laptop also.« Lou bemerkte, dass sich Luckys Miene verhärtete. Seine Augen waren mittlerweile zu schmalen Schlitzen geworden, die in keiner Weise an den netten Kerl erinnerten, für den Lou ihn bislang gehalten hatte.

»Was ist so interessant an Tessas Laptop, dass du das Risiko eingehst, hier einzubrechen und erwischt zu werden?«, bohrte er weiter, wobei seine Stimme einen bedrohlichen Klang annahm.

Lou musste zugeben, dass sie gleichermaßen fasziniert und abgestoßen war von der Art und Weise, wie Lucky Max in die Mangel nahm. Kurzzeitig erwischte sie sich sogar bei dem Gedanken, Mitleid mit dem jungen Mann zu haben. Doch dann rief sie sich in Erinnerung, dass Lucky auf ihrer Seite stand und es Max war, der in Tessas Haus eingedrungen war.

»Ich weiß nicht, was an dem Ding so besonders ist«, jammerte er. »Es war nur ein Job für mich.«

»Wer ist dein Auftraggeber?«, bedrängte Lucky ihn. »Wer hat dich geschickt? Wer wusste, dass Tessa nicht hier sein würde?«

Lou lief ein kalter Schauer über den Rücken. Daran hatte sie noch gar nicht gedacht. Wer auch immer Max Nowak engagiert hatte, konnte für Tessas Verschwinden und womöglich ihren Tod verantwortlich sein.

»Ich bin Altenpfleger«, heulte Max. »In der Villa Carlotta, dieser neuen Luxus-Bude für reiche Kompostis. Ich wollte nur ein bisschen Geld dazu verdienen. Wisst ihr, was man als Altenpfleger kriegt? Nichts! Während die Scheintoten dort in ihrer Kohle baden.«

»Ich frage noch ein allerletztes Mal«, ging Lucky über Max' Gejammer hinweg, »wer ... hat ... dich ... beauftragt?«

»Ich weiß es nicht«, jetzt war es mit Max' Fassung vorbei. Er heulte hemmungslos. »Mich hat ein Mann in der Cafeteria des Heims angesprochen und mir 500 Mäuse versprochen, wenn ich ihm den Laptop morgen um drei übergebe. Mensch, 500! Da konnte ich doch nicht Nein sagen.«

»Besser wär's gewesen.« Lucky stand auf und rieb sich das Kinn. »Kennst du den Namen des Mannes?«

Max schüttelte den Kopf. »Der wohnt nicht bei uns. Dafür ist er zu jung. Ich hab ihn allerdings schon öfter gesehen. Ich glaube, er ist ein Bekannter der Heimleiterin.«

»Was machen wir jetzt?«, warf Lou ein.

»Seniorenresidenz – klingelt es da nicht bei dir?« Lucky wirkte nachdenklich. »Tessa hat doch über diese Premium-Residenz mit Rheinblick recherchiert. Eine Neueröffnung vor etwa einem Monat. Das schien mir nicht wichtig zu sein«, er setzte sich wieder vor Max auf den Stuhl, »aber jetzt ist es das. Es ist sogar sehr wichtig. Hör zu, Max. Wenn du nicht willst, dass ich die Bullen rufe und du richtig Ärger kriegst, zeigst du mir diesen Typen.«

Er wandte seinen Blick von Max ab und zwinkerte Lou zu. »Ich hoffe, du hast ein bisschen Schauspieltalent. Wir werden uns morgen nämlich die Villa Carlotta anschauen, da wir die bestmögliche Unterbringung für deinen wohlhabenden Großvater suchen. Gegen drei bekommen wir dann heftigen Kaffeedurst und du«, er titschte Max mit dem Finger auf die Brust, »zeigst mir, wer dir den Auftrag gegeben hat.«

»Aber er wird mich fragen, warum ich den Laptop nicht habe«, flennte Max, der seine 500 Euro in weiter Ferne wähnte.

Lucky wirkte sichtlich genervt. »Lieber Himmel, hast du denn gar keine Fantasie? Du behauptest einfach, dass du das ganze Haus abgesucht hast, ihn aber nicht finden konntest. Wenn Tessa als Journalistin beruflich unterwegs ist, hat sie den

Laptop mit dabei. Und jetzt sieh zu, dass du Land gewinnst. Du sitzt nämlich auf meiner Schlafstätte.«

Max stolperte erleichtert zur Wohnungstür. »Morgen um drei!«, rief Lucky ihm nach, als der junge Mann eilig verschwand. Dann schloss er die Tür, lehnte sich von innen dagegen und fing herzhaft an zu lachen.

Lou sah ihn erstaunt an. »Findest du das Ganze so komisch?«

»In der Tat«, vergnügte er sich. »Du etwa nicht? Der hätte sich vor Angst bald in die Hose gepisst.«

»Du hast gut geschauspielert«, gab Lou zu.

»Wer sagt, dass ich geschauspielert habe?«, entgegnete Lucky. »Ich habe jedes Wort todernst gemeint.«

Dann streifte er sich sein T-Shirt über. »Ich werde mal nachsehen, wie schlimm Max die Kellertür demoliert hat. Geh ruhig schlafen, es ist schon fast drei.«

Lou lag auf der Schlafcouch in Tessas Gästezimmer. Noch immer kreisten ihre Gedanken um Lucky. War seine harmlos-freundliche Art nur Fassade? Im Grunde kannte sie die Antwort. Diese Nacht und das Verhör von Max hatten nur bestätigt, was sie bereits geahnt hatte. Sie hatte ihn anfangs falsch eingeschätzt, besser gesagt: total unterschätzt. Er war nicht nur hervorragend trainiert, sondern auch unerschrocken und extrem entschlusskräftig. Natürlich! Wer mit den Kampfschwimmern in Sondereinsätze entsandt wurde, brauchte solche Eigenschaften und durfte nicht zimperlich sein. Warum aber war er in die Rolle des unauffälligen Büdcheninhabers geschlüpft? Hatte er doch etwas zu verbergen? Sie bemühte sich, ihre unschönen Gedanken zu verdrängen. Denn auch wenn Lucky erschreckend grob vorgegangen war, hatte er es getan, um sie zu beschützen und eine neue Spur zu Tessa zu finden. Das war momentan das Einzige, was zählte. Ruhelos wälzte Lou sich hin und her, bis sie den Versuch, wieder einzuschlafen, schließlich entnervt aufgab. Ob es Lucky ähnlich wie ihr erging? Sie glaubte nicht, dass er die Ereignisse des Abends einfach abschütteln konnte. Einem inneren Impuls folgend erhob sie sich, um hinunterzugehen und mit ihm über den Vorfall zu sprechen. Doch als sie sich dem Wohnzimmer näherte, hörte sie ihn mit leiser Stimme telefonieren. Merkwürdig. Mit wem sprach er mitten in der Nacht? Sie lehnte sich vorsichtig gegen den Türrahmen und lauschte seinen Worten, die ungewohnt eindringlich klangen. »Alles klar. Es bleibt also dabei. Wir machen es wie besprochen. Und kein Wort zu Lou.«

Kapitel 8

Kriminalhauptkommissar Konstantin Kirchberg saß an seinem Schreibtisch im Polizeipräsidium und stierte seit geraumer Zeit auf die Akten, die vor ihm auf dem Tisch lagen. Ein erholsames Wochenende konnte er vergessen. So viel war klar. Drei Vermisstenfälle innerhalb relativ kurzer Zeit waren mehr als ungewöhnlich für den Düsseldorfer Süden. Besser gesagt: zwei Vermisstenfälle. Denn seit knapp zehn Minuten stand fest, dass es sich bei den in der Kämpe gefundenen Leichenteilen um die sterblichen Überreste von Madeleine Brinker handelte. Angewidert betrachtete er das, was von der hübschen blonden Frau noch übrig geblieben war und fragte sich nicht zum ersten Mal, wer solche Grausamkeiten begehen konnte. Ganz besonders interessierte es ihn, warum nur wenige Teile der Leiche in dem sumpfigen Wasserloch gefunden worden waren. Das Herz, die Galle und fast alle Knochen der Toten hatten gefehlt. Details, die aus ermittlungstechnischen Gründen unbedingt unter Verschluss bleiben mussten. Er seufzte tief. Bislang gab es so gut wie keine Hinweise, die Rückschlüsse auf den Täter zuließen. Im Grunde konnte nur ein Verrückter etwas Derartiges tun. Ein Psychopath, gefühlskalt, brutal und ohne die Spur eines Gewissens. Ein Mensch mit einer dunklen, verstörten Seele. Viel zu oft erhielt er Einblicke in menschliche Abgründe, ohne sie jemals zu verstehen. Was für einen Grund konnte jemand haben, Madeleine Brinker auf eine derart bestialische Weise zu töten? Allem Anschein nach war sie eine beliebte junge Frau gewesen, die sich erfolgreich auf Porträtfotografie spezialisiert hatte und in ihrer Freizeit leidenschaftlich gerne ritt. Seit fünf Jahren war sie verheiratet und lebte mit ihrem Mann Tom zusammen in einem schicken Haus im Benrather Musikantenviertel. Kinder hatte sie keine. Zum Glück, denn so musste er nur den Ehemann mit der schrecklichen Wahrheit konfrontieren. Er hasste nichts mehr, als Todesnachrichten zu überbringen. Trotz der vielen Jahre, die er bereits für die Mordkommission arbeitete, hatte er sich noch nicht daran gewöhnen können.

Kirchberg gönnte sich einen großen Schluck Kaffee und sortierte seine Gedanken neu. Er wollte vermeiden, sich zu früh auf ein bestimmtes Täterprofil festzulegen. Das Schlechte war oft facettenreicher als man dachte. Nur gut, dass er sich schon lange nicht mehr vom ersten Eindruck auf eine falsche Fährte locken ließ. Nicht ohne Grund war er ein äußerst erfolgreicher Ermittler, auch wenn sein Umfeld unter seinem Eigensinn ab und an leiden musste. Seine Assistentin Laura Koch hatte mittlerweile gelernt, mit seinen Allüren umzugehen. Gelegentlich stellte er sogar fest, dass sie eigene entwickelte und durchaus ungewöhnliche Wege beschritt. Noch war er sich nicht sicher, ob er diese Eigenmächtigkeit gut finden oder möglichst bald unterbinden sollte. Kirchberg schnäuzte sich kräftig in ein Stück Küchenpapier, das er anschließend zusammenknubbelte, um es gekonnt in seinem Papierkorb zu versenken. »Treffer«, grunzte er zufrieden. Dann bemühte er sich, seine abschweifenden Gedanken erneut auf den Mord zu konzentrieren. Vielleicht lag er ganz falsch mit seiner Vermutung, dass der Täter ein Psychopath war. Womöglich war es nur eine simple Beziehungstat im Affekt. Wie so häufig! Die Zahl der Gewalttaten in Partnerschaften war nicht nur erschreckend hoch, sondern nahm auch kontinuierlich zu. Selbst wenn Kirchberg zu gerne an ein simples Eheproblem mit tödlichen Folgen geglaubt hätte, gab es bislang keinerlei Anhaltspunkte dafür. Er stand langsam auf und schluffte zum Kaffeeautomaten, um zum vierten Mal an diesem Vormittag seine Tasse aufzufüllen, obwohl sein Magen bereits bedenklich rebellierte. Das lag allerdings nicht nur am Kaffee, sondern maßgeblich daran, dass noch zwei weitere Personen vermisst wurden – Carl Behrens und Tessa Tiede. Bislang waren diese Fälle eher stiefmütterlich behandelt worden, denn es hatte keine Hinweise auf ein Verbrechen gegeben. Jetzt allerdings schrillten bei ihm die Alarmglocken unangenehm laut und er konnte sie – verdammt noch mal – nicht abstellen, so sehr er es auch versuchte.

Louisa Caprini kam ihm in den Sinn. Diese anstrengende Person, die bei dem Telefonat mit ihm darauf beharrt hatte, dass ihrer Freundin etwas Schreckliches zugestoßen sein musste. Natürlich war sie davon überzeugt, dass Tiede niemals grundlos verschwinden würde. Und selbstverständlich war es für sie unvorstellbar, dass manche Menschen schlicht und ergreifend die Nase voll von ihrem derzeitigen Leben hatten und untertauchen wollten. Dabei wäre die Journalistin beileibe nicht die erste Person, die sich klammheimlich aus dem Staub gemacht hätte. Vielleicht lag sie entspannt auf den Malediven am Strand in der Sonne oder flanierte beschwingt durch New York. Wer wusste das schon? Ihn nervte dieses obergescheite Geschwafel von Angehörigen und Freunden. Warum nur glaubten sie immer, ihre Liebsten in- und auswendig zu kennen? Sie mussten sich im Nachhinein zumeist eines Besseren belehren lassen. Manchmal taten sich erschreckende Abgründe auf. Fast alle hatten etwas zu verbergen. Vor ihrem Partner, ihrem Chef oder ihren Freunden. Und manchmal endeten diese Heimlichtuereien eben damit, dass jemand verschwand. Nicht zwangsläufig musste ein Verbrechen geschehen sein, das hatte seine Ermittlerlaufbahn oft genug gezeigt. Bis heute war er davon ausgegangen, dass die Vermisstenfälle Behrens, Brinker und Tiede genau in diese Kategorie fielen. Aber jetzt hatte der Leichenfund die Sachlage verändert. Er spürte diese Veränderung in jeder Faser seines nicht mehr ganz taufrischen Körpers. Kirchberg strich sich durch sein schütteres braunes Haar, das zu seinem Leidwesen mittlerweile von ersten grauen Strähnen durchzogen wurde, und langte nach der Akte des nächsten Vermissten – Carl Behrens. Der Mann war Mitte 40, ledig, freischaffender Bühnenbildner und Lichtdesigner. Er arbeitete für Schauspielhäuser, Theater und Museen in ganz Deutschland und darüber hinaus. Kirchberg war zugegebenermaßen beeindruckt von seiner Reputation. Offensichtlich hatte Behrens ein bemerkenswertes Talent, durch Licht Stimmungen zu kreieren und Szenarien zu erschaffen. Er trommelte nervös mit seinen Fingerkuppen auf der Schreibtischplatte herum. Bereits seit einer Weile hatte er das untrügliche Gefühl, etwas Wesentliches übersehen zu haben. Aber er wusste beim besten Willen nicht, was es war. Behrens war nur für eine Lichtinstallation im Benrather Schlosspark nach Düsseldorf gekommen, ansonsten lebte er in Hamburg. Was verband ihn mit Madeleine Brinker und Tessa Tiede? Tiede – er kannte den Namen aus der Tageszeitung, für die sie schrieb. Ab und an hatte er von ihr verfasste Kommentare oder Zeitungsartikel gelesen, die ihm durchaus gefallen hatten. Besonders spektakulär waren ihre Themen allerdings nicht gewesen. Keineswegs so investigativ oder brisant, dass dafür jemand töten würde. Vielleicht war alles nur ein unglaublicher Zufall und die Vermisstenfälle hatten nichts miteinander und vor allem nichts mit dem Mord zu tun. Er hoffte, dass die Ergebnisse der KTU und der Pathologie Antworten auf einige seiner Fragen liefern konnten. Zumindest darauf, wie und wo Brinker gestorben war. Denn dass der Fundort der Leiche nicht der Tatort gewesen war, soviel stand fest. Kirchberg verspürte ein dringendes Verlangen nach Nikotin. Wie gerne hätte er jetzt eine Zigarette geraucht. Er verfluchte den Tag, an dem das Rauchverbot auch die heiligen Hallen des Polizeipräsidiums ereilt hatte. Nicht alle Regeln und Vorschriften machten Sinn, fand er. Insbesondere solche nicht, die seine persönliche Freiheit einschränkten. Missmutig schob er sich ersatzweise einen dicken Riegel Herrenschokolade in den Mund. Möglicherweise half ein kleiner Zuckerschub beim Denken. Gerade jetzt steckte Laura Koch ihren Kopf durch den Türspalt und linste in sein Büro.

»Hey, Konstantin. Ich hab zum gefühlt hundertsten Mal die Caprini an der Strippe. Sie hat die Schlagzeile in der Rheinischen Post gelesen und ist kurz vorm Durchdrehen. Kann ich ihr jetzt, da das Ergebnis vorliegt, endlich sagen, dass die Tote nicht ihre Freundin ist?«

Kirchberg blickte kurz auf und nickte. So konnte an diesem Tag zumindest eine gute Nachricht das Präsidium verlassen. Allzu viele waren es in letzter Zeit wahrlich nicht gewesen. Er angelte umständlich nach seinen Slippern, die er von den Füßen gestreift hatte, und schlüpfte hinein. Die Zeit des Müßiggangs war vorbei. Es gab mehr als genug zu tun. Zuerst musste er mit dem Ehemann des Opfers sprechen und ihm mitteilen, dass seine Frau tot aufgefunden worden war. Außerdem spielte er mit dem Gedanken, den Fundort erneut zu inspizieren. Vielleicht sprang ihm ein winziges Detail ins Auge, das er zuvor übersehen hatte. Es lohnte sich fast immer, einen zweiten oder sogar dritten Blick auf den Tat- oder Fundort zu werfen. Ungeduldig gab er Koch ein Zeichen zum Aufbruch. Das gemütliche Herumlungern im Büro war vorbei. Jetzt ging es ab in den Süden, wenn auch nur in den Süden Düsseldorfs.

Kapitel 9

Johnson stand im Schlafzimmer seiner großzügig geschnittenen Altbauwohnung in der Sophienstraße und richtete sich seine Krawatte. Heute war ein ganz besonderer Tag. Kein Gartentag in seiner kuscheligen Laube, sondern ein Tag, an dem er zeigen musste, was er hatte. Und das war nicht wenig. Denn sein legeres Outfit war ebenso wie das Fahrrad, mit dem er durch Benrath und Umgebung flitzte, pures Understatement. Man hätte auch sagen können, Johnson alias Thadeus von Johansson war reich, stinkreich sozusagen. Seinen kolossal üppigen Wohlstand verdankte er seinen Eltern, die nicht nur über beeindruckenden Unternehmergeist verfügt hatten, sondern zudem viel zu früh verstorben waren. Johnson schlüpfte behutsam in das Jackett seines maßgeschneiderten Anzugs und wischte ein imaginäres Staubkorn vom Ärmel. Er betrachtete sich im Spiegel. Nicht schlecht, dachte er selbstgefällig. Lucky würde begeistert sein, wenn er ihn so sehen könnte. Dann bestellte er sich ein Taxi und verließ fröhlich pfeifend die Wohnung. Er hatte nämlich einen wichtigen Termin. Einen Termin mit Ulrich Saatmann, dessen Gemahlin er leider kürzlich den Spiegel von ihrem Porsche Cayenne hatte demolieren müssen. Johnson amüsierte sich bei dem Gedanken an diesen Spaß. Sein Leben war erheblich aufregender geworden, seit Lucky nach Urdenbach gezogen war. Auch das nun anstehende kleine Abenteuer hatte er seinem Kumpel zu verdanken. Denn dieser hatte ein feines Näschen dafür, wenn etwas gen Himmel stank. Und bei der Durchsicht von Saatmanns Unterlagen, die auf dem Stick gespeichert waren, hatte es anscheinend ganz gewaltig gemüffelt. Nach Geldwäsche nämlich, wie Lucky fand. Also machte sich Johnson auf den Weg, um den feinen Herrn Saatmann bei der Bereinigung eines kleinen Geldproblems um Hilfe zu bitten. Denn solche Geschäfte verbanden, was durchaus dazu führen konnte, die Zunge ein wenig mehr als sonst zu lösen. Er ließ sich in Oberkassel am Kaiser-Wilhelm-Ring vor der prunkvollen Jugendstilvilla absetzen, in der Saatmann auf vier Etagen sein Modeimperium regierte – stets mit einem ausgezeichneten Blick auf den Rhein und die Rheinwiesen natürlich. Johnson beobachtete die offensichtlich sehr zufriedene Schafherde, die gemächlich in inniger Vereinigung auf eben diesen Wiesen das Gras abzupfte. Ob Saatmann das schwarze Schaf unter den vielen weißen war, nach dem sie suchten?

»Ich will heute durch alle deine Herden gehen und aussondern alle gefleckten und bunten Schafe und alle schwarzen Schafe und die bunten gefleckten Ziegen«, rezitierte er leise aus der Bibel. Ja, schon der alte Jakob hatte nach dem Besonderen gesucht. Er strich sich ein letztes Mal über seinen Bart und checkte die Zeit. 10 Uhr. Perfektes Timing. Dann betrat er die eleganten Räumlichkeiten des Saatmann-Unternehmens und schenkte der blondierten Empfangsdame sein charmantestes Lächeln oder zumindest das, was er dafür hielt. Er hätte auch in Hollywood Karriere machen können, dessen war er sich sicher.

★★★★

Einmal in der Woche, meistens freitags oder samstags, räumte Lucky seine Bude auf. So auch heute. Lou war bereit gewesen, währenddessen bei ihm im Büdchen auszuhelfen, und er hatte ihr Angebot gerne angenommen. Er feuerte die schmutzige Wäsche mit Schmackes in die Wäschebox, die daraufhin gefährlich schwankte. Dann packte er seine Comics und Motorradhefte auf einen großen Stapel, den Ivar dankbar entgegennahm. Er liebte dieses Regal. Seiner Meinung nach gab es kein besseres. Seine Ex Maja hatte dieses Möbelstück allerdings gehasst. Abgrundtief. Aber er hatte sich leichter von ihr als von dem schwedischen Prachtexemplar trennen können, weshalb Ivar bei ihm in Urdenbach stand und Maja allein in ihrer alten Wohnung in Eckernförde lebte. Er stöpselte den Staubsauger ein und rückte den Krümeln, die sich in der letzten Woche angesammelt hatten, zu Leibe. Dann drehte er die Musikbox lauter, um dem Geräusch des Saugers mit dröhnendem Sound von Motörhead die Stirn zu bieten. Er musste nachdenken, und dazu brauchte er Musik, sehr laute Musik.

Die wenigen Spuren, die Tessa hinterlassen hatte, waren verwirrend. Er musste unbedingt herausfinden, in welcher Beziehung sie zu Saatmann stand. Dass der Unternehmer nicht integer war, daran zweifelte Lucky nicht im Geringsten. Im Grunde ihm das egal. Ihn interessierte einzig und allein, ob der smarte Geschäftsmann etwas mit Tessas Verschwinden zu tun hatte. Denn das lag durchaus im Bereich des Möglichen. Immerhin zeigte das dicke ›BITCH‹ in seinem Organizer mehr als deutlich, dass er sauer auf sie gewesen war. Er hoffte, dass Johnson heute ein bisschen über Saatmann in Erfahrung bringen konnte. Um einen Eindruck zu gewinnen, wie weit sich dieser auf unlautere Geschäfte einlassen würde, die eventuell ein Motiv böten, Tessa aus dem Weg zu räumen.

Seine Gedanken wanderten zurück zur letzten Nacht und Max Nowak. Für ihn war Nowak nur ein dummer Junge, der sich auf einen schlechten Deal eingelassen hatte. Das dilettantische Aufbrechen der Tür ließ vermuten, dass er alles andere als ein Profi war. Dennoch machte Lucky sich Sorgen. Denn Nowaks Auftraggeber schien keine Skrupel zu haben, seine Interessen durchzusetzen. Das zeigte ihm mehr als deutlich, dass

Lou in dem alten Haus alles andere als sicher war.

Er zog den Stecker aus der Steckdose, ließ die Lautstärke der Musikanlage allerdings unverändert. Dann räumte er das Geschirr aus der Spülmaschine aus und sortierte es in den Küchenschrank ein. Heute Nachmittag wollte er mit Lou zur Villa Carlotta fahren, um sich von Max jenen Mann zeigen zu lassen, der so scharf auf Tessas Laptop gewesen war. Er warf einen prüfenden Blick durch den Raum, bevor er im angrenzenden Schlafzimmer damit begann, seine gewaschenen Klamotten in den Schrank zu stopfen und das Bett frisch zu beziehen. Fertig. Lucky holte sich eine kalte Cola aus dem Kühlschrank und trank sie in gierigen Zügen. Dann schaltete er die Musik aus und ging durch den dunklen Hausflur hinab zu Lou, die gerade einer älteren Dame eine Packung Kekse verkaufte. Er lehnte sich gegen den Türrahmen und sah ihr zu, wie sie die Seniorin anschließend zur Tür geleitete.

»Du machst das gut«, lächelte er sie an. »Wenn du einen Job brauchst, sag Bescheid.« Dann warf er einen Blick auf seine Armbanduhr. »Johnson müsste gleich kommen und hier übernehmen, dann können wir zur Seniorenresidenz fahren.«

Insgeheim brannte er darauf, Einzelheiten über Johnsons Besuch bei Saatmann zu erfahren. Aber solange Lou in der Nähe war, wollte er ihn nicht darauf ansprechen. Er bezweifelte stark, dass sie diesen erneuten Alleingang befürworten würde. Es war nicht zu übersehen, dass Lou nach dem Einbruch in Tessas Haus Angst hatte. Erst heute Morgen hatte sie darüber nachgedacht, die Suche nach Tessa der Polizei zu überlassen und nach Lugano in ihre Künstler-WG zurückzukehren. Womöglich wäre diese Lösung für alle am besten.

Die Tür bimmelte laut, als Johnson kurze Zeit später in der *Luke* aufkreuzte. Der Blick, den er Lucky zuwarf, und der erhobene Daumen verrieten ihm zumindest, dass der Besuch bei Ulrich Saatmann einigermaßen erfolgreich verlaufen war. Alles Weitere würde er später erfahren, wenn er mit Johnson in dessen Gartenlaube abhing. Er zwinkerte seinem Kumpel unauffällig zu, als er mit Lou das Büdchen verließ, um der Villa Carlotta einen Besuch abzustatten.

Etwas später stellte er sein Motorrad in der Nähe der Residenz ab. Während er ihre Hand nahm, lächelte er ihr liebevoll zu.

»Und vergiss bitte nicht, mein Schatz. Wir sind verheiratet und suchen einen Heimplatz für deinen gut situierten Großvater. Geld spielt dabei keine Rolle. Das habe ich zumindest erzählt, um schnell einen Termin zu bekommen.«

»Das Lügen fällt dir ziemlich leicht, oder?« Lou sah ihn missbilligend an.

»Ich tue nur, was erforderlich ist«, gab Lucky unwillig zurück, während er das schmiedeeiserne Tor öffnete, das in den Garten des unmittelbar am Rheinufer gelegenen Heimes führte. Ihre Schritte knirschten leise auf dem hellen Kies, der ebenso makellos wirkte wie die akkurat geschnittenen Büsche, die perfekt angelegten Blumenbeete und die strahlend weiße Fassade.

»Wow«, flüsterte Tessa beeindruckt. »Hier kann man es aushalten.«

Sie hatten kaum die repräsentative Eingangshalle betreten, als ihnen eine elegant gekleidete Dame entgegenschritt, die sie vom Typ an Catherine Deneuve in ihren besten Jahren erinnerte.

»Herr und Frau Luckmann«, säuselte sie entgegenkommend, »es ist mir eine Freude, Sie in unserer Villa Carlotta begrüßen zu dürfen. Mein Name ist Elisabeth Kaiser, mir obliegt die Leitung dieser exquisiten Seniorenresidenz.«

»Die Freude liegt ganz bei uns«, entgegnete Lucky ebenso höflich, wobei sein Blick aufmerksam jedes Detail seiner Umgebung registrierte. Das perfekte Design der Inneneinrichtung stand der Außenanlage in nichts nach. Helle Böden aus italienischem Marmor, cremefarbene Sitzgarnituren und ein funkelnder Kronleuchter ließen das Ambiente auf klassische Art geschmackvoll erscheinen. Offensichtlich hatten sich die meisten der Bewohner zum Mittagsschlaf zurückgezogen, denn nur ein älterer Herr saß einsam in der Lobby und löste Kreuzworträtsel. Lucky warf einen Blick auf die große Wanduhr, die neben dem Aufzug hing. Halb drei. Sie hatten also noch reichlich Zeit, ehe sie die Cafeteria aufsuchen mussten. Geduldig ließ er Elisabeth Kaisers Redeschwall über sich ergehen, wobei er ab und an interessiert nickte. Mittlerweile schritt sie die breite Treppe ins Obergeschoss hinauf, um Lucky und Lou das letzte zur Verfügung stehende Zimmer zu zeigen. Auch hier im ersten Stock war es erstaunlich ruhig. Von der Hektik, die in anderen Heimen herrschte, war nichts zu bemerken. Die Leiterin öffnete eine Tür am Ende des langen Flures und machte eine einladende Bewegung, um Lucky und Lou in das großzügig geschnittene Zimmer hineinzubitten.

»Das ist toll«, schwärmte Lou beeindruckt. »Schau mal, mein Schatz. Dieser umwerfende Blick auf den Rhein. Das wird Opa Anton gefallen.«

Lucky musste ein Grinsen unterdrücken. Er mochte vielleicht geschickt lügen, aber zweifelsohne war auch Lou eine begnadete Schauspielerin.

»Möchten Sie einen Blick in das Bad werfen? Dort ist alles auf höchstem Standard barrierefrei und altengerecht eingerichtet«, fuhr Elisabeth Kaiser mit ihren Erläuterungen fort. »Im Übrigen werden die Zimmer in der Villa Carlotta voll möbliert vermietet, es ist aber durchaus möglich, einzelne private Möbelstücke in das Gesamtkonzept zu integrieren, um sich heimischer zu fühlen.«

Lucky hatte Zweifel, dass ein paar vertraute Einrichtungsgegenstände genügten, um sich wohlzufühlen. Unbestreitbar war das Ambiente extrem schick, aber er fand die demonstrativ zur Schau gestellte Vollkommenheit dieses Hauses auf seltsame Weise deprimierend.

»Wer hat Ihnen unsere Residenz empfohlen, wenn ich fragen darf?«, riss Elisabeth Kaiser ihn aus seinen Gedanken.

Lucky schenkte ihr ein verbindliches Lächeln. »Eine gute Freundin meiner Frau. Tessa Tiede.«

»Ah!« Elisabeth Kaiser wirkte erfreut. »Frau Tiede wollte einen Zeitungsartikel über unser Haus veröffentlichen. Sie war überaus angetan von der Villa Carlotta. Wir haben uns äußerst angeregt miteinander unterhalten. Eine sehr eloquente junge Dame. Leider habe ich seit ihrem Besuch hier nichts mehr von ihr gehört.«

»Sie musste für einen dringenden Auftrag überraschend ins Ausland reisen«, behauptete Lucky. »Wann haben Sie denn zuletzt mit ihr gesprochen?«

»Genau heute vor zwei Wochen«, kam die Antwort wie aus der Pistole geschossen. »Ich erinnere mich deshalb so genau, weil sie zu einer Vernissage von Larissa Rogowski in die Galerie van der Sand fahren wollte. Ich hatte erst selbst geplant, dort hinzugehen, aber dann hatten wir einen medizinischen Notfall im Haus und ich musste meinen Besuch verschieben.«

Lucky warf Lou einen kurzen Seitenblick zu. Sie verstand sofort. Es wurde Zeit, die Cafeteria aufzusuchen.

»Frau Kaiser«, hörte er sie sagen. »Ihr wunderschönes Haus hat doch sicherlich eine Cafeteria für die Bewohner und Besucher.«

»Selbstverständlich.« Fast wirkte die Hausdame pikiert ob dieser Frage. »Wenn Sie mir bitte folgen würden.« Sie schritt eilig voran. »Wir haben eine hervorragende Konditorei damit beauftragt, das Gebäck und die Pralinen für unsere Senioren zu fertigen. Vielleicht möchten Sie sich selbst davon überzeugen?« Sie öffnete eine breite Flügeltür, hinter der sich ein reizendes Café mit dem Charme eines Wiener Kaffeehauses verbarg. »Wie sie sehen, ist hier alles klein, aber fein. Wir legen außerordentlichen Wert auf Exklusivität. Wer in der Villa Carlotta lebt, sucht das Besondere. Bitteschön.« Sie wies auf einen Tisch an der Fensterfront, die einen herrlichen Blick in den weitläufigen Garten erlaubte.

Lou und Lucky nahmen Platz, während die Heimleiterin eine Servicekraft anwies, ihnen Kaffee und Kuchen zu bringen. In diesem Moment öffnete sich die Flügeltür erneut und ein vornehm gekleideter Mann Anfang 50 betrat den Raum, gefolgt von Max Nowak, der sich sichtlich unwohl fühlte. Nur mit Mühe konnte Lucky einen überraschten Pfiff unterdrücken. Er brauchte Max nicht mehr, um zu wissen, wem die Beschaffung von Tessas Laptop 500 Euro wert war. Denn der Mann, der Elisabeth Kaiser freundlich zulächelte, bevor er sich mit Max Nowak an einen der Nebentische setzte, war kein anderer als Ulrich Saatmann.

∗∗∗∗

»Sieh an, Ulrich Saatmann!«, staunte Johnson, als Lucky ihm von der überraschenden Begegnung in der Villa Carlotta erzählte. »Mit dem hätte ich jetzt nicht gerechnet.«

»Jep!« Lucky saß einmal mehr im Liegestuhl vor der Gartenlaube und wickelte eine dicke Wolldecke um seine Beine. Auch wenn Johnson einen Heizstrahler organisiert hatte, wurde es allmählich frisch im Garten.

»Der hat seine gewaltige Nase wohl in allem drinstecken, was stinkt«, unkte sein Freund.

»Isso«, nickte Lucky. »Laut Elisabeth Kaiser ist unser Mode-Imperator einer der Investoren dieser Highclass-Premium-Luxus-Senioren-Residenz. Offenbar denkt er, dass ein zweites Standbein als stiller Teilhaber durchaus lukrativ sein kann, falls es in der Modebranche mal nicht so gut läuft.«

»Der hat mehr als zwei Standbeine«, grummelte Johnson. »Der ist quasi ein Tausendfüßer.« Er nippte an seinem dampfenden Kräutertee und schob Lucky ein Kuchentablett mit Brownies hinüber. »Selbstgebacken«, schwärmte er. »Das sind meine Spezial-Brownies mit grünem Pfiff. Vielleicht sollten die mal in der Villa Carlotta angeboten werden. Das wäre bestimmt lustig.«

»Klingt gut!« Lucky ließ sich nicht lange bitten, sondern griff beherzt zu. Er konnte es kaum erwarten, von Johnson zu erfahren, was er bei Saatmann hatte herausfinden können. Nach Max Nowaks Einbruch gestern Nacht hatten sie noch kurz miteinander telefoniert, um ihr weiteres Vorgehen zu besprechen. Lou hatte er davon nichts erzählt. Sie hätte sich nur wieder unnötig Sorgen gemacht und tausend Einwände gegen seinen Plan vorgebracht. Manchmal war ihre komplizierte Art echt anstrengend. Deshalb war er mehr als erleichtert, einen Abend alleine mit Johnson verbringen zu können. Lou hatte er unterdessen in seiner Wohnung einquartiert. Es war ihm zu riskant erschienen, sie alleine in Tessas Haus zurückzulassen, auch wenn er befürchten musste, dass sie seine Bude wieder auf den Kopf stellte.

»Schieß los.« Lucky trank einen Schluck seiner Cola. »Was hat unser Freund Saatmann gesagt?«

»Er ist tatsächlich bereit, mir bei meinem kleinen Finanzproblem hilfreich zur Seite zu stehen«, frohlockte Johnson. »Ich werde für meine imaginäre Freundin zwei Abendroben in einer seiner Edel-Boutiquen zum schlappen Preis von jeweils 85.000 Euro kaufen, was für ein Designer-Kleid ein Schnäppchen ist, wie du wissen solltest. Und er gibt mir blütenreines Geld zurück. Deutlich weniger, als ich ihm gegeben habe, aber dafür gründlich gewaschen.«

»Dachte ich mir doch, dass der krumme Dinger dreht«, stieß Lucky hervor. »So ein Drecksack. Gut, dass er nicht weiß, dass seine geschäftlichen Unterlagen nicht auf dem Laptop, sondern auf dem Stick gespeichert sind, den wir in dem Polo gefunden haben. Hast du was Interessantes über Tessa in Erfahrung bringen können? Vielleicht hat sie versucht, ihn zu erpressen oder an die Polizei zu verraten. Das wäre zumindest ein nachvollziehbarer Grund, sie aus dem Weg zu räumen.«

»Noch nicht«, schüttelte Johnson den Kopf, »aber ich treffe ihn morgen Abend zum Essen im *Alten Fischerhaus,* um letzte Details zu klären. Vielleicht ist er nach ein paar Gläsern Wein redseliger.«

»Super. Danke Johnson.« Lucky warf einen Blick in den sternklaren Himmel und fühlte sich in Anbetracht der Weite des Universums wieder einmal unendlich klein.

»Ein gewisses Maß an Dunkelheit ist nötig, um die Sterne zu sehen«, hörte er Johnson leise sagen. »Weise Worte des indischen Philosophen Osho.«

»Mag sein«, seufzte Lucky und schloss die Augen, »aber mir wäre momentan zumindest ein winziger Silberstreifen am Horizont mehr als willkommen.«

Als Lucky zwei Stunden später nach Hause kam, wusste er bereits, dass etwas nicht stimmte. Es war zu ruhig. Viel zu ruhig. Er schloss die Wohnungstür auf, ging ins Wohnzimmer und knipste das Deckenlicht an. Die Fernbedienung lag auf dem Sofa, der Stapel Zeitschriften auf dem Tisch, aber Lou war nicht da. Nur der dezente Rosenduft ihres Parfüms hing noch in der Luft. Lucky nahm sich ein Bier aus dem Kühlschrank und suchte nach einer Notiz von ihr. Aber er konnte nichts finden. Er spürte, dass seine bis dahin gelöste Stimmung einer Mischung aus Sorge und Ärger wich. Wohin, verdammt noch mal, war Lou gegangen? Hätte sie ihm nicht wenigstens eine Nachricht hinterlassen können? Seit Tagen spielte er den Babysitter für sie, wenn sie von Ängsten geplagt wurde, und kaum ließ er sie aus den Augen, haute sie einfach ohne ein Wort der Erklärung ab. Vielleicht war sie zurück in Tessas Haus gegangen, weil sie sich in seiner Bude einfach nicht wohlfühlte? Es war nicht so, dass er das nicht verstehen und akzeptieren könnte. Sein Interieur würde bei ›Schöner Wohnen‹ bestimmt keinen Preis gewinnen, aber eine kurze Info von ihr wäre schon nett gewesen. Er griff nach seinem Smartphone, um sie anzurufen, aber nur die Mailbox sprang an. Ein ungutes Gefühl beschlich ihn. Wo war Lou? Er wählte noch mehrmals ihre Nummer. Vergeblich. Schließlich entschloss er sich nachzusehen, ob Lou womöglich im Haus an der Gänsestraße war. Er zog erneut seine Jacke an und verließ die Wohnung. Doch schon aus der Ferne sah er, dass auch hier alles dunkel und verlassen war. Obwohl er bereits ahnte, dass niemand öffnen würde, drückte er mehrfach auf den Klingelknopf und klopfte gegen die Scheibe. Im Haus regte sich nichts, nur bei den aufmerksamen Nachbarn wurden die Gardinen eine Handbreit zurückgeschoben.

Lucky war klar, dass es viele Gründe geben konnte, warum

Lou seine Wohnung verlassen hatte. Aber nach Tessas Verschwinden und dem gestrigen Einbruchversuch war er auf der Hut. Er musste wissen, ob im Haus alles in Ordnung war. Es dauerte keine 30 Sekunden, bis er die Tür geöffnet hatte. Leise schlüpfte er in den Hausflur und lauschte gespannt, ob ein Geräusch zu hören war. Aber es blieb ruhig. Ein Blick ins Wohnzimmer und die Küche bestätigte den Eindruck, dass sich hier niemand aufhielt. Lucky stieg die Treppe hinauf, um auch im Obergeschoss nachzusehen. Aber auch hier war alles verlassen. Müde lehnte er sich gegen den großen Kleiderschrank in Tessas Schlafzimmer, um nachzudenken, was er als Nächstes tun sollte. Schleichend machte sich ein Gedanke breit, den er nicht ausblenden konnte und der seine Stimmung augenblicklich hob. Leise lachte er auf. Nie war die Gelegenheit günstiger gewesen, sich alleine in Tessas Haus umzuschauen, als in diesem Moment. Seiner Auffassung nach war Lou bei der Durchsuchung der Schränke ohnehin ein bisschen zu zaghaft gewesen.

Er öffnete Tessas Kleiderschrank und begann, die Fächer systematisch durchzusehen. Doch zwischen Stapeln von T-Shirts, Pullovern und Jeans fand er nichts Ungewöhnliches. Dann wandte er sich den ausladenden Schubfächern ihrer Kommode zu. Meine Güte, wie konnte eine Frau nur so viel Zeug haben? Er beförderte haufenweise BHs und Slips auf das Bett und tastete mit der Hand den Boden und die Rückwand der Schubfächer ab. Ergebnislos. Sorgsam räumte Lucky den üppigen Unterwäschehaufen wieder ein. Dann hob er den Topper ihres Boxspringbettes an und ließ seine Hand über die darunterliegende Matratze gleiten. Gerade als er sein Vorhaben aufgeben wollte, berührten seine Fingerspitzen etwas Festes, Kantiges, das keineswegs dort hingehörte. Volltreffer! Lucky lächelte zufrieden. Wieder einmal hatte sein Instinkt ihn nicht getrogen.

Behutsam zog er ein schmales Notizbuch hervor. Warum hatte Tessa dieses Büchlein versteckt? Er wollte gerade einen Blick hineinwerfen, als er Blaulicht vor dem Haus bemerkte. Shit! Vorsichtig glitt er zum Fenster und versuchte zu erkennen, was sich auf der Straße tat, ohne selbst entdeckt zu werden. Direkt vor Tessas Haus stand ein Polizeiwagen, aus dem soeben zwei Beamte stiegen. Jetzt bewegten sie sich langsam auf die Haustür zu, um zu läuten. Anscheinend hatten die neugierigen Nachbarn nicht nur hinter der Gardine gestanden, sondern gleich die Polizei verständigt. Lucky ärgerte sich über seine Unachtsamkeit. Er stopfte das Büchlein in seine Jackentasche, verließ das Schlafzimmer und betrat Tessas Büro. Seit er ihr beim Renovieren geholfen hatte, wusste er, dass an diesen Raum eine kleine Kammer grenzte, in der sie alte Ordner und Büromaterial aufbewahrte. Behutsam öffnete er die Klappe, die dort im Fußboden eingelassen war und hangelte sich hinab in den darunterliegenden Schuppen. Derweil schienen die Polizisten alle Eingänge des Hauses einer gründlichen Prüfung zu unterziehen. Lucky hielt den Atem an und drückte sich flach gegen die Wand, als sie an der Schuppentür rüttelten. Vielleicht sollte er einfach abwarten, bis die Polizisten wieder verschwänden? Aber was wäre, wenn sie Max Nowaks Einbruchspuren an der Hintertür bemerkten? Womöglich würden sie sich dann Zutritt verschaffen oder das Haus bis zum Morgen observieren? Das kostete ihn definitiv zu viel Zeit. Schließlich musste er noch herausfinden, ob Lou womöglich in Schwierigkeiten steckte. Voller Erleichterung hörte er, dass sich die murmelnden Stimmen wieder entfernten. Vermutlich inspizierten sie nach ihrer Kontrollrunde ums Haus jetzt den Garten. Lucky wusste, dass er hier möglichst schnell abhauen musste. Es war kein Problem für ihn, das alte rostige Schloss am Schuppen zu knacken. Ganz langsam schob er die morsche Holztür gerade so weit auf, dass er sich durch den schmalen Ritz quetschen konnte. Noch immer suchten die Beamten im Garten nach Spuren eines vermeintlichen Eindringlings. Lucky schmunzelte, als er behutsam die Tür wieder ins Schloss drückte und sich dann im Schatten der Bäume unbemerkt davonstahl.

★★★★

Es war ein himmlischer Tag gewesen und es würde ein noch besserer Abend werden, dessen war er sich sicher. Bruno van der Sand verschloss sorgfältig die Tür seiner Galerie und warf einen Blick auf seinen schneeweißen Chronographen. Viertel vor acht. In exakt 15 Minuten würde er sich mit Louisa Caprini im Restaurant *Zum neuen Rathaus* im Benrather Rathausviertel treffen. Es hatte ihn im ersten Moment ein wenig überrascht, aber nicht minder erfreut, dass seine ehemalige Schülerin ihn so bald kontaktiert hatte. Wenn er darüber nachdachte, war ihr Anruf im Grunde nur allzu verständlich, denn Künstler brauchten die Kreativität anderer Künstler wie die Luft zum Atmen. Und der Mann, in dessen Begleitung sie in seinem Atelier erschienen war, wirkte trotz seiner unbestreitbar vorhandenen erotischen Anziehungskraft alles andere als kultiviert. Er war so ordinär, so derb, fast würde er sich dazu hinreißen lassen, ihn martialisch zu nennen. Dieser Kerl konnte ihn mit seinem nonchalanten Lächeln nicht täuschen. Bruno hatte von Anfang an die Schwingung einer latenten Aggressivität empfangen, die von Luckmann ausgegangen war. Ihn wunderte es, dass Louisa sich von ihm blenden ließ.

Van der Sand entdeckte Louisa sofort, als er das Restaurant betrat. Wie schön, sie hatte offensichtlich bereits auf ihn gewartet. Ein warmes Gefühl durchwogte ihn und überschwemmte seinen Körper mit Endorphinen, denn Louisa war zugegebenermaßen schon immer eine seiner Lieblingsschülerinnen gewesen. Er reichte dem Kellner seinen Mantel und schritt zu ihrem Tisch.

»Louisa, meine Liebe!«, begrüßte er sie mit zwei Küsschen auf die Wange, »ich bin begeistert, dich nach deinem Besuch in meiner Galerie so bald wiederzusehen. Hat dein Gatte dir Ausgang gewährt?«

Lou schenkte ihm ein bezauberndes Lächeln. »Ich bin nicht verheiratet, Herr van der Sand. Mein Begleiter an diesem Tag war nur ein guter Freund.«

Van der Sand bemühte sich, seine Erleichterung über diese Aussage zu verbergen. Natürlich. Ein solcher Mann konnte nicht mit ihr verheiratet sein. Das hätte er sofort erkennen müssen. Eine kreative Seele brauchte einen entsprechenden Gegenpart, sonst drohte sie an Belanglosigkeit zu ersticken. Und Lou wirkte ganz und gar nicht erstickt, sondern wie ein freier, lebendiger Geist, den die Suche nach Entfaltung im Laufe der vergangenen Jahre noch schöner hatte werden lassen, als er ohnehin schon gewesen war.

»Bruno«, er drückte sanft ihre Hand, »du kannst mich Bruno nennen, Louisa. Schließlich bin ich nicht mehr dein Lehrer, nicht wahr. Wir befinden uns jetzt sozusagen auf der gleichen Ebene.« Er nippte an dem Wein, den der Kellner ihm mittlerweile serviert hatte und der weitaus besser mundete, als er erwartet hatte. »Erzähl mir von deinem Leben im Tessin, Louisa. Wie gefällt es dir in dieser inspirierenden Umgebung? Und was macht deine Kunst?«

Sie strich sich durch ihre unbändige Lockenpracht, die mehr als alles andere der perfekte Ausdruck ihrer verrückten Wildheit war, wie Bruno feststellte.

»Lugano ist bezaubernd«, strahlte sie. »Es gibt für mich keinen besseren Ort für meine Malerei. Dieses Licht, wenn sich die Sonne im Wasser des Luganer Sees bricht, dieses satte Grün der traumhaften Kastanienwälder, diese üppige Blumenpracht, die Farben zutage bringt, von denen man hier nur träumen kann.« Sie seufzte beglückt. »Ich liebe es wirklich und versuche, die Stimmung auf großen, plakativen Bildern einzufangen.«

»Warum bist du dann immer noch hier? Ist vielleicht der merkwürdige Kerl, mit dem du in meiner Galerie warst, der Grund dafür?«

Der überraschte Blick, mit dem sie ihn bedachte, wirkte echt. Sie schüttelte entschieden den Kopf. »Wie bereits gesagt, ist Lucky nur ein Freund. Eigentlich ist er ein Bekannter von Tessa. Er ist mir bei der Suche nach ihr behilflich.«

»Ihr habt sie immer noch nicht erreicht?«

»Leider nein«, sagte sie bedrückt. »Ich nehme an, bei dir hat sie sich auch nicht mehr gemeldet, Bruno?«

Der Klang ihrer sanften Stimme, die ihn beim Vornamen nannte, ließ ihm einen wohligen Schauer über den Rücken rinnen. Aber er wollte nichts von Tessa hören. Von ihr gingen negative Schwingungen aus, die die unglaubliche Leichtigkeit des Moments zu zerstören drohten.

»Denk nicht an Tessa«, hörte er sich sagen. »Sie wird Gründe für ihren spontanen Rückzug haben. Gründe, die sie vermutlich nicht kundtun möchte. Vielleicht braucht sie einen Moment der Besinnung, muss ihre wahre Bestimmung ergründen oder hat Sehnsucht nach Einsamkeit. Vielleicht ist ihr die Arbeit über den Kopf gewachsen und sie hat die Reißleine gezogen. Wer weiß schon, was andere Menschen im Grunde ihres Herzens bewegt? Die meisten sind Schauspieler, belügen ihr Umfeld und zumeist auch sich selbst. Es sollte uns bewusst sein, dass wir alle Unwissende sind, die zeit ihres Lebens nach Erkenntnis streben und sie doch nie in Vollendung erreichen werden. Wie gefällt dir übrigens das Werk von Larissa Rogowski? Du hast bei deinem Besuch in der Galerie nur wenig zu ihren außergewöhnlichen Arbeiten gesagt?« Er fixierte sie aufmerksam.

»Die Bilder waren«, Louisa stockte kurz, »ich würde sagen, sie waren sehr ausdrucksstark, leidenschaftlich und intuitiv, vielleicht eine Spur zu deprimierend.«

Sie wich seinem Blick aus. Offenbar war es ihr unangenehm, ihm ihre Eindrücke zu gestehen.

»Ich schätze deine Ehrlichkeit, Louisa«, versuchte er den unerwarteten Dämpfer seiner Hochgefühle zu überspielen, »aber Vergänglichkeit, das Thema ihres Zyklus, ist zumeist deprimierend. Wir alle sind vergänglich, das muss uns bewusst werden. Wir unterdrücken diese Tatsache beharrlich. Verweigern dem Tod, sich in unser Bewusstsein zu drängen. Dennoch ist er da. Lauert auf uns, um im unerwarteten Moment zuzuschlagen. Wir sollten vorbereitet sein. Larissa Rogowski ist vorbereitet. Das haben mir ihre Bilder auf eindringliche Weise gezeigt. Ich war fasziniert von dieser konfrontativen Direktheit. Sie akzeptiert die Unabwendbarkeit. Sie ist eine starke, überaus beeindruckende Frau.«

»Natürlich. Wenn du es so betrachtest, hast du sicherlich recht«, lenkte Louisa ein. »Ich müsste mir die Bilder unter diesem Aspekt vermutlich ein weiteres Mal anschauen, um sie besser zu verstehen. Lucky fand sie sehr trist. Ich habe mich wohl von seinen negativen Empfindungen ein weinig beeinflussen lassen.«

»Dein Begleiter hat dir an diesem Tag die Offenheit für Rogowskis Werk genommen.« Er konnte es nicht lassen, ein weiteres Mal gegen Alex Luckmann zu sticheln, dessen Verhalten in der Galerie ihn verärgert hatte. »Du solltest seine Nähe meiden. Ich habe den Eindruck, dass dir seine Gesellschaft nicht guttut. Unsensible Menschen sind Gift für kreative Seelen wie deine. Lass deinem Geist die Freiheit, die er benötigt. Vielleicht hast du Lust, mir bei Gelegenheit einige deiner Werke zu zeigen?«

Louisa nickte und zückte ihr Smartphone »Oh, wie schade«, rief sie enttäuscht aus, »mein Akku ist leer. Ich kann dir jetzt keine Fotos meiner Bilder präsentieren. Das mache ich bei unserem nächsten Treffen. Versprochen.« Sie sah nervös auf die Uhr und leerte ihr Glas. »Es tut mir leid, Bruno, aber ich muss jetzt aufbrechen. Es ist viel später geworden, als ich beabsichtigt hatte. Lucky wird sich Sorgen machen, wenn er mich nicht erreichen kann.«

Van der Sand zuckte innerlich zusammen. Hatte Louisa seine Worte nicht wahrgenommen? Nicht verstanden, dass dieser unempfindsame Mensch nicht zu ihr passte? Konnte es wirklich sein, dass sie ihn jetzt verließ, um mit einem solchen Barbaren den Rest des Abends zu verbringen? Er rang sich mühsam ein Lächeln ab.

»Selbstverständlich. Ich verstehe das, Louisa. Aber sagtest du nicht, ihr wärt nur Bekannte? Dann bist du ihm keinerlei Rechenschaft schuldig.«

»Das sind wir, Bruno«, entschuldigte sie sich verlegen. »Aber wie bereits gesagt: Lucky unterstützt mich bei der Suche nach Tessa. Und ich möchte nicht, dass er sich auch noch meinetwegen sorgen muss. Wenn du einverstanden bist, werde ich mich in den nächsten Tagen bei dir melden. Es war so schön, dich zu treffen und mit dir über Kunst zu plaudern. Wie in alten Zeiten. Das hat mir gefehlt.«

Ihre Worte klangen ehrlich, das musste Bruno zugeben. Er entschied, ihr diesen überstürzten Aufbruch zu verzeihen. Schließlich hatte er dieses begabte Mädchen schon immer gemocht. Ganz offensichtlich stand sie stärker als erwartet unter dem Einfluss dieses Mannes, für den er nur Verachtung empfand. Er wollte ihr helfen, wieder auf den rechten Weg zurückzufinden.

»Wir werden unsere Verabredung einfach wiederholen«, versicherte er milde und erhob sich, um Lou mit einer Umarmung zu verabschieden.

»Ja«, strahlte sie ihn an, »das machen wir, Bruno. Ganz bestimmt.«

Dann eilte sie zur Tür hinaus, wobei sie ihm ein letztes Mal lässig zuwinkte.

Kapitel 10

Auf dem Weg zu seiner Wohnung machte Lucky vorsichtshalber einen kleinen Schlenker. Obwohl er kurz in Versuchung geraten war, erschien es ihm doch ein wenig zu dreist, direkt am Polizeiwagen vorbeizulaufen. Womöglich hatten die Nachbarn das Aussehen des unbekannten Eindringlings beschrieben und machten die Polizisten auf ihn aufmerksam. Auf solche unnötigen Komplikationen konnte er verzichten. Er versuchte ein weiteres Mal, Lou zu erreichen. Noch immer sprang die Mailbox an. Lucky unterdrückte einen Fluch. Er machte sich nicht nur Sorgen um Lou, sondern hatte wieder einmal diesen untrüglichen Instinkt, etwas Entscheidendes übersehen zu haben. Etwas war anders gewesen als sonst. Im Haus oder in der Straße? Es wollte ihm beim besten Willen nicht einfallen. Erst als er in die Urdenbacher Allee einbog und sich seinem Büdchen näherte, fiel es ihm wie Schuppen von den Augen. Denn in diesem Moment entstieg Lou dem blauen Polo, der seit Tessas Verschwinden stets am selben Platz in der Gänsestraße gestanden hatte und nun vor seinem Haus parkte. Er schüttelte unwillig den Kopf. Jedes Mal, wenn er Lou vorgeschlagen hatte, Tessas Auto zu benutzen, hatte sie entschieden abgelehnt. Warum hatte sie nun ihre Meinung geändert? Natürlich musste sie ihm keine Auskunft darüber geben, wie sie ihre Zeit verbrachte. Aber es wäre nur fair gewesen, ihm zumindest eine kurze Info zukommen zu lassen, dann hätte er sich keine Sorgen machen müssen.

»Lucky!«, lächelte sie ihn schuldbewusst an. »Kommst du gerade von deinem Treffen mit Johnson?«

Er streifte sie mit einem missbilligenden Blick, ehe er die Haustür aufschloss.

»Nicht direkt. Ich würde sagen, in der letzten Stunde war ich mit der Suche nach dir beschäftigt, nachdem du auf wundersame Weise aus meiner Wohnung verschwunden und unerreichbar warst.«

Dass er bei dieser Suche in Tessas Haus eingebrochen war, verschwieg er geflissentlich.

»Mein Gott, es tut mir so leid«, stammelte Lou kleinlaut. »Es war so langweilig allein in deiner Wohnung. Und dann dachte ich, es wäre nett, mich mit Bruno van der Sand auf einen Drink zu verabreden. Um über alte Zeiten zu plaudern und vielleicht, etwas mehr über Tessa zu erfahren.« Sie folgte ihm wie ein begossener Pudel in seine Wohnung.

Lucky kickte die Tür schwungvoll mit seinem Fuß zu. »Das kannst du alles gerne machen, Lou. Du musst dich vor mir nicht rechtfertigen. Eine kurze Nachricht wäre allerdings nett gewesen, dann hätte ich mir keine Sorgen machen müssen.«

»Ach Lucky.« Sie legte ihre Hand auf seinen Arm. »Bist du sehr sauer auf mich?«

Er ließ die Frage unbeantwortet. Was sollte er auch sagen? Dass er enttäuscht war über ihre Gedankenlosigkeit? Oder dass er Angst gehabt hatte, ihr könnte etwas zugestoßen sein? Er hasste Vorwürfe. Sie führten nur dazu, dass der andere sich mies fühlte. Ganz abgesehen davon, dass Lou ihm keine Rechenschaft schuldig war. Seine Ex-Freundin Maja kam ihm in den Sinn. Wie oft hatte er mit ihr darüber diskutiert, dass Vertrauen und persönlicher Freiraum die Basis einer guten Beziehung ausmachten. Immer wieder hatte sie ihn mit unangebrachten Szenen zur Weißglut getrieben, wenn er sich in seiner knapp bemessenen Freizeit gelegentlich mit seinen Kumpels treffen wollte.

»Lucky?« Lous zaghafte Stimme riss ihn aus seinen Erinnerungen. Sie sah aus, als versuchte sie, seine Gedanken zu ergründen. Müde lächelte er sie an.

»Lass es gut sein, ich bin nicht sauer.« Er ging ins Schlafzimmer, zog das Notizbuch, das er bei Tessa gefunden hatte, aus seiner Tasche und schob es unter den Stapel seiner T-Shirts im Schrank. Dafür würde er sich später Zeit nehmen, jetzt hatte er Durst.

»Willst du ein Bier?«, fragte er Lou, als er zu ihr ins Wohnzimmer zurückkam. »Du kannst mir dann in aller Ruhe erzählen, was unser Künstlerfreund bei eurem Treffen Geistreiches von sich gegeben hat. Vorausgesetzt, du traust mir zu, dass ich eurem Gespräch intellektuell folgen kann.«

»Warum magst du Bruno nicht?«, fragte Lou gereizt.

»Ach, jetzt nennst du ihn also Bruno?«, spottete er. »Das ging ja schnell. Stimmt, ich mag ihn nicht. Er ist mir schlicht und ergreifend zu entrückt von dieser Welt und zu herablassend Menschen gegenüber, die seine Auffassung über Kunst nicht teilen.«

»Du tust ihm unrecht«, widersprach Lou. »Du müsstest ihn einfach besser kennenlernen. Dann würde er seine Meinung über dich auch revidieren, dessen bin ich mir sicher.«

»Sieh an, der liebe Bruno mag mich nicht«, lachte Lucky laut auf. »Die Abneigung beruht dann wohl auf Gegenseitigkeit. Ganz ehrlich, Lou, damit kann ich sehr gut leben.«

Er sah ihr an, dass sie sich in dieser Situation nicht wohlfühlte. Aber konnte er etwas dafür, dass ihm dieses Künstlergeschwafel auf die Nerven ging?

»Ich bin halt anders als ihr«, versuchte er zu erklären. »Mir liegen solche hochtrabenden Spinnereien nicht. Ich stehe lieber mit beiden Beinen fest auf dem Boden. Dann lebt man in meinem Job nämlich länger.«

»Du magst ja glauben, dass du anders bist«, entgegnete Lou angefressen, »aber im Grunde bist du uns Künstlern gegenüber genauso herablassend.«

Lucky zuckte unbeteiligt mit den Schultern. »Wenn du das so siehst.«

Er merkte, dass sich Lou über ihn ärgerte, aber das störte ihn nicht. Schließlich hatte er sich Sorgen um sie gemacht und wäre beinahe von der Polizei erwischt worden, als er nach ihr gesucht hatte.

»Möchtest du, dass ich gehe?«, fragte sie zerknirscht.

Er zog seine Schuhe aus, legte seine Füße auf den Couchtisch und winkte ab.

»Red' keinen Quatsch, Lou. Wir haben ausgemacht, dass du heute hier schläfst, und das bleibt auch so. Tessas Haus ist nicht sicher. Für wie zart besaitet hältst du mich eigentlich?«

»Okay.« Sie setzte sich neben ihn. »Vermutlich kenne ich dich einfach noch nicht gut genug. Jetzt hätten wir Zeit, das zu ändern. Warum erzählst du mir nicht etwas mehr über dich. Etwas Persönliches.«

Warum nur hatten Frauen immer das Bedürfnis zu reden? Er hatte sich auf einen entspannten Restabend vor der Glotze gefreut und jetzt das. Einen Moment lang überlegte er, was er ihr sagen wollte und was nicht. Eigentlich wollte er gar nichts von sich preisgeben. Deshalb entschloss er sich, anders als ursprünglich beabsichtigt, das Notizbuch ins Spiel zu bringen. Er stand auf, holte es aus dem Schrank und warf es vor Lou auf den Tisch.

»Ich hab heute Abend ein bisschen in Tessas Haus gestöbert. Im Grunde habe ich dich dort gesucht, aber du warst ja mit Bruno unterwegs. Gefunden habe ich stattdessen dieses Büchlein. Hast du es schon einmal gesehen?«

Lou sah ihn entgeistert an und schüttelte dann ungläubig den Kopf. »Du warst in Tessas Haus? Sag bitte, dass ich mich verhört habe.«

»Hast du nicht. Wie ich schon sagte, ich bin in Tessas Bude eingestiegen und habe mich dort umgeschaut. Wie es scheint, warst du bei deiner ersten Durchsuchung ein bisschen zu nachlässig.«

Er spürte den vorwurfsvollen Blick, den sie ihm entgegenschleuderte und hatte das Gefühl, sich rechtfertigen zu müssen.

»Was willst du, Lou? Dich stört es doch sonst nicht, dass ich mich in dem Haus aufhalte, um nach Anhaltspunkten für Tessas Verschwinden zu suchen. Warum also starrst du mich jetzt an, als hätte ich ein Verbrechen begangen?«

»Du kannst dort nicht einfach einbrechen.«

Er erwiderte ihren Blick mit unbewegter Miene. »Doch Lou, das kann ich. Jedenfalls dann, wenn ich nach meiner Partnerin suche, die ohne ein Wort der Erklärung aus meiner Wohnung verschwunden ist und zu allem Überfluss nicht an ihr Handy geht. Oder wäre dir lieber, ich würde das ignorieren?«

»Vielleicht hast du recht«, lenkte Lou zu seiner Überraschung ein. »Es war dumm von mir, das Haus ohne Nachricht zu verlassen. Was steht denn in dem Notizbuch drin?«

»Sag du es mir. Ich hatte noch keine Zeit, es mir näher anzusehen«, entgegnete Lucky. »Dummerweise hat mich die Polizei bei meiner kleinen Exkursion gestört.«

»Mein Gott, Lucky!«, stöhnte Lou entsetzt auf, »dich kann man keinen Moment aus den Augen lassen.«

»Keine Sorge«, lachte er leise, »ich bin ihnen entwischt.« Dann griff er nach dem Notizbuch und blätterte es durch. Sauber untereinander aufgereiht waren eine beträchtliche Reihe an Namen, Adressen und Telefonnummern aufgelistet. Bei allen stand ein Datum, manche waren zudem mit einem Textmarker gelb gekennzeichnet. Einige dieser Namen kannten Lucky und Lou nur zu gut. Ulrich Saatmann, Elisabeth Kaiser, Bruno van der Sand, Madeleine Brinker und Yannick Schwarz. Von den anderen hatten sie noch nie etwas gehört.

»Holger Mattis, Johanna Klein, Tom Brinker, Frank Holtkamp«, las Lucky leise vor. »Kennst du jemanden von denen?«

»Tom Brinker ist vermutlich der Ehemann der Toten«, überlegte Lou. »Die anderen Namen sagen mir nichts. Aber wir können morgen ein bisschen im Internet recherchieren.«

Lucky fotografierte die Liste mit seinem Handy ab. Doppelt hält besser«, erklärte er. »Falls uns das Notizbuch abhandenkommt.«

»Glaubst du, jemand könnte danach suchen?«

»Keine Ahnung. Aber wer in Tessas Haus einbrechen lässt, um ihren Laptop zu stehlen, der interessiert sich vielleicht auch für andere Sachen. Dieser Saatmann hat etwas Entscheidendes zu verbergen, das steht fest.«

»Warum bist du dir dabei so verdammt sicher? Nur weil er Tessas Laptop wollte? Das kann viele Gründe haben. Ziehst du eigentlich nie in Erwägung, dass du mit deinen Schlussfolgerungen falschliegen könntest?«

Sie sah ihn kratzbürstig an. Anscheinend hatte sie wieder einmal das Bedürfnis, mit ihm zu diskutieren – warum auch immer. Er seufzte genervt. Vermutlich war jetzt der Zeitpunkt gekommen, Lou reinen Wein einzuschenken.

»Hör zu, Lou. Ich weiß, dass du meine Urteilsfähigkeit gerne infrage stellst, aber Johnson war bei Saatmann im Büro, um ihm ein bisschen auf den Zahn zu fühlen. Der macht definitiv krumme Geschäfte, die allerdings nicht zwingend etwas mit Tessas Verschwinden zu tun haben müssen.«

»Du hast Johnson zu Saatmann geschickt? Diesen verrückten, langhaarigen Typen, der im Garten haust, psychoaktive Pflanzen liebt, sich die Birne zukifft und in schlabbrigen Cargohosen rumläuft? Unfassbar!« Sie schlug sich mit der Hand vor die Stirn.

»Du musst unbedingt damit aufhören, Menschen nach deinen engstirnigen Kriterien vorzuverurteilen.« Lucky merkte, dass seine Stimme einen scharfen Unterton bekam. »Johnson ist weitaus mehr, als es auf den ersten Blick erscheinen mag. Er ist eloquent, belesen, außergewöhnlich gebildet und immer hilfsbereit. Hast du schon einmal einen Gedanken daran verschwendet, woher sein Spitzname kommt? Sagt dir vielleicht der Name Alpha Johansson Unlimited etwas?«

»Das ist doch dieses riesige Logistikunternehmen mit Sitz im Reisholzer Hafen«, entgegnete Lou.

»Genau. Und dieses Unternehmen hat Johnson, besser gesagt Thadeus von Johansson, von seinen Eltern geerbt. Also sollte es dich nicht wundern, dass Herr Saatmann sich Zeit dafür nimmt, mit ihm über potenzielle, überaus lukrative Geschäftsangelegenheiten zu sprechen. Es mag dir seltsam erscheinen, aber die beiden spielen finanziell in ein und derselben Liga.«

»Johnson hat Geld?« Die Überraschung stand in Lous Gesicht geschrieben. »Und dann haust er im Garten. Woher kennst du ihn überhaupt? Ihr passt eigentlich gar nicht zusammen.«

»Und da sind sie wieder. Die Vorurteile.« Lucky stand auf, um sich eine weitere Flasche Bier zu holen. »Um es vorwegzuschicken. Auch wenn du es dir nicht vorstellen kannst, ergänzen wir uns in vielen Dingen perfekt.« Er ließ sich wieder auf dem Sofa nieder. »Im Grunde ist unser erstes Kennenlernen kurz erzählt. Ich habe ihn bei einem Wochenendtrip nach Hamburg getroffen. Er wollte sich die Elbphilharmonie anschauen und ich mir, nach einem heftigen Einsatz mit meinem Team, eine feucht-fröhliche Ablenkung auf der Reeperbahn verschaffen. Irgendwo dazwischen haben sich an den Landungsbrücken unsere Wege gekreuzt.« Er rieb sich die Stirn.

»Na ja, wie du vielleicht bemerkt hast, ist Johnson ein bisschen speziell. Das kann gelegentlich dazu führen, dass sich jemand von seinen Kommentaren provoziert fühlt. So auch in Hamburg, als eines seiner geistreichen Zitate bei seinem betrunkenen Gegenüber nicht gerade auf Gegenliebe stieß. Ich habe ihm damals den Arsch gerettet. Das hat er mir nie vergessen. Seitdem sind wir gute Kumpel. Er ist einer der Hauptgründe, warum ich nach Düsseldorf gezogen bin. Wenn ich ihn nicht kennengelernt hätte, wäre ich wahrscheinlich in Norddeutschland geblieben. Aber Johnson gibt durch seine ungewöhnliche Sichtweise viele Denkanstöße, die hilfreich sind. Durch ihn habe ich erkannt, dass es zu einem Thema durchaus unterschiedliche Meinungen geben kann, die alle ihre Berechtigung haben. Er hat zweifelsohne meinen Horizont erweitert, wofür ich ihm dankbar bin.«

»Warum hast du eigentlich bei den Kampfschwimmern aufgehört?«

»Ich habe nicht wirklich aufgehört. Nach zwölf Jahren hat mich mein Unfall zu einer unfreiwilligen Pause gezwungen«, korrigierte Lucky sie. »Aber eine Pause heißt nicht, dass der Abschied endgültig ist.«

»Magst du mir erzählen, was das für ein Unfall war?«

Lucky schüttelte den Kopf. »Um ehrlich zu sein, versuche ich das alles hinter mir zu lassen. Ganz abgesehen davon, dass unsere Einsätze der Geheimhaltung unterliegen. Also nein, ich möchte und ich werde nicht darüber reden.«

»Ziehst du wirklich in Erwägung, deinen alten Job wieder

aufzunehmen? So ein Unfall ist ein Warnschuss, ein Wink des Schicksals sozusagen. Darüber sollte man nicht einfach hinwegsehen.«

»Weißt du, Lou, die Sache ist kompliziert und die Entscheidung liegt nicht alleine bei mir. Ich liebe diesen Job mehr als alles andere auf der Welt, aber ich war nach dem Unfall physisch und infolgedessen auch mental ziemlich angeschlagen. Mir wurde – und dafür bin ich sehr dankbar – eine Auszeit zugestanden, um zu regenerieren und mir über meine Zukunft Gedanken zu machen. Vielleicht bekomme ich eine neue Chance, wenn ich wieder topfit bin, vielleicht auch nicht. Ich weiß es nicht, es ist alles möglich. Nicht ohne Grund sind die Ansprüche an Kampfschwimmer extrem hoch.«

Er warf einen Blick auf seine Uhr. »Es ist spät. Lass uns jetzt schlafen gehen. Du nimmst das Bett und ich die Couch im Wohnzimmer.«

»Ich kann auch auf der Couch schlafen. Ich bin viel schmaler als du.«

»Ist schon okay, Lou. Mir macht das nichts aus. Ich bin weitaus unkomfortablere Schlafstätten gewohnt. Morgen werden wir den Namen auf der Liste nachgehen. Hoffentlich kommen wir dann endlich ein Stück weiter. Manchmal liegt die Stärke in der Geduld.«

Zur Bekräftigung seiner Worte schenkte er ihr ein aufmunterndes Lächeln. »Wir werden Tessa finden. Ganz bestimmt. Aber für heute ist Schluss. Schlaf gut, Lou.«

»Du auch. Gute Nacht, Lucky.«

Nachdem Lou das Wohnzimmer verlassen hatte, atmete Lucky befreit auf. Endlich! Er brauchte jetzt dringend Ruhe, um darüber nachzudenken, was als Nächstes zu tun war. Besonders ein Name auf der Liste interessierte ihn, auch wenn er nicht sagen konnte, warum das so war. Der Name lautete: Holger Mattis! Bei ihm würde er ansetzen, um dem Geheimnis von Tessas Verschwinden auf die Spur zu kommen. Lous Worte kamen ihm in den Sinn. War sein Unfall wirklich ein schicksalhaftes Zeichen gewesen, auf das er hören sollte? Er dachte zurück an jenen Einsatz, der ihn beinahe das Leben gekostet hatte, weil in seiner unmittelbaren Nähe ein Sprengsatz explodiert war. Er hatte trotz seiner Verletzung riesiges Glück gehabt. Anders als manche seiner Kameraden. Das war ihm mehr als bewusst und er war jeden Tag dankbar dafür. Warum verspürte er dennoch den steigenden Drang, zu seinen Kameraden zurückzukehren, um wieder an Einsätzen teilzunehmen? Er könnte hier ein entspanntes Leben führen. Urdenbach und Benrath gefielen ihm wirklich gut, *Lucky's Luke* florierte und mit Johnson verband ihn eine tiefe Freundschaft. Dumm nur, dass er diese Bequemlichkeit nicht wollte, sondern schon immer das Verlangen gehabt hatte, über seine Grenzen hinauszugehen und in seinem Leben etwas zu bewirken. Mit Vernunft war dieses Bedürfnis nicht zu erklären. Aber vernünftig zu sein, war noch nie seine Art gewesen. Das hatte sich erst jetzt wieder gezeigt, als er sich spontan auf die Suche nach Tessa eingelassen hatte, statt sich rauszuhalten und die Sache denen zu überlassen, deren Job es war: der Kripo.

Kapitel 11

Bruno van der Sand war verärgert. Eigentlich war verärgert das falsche Wort. Verstört hätte es besser getroffen. Denn sein Treffen mit Ulrich Saatmann war ganz anders verlaufen, als er es sich erhofft hatte. Statt sich im Lob des Unternehmers sonnen zu können, waren seine dunkelsten Ängste zur Realität geworden. Saatmann hatte an seinen Exponaten Kritik geübt. Die Bilder waren ihm nicht inspirierend genug, zu wenig originell. Die Farben zu blass, die Motive zu ausdruckslos und der Pinselstrich zu unvollkommen. Er war entsetzt gewesen über dieses vernichtende Urteil. Doch es stand ihm nicht zu, seinem potenziellen Kunden zu widersprechen. Jeder in Benrath, Düsseldorf und weit über die Stadtgrenzen hinaus wusste, dass der Unternehmer ein ausgewiesener Kunstsammler und -experte war. Sein Wort hatte Gewicht. Mit ihm konnte der aufgehende Stern seiner Galerie schnell an Glanz verlieren. Seine Stimme würde nicht überhört werden. Er war keiner der üblichen Philister, deren Kritik in der Kunstszene verpuffte, ohne bleibenden Eindruck zu hinterlassen. Saatmann konnte ihm schaden. Hatte sein bislang untrüglicher Instinkt ihn verlassen? Oder war der Unternehmer ein durchtriebener Blender, der perfide seine Machtposition ausnutzte, um ihn zu knechten? Van der Sand wusste es nicht. Er wusste nur, dass Saatmann von ihm verlangt hatte, eine Auswahl neuer, exquisiter Kunstwerke zu beschaffen. Sonst würde er sich an eine andere Galerie wenden. Die Lust auf Champagner war ihm gründlich vergangen. Bruno brauchte jetzt etwas Härteres. Er griff nach einem edlen Whisky, den er für besondere Anlässe im Haus hatte. Einem Thy. Das war flüssiges dänisches Gold, das nicht nur herrlich elegant nach Malz, Sherry und dezenten Aprikosenaromen schmeckte, sondern auch genügend Alkohol enthielt, um ihn kurzfristig zumindest ein wenig zu beruhigen. Wie sollte er auf die Schnelle Saatmanns Wunsch erfüllen? Er öffnete im hinteren Bereich der Galerie jene Tür, die Louisas aufdringlichem Begleiter direkt ins Auge gefallen war. Bruno schüttelte den Kopf. Statt der Kunst, die er öffentlich darbot, die nötige Aufmerksamkeit zu schenken, suchte dieser Frevler nach dem Verborgenen.

Er betrat sein Refugium, das den Besuchern vorenthalten blieb. Natürlich standen hier zahlreiche Bilderrahmen und Leinwände, aber angrenzend an sein kleines Lager hatte er Raum für eine private, exklusive Ausstellung geschaffen. Hier würden bald die besten seiner eigenen Schöpfungen einen Platz für die Ewigkeit erhalten. Er blieb stehen und betrachtete mit Stolz die ersten beiden Kunstwerke, die die reinweißen Wände zierten. Wenn Saatmann diese Vollkommenheit gesehen hätte, würde er sie vorbehaltlos anerkennen. Daran bestand nicht der geringste Zweifel. Doch van der Sand wollte seine Gemälde nicht veräußern. Er wollte einen Zyklus erschaffen, von dem die Kunstwelt noch in Jahrhunderten sprechen würde.

Herausragende Kunst war unsterblich, die Maler solcher Werke blieben unvergessen. Auch sein Name würde für die Ewigkeit in der Erinnerung weiterbestehen. Aber noch hatte er viel zu tun, um sein Werk zu vollenden. Zwölf Bilder wollte er erschaffen. Denn die Zahl Zwölf war vollkommen. Sie war die Grundlage aller Kulturen, war überall präsent, war Multiplikator der heiligen Zahlen Drei und Vier. Wenn die Dreifaltigkeit von Vater, Sohn und Heiligem Geist auf die irdischen vier Himmelsrichtungen traf, verbanden sich Himmel und Erde, fügten sich das Göttliche und das profan Menschliche auf wundersame Weise zusammen. Was konnte es Vollkommeneres geben? Nicht ohne Grund fand sich die Zwölf einhundertsechzigmal in der Bibel, gab es zwölf Sternkreiszeichen. Diese Zahl war ein Phänomen. Ein mathematisches Wunderwerk, unverzichtbar in der abendländischen Musik, spirituell und mystisch. Er liebte die Zwölf.

Bruno van der Sand spürte, dass sich seine Laune bei dem Gedanken an sein Projekt langsam besserte. Gleich morgen früh würde er in seinem Atelier ein neues Bild kreieren. Genau zu diesem Zweck hatte er das Dachgeschoss seines Hauses an der Augsburger Straße perfekt ausgebaut. Am liebsten wäre er direkt aufgebrochen, doch erst musste er sich über Saatmann Gedanken machen. Es sollte ihm doch gelingen, dessen Bedürfnisse zu befriedigen. Große, aussagekräftige Bilder mit ausgeprägtem Farbenspiel hatte er sich zur Erweiterung seiner Sammlung gewünscht. In Gedanken ließ der Galerist die Werke potenzieller Künstler Revue passieren. Keiner passte optimal zu Saatmanns Vorstellungen. Bruno nippte nachdenklich an seinem Whisky, als ihn plötzlich freudige Erregung ergriff. Natürlich! Louisa Caprini war die ideale Künstlerin für diesen Zweck. Erst gestern hatte sie ihm Fotos ihrer letzten Werke gemailt. Er musste zugeben, ihn hatte bei ihrem Anblick der Neid ergriffen. Was für ein unglaubliches Talent schlummerte in ihr! Louisa war es gelungen, die freie Welt der Fantasie mit der Realität auf nahezu perfekte Weise zu vereinen. Ihre Bilder wirkten verspielt und zeugten zugleich von einer berührenden Ernsthaftigkeit. Und dann dieses unglaubliche Licht, das sie einzufangen vermochte. Selbst auf dem Foto war es zu erkennen gewesen. Wie faszinierend musste erst das Original sein? Ja, er würde Saatmann von diesen Kunstwerken überzeugen. Das war die Lösung, nach der er gesucht hatte. Jetzt musste er nur noch Louisa für seine Idee begeistern. Aber das würde kein Problem bereiten. Junge Künstler brannten darauf, ihre Werke zu verkaufen, um sich einen Namen in der Kunstwelt zu machen. Ganz abgesehen davon, dass sie zumeist dringend Geld brauchten. Er musste nur verhindern, dass dieser Luckmann seine Pläne durchkreuzte. Aber warum sollte er das tun? Eigentlich gab es keinen Grund dazu. Vielmehr sollte er sich freuen, wenn Louisa Erfolg hatte. Brunos Niedergeschlagenheit war wie weggeblasen. Er warf noch einen letzten Blick auf die leeren Wände des Raums, die bald von seiner Kunst geziert werden würden. Die Zukunft wartete nur auf ihn. Als Galerist und als Künstler!

★★★★

Konstantin Kirchberg stöhnte gequält auf. Gerade hatte er von seinen Kollegen der Benrather Dienststelle erfahren, dass eine weitere Person vermisst wurde. Was war nur los in Düsseldorf? Besser gesagt, im Süden der Landeshauptstadt? Er spürte, dass ihm der Kragen seines Hemdes zu eng wurde und zerrte heftig an seiner Streifenkrawatte, die vielleicht vor zwanzig Jahren modern gewesen war, nun aber den Status ›vorsintflutlich‹ verdient hätte. Ungeduldig wartete er auf die E-Mail mit den ausführlichen Details im Anhang. Ah, da war sie schon. Ein Klick und der Drucker spuckte alles Wesentliche aus. Der Kriminalhauptkommissar brauchte etwas in der Hand, um ermitteln zu können. Das war keinesfalls metaphorisch, sondern durchaus wortwörtlich gemeint. Da war er altmodisch. Er griff nach den Papieren und vertiefte sich in die Infos, die ihm zugeschickt worden waren. Vielleicht hatte es diesmal nichts mit den übrigen Fällen zu tun. Fast hoffte er auf einen verwirrten Senioren, der aus seinem Heim ausgebüxt war oder einen aufmüpfigen Teenager auf Kollisionskurs mit den Eltern. Aber seine Hoffnung erfüllte sich nicht. Das wusste er sofort, als er das Foto der vermissten Person sah. Es zeigte eine durchaus attraktive Frau. Johanna Klein, Maskenbildnerin und Performancekünstlerin, die zumeist in der Düsseldorfer Altstadt ihr buntes Unwesen trieb. Und das im wahrsten Sinne des Wortes, denn die Mittdreißigerin liebte es, sich als schillerndes Fantasiegeschöpf zu verkleiden, um Passanten zu überraschen.

Am Tag ihres Verschwindens war sie jedoch in Zivil unterwegs gewesen und hatte sich mit Freunden zum Schlittschuhlaufen in der neuen Benrather Eissporthalle getroffen. Allerdings war dies wohl nicht ihre einzige Verabredung gewesen. Was sie danach genau vorgehabt hatte, konnte niemand mit Bestimmtheit sagen. Alles, was ihre Bekannten wussten, war, dass Klein sich wegen eines geplanten, beruflichen Projekts mit jemandem treffen wollte. Sie hatte niemandem Einzelheiten über dieses Meeting verraten, sondern nur vage Andeutungen gemacht. Jeder, der Johanna nahe stand, wusste von ihrem ausgeprägten Hang zur Geheimniskrämerei. Offensichtlich liebte sie es, von einer mystischen Aura umgeben zu sein. Vielleicht war ihr das jetzt zum Verhängnis geworden. Denn eines war bittere Realität: Nach diesem Termin war sie nicht mehr zu ihrer Lebensgefährtin in ihre Wohnung zurückgekehrt. Kirchberg atmete tief durch, um dem Druck, der auf ihm lastete, etwas entgegenzusetzen. Waren die Vermisstenfälle nur eine Verkettung unglücklicher Umstände oder hatte es die Kripo mit einem psychopathischen Serientäter zu tun? Im Grunde lag die Antwort auf der Hand. Er war zu sehr Realist, um an wundersame Zufälle zu glauben. Das entsetzliche Schicksal von Madeleine Brinker stand inzwischen fest. Aber was war mit den anderen Vermissten geschehen? Musste er damit rechnen, auch ihre Leichen grausam verstümmelt in Wasserlöchern zu finden?

Allein dieser Gedanke ließ Übelkeit in Kirchberg aufsteigen. Trotz seiner jahrelangen Erfahrung bei der Kripo war ihm ein solcher Fall noch nicht untergekommen. Wer auch immer in den südlichen Stadtteilen sein bestialisches Unwesen trieb, war ihm einen gewaltigen Schritt voraus. Bislang hatten die Nachforschungen nichts Brauchbares ergeben. Die Spurenlage war dünn, Pessimisten würden sagen, sie war gar nicht existent. Er fragte sich zum hundertsten Mal, in welcher Weise die in den Fall involvierten Personen miteinander verbunden waren. Wo war verdammt noch mal der gemeinsame Nenner, den er übersah? Er griff zum Hörer, um die Pathologie anzurufen. Gerichtsmedizinerin Dr. Anna Fuchs hatte die unglaubliche Fähigkeit, selbst aus kleinsten Spuren hochinteressante Erkenntnisse zu ziehen. Vielleicht konnte sie ihm helfen.

»Anna? Konstantin hier. Hör mal, Liebelein, ich bin im Fall Brinker mal wieder auf deine Genialität angewiesen. Bitte sag mir, dass du was Interessantes gefunden hast. Es gibt nämlich einen neuen Vermisstenfall. Uns läuft allmählich die Zeit davon.«

Er hörte Annas kehliges Lachen, das ihn entfernt an den Ruf eines Kookaburras erinnerte. Auch ansonsten war sie ebenso gesellig wie das australische Federvieh. Sie hatten schon manche Nacht gemeinsam durchzecht.

»Dein Timing ist wie immer perfekt, Konstantin«, hörte er sie nun sagen. »Ich habe in der Tat gerade eine Entdeckung gemacht. Nichts Weltbewegendes, aber vielleicht kann mein Lieblings-Columbo ja etwas damit anfangen. An den Leichenresten befanden sich minimale Spuren von Zinkricinoleat. Offensichtlich wollte jemand verhindern, dass die Leiche stinkt.«

»Hm«, Kirchberg malte mit seinem Kugelschreiber kleine Teufelsgesichter auf seinen Block. »Das lässt vermuten, sie wurde irgendwo zwischengelagert, bevor sie in diesem Wasserloch landete. Aber uns war ja von Anfang an klar, dass der Fundort nicht der Tatort ist.«

»Ich hab noch etwas«, frohlockte Dr. Fuchs. »Die Tote ist auf wundersame Weise mit dem Sekret der Stumpfen Stachelschnecke oder auch Hexaplex trunculus in Kontakt gekommen.«

»Na und?« Kirchberg konnte ihrem Frohsinn nicht folgen. »In der Kämpe gibt es überall Getier. Das ist ein Naturschutzgebiet.«

»Schon, mein lieber Konstantin«, flötete sie. Er sah das überlegene Lächeln ihres zumeist brombeerrot geschminkten Mundes bildlich vor sich. »Aber das reizende Schneckentier ist nur im Mittelmeerraum und an den Atlantikküsten Europas und Afrikas beheimatet. Hier jedenfalls nicht.«

»Kannst du zu der Todesursache etwas sagen?«

»Schwierig, wenn nur Menschenmatsche übrig ist«, räumte sie ein. »Vermutlich werden die genauen Umstände auch ungewiss bleiben.«

Kirchbergs Gedanken rotierten, aber bislang konnte er auch mit den neuen Informationen die Zusammenhänge nicht erkennen. Schnecken! Entnervt warf er seinen Stift auf den Block, von dem aus ihn unzählige kleine Teufelsfratzen angrinsten, als würden sie sich über ihn lustig machen.

»Fahr zur Hölle«, rief er leise und meinte damit nicht unbedingt das Motiv seiner Zeichnungen.

»Konstantin?« Seine Assistentin Laura Koch steckte ihren Kopf durch den Türspalt. »Hast du eine Minute? Ich hab da vielleicht was Interessantes für uns.«

Sie trat ein und nahm ungefragt auf dem Stuhl vor seinem Schreibtisch Platz. Schon lag ihm ein mahnender Kommentar auf den Lippen, denn er hasste nichts mehr, als beim typisch rheinischen Simmelieren gestört zu werden. Aber Laura kam seiner Tirade zuvor.

»Hör zu. Gestern Abend hat jemand versucht, in Tiedes Haus einzudringen. Die Nachbarn haben einen verdächtigen Mann beobachtet und die Polizei gerufen. Zwar haben die Kollegen vor Ort niemanden mehr angetroffen, aber sie fanden Hebelspuren an der Kellertür. An der Sache scheint also was dran zu sein.«

Augenblicklich war Kirchberg hellwach. Endlich gab es einen ersten Hinweis, dem er nachgehen konnte. Was sollte er mit fremdländischen Schnecken und Zinkricinoleat anfangen? Ein Einbruch, das war etwas Handfestes. Darauf hatte er gewartet. Der Mörder hatte seinen ersten Fehler gemacht. Das Adrenalin schoss in seinen Körper. Er fühlte sich wie ein Rennpferd, das zu lange in seiner Startbox eingepfercht worden war und jetzt endlich loslaufen durfte.

»Können die Nachbarn die Person näher beschreiben?«, fragte er hoffnungsvoll.

»Leider nein«, winkte Laura ab. »Sie sind alt und können ohne Brille kaum etwas erkennen. Wenn es die Einbruchsspuren nicht gäbe, hätte man ihnen womöglich gar nicht geglaubt.«

Kirchberg hätte am liebsten laut und unflätig geflucht. Was nützten ihm Zeugen, die blind wie Maulwürfe waren? Er entschloss sich, auf diese Zeugenbefragung vorerst zu verzichten und stattdessen mit Tiedes Freundin zu sprechen, die derzeit in diesem Haus wohnte. Ihr Name war Louise Carrini oder so ähnlich. Er konnte sich nicht mehr genau erinnern. Für ihn waren Namen ohnehin nur Schall und Rauch. Viel entscheidender war, wo diese Frau sich gestern aufgehalten hatte. Hatte sie den Einbruchsversuch nicht bemerkt? Und wenn doch, warum war die Polizei nicht von ihr verständigt worden? Er registrierte, dass Laura bereits ihre Jacke angezogen hatte und auf ihn wartete. Sie kannte ihn besser, als es ihm lieb war.

»Bist du startklar?«, grinste sie ihn an.

Kirchberg erhob sich umgehend. »Worauf du dich verlassen kannst.«

Kapitel 12

Es war wie ein Déjà-vu. Wieder saß Lou hinter Lucky auf dem Sozius der Harley. Wieder flogen die Bäume an ihnen vorbei und ergaben ein verschwommenes Farbenspiel. Es schien, als hätte sich nichts geändert, seit sie an den Ausleger gefahren waren, um nach Tessa zu suchen. Ob die Namen in Tessas Notizbuch sie weiterbringen würden? Wirklich daran glauben konnte Lou nicht. Im Grunde griffen sie nach einem ganzen Bündel von Strohhalmen. Ihr heutiger Strohhalm hieß Holger Mattis. Eigentlich hatten sie zuvor Johanna Klein aufsuchen wollen, aber dort war niemand ans Telefon gegangen. Deshalb brausten sie jetzt in Richtung Mettmann zum Reitstall von Mattis. Gerade drosselte Lucky das Tempo und bog von der Düsseldorfer Straße nach links in einen schmalen asphaltierten Weg ein, der ins Nirgendwo zu führen schien. Lediglich ein kleines Hinweisschild, auf dem *Eulenhof* zu lesen war, zeigte ihnen an, dass sie sich ihrem Ziel näherten. Lou ließ ihren Blick über die weitläufigen Weiden gleiten, die ihren Weg säumten. Nur vereinzelt waren noch Pferde zu sehen. Die meisten Weiden waren leer und wirkten auf seltsame Weise trostlos, was perfekt zu Lous Stimmung am heutigen Tag passte. Lucky stoppte die Harley auf dem Parkplatz neben der Reitanlage und stellte den Motor aus.

»Nicht übel«, bemerkte er anerkennend, »das hätte ich hier in der Abgeschiedenheit nicht unbedingt erwartet.«

Lou musste ihm beipflichten, denn hinter dem herrschaftlichen Haupthaus erstreckten sich weitläufige Stallungen, an die eine hochmoderne Reithalle angeschlossen war, auf die Lucky jetzt entschlossen zusteuerte. Im Vorraum führte eine Treppe hoch zu einer Empore, auf der interessierte Besucher dem Geschehen in der Halle zusehen konnten. Lou folgte Lucky, der auf einer der gepolsterten Holzbänke Platz nahm. Im Moment befanden sich lediglich zwei Reiterinnen in der Halle, von denen eine von einem schlanken, drahtigen, etwa 40-jährigen Mann in Reithosen, grauem Strickpullover und Steppweste unterrichtet wurde, während die andere selbstständig ihr Pferd aufwärmte.

»Den Fotos im Internet zufolge muss das Holger Mattis sein«, raunte Lucky ihr leise zu.

Lou nickte stumm. Die Atmosphäre in der großen Reithalle, deren Längsseite größtenteils verspiegelt war, nahm sie gefangen. Die kraftvollen Bewegungen der Pferde und ihr leises Schnauben, das als einziges Geräusch die Stille der riesigen Halle durchbrach, waren faszinierend.

»Jetzt nimm endlich die Zügel kürzer und mach mehr Druck mit dem Bein!« Holger Mattis bellende Stimme zerstörte die Faszination und ließ sie aus ihren Gedanken aufschrecken. »Reite die Ecke aus! Ausreiten, hab ich gesagt!!! Mein Gott, Steffi. Setz dich endlich auf deinen Arsch. Sonst melde dich lieber im Seniorenheim an. Die haben vielleicht Schaukelpferde oder besser gesagt: Schaukelstühle!«

»Das ist ja schlimmer als beim Militär.« Sie hörte Lucky leise lachen, während ihre schillernde Blase vom glückseligen Reiterleben jäh zerplatzte.

Mattis klopfte gereizt mit der Gerte, die er in der Hand hielt, gegen seinen Stiefel. »Schluss für heute, das führt zu nichts.« Seine Stimme klang nicht mehr wütend, sondern resigniert. »Reite Pierrot trocken und bring ihn dann in den Stall. Du hast ihn heute genug gequält.« Mit grimmiger Miene schritt er auf Lucky und Lou zu. »Kann ich Ihnen vielleicht helfen?«

»Das hoffe ich.« Lucky stand auf und lehnte sich lässig über die Brüstung der Empore.

»Mein Name ist Alex Luckmann. Das ist Louisa Caprini.« Er deutete auf Lou. »Wir interessieren uns für Reitunterricht.«

Lou zuckte zusammen, als sie Luckys Worte vernahm. War er verrückt geworden? Sie würde ganz gewiss nicht auf ein Pferd steigen und sich derart anschreien lassen. Das konnte Lucky vergessen.

Mattis' Blick huschte abschätzend über sie hinweg.

»Aha. Spätberufene.« Er klang wenig begeistert. »Es tut mir leid, aber ich muss Sie leider enttäuschen. Wir haben derzeit keine Termine frei. Sie können sich allerdings auf die Warteliste setzen lassen, wenn Sie das möchten. Darf ich fragen, wer Ihnen unsere Reitschule empfohlen hat?«

»Natürlich.« Lucky deutete ein Nicken an. »Madeleine Brinker und Tessa Tiede.«

»Madeleine.« Mattis' Gesicht bekam einen betroffenen Ausdruck. »Ich nehme an, Sie haben davon gehört, dass sie von uns gegangen ist. Es ist ein schrecklicher Verlust für uns alle.«

Lou und Lucky wechselten einen kurzen Blick. Woher wusste Mattis zu diesem frühen Zeitpunkt von Brinkers Tod? Hatte die Polizei diese Informationen bereits weitergegeben? Der Stallbesitzer seufzte schwer.

»Wie sie sicher wissen, war Madeleine eine hervorragende Reiterin. Ihr Pferd steht bei uns im Stall. Allerdings hat ihr Mann uns nun gebeten, einen passenden Käufer für Erlkönig zu finden. Der arme Tom. Es ist ein unfassbarer Verlust für ihn. Er ist am Boden zerstört!«

Jedenfalls war er in der Lage, unverzüglich den Verkauf des Pferdes einzuleiten, überlegte Lou. Falls Lucky ähnlich dachte, ließ er es sich nicht anmerken.

»Das stimmt«, hörte sie ihn mit teilnahmsvoller Stimme sagen, »die arme Tessa ist auch völlig fertig.«

»Tessa Tiede?«, horchte Mattis sichtlich überrascht auf. »Was hat Frau Tiede denn mit Madeleine zu tun?«

»Die beiden kannten sich gut. Wussten Sie das nicht?«, fragte Lucky scheinheilig. »Ist denn Tessa keine Reitschülerin von Ihnen? Nachdem sie uns Ihren Stall empfohlen hat, sind wir davon ausgegangen, dass sie hier ebenfalls Unterricht nimmt.«

Mattis schüttelte den Kopf. »Nein, nein. Frau Tiede war aus rein beruflichen Gründen hier. Sie wollte über unsere Weihnachtsquadrille berichten, die wir im Dezember veranstalten werden. Es wird ziemlich spektakulär, mit beleuchteten Pferden, Fackeln und Feuerreifen. Sie sollten sich das auf keinen Fall entgehen lassen.«

»Natürlich nicht«, nickte Lou. »Das klingt äußerst sehenswert. Dürfen wir uns vielleicht auf der Anlage ein bisschen umschauen, auch wenn es mit dem Unterricht momentan noch nicht klappt?«

Die Tatsache, dass derzeit keine neuen Reitschüler angenommen wurden, erleichterte sie ungemein. Was hatte sich Lucky nur dabei gedacht, nach Reitstunden zu fragen? Manchmal war er echt nicht bei Trost. Sie musste ein ernstes Wort mit ihm reden.

»Selbstverständlich.« Mattis schien erleichtert zu sein, die lästigen Besucher endlich loszuwerden. »Hinterlassen Sie einfach Ihre Telefonnummer bei Kathi im Reiterstübchen. Wir werden uns dann bei Ihnen melden, sobald wieder Kapazitäten frei sind.«

Kaum dass sie die Halle verlassen hatten, sah sie Lucky fragend an. »Und was machen wir jetzt?«

»Jetzt gehen wir ins Reiterstübchen, was sonst?«

»Spinnst du? Ich werde mich auf keinen Fall für Reitstunden

auf die Warteliste setzen lassen?«

»Dann mache ich das eben, während du einen Kaffee trinkst.«

Er öffnete die grau-weiß gestrichene Holztür, die in das Reiterstübchen führte. Von dort konnte man durch eine Fensterfront direkt in die Halle schauen. Holger Mattis hatte nun damit begonnen, die andere Reiterin in die Mangel zu nehmen. Selbst durch die geschlossene Scheibe hörten sie ihn lautstark brüllen. »Du musst treiben, Helena, TREIBEN!!! Und halt die Hand ruhig. Meine Güte, du tust dem Pferd doch weh! Man sollte dir selbst die Trense ins Maul schieben!«

»Entschuldigung, darf ich kurz stören?« Lucky schenkte der jungen Dame hinter dem Tresen im Reiterstübchen sein charmantestes Lächeln. »Mein Name ist Alex Luckmann. Herr Mattis sagte, ich könnte mich hier auf die Warteliste für Reitunterricht setzen lassen.«

»Hi, ich bin Kathi.« Sie reichte ihm die Hand. »Klar kannst du das machen, Alex. Gibst du mir deine Telefonnummer? Herr Mattis wird sich dann melden, sobald er Zeit für eine Longenstunde hat.«

Sie strahlte Lucky an, während er ihr seine Handynummer diktierte. Es war verblüffend, wie Kathi auf ihn reagierte. Sie sah aus, als würde sie am liebsten sofort ein Date mit ihm vereinbaren. Oder noch schlimmer, ihn in ihr Bett zerren. Lou spürte, dass Ärger in ihr aufwallte. Es war mehr als dreist, einen Mann in weiblicher Begleitung derart anzumachen. Was war heutzutage nur mit den Frauen los? Na ja, Frau war vielleicht übertrieben. Das Mädel hinter der Theke war höchstens Anfang zwanzig. Sie trug hauteng, schwarz-beige Reithosen, ein figurbetontes Poloshirt und hatte ihre langen dunklen Haare locker zu einem Zopf zusammengebunden. Lou konnte nicht abstreiten, dass sie in ihrem Reitdress äußerst adrett aussah. Ganz anders als Lucky, der mit seinem Dreitagebart, den abgewetzten Jeans und seiner Bikerjacke eher verwegen wirkte. Vermutlich reizte Kathi genau dieser Bad-Boy-Look. Lou schüttelte den Kopf, um ihre unerfreulichen Gedanken zu vertreiben. Schließlich konnte es ihr egal sein, von wem Lucky angebaggert wurde. Für sie war er nur ein guter Bekannter, nicht mehr und nicht weniger.

Unterdessen stellte Kathi zwei Tassen Kaffee mit einem Schälchen Gebäck vor Lucky und ihr auf den Tresen.

»Sag mal, Kathi«, Lucky zögerte nicht, sich umgehend zu bedienen und biss herzhaft in einen Schoko-Keks, »kennst du eventuell Tessa Tiede?«

Kathi nickte. »Klar, kenne ich die. Das ist doch die Zeitungstussi, die über unsere Weihnachtsquadrille schreiben will. Die mit dem kleinen schwarzen Strubbelhund und der großen Angst vor Pferden.« Sie kicherte vergnügt.

»Genau«, nickte Lucky. »Die Freundin von Madeleine Brinker.«

»Nee, da musst du dich irren.« Kathi schenkte sich eine Fanta ein. »Die Brinker und die langhaarige Karla Kolumna waren bestimmt keine Freundinnen.«

»Echt nicht?«, mischte Lou sich jetzt ein. »Ich dachte, die verstehen sich so gut?«

»Die wirkten nicht, als seien sie befreundet.« Kathi schüttelte entschieden den Kopf. »Aber sie schienen einen gemeinsamen Bekannten zu haben, über den sie sich lange unterhalten haben.«

»Weißt du vielleicht, wer das war?«, fragte Lou.

»Nee, keine Ahnung.« Kathi füllte das Schälchen erneut mit Plätzchen auf. »Ich habe nur Bruchteile dieses Gesprächs aufgeschnappt. Es hat mich nicht besonders interessiert. Scheinbar ging es um Kultur, Fotografie und Kunst. Genau weiß ich das aber nicht.«

Sie wandte sich mit einem koketten Lächeln an Lucky. »Bist du etwa ein Freund von Tessa?«

Lucky winkte ab. »Nein, wir kennen uns nur flüchtig.« Er nahm sein Portemonnaie aus der Hosentasche und zog einen Geldschein heraus, den er Kathi gab, um die Getränke zu bezahlen. »Allerdings war sie es, die mir euren Reitstall empfohlen hat.«

»Nice.« Sie nahm den Schein entgegen, den Lucky ihr reichte, wobei ihre Hand wie zufällig seine berührte. »Ich freue mich, dass Tessa uns empfohlen hat. Und noch mehr würde ich mich freuen, dich bald wiederzusehen, Alex.«

Er beugte sich über den Tresen. »Freunde nennen mich Lucky.«

»Dann hoffentlich bis bald, Lucky!« Sie lachte derart aufreizend, dass Lou ihr am liebsten einen Schokokeks in den rot geschminkten Mund gestopft hätte.

»Na, da hast du ja ganze Arbeit geleistet«, stichelte sie, sobald die Tür des Reiterstübchens sich hinter ihnen geschlossen hatte. »Statt nachzuhaken, wer der Typ ist, über den Tessa und Madeleine gesprochen haben, flirtest du, was das Zeug hält.«

Lucky warf ihr einen weitaus weniger charmanten Blick zu, als den, mit dem er zuvor Kathi bedacht hatte.

»Du hast doch gehört, dass sie keine Ahnung hat, wie der Kerl heißt. Warum sollte ich also weiterbohren? Das wäre viel zu auffällig gewesen.«

Er öffnete die Tür zu den Stallungen und betrat die menschenleere Stallgasse. Lou folgte ihm nur zögernd.

»Was wollen wir hier überhaupt? Ich glaube nicht, dass

Fremde hier Zutritt haben.«

»Ich suche Erlkönig«, erwiderte Lucky. Er studierte eingehend die Pferdenamen auf den Schildern, die an den geräumigen Boxen angebracht waren. Vor einem eindrucksvollen Rappen blieb er schließlich stehen.

»Wow.« Er streichelte sanft den Hals des Wallachs, der seinen Kopf neugierig durch das Boxenfenster streckte. »Du bist aber ein Schöner.«

»Falls Sie Interesse haben, er steht zum Verkauf!« Eine Stimme aus einer der Nachbarboxen ließ sie aufmerken. Jetzt trat eine grauhaarige Frau auf sie zu, die eine Mistgabel in der Hand hielt. »Erlkönig ist ein wunderbares Pferd. Er ist bis zur M-Dressur ausgebildet, hat aber noch deutlich mehr Potenzial, wenn Sie mich fragen. Ich bin übrigens Mathilda Mattis. Meinem Sohn gehört diese Anlage.«

»Louisa Caprini und Alex Luckmann«, stellte Lucky sie vor. »Das klingt wirklich beeindruckend, aber ich fange demnächst erst mit dem Reitunterricht an. Ich glaube kaum, dass die Besitzer ein solches Pferd an einen Anfänger verkaufen wollen. Ganz abgesehen davon, dass ich ihm gar nicht gerecht werden könnte.«

Mathilda Mattis zuckte verächtlich mit den Schultern. »Wenn der Preis stimmt, verkauft Tom Brinker an jeden. Aber Ihre Einschätzung ist natürlich richtig. Erlkönig braucht einen geübten, sehr feinfühligen Reiter. Madeleine war perfekt für ihn. Was für eine Tragödie.«

»Wissen Sie Einzelheiten über ihren bedauerlichen Tod? Es kursieren so viele Gerüchte.« Lucky wirkte so betroffen, dass Lou sich erneut über sein enormes schauspielerisches Talent wunderte.

Mathilda Mattis schien einen Moment zu zögern. Dann antwortete sie leise. »Man erzählt sich, sie sei ermordet und anschließend zerstückelt worden. Wie schrecklich. Sie war in vielerlei Hinsicht eine talentierte junge Frau. Sie konnte unglaublich aussagekräftige und wahrhaftige Fotos machen, wenn Sie verstehen, was ich meine. Wer eine solche Gabe hat, darf nicht so früh sterben.« Ihre Augen wurden feucht vor Rührung.

»Will Madeleines Mann Erlkönig nicht behalten? Zur Erinnerung an seine Frau?«, erkundigte sich Lou.

»Aber nein«, lachte Mathilda Mattis jetzt hart auf. »Tom hat diesen Wallach von Anfang an verabscheut. Er sah ihn als Konkurrenten um die Gunst seiner Frau. Nicht ganz unberechtigt, denn einen Großteil ihrer Zeit verbrachte sie mit ihrem Beruf und fast den ganzen Rest bei ihrem Pferd. Tom kam dabei in der Tat ein bisschen zu kurz. Für Madeleine war alles andere wichtiger. Erst letztens hat sie Tom fast eine Stunde warten lassen, weil sie sich im Reiterstübchen mit einer Reporterin verplaudert hat. Offensichtlich interessierten sich beide für diese hippe, neue Kunstgalerie an der Benrather Schlossallee. Er war mächtig sauer auf sie.«

Lucky und Lou tauschten einen kurzen Blick. »Meinen Sie die Galerie van der Sand?«, fragte Lou.

»Das ist möglich.« Mattis zuckte kurz mit den Schultern. »Genau weiß ich es aber nicht. Ich habe keine Zeit für Galeriebesuche, deshalb hat es mich nicht sonderlich interessiert. Es erfordert viel Arbeit, den Betrieb zur Zufriedenheit der Kunden aufrechtzuerhalten.«

»Es scheint Ihnen hervorragend zu gelingen«, schmeichelte Lucky. »Ich freue mich jedenfalls schon sehr auf meine erste Reitstunde. Aber jetzt müssen wir leider gehen.« Er deutete eine leichte Verbeugung an und wandte sich dem Ausgang zu. Lou folgte ihm nur allzu gerne. Nachdem sie den Stall wieder verlassen hatten, sog sie erleichtert die frische Herbstluft ein. Sie hatte nie wirklich verstanden, was andere Mädchen mit Pferden verband. Sie liebte den Geruch von Farben und Terpentin, nicht den Mief von Pferdemist. Und das würde sich auch nach dem Besuch des Eulenhofs keinesfalls ändern.

»Du willst dich nicht ernsthaft auf ein Pferd setzen, oder?«, fragte sie belustigt.

»Warum nicht? Ich halte es da mit James Bond. Sag niemals nie.«

»Ja klar, 007.« Sie konnte sich das Lachen kaum verkneifen. Vor ihrem inneren Auge entstand ein Bild von Lucky bei seiner ersten Reitstunde. »Dann bin ich aber als Zuschauerin dabei.«

Er zuckte gelassen mit den Schultern. »Tu, was du nicht lassen kannst.«

»Stört dich das gar nicht? Vielleicht blamierst du dich bis auf die Knochen oder fällst runter.«

»Ja und? Dann steige ich eben wieder auf. Da ist mir schon Schlimmeres passiert. Und jetzt schwing deinen Allerwertesten auf das Motorrad, damit wir starten können. Wir beide haben nämlich heute Abend noch was Wichtiges vor.«

★★★★

Der silberfarbene Ford stand direkt vor Tessas Haus, als er Lou nach ihrem Abstecher zum Eulenhof dort absetzen wollte, damit sie sich frische Sachen holen konnte.

»Bullen«, dachte Lucky. Er konnte diese Spezies meilenweit gegen den Wind riechen. Es umgab sie ein besonderes Flair, das er nicht in Worte fassen konnte. Spießig traf es nicht, es gab durchaus aufgeschlossene und gewitzte Geister bei der Polizei. Und doch waren sie irgendwie in einem Netz aus Vorschriften und Bestimmungen gefangen, sodass sie sich nicht richtig entfalten konnten. In vielerlei Hinsicht war es bei der Bundeswehr ähnlich. Deshalb wusste Lucky, wovon er sprach. Er wusste auch, dass es manchmal ohne Regeln und klare Anweisungen nicht ging, wollte man Erfolg haben. Nur durften diese Reglementierungen nicht den Blick auf das Wesentliche behindern.

»Louisa Caprini?« Der leicht übergewichtige Mann in der ausgebeulten braunen Cordhose und seine deutlich jüngere Partnerin, die nun dem Wagen entstiegen, schienen bereits auf sie gewartet zu haben.

»Kriminalhauptkommissar Konstantin Kirchberg«, stellte er sich vor. »Und«, er wies auf seine junge Kollegin, »Kommissarin Laura Koch. Wir bearbeiten den Vermisstenfall ihrer Freundin.«

»Sehr erfreut.« Louisa schüttelte den beiden Kripobeamten die Hand. »Bislang hatten wir ja nur telefonischen Kontakt. Haben Sie Neuigkeiten über Tessa?«

Statt auf Lous Frage zu antworten, wandte sich Kirchberg an Lucky. »Darf ich fragen, wer Sie sind?«

»Sie dürfen.« Lucky verzog keine Miene. »Mein Name ist Alex Luckmann. Ich betreibe ein Büdchen an der Urdenbacher Dorfstraße und bin ein Freund von Lou.«

»Dann kennen Sie Frau Tiede auch, nehme ich an«, fragte Kirchberg, wobei sich seine dunklen Knopfaugen auf sein Gegenüber hefteten und ihn abzuscannen schienen.

»Stimmt«, entgegnete Lucky knapp.

»Wann haben Sie Frau Tiede das letzte Mal gesehen?«

»Wollen wir nicht lieber hineingehen?«, unterbrach Lou den Kriminalbeamten, ehe Lucky ihm antworten konnte. »Es ist angenehmer, sich im Haus zu unterhalten. Vielleicht bei einer Tasse Kaffee oder Tee?«

»Gerne.« Kirchberg folgte Lou in den Hausflur, während Laura Koch bewundernd vor Luckys Fat Boy stehen blieb.

»Ein schickes Teil. Ich nehme an, das ist Ihr Bike?«

»Genau.« Lucky tätschelte liebevoll den Soziussitz. »Wollen Sie mal eine Runde mit mir drehen? Vorausgesetzt, Ihr Chef hat nichts dagegen.«

Lucky registrierte ein leichtes Aufleuchten in Laura Kochs Augen. Zweifellos reizte sie sein Angebot, demnach schien sie eher zu der aufgeschlossenen Kategorie der Polizeiriege zu zählen. Doch die mahnende Stimme des Kriminalhauptkommissars unterbrach ihr Gespräch, ehe es richtig beginnen konnte.

»Laura, kommst du bitte mit Herrn Luckmann ins Haus. Wir haben einiges zu besprechen.«

»Tja, wir sind leider dienstlich hier«, lächelte sie bedauernd. »Aber ich komme bei anderer Gelegenheit gerne auf Ihr Angebot zurück.«

»Jederzeit. Ich stehe zu Ihrer Verfügung«, versicherte Lucky, während er Laura Koch ins Haus folgte.

»Also, Herr Luckmann, wann haben Sie Tessa Tiede zum letzten Mal gesehen?« Mittlerweile saß Kirchberg vor einer dampfenden Tasse Kaffee, was nichts an einer gewissen Schärfe seines Tons Lucky gegenüber änderte.

»Am Tag vor ihrem Verschwinden.« Lucky musste nicht lange überlegen. Schließlich hatte er schon hunderte Male die letzten Tage gedanklich Revue passieren lassen.

»Waren Sie an diesem Tag miteinander verabredet?«

Lucky schüttelte den Kopf. »Nein. Sie kam in mein Büdchen, um Wein und Chips zu kaufen. Wir hatten keine enge private Beziehung.«

»Aber Sie haben sich an diesem Tag mit ihr unterhalten?«

»Ja, habe ich. Wie immer.«

Kirchberg sah ihn an, als könnte er in Luckys Gesicht Antworten auf seine Fragen finden.

»Hat Frau Tiede sich an diesem Tag anders verhalten als sonst? Hatte sie vielleicht Angst vor jemandem oder wirkte sie beunruhigt?«

»Ganz im Gegenteil.« Lucky entgegnete Kirchbergs Blick, ohne mit der Wimper zu zucken. »Sie freute sich wahnsinnig auf den Besuch ihrer Freundin.«

»Kennen Sie Frau Caprini schon lange?«

»Erst seit knapp einer Woche. Sie bat mich um Hilfe, als sie Tessa nicht angetroffen hat.«

Kirchberg wirkte überrascht. »Sieh an. Ich nahm an, Sie wären alte Freunde.«

»Nein. Wir haben uns nie zuvor gesehen. Ich wohne noch nicht allzu lange in Düsseldorf.«

»Ach.« Die linke Augenbraue des Kripobeamten schoss in die Höhe. »Wo haben Sie denn zuvor gelebt?«

»An der Ostsee. Genauer gesagt, in der Nähe von Kiel.« Allmählich wurden ihm die Fragen des Kommissars lästig.

»Was spielt es überhaupt für eine Rolle, wo Herr Luckmann früher gelebt hat?«, warf Lou jetzt ein. »Ich denke, es geht um Tessa.«

»Richtig. Uns wurde gestern Abend von den Nachbarn ein versuchter Einbruch in dieses Haus gemeldet«, wechselte Laura Koch das Thema. »Haben Sie nichts davon bemerkt?«

Lucky warf Lou verstohlen einen Blick zu. Hoffentlich blieb sie cool und ging den Fragen der Kommissarin nicht auf den Leim.

»Ein Einbruch? In dieses Haus? Davon weiß ich nichts«, tat Lou überrascht. »Aber ich war gestern Abend auch nicht zuhause, sondern hatte eine Verabredung mit einem Benrather Galeristen. Bruno van der Sand. Sie werden ihn mit Sicherheit kennen.«

»Bislang nicht«, gab Kirchberg zu. »Aber ich bin in der Kunstszene auch nicht bewandert. Sie offensichtlich schon.«

»Ich bin Malerin«, erklärte Lou. »Herr van der Sand war früher am Gymnasium mein Kunstlehrer. Tessas übrigens auch.«

»Ich hätte wenig Lust, einen ehemaligen Pauker in meiner Freizeit zu treffen«, wandte Laura Koch jetzt ein. Ich halte es da eher mit Alice Cooper. »›School's out forever!‹ Der beste Satz meines Lebens.«

Lucky sah sie amüsiert an. Hinter Laura Koch schien weitaus mehr zu stecken als eine fügsame Kriminalbeamtin.

Als sie seinen Blick bemerkte, wandte die Kommissarin sich Lucky zu. »Oder sehen Sie das anders? Ich könnte mir vorstellen, dass Sie Ihren Lehrern auch gerne Ärger bereitet haben.«

»Wenn man davon absieht, dass ich mit meinem Kumpel die Hitliste während des Unterrichts rauf und runter gesungen, auf dem Schulhof heimlich geraucht und ab und an blaugemacht habe, war ich ein sehr folgsamer Schüler. Ich wusste immer, worauf es im Leben wirklich ankommt.«

»Und worauf kommt es Ihrer Meinung nach wirklich an?«, fragte Laura Koch interessiert.

»Aufs Überleben. Nur aufs Überleben.« Bei dieser Antwort war jegliches Lächeln aus Luckys Gesicht verschwunden.

»Lassen wir das Gerede über alte Zeiten«, unterbrach Kirchberg sie. »Mich interessiert vielmehr, wo Sie gestern Abend waren? Sie haben ja offensichtlich von diesem Einbruch auch nichts bemerkt.«

»Nein, wie sollte ich? Ich wohne hier nicht. Ganz abgesehen davon, dass ich gestern einen Freund getroffen habe.«

»Hat dieser Freund auch einen Namen?«

»Hat er. Thadeus von Johansson.«

Die Kinnlade des Hauptkommissars klappte langsam nach unten. Der Name ›von Johansson‹ wirkte immer. Diese Erfahrung hatte Lucky schon häufig gemacht. Johnson amüsierte sich immer köstlich darüber.

»Wie lange hat Ihre Verabredung gedauert?«, schaltete sich jetzt Laura Koch wieder in das Gespräch ein.

»Ganz ehrlich?« Lucky hob entschuldigend die Arme. »Ich habe nicht auf die Zeit geachtet. Vielleicht zehn, vielleicht halb elf oder elf. Fragen Sie Herrn von Johansson, vielleicht kann er sich besser erinnern als ich.« Er wusste, dass Johnson sein Alibi nicht nur bestätigen, sondern auch ausdehnen würde. Er beugte sich zur Kommissarin hinüber. »Ganz abgesehen davon, dass Frau Caprini und ich uns anschließend in meiner Wohnung getroffen haben.«

»Ist das so?«, lächelte Koch ihn neugierig an. »Stehen Sie und Frau Caprini sich bereits so nah? Obwohl Sie sich gerade erst kennengelernt haben?«

»Wir sind Freunde geworden. Nicht mehr und nicht weniger«, stellte Lou klar. »Ich habe Herrn Luckmann darum gebeten, mir Gesellschaft zu leisten. Wie sie sich vielleicht vorstellen können, habe ich mich alleine sehr unwohl gefühlt. Ist etwas dagegen einzuwenden?«

»Aber nein«, entgegnete Kirchberg. »Ganz im Gegenteil. Wir wollten uns nur ein Bild von der Situation machen und Sie auffordern, vorsichtig zu sein. Und Sie«, wandte er sich nun erneut an Lucky, »haben bitte ein wachsames Auge auf Frau Caprini. Solange wir nicht wissen, mit wem wir es zu tun haben und was hinter dieser mysteriösen Sache steckt, könnte auch sie in höchster Gefahr schweben.«

Kapitel 13

Mmh. Johnson lief bereits das Wasser im Mund zusammen, als er den Gastraum des Restaurants *Altes Fischerhaus* betrat. Es duftete einfach himmlisch. Im Geist bedankte er sich bei Lucky, dem er diesen vortrefflichen Außentermin zu verdanken hatte. Er sah Ulrich Saatmann schon an einem der stilvoll eingedeckten Tische am Fenster sitzen. Mit Blick auf den Rhein. Perfekt.

»Herr Saatmann«, begrüßte Johnson den Modeunternehmer mit einem verbindlichen Lächeln, »darf ich?«

»Aber bitte, Herr von Johansson.« Saatmann, der sich schleunigst erhoben hatte, wies auf den freien Stuhl ihm gegenüber. Johnson nahm Platz und schaute sich nach der Bedienung um. Sein Auftrag war eindeutig. Er sollte Saatmann aushorchen, und dazu brauchte er reichlich Alkohol, um dessen Zunge zu lösen.

»Zwei Cognac bitte. Von Ihrem besten«, bestellte er, ohne Saatmann nach seinen Wünschen zu fragen. »Ich nehme an, das ist in Ihrem Sinne. Sie sind selbstverständlich mein Gast«, unterband er jeden möglichen Widerspruch. Doch der Unternehmer schien gegen einen wohlmundenden Cognac ohnehin nichts einzuwenden zu haben. Umso besser, dachte Johnson. Er wusste nur zu gut, dass spätestens nach den ersten drei Drinks die Hemmschwelle in gleichem Maße fiel, wie die Trinkfreudigkeit stieg. Er warf einen Blick auf seine Uhr. Gleich würden auch Lucky und Lou als unbeteiligte Gäste hier auftauchen. Er hatte extra einen Platz in der Nähe seines Tisches für die beiden reserviert. Wenn sein Kumpel zugegen war, fühlte er sich einfach wohler. Nur gut, dass Saatmann weder Lucky noch Lou kannte.

»Es ist mir eine außerordentliche Freude, Sie heute Abend zu treffen«, riss ihn der Unternehmer aus seinen Gedanken. »Schließlich werden die wirklich wichtigen Geschäfte nicht im Büro abgeschlossen. Das weiß jeder erfolgreiche Entrepreneur, nicht wahr?«, lachte er heiser.

»Da stimme ich Ihnen uneingeschränkt zu«, nickte Johnson. »Aber lassen Sie uns vor dem ernsten Teil des Abends erst das Essen bestellen. Ich gestehe, ich habe einen Bärenhunger.« Er warf einen Blick in die Speisekarte.

»Wundervoll«, seufzte Johnson entzückt. Bei dem Gedanken an einen Cappuccino von Steinpilz und Trüffel, ein Rinderfilet auf Trüffelhollandaise und eine Apfeltarte jubilierten seine Geschmacksknospen bereits voller Vorfreude. Auch Saatmann schien von dem Angebot sehr angetan zu sein. Er entschied sich allerdings für ein Hokkaido-Kürbissüppchen, den zarten Hirschrücken und ein luftig-leichtes Mousse au chocolat.

»Sind Sie einverstanden mit einer Flasche Grand Dominio Rioja zum Essen«, fragte er Saatmann und war froh, als dieser ihm umgehend zustimmte. Sieh an, der Mode-Tycoon schien ein heimlicher Spritti zu sein. Das würde ihm sein Vorhaben deutlich erleichtern. Aus den Augenwinkeln bemerkte er, dass Lucky und Lou soeben das Restaurant betraten. Erstaunlich, im schicken Anzug gab sein Kumpel echt eine gute Figur ab. Auch Lou hatte sich kräftig aufgebrezelt. Anscheinend hatte sie Tessas Kleiderschrank geplündert, denn sie trug ein elegantes smaragdgrünes Kleid, das ihr ausgezeichnet stand, wie Johnson fand. Nun warf auch Saatmann einen flüchtigen Blick auf die Gäste, die am Nebentisch Platz nahmen. Einen kurzen Moment stutzte er und war sichtlich irritiert. Verdammt, kannte der Unternehmer Lou womöglich doch?

»Ist alles in Ordnung?«, fragte er beiläufig.

»Ja, ja.« Saatmann nahm einen großen Schluck Wein. »Es ist

nur«, er rieb sich über die Stirn und wirkte dabei seltsam gequält, »die Frau am Nebentisch trägt das gleiche Kleid, das ich unlängst einer guten Freundin geschenkt habe. Ich dachte, es sei etwas ganz Besonderes, ein Einzelmodell. Anscheinend habe ich mich geirrt.«

»Der Albtraum einer jeden Frau«, witzelte Johnson, »das gleiche Kleid zu tragen wie die weibliche Konkurrenz. Nur gut, dass Ihre Freundin heute Abend nicht anwesend ist.«

»Dem kann ich leider nicht zustimmen.« Jetzt klang Saatmanns Stimme belegt. »Wenn Sie sie kennen würden, wüssten Sie, warum.«

»Vielleicht ergibt sich eine passendere Gelegenheit, mir diese außergewöhnliche Dame vorzustellen«, bekundete Johnson sein Interesse.

Saatmann wirkte plötzlich um Jahre gealtert. »Das wird leider nicht möglich sein, fürchte ich. Wir haben seit kurzer Zeit keinen Kontakt mehr.«

»Das ist sehr bedauerlich.« Johnson schenkte unaufgefordert Wein nach und bestellte sogleich eine weitere Flasche. »›Frauen sind da, um geliebt und nicht um verstanden zu werden‹, nicht wahr. Das sagte zumindest Oscar Wilde.«

»Niemand kann Frauen verstehen«, stieß Saatmann plötzlich unerwartet heftig hervor. »Man liebt sie. Man trägt sie auf Händen und legt ihnen die Welt zu Füßen. Und was hat man davon? Nichts. Sie zeigen einem die kalte Schulter, sobald sie einen Mann finden, der ihnen besser gefällt.«

»Da haben Sie doch nichts zu befürchten«, schleimte Johnson. »Wer sollte einem Gentleman wie Ihnen das Wasser reichen können?«

»Offensichtlich gab es für Tessa jemanden«, seufzte er leise mit einem verbitterten Unterton. »Ich war so wütend auf sie. So verletzt, als sie mich verlassen hat. Aber jetzt vermisse ich sie nur noch. Verrückt, nicht wahr?« Er tupfte sich mit der Serviette die glänzende Stirn ab. »Ja, wir haben uns gestritten, aber das ist doch kein Grund, sich gar nicht mehr zu melden. Warum erzähle ich Ihnen das überhaupt? Ich kenne Sie ja kaum.«

Saatmann stierte ihn aus glasigen Augen an, die vermuten ließen, dass er bereits vor Johnsons Eintreffen dem Alkohol zugesprochen hatte.

»Oh«, tätschelte Johnson beruhigend seinen Arm, »darüber machen Sie sich besser keine Gedanken. Wie formulierte der Dichterfürst Goethe so treffend: ›Es ist nicht fremd, wer teilzunehmen weiß.‹ Dass diese besondere Frau nach wie vor in ihren Gedanken herumspukt, ist meines Erachtens absolut nachvollziehbar. Darf man fragen, wer der Mann ist, den sie Ihnen irrigerweise vorzieht? Das wird kaum eine Beziehung von Dauer sein. Sie wird seine Defizite bald erkennen.«

»Ich weiß es nicht«, stieß Saatmann heftig hervor. »Aber ich sag Ihnen eines: Sollte dieser Kerl mir in die Finger kommen, werde ich ihn, ohne auch nur einen Moment zu zögern, erledigen. Ein für alle Mal. Darauf gebe ich Ihnen mein Wort.«

Johnson lief es bei dieser Aussage kalt den Rücken hinunter. Er zweifelte keinen Augenblick an den Worten des Mannes, dessen Blick plötzlich erstaunlich stechend und bedrohlich wirkte. Auch Lucky schien bei Saatmanns heftigem Ausbruch hellhörig geworden zu sein. Unauffällig nickte er Johnson zu und hob seinen Daumen in die Höhe. Es hatte sich mehr als deutlich gezeigt, dass der Unternehmer nicht der smarte, charmante Typ war, für den er sich ausgab. Und es hatte sich auch gezeigt, dass er weder Skrupel hatte, seine Frau zu betrügen, noch unliebsame Konkurrenten aus dem Weg zu räumen. Johnson hatte genug gehört. Der Plan, etwas über Tessas Beziehung in Erfahrung zu bringen, war aufgegangen. Sie hatte definitiv eine Affäre mit Saatmann gehabt, vielleicht sogar eine ernsthafte Beziehung. Wer konnte schon genau sagen, wo die Grenze zu ziehen war? Aber sie hatte ihn für einen anderen Mann verlassen. Wer mochte dieser Mann sein, den Tessa einem millionenschweren Unternehmer vorzog? Ob Saatmann wirklich nicht wusste, wo sie sich aufhielt oder ob er nur eine Schmierenkomödie aufführte? Vielleicht war er noch ausgebuffter als sie und hatte den Plan, ihn auszuhorchen, längst durchschaut. Bei diesem Gedanken bekam Johnson schweißnasse Handflächen. Sein Appetit hatte mächtig gelitten. Auch wenn die Speisen, die ihnen serviert wurden, sämtliche Erwartungen weit übertrafen, fühlte sich Johnson nach Saatmanns emotionalem Ausbruch unbehaglich. Er linste hinüber zu Lucky und Lou, die sich angeregt miteinander unterhielten. Viel lieber als mit Saatmann zu dinieren, hätte er gemeinsam mit den beiden einen unbeschwerten Abend genossen. Obwohl Lou gelegentlich anstrengend sein konnte, wie Lucky mehrfach angedeutet hatte. Auf jeden Fall war sie sehr attraktiv und zweifelsohne eine Sünde wert. Er fragte sich, warum Lucky nicht längst in den Flirtmodus geschaltet hatte, sondern sich in ungewohnter Zurückhaltung übte.

Saatmann unterbrach Johnsons abschweifenden Gedanken mit einem schweren Seufzer. »Das war wirklich köstlich, mein lieber von Johansson. Doch so angenehm dieses Ambiente und ihre reizende Gesellschaft auch sein mögen, der Gedanke an meine verlorene Liebe bedrückt mich sehr. Mir ist klar, dass ich sie zurückgewinnen muss. Die Frage ist: Wie kann mir das gelingen? Haben Sie vielleicht eine Empfehlung für mich?«

Johnson hätte am liebsten laut aufgelacht. Jetzt sollte er auch noch den Beziehungsratgeber spielen. Nichts lag ihm ferner als das. Es war definitiv an der Zeit, zügig aufzubrechen und diesem Gespräch ein Ende zu setzen. Er hatte das Verlangen, ein Pfeifchen zu rauchen und zu Hause ein bisschen zu entspannen. Schade, dass es für einen gemütlichen Ausklang des Abends im Garten inzwischen zu kalt war. Aber er hatte auch daheim in der Sophienstraße erstklassiges Gras, das ihm dabei helfen würde, abzuschalten. Für geschäftliche Gespräche war sein Gegenüber mittlerweile ohnehin zu betrunken. Ganz abgesehen davon, dass es im Grunde nichts zu besprechen gab. Er würde diesen Abend hier und jetzt beenden und sich ein Taxi nehmen. Davon konnte ihn nichts und niemand abhalten, nicht einmal Lucky. Johnson bemühte sich, einen mitfühlenden Ausdruck in sein Gesicht zu zaubern, als er die Inszenierung des Finales einläutete.

»Mein lieber Saatmann«, schnurrte er mit sanfter Stimme. »Schon Friedrich Nietzsche hat erkannt, dass Frauen die Höhen zwar höher, aber gleichermaßen die Tiefen häufiger machen. Sie befinden sich zweifelsohne derzeit in einem solchen Tief, und es ist ganz gewiss an der Zeit, sich aus dem Sumpf des Trübsinns zu befreien. Was glauben Sie, warum ich es derzeit präferiere, alleine durchs Leben zu gehen? Richtig, ich bin des ganzen Beziehungsstresses überdrüssig und fühle mich überaus prächtig mit dieser Entscheidung. Deshalb lassen Sie uns noch einen letzten Drink darauf nehmen, dass – was auch immer geschehen mag – wir es mit Contenance hinnehmen werden. Eine bessere Empfehlung kann ich nicht aussprechen.«

»Sie haben gut reden«, schniefte Saatmann in gemäßigterem Ton. »Schließlich hat Ihre Traumfrau Ihnen nicht das Herz gebrochen. Dieses Gefühl wünsche ich nicht einmal meinem ärgsten Feind.«

Johnson nahm eines der Whiskygläser, die ihnen mittlerweile

von der aufmerksamen Bedienung serviert worden waren, in die Hand.

»Slàinte mhath«, prostete er seinem Gegenüber zu. »Trinken wir auf Ihr Wohl und Ihre baldige Genesung von dieser, ich nenne es mal, unschönen Unpässlichkeit.«

»Cheers!« Saatmann kippte den edlen Whisky in einem Zug hinunter. Dann winkte der Unternehmer ungeduldig nach der Bedienung und bat darum, für ihn ein Taxi zu rufen.

»Lassen Sie uns das Geschäftliche ein anderes Mal besprechen, lieber Johansson«, schlug er mit schleppender Stimme vor. »Mir ist heute Abend nicht mehr danach. Rufen Sie mich einfach an und wir vereinbaren ein weiteres Treffen. Ganz ungezwungen. Jederzeit.«

Er stand auf und bewegte sich unsicheren Schrittes zur Garderobe, um seinen Mantel zu holen. Das war besser gelaufen, als er gedacht hatte, freute sich Johnson, während er die Rechnung beglich. Anschließend folgte er Ulrich Saatmann in gebührendem Abstand nach draußen, nicht ohne Lucky kurz und unauffällig zuzuzwinkern.

★★★★

Nachdem Johnson und ein sichtlich angeschlagener Ulrich Saatmann das Restaurant *Altes Fischerhaus* verlassen hatten, lehnte Lucky sich zufrieden zurück. Sein Plan war aufgegangen. Johnson hatte genau das in Erfahrung gebracht, was er bestätigt haben wollte. Tessa und Saatmann waren ein Paar gewesen. Das passte perfekt in das Bild, das Lou ihm über den Männergeschmack ihrer Freundin erzählt hatte. Sie stand auf Anzugtypen mit Geld und Ansehen. Aber warum hatte sie sich von Saatmann getrennt, wenn er ihrem Ideal entsprach? Wer war der Mann, der noch attraktiver für sie gewesen war?

»Woran denkst du?«, unterbrach Lou seine Überlegungen.

»Ich frage mich, wer Saatmann bei Tessa ausgestochen haben könnte. Offenbar spielt jemand eine Rolle, von dem wir bislang keine Kenntnis haben. Hat sie dir wirklich nicht erzählt, auf wen sie steht oder wen sie datet? Ich dachte, anders als wir Kerle, tauschen sich Frauen intensiv über ihr Gefühlsleben aus.«

Lou schüttelte bedauernd den Kopf. »Mir gegenüber hat Tessa nichts erwähnt. Du darfst nicht vergessen, dass wir uns in letzter Zeit nur sehr selten gesehen haben«, gab sie zu bedenken. »Es ist nicht leicht, engen Kontakt zu halten, wenn jeder eigene Wege geht. Vermutlich haben wir uns mehr auseinandergelebt, als uns bewusst gewesen ist.« Sie lächelte ihn an. »Ich hoffe, dass wir es besser machen und Freunde bleiben, wenn das alles hier vorbei ist, Lucky. Meinst du, das ist möglich?«

»Sind wir das denn – Freunde?« Lucky sah sie zweifelnd an. »Sind wir nicht eher eine Zweckgemeinschaft, die sich wieder auflöst, wenn sie ihr angestrebtes Ziel erreicht hat? Glaubst du wirklich, du würdest den Kontakt zu mir halten wollen, wenn du wieder bei deinen intellektuellen Künstlerfreunden in Lugano bist und ich hier Bonbons verkaufe oder monatelang irgendwo am Arsch der Welt im Einsatz bin? Ich glaube kaum. Du suchst jetzt jemanden, der dir den Verlust von Tessa erträglich macht. Aber du bist nicht ernsthaft an einer Freundschaft mit mir interessiert.«

»Wie kannst du so etwas sagen?«, stieß Lou empört hervor. »Du scheinst ja keine besonders hohe Meinung von dir zu haben, wenn du glaubst, du wärst mir nicht wichtig.«

»Es mag ja sein, dass du jetzt annimmst, dass ich dir wichtig bin«, sagte er achselzuckend, »aber du wirst vermutlich bald merken, dass es nicht so ist. Aus den Augen, aus dem Sinn. Wie auch immer – du kannst mich gerne eines Besseren belehren.«

»Warum bist du so abweisend? Stößt du jeden vor den Kopf, der dir nahe kommen will?« Ihre Stimme zitterte leicht. Lucky war sich nicht sicher, ob aus Wut oder aus Enttäuschung über seine Worte. Sie wollte eine Erklärung? Okay, dann würde er ihr diese Erklärung eben geben.

»Es ist schlicht und ergreifend so, dass ich in meinem Leben entsprechende Erfahrungen gemacht habe. Nachdem ich bei den Kampfschwimmern anfangen durfte, habe ich meine Schulfreunde, die größtenteils zur Uni gegangen sind, aus den Augen verloren. Ich passte nicht mehr in ihr Leben. Sie kamen mit meiner Realität nicht klar und ich fand ihr akademisches Gefasel weltfremd. Meine Freundin, mit der ich fünf Jahre zusammen war, kam plötzlich zu dem Schluss, der Job würde mich in einer Art und Weise verändern, die sie nicht akzeptieren könnte. Ein Job, für den ich alles opfern würde, und der jetzt aufgrund dieser dämlichen Verletzung womöglich der Vergangenheit angehört. Mein komplettes Leben wurde auf den Kopf gestellt. Ich bemühe mich derzeit, es irgendwie wieder in den Griff zu kriegen. Deshalb bin ich vorsichtig geworden, wen ich in mein Leben lasse und wen nicht.«

»Und mich willst du lieber nicht in dein Leben lassen?«

»Das habe ich nicht gesagt«, seufzte er, da er sah, dass er sie mit seinen Worten verletzt hatte. »Du bist doch schon in meinem Leben. Ich glaube nur nicht, dass unsere Bekanntschaft von Dauer sein wird. Spätestens wenn du wieder zu Hause bist und den Pinsel schwingst, wirst du mich ganz schnell vergessen.«

»Wenn du das wirklich denkst, bist du ein Idiot«, murmelte Lou und stand auf. »Lass uns nach Hause fahren. Ich habe genug gehört. Morgen packe ich meinen Kram zusammen und ziehe wieder bei Tessa ein.«

****

Als Lucky kurze Zeit später Tessas blauen Polo vor seiner Haustür parkte, fragte er sich, ob er mit seiner Offenheit zu weit gegangen war. Lou hatte ihm ihre Freundschaft angeboten und er hatte sie angezweifelt. Wie blöd konnte er sein?

Schweigsam stiegen sie die Treppe zu seiner Wohnung hinauf. Lucky knipste das Licht im Wohnzimmer an, warf sein Jackett über die Sofalehne und die grässliche Krawatte gleich hinterher. Bislang hatte Lou kein weiteres Wort mit ihm gewechselt. Es war an der Zeit, Schadensbegrenzung zu betreiben, sollte der Abend nicht im Fiasko enden. Schließlich konnte Lou nichts dafür, dass der Frust über sein Leben aus ihm herausgebrochen war. Natürlich würde er sich freuen, mit ihr in Kontakt zu bleiben. Sie hatte an diesem Abend in Tessas Kleid wirklich umwerfend ausgesehen. Doch genau das hatte ihm mehr als deutlich gezeigt, wie weit ihre Welten voneinander entfernt waren. Langsam drehte er sich zu ihr um.

»Es tut mir leid, Lou«, entschuldigte er sich leise. »Du hast vollkommen recht, ich bin ein Idiot. Ein Idiot, der sich selbstverständlich freuen würde, mit dir auch in Zukunft befreundet zu sein. Vielleicht kann ich mit der Harley mal eine Tour nach Lugano machen und dich besuchen. Womöglich gemeinsam mit Tessa, vorausgesetzt, wir finden sie endlich.

Er nahm eine Flasche Altbier aus dem Kühlschrank, während er ungeduldig die Knöpfe seines Hemdkragens öffnete. Doch wider Erwarten ließ das unangenehme Engegefühl in seinem Hals kaum nach, was vermutlich daran lag, dass Lou ihn noch immer ignorierte.

»Was denkst du nach dem heutigen Abend über diesen Saatmann?«, unternahm er einen letzten Versuch, sie aus der Reserve zu locken. »Glaubst du, dass er etwas mit Tessas Verschwinden zu tun hat?«

»Hältst du mich eigentlich für geistig minderbemittelt?«, brach es jetzt aus Lou heraus, die ihn bei diesen Worten wütend anblitzte. »Ich denke, wir sollten das mit der Freundschaft vergessen und es bei einer lockeren, vorübergehenden Bekanntschaft belassen. Wenn überhaupt. Das ist doch genau das, was du willst. So habe ich dich zumindest verstanden. Du musst mir also keinen Besuch in Lugano in Aussicht stellen, der niemals stattfinden wird. Spar dir dieses Lügenmärchen für andere auf. Und ja – ich traue diesem Typen alles zu. Hast du seinen eiskalten Blick bemerkt? Da gefriert einem das Blut in den Adern. Ich kann für Tessa nur hoffen, dass sie ihm nach ihrer Trennung nicht mehr in die Quere gekommen ist.«

»Was sollen wir deiner Meinung nach als Nächstes machen?« Lucky fühlte sich nach Lous harschen Worten plötzlich seltsam leer im Kopf.

»Keine Ahnung, was du morgen machst«, entgegnete sie schnippisch. »Ich werde jedenfalls zu Bruno in die Galerie fahren. Er überlegt, eine Ausstellung mit meinen Bildern zu organisieren.« Sie lächelte süffisant. »Im Gegensatz zu dir glaubt mein ehemaliger Lehrer nicht nur an langjährige Freundschaft, sondern hat auch einen finanzstarken Interessenten für eines meiner Werke an der Hand. Ich wünsche dir eine einsame Nacht.« Sie schloss die Tür zum Schlafzimmer unerwartet heftig.

Na super. Lucky gratulierte sich selbst zu seinem überragenden Talent, Frauen gegen sich aufzubringen. Er schaltete den

Fernseher ein, legte sich auf das Sofa und dachte über die Namen in Tessas Notizbuch nach. Ob ihr neuer Freund unter ihnen zu finden war? Wenn Lou sich morgen mit diesem aufgeblasenen Komiker von Galeristen traf, würde er die nächste Person auf Tessas Liste aufsuchen: Johanna Klein. Ganz gleich, ob er sie vorher telefonisch erreichen konnte oder nicht. Manchmal waren Überraschungsbesuche ohnehin effektiver. Johnson würde ihn gegen zehn im Büdchen ablösen, das passte perfekt. Er merkte, dass ihm die Augen zufielen und schaltete den Fernseher aus. Wenn Lou unbedingt in Tessas Haus zurückkehren wollte, würde er sie nicht davon abhalten. Sollte sie machen, was sie für richtig hielt. Dann hätte er wenigstens sein bequemes Bett zurück.

Als Lucky am nächsten Morgen gegen elf sein Büdchen verließ, schlugen ihm ein unangenehm kalter Wind und feiner Nieselregen entgegen. Tessas Polo stand nicht mehr an dem Platz, wo er ihn am Vorabend abgestellt hatte. Offensichtlich war Lou bereits zu van der Sand gefahren, ohne sich von Lucky zu verabschieden. Er trat in den Hinterhof, um seine Harley zu holen. Das Thema Freundschaft war also wirklich abgehakt. Vermutlich tauchte sie gar nicht wieder bei ihm auf, sondern fuhr nach ihrem Termin direkt in die Gänsestraße. Ihm war klar, dass sein Verhalten für Lous Reaktion ausschlaggebend war, aber das konnte er jetzt nicht mehr ändern. Wenn sie seine Entschuldigung nicht akzeptieren wollte, dann musste er das hinnehmen. Lucky stülpte den Helm auf seinen Kopf und startete sein Bike, um den Weg zu Johanna Klein in die Benrodestraße einzuschlagen.

Nachdem er im Benrather Rathausviertel endlich einen Parkplatz gefunden hatte, klingelte er mehrfach an der Tür des mehrstöckigen Altbaus. Es dauerte eine ganze Weile, bis der Türsummer ertönte und er in den dämmrigen Hausflur eintreten konnte.

»Wer sagt's denn«, murmelte Lucky leise. Manchmal zahlte sich Hartnäckigkeit doch aus. Erst im dritten Stock öffnete sich eine Tür und eine blasse Frau mit strähnigen, rot gefärbten Haaren schaute vorsichtig hinaus. Sie trug einen grauen Jogginganzug und sah aus, als ob sie nächtelang nicht geschlafen hätte.

»Johanna Klein?« Lucky warf ihr einen fragenden Blick zu.

Die schmächtige Frau schüttelte den Kopf und musterte ihn argwöhnisch.

Lucky beschloss, dieses Mal keine Geschichte zu erfinden, sondern mit offenen Karten zu spielen. Er brachte es nicht übers Herz, dieser Frau etwas vorzuspielen. Warum auch? Er hatte nichts zu verbergen. Leise räusperte er sich.

»Mein Name ist Alex Luckmann. Der Grund, aus dem ich Sie aufsuche, klingt vielleicht seltsam, aber bitte hören Sie mir einen Moment zu. Seit Kurzem wird eine gute Freundin von mir vermisst. Deshalb klappere ich alle Bekannten von ihr ab in der Hoffnung, einen Hinweis auf ihren Verbleib zu bekommen. Sie heißt Tessa. Tessa Tiede. Haben Sie den Namen schon einmal gehört? Johanna müsste meine Freundin zumindest kennen, denn ihr Name stand in Tessas Adressbuch.«

Er hatte erwartet, dass die unbekannte Frau ihm die Tür vor der Nase zuschlagen würde, doch nichts dergleichen geschah. Stattdessen trat sie zurück und gab ihm ein Zeichen, ihr zu folgen. Mit hängenden Schultern schlurfte sie voraus ins Wohnzimmer, wo sie Lucky andeutete, auf dem Sofa Platz zu nehmen.

»Es tut mir leid, dass es hier so unordentlich ist«, entschuldigte sie sich mit tonloser Stimme. »Sie sagen, Sie sind auf der Suche nach Ihrer Freundin? Ich kann verstehen, dass Sie alles daransetzen, sie zu finden, aber Johanna wird Ihnen dabei nicht helfen können.« Sie sah ihn mit seltsam ausdruckslosen Augen an.

»Sind Sie sicher? Ich würde gerne selbst mit ihr sprechen, falls das möglich ist. Wann ist sie denn erreichbar?« So schnell wollte Lucky sich nicht abwimmeln lassen.

»Gar nicht«, schluchzte die Frau plötzlich heftig auf, »Johanna ist ebenfalls wie vom Erdboden verschluckt. Unauffindbar. Perdu. Einfach fort.«

Sie griff nach einem Taschentuch, um sich die bereits rotumränderte Nase ein weiteres Mal zu putzen. Dann ließ sie sich Lucky gegenüber in einen Sessel fallen. »Ich habe einfach keine Kraft, hier für Ordnung zu sorgen. Übrigens bin ich Elena. Elena Aretz.«

Lucky konnte seine Verblüffung nicht verbergen. Konstantin Kirchberg hatte sie zwar gebeten, vorsichtig zu sein, aber mit keinem Wort erwähnt, dass es einen weiteren Vermisstenfall gab. Die Sache wurde immer rätselhafter.

»Seit wann ist Johanna denn verschwunden?«, fragte er deshalb nach.

»Noch nicht lange«, seufzte Elena. »Aber es kommt mir vor wie eine Ewigkeit. Sie war mit Freunden zum Schlittschuhlaufen in der Benrather Eissporthalle verabredet. Danach wollte sie noch einen beruflichen Termin wahrnehmen. Seitdem habe ich nichts mehr von ihr gehört. Es gibt überhaupt kein Lebenszeichen von ihr. Ich halte diese zermürbende Warterei einfach nicht aus. Sie wissen natürlich, wovon ich spreche, sonst wären Sie nicht hier. Darf ich fragen, was mit Ihrer Freundin geschehen ist?«

Lucky zuckte mit den Achseln. »Wenn ich das wüsste, wäre ich nicht hier. Fest steht nur, dass Tessa mit ihrem Hund in der Urdenbacher Kämpe spazieren war. Doch dort verliert sich ihre Spur.«

»Entsetzlich«, stieß Elena mitfühlend hervor. »Diese Ungewissheit ist unerträglich! Möchten Sie vielleicht einen Tee?« Völlig unvermittelt stand sie auf und ging in die angrenzende Küche. Ihre Wohnung gefiel Lucky außerordentlich gut. Sie hatte nicht nur hohe Decken mit Stuckverzierungen, sondern auch große Sprossenfenster, die selbst bei diesem trüben Wetter ausreichend Licht in den Raum fallen ließen. Besonders beeindruckend war der hochwertige Parkettboden, der gleichermaßen Wärme und Eleganz ausstrahlte. Das war etwas ganz anderes als seine spartanische Bude über der *Luke*. Man sah, dass hier jemand etwas von geschmackvoller Inneneinrichtung verstand.

»Ihre Wohnung ist ein Traum«, schwärmte Lucky. Er stand auf und lehnte sich gegen den Türrahmen zur Küche.

»Das ist Johannas Verdienst. Sie ist künstlerisch sehr talentiert«, erklärte Elena, während sie das kochende Wasser in eine kleine Teekanne goss. »Sie verfügt nicht nur über ein ausgeprägtes Faible für Design, sondern weiß auch genau, welche Farben perfekt miteinander harmonieren. Johanna ist es, die diese Wohnung so wundervoll eingerichtet hat.«

Ihre Stimme zitterte derart, dass Lucky kurzzeitig einen hysterischen Weinkrampf befürchtete, doch Elena fing sich wieder.

»Sie müssen wissen, dass sie eine begnadete Performancekünstlerin und Maskenbildnerin ist«, sagte sie voller Stolz. Dann deutete sie auf ein Foto an der Wand, das sie gemeinsam mit Johanna Klein zeigte, einer aufwendig gestylten Frau, deren farbenfroher Look sofort ins Auge sprang.

Das erklärte vieles, dachte Lucky. Im Grunde war nicht nur Kleins Aussehen, sondern die ganze Wohnung ein Statement. Das knallrote Ledersofa in der Mitte des Wohnzimmers, die schwarz-weiß gestreifte Tapete, die mit Kuhfell bezogenen Sessel und die Cancan tanzenden, bestrumpften Beine, die aufgereiht als Dekorationsobjekte an der Wand befestigt waren. So etwas hatte Lucky zuvor noch nie gesehen, aber es sah kultig aus. In einer Ecke des großzügigen Wohnzimmers stand ein antiker, schwarzer Sekretär, vermutlich aus der Gründerzeit. Ein dicker Stapel aus Papieren, Zeitschriften und Ordnern, der sich auf ihm türmte, zeugte davon, dass Elena nach dem Verschwinden ihrer Freundin wirklich keine Lust gehabt hatte, die Wohnung aufzuräumen. Während Lucky sich von dem Anblick losriss und wieder auf dem Sofa Platz nahm, stellte Elena zwei Tassen auf den schwarzlackierten Tisch und schenkte Tee ein. Kirschtee, in tiefem Dunkelrot. Lucky ließ drei Zuckerstücke in das dampfende Getränk fallen. Er versuchte vergeblich, sich zu erinnern, wann er zuletzt Kirschtee getrunken hatte.

»Ich bin froh, dass Sie gekommen sind«, seufzte Elena, während sie Sandelholz-Räucherstäbchen, die in einem mattschwarzen Gefäß dekoriert waren, anzündete. »Jetzt, da ich einen Schicksalsgefährten habe, fühle ich mich nicht mehr so alleingelassen mit meinen Ängsten.«

»Was hat denn die Polizei in Ihrem Fall bislang unternommen?«, wollte Lucky wissen. »Gibt es schon erste Erkenntnisse?«

»Keine Ahnung.« Sie starrte resigniert auf den Boden. »Ich habe den Eindruck, die stochern im Dunkeln und wissen derzeit überhaupt nichts.«

»Den Eindruck teile ich leider«, stimmte Lucky ihr zu. Er nippte an dem heißen Tee und überlegte, was er jetzt machen sollte. Der Besuch bei Elena war zwar aufschlussreich, brachte ihn aber bei seiner Suche nach Tessa nicht wirklich weiter. Offensichtlich wollte sie die Gelegenheit nutzen, ihren angestauten Kummer bei ihm abzuladen. Doch in der Funktion als Therapeut und einfühlsamer Gesprächspartner war er denkbar ungeeignet, wie sein Disput mit Lou mehr als deutlich gezeigt hatte. Er musste zusehen, dass er sich schnell von hier verdrücken konnte, ohne unhöflich zu sein. Das Schrillen der Türglocke, das in diesem Moment den Raum erfüllte, kam ihm mehr als gelegen.

»Wer könnte das sein?«, wunderte sich Elena. »Ich erwarte niemanden.«

Sie erhob sich im Zeitlupentempo und schleppte sich schwerfällig zur Wohnungstür, um zu öffnen.

Lucky war klar, dass es keine bessere Gelegenheit geben würde, sich ungestört im Wohnzimmer umzuschauen. Lautlos stand er auf und hatte in wenigen Schritten den schwarzen Sekretär erreicht, auf dem der ungeordnete Papierhaufen lag. Es waren in erster Linie Rechnungen und Auftragsbestätigungen, aber auch einige Fotos und ausgeschnittene Zeitungsartikel, die über Johanna Kleins Performances berichteten. Alles nicht sonderlich interessant. Er griff nach dem Stadtteilmagazin BUHM, das neben den übrigen Briefen und Schriftstücken lag, um es zügig durchzublättern. Hoppla, bereits auf den ersten Seiten stieß er auf ein Foto, das Ulrich Saatmann bei der Neueröffnung seiner Edelboutique im Zentrum von Benrath zeigte. Er hatte eine abendliche Open-Air-Modenschau mit Champagnerumtrunk in der Fußgängerzone veranstaltet. Vornehm geht die Welt zugrunde, dachte Lucky. Aber eines musste man dem smarten Unternehmer lassen: Er war ein perfekter Marketingstratege. Mehr als Saatmanns Geschäftssinn interessierte

Lucky allerdings die Person, die unübersehbar am Kopfende des roten Laufstegteppichs stand, um das Make-up der Models zu perfektionieren. Denn es war niemand anders als Johanna Klein.

Lautstarke Stimmen an der Wohnungstür veranlassten Lucky, die Zeitschrift zurückzulegen und seinen Platz auf dem Sofa wieder einzunehmen. Er wusste jetzt, wer der überraschende Besuch war. Natürlich das Ermittler-Duo Kirchberg und Koch. Ganz so untätig, wie er vermutet hatte, waren die beiden wohl doch nicht. Als der Kriminalhauptkommissar von Elena ins Wohnzimmer geleitet wurde, stutzte er bei Luckys Anblick.

»Sieh an, Herr Luckmann, ich bin erstaunt, Sie hier zu sehen.« Seine wieselflinken Augen wanderten forschend über Luckys Gesicht. »Sie kennen also nicht nur Frau Caprini und Frau Tiede, sondern auch die Damen Aretz und Klein? Sie scheinen beim weiblichen Geschlecht im Düsseldorfer Süden unglaublich beliebt zu sein.«

Der unheilschwangere Ton in Kirchbergs Stimme war nicht zu überhören. Es lag auf der Hand, dass der Hauptkommissar ihn jetzt ins Visier nehmen würde. Deshalb fasste Lucky vorsorglich den Entschluss, auch ihm gegenüber die Wahrheit zu sagen, zumindest was seinen Aufenthalt in dieser Wohnung betraf.

»Es wäre ja schön, wenn Sie damit recht hätten, dass ich bei den Frauen gute Karten habe«, grinste er Kirchberg an, »aber leider ist das keineswegs der Fall. Ich kenne Elena erst seit etwa einer Stunde und Johanna Klein überhaupt nicht. Ich verfolge lediglich eine Spur, wie Sie offensichtlich auch.«

»Sagen Sie mir, wie Sie auf diese Adresse gekommen sind?«, warf Laura Koch neugierig ein.

»Selbstverständlich«, erwiderte Lucky bewusst entgegenkommend. »Johannas Name stand in Tessas Adressbuch. Frau Caprini war so freundlich, es mir auszuhändigen.«

Er zog das kleine Buch, das er in Tessas Schlafzimmer gefunden hatte, hervor und reichte es Koch. Vielleicht war es nur konsequent, an dieser Stelle die Kripo mit ins Boot zu holen. Schließlich verfügten Kirchberg und Koch über deutlich bessere Möglichkeiten als Lou und er. Ganz abgesehen davon, dass er alle Einträge sorgfältig abfotografiert und auf seinem Smartphone gespeichert hatte, weshalb er das Büchlein sowieso nicht mehr brauchte.

»Wann hatten sie gedacht, uns dieses Adressbuch auszuhändigen?« Obwohl Kirchbergs Stimme scharf wie ein japanisches Samuraischwert war, zuckte Lucky nur unbeeindruckt mit den Schultern.

»Ganz ehrlich. Wir hatten nicht unbedingt den Eindruck, dass Sie Tessas Verschwinden oberste Priorität einräumen. Wie konnten wir also annehmen, dass diese Adressen für Sie von Bedeutung sind?«

Jetzt meldete sich Elena Aretz, die den Wortwechsel bislang stumm verfolgt hatte, überraschend zu Wort.

»Sie sollten sich schämen, Herr Kommissar. Es gibt keinen Grund, Herrn Luckmann für seine Vorgehensweise zu kritisieren. Im Gegenteil. Ich bin froh, dass er gekommen ist, um sich mit mir auszutauschen. Auf diese Weise konnten wir unsere Sorgen und Ängste teilen und uns gegenseitig Kraft spenden. Etwas, das Sie anscheinend nicht nachvollziehen können.«

Ihre Worte kamen mit einer Energie, die Lucky dieser zarten Person gar nicht zugetraut hatte. Auch Kirchberg war von ihrem emotionalen Ausbruch sichtlich überrascht. Er schien sich nicht besonders wohl in seiner Haut zu fühlen.

»Ich will dann nicht weiter stören. Sie haben vermutlich allerhand zu besprechen«, entschuldigte sich Lucky eilig. Die Gelegenheit war super, um sich zu verdrücken. Zwar wirkte Elena Aretz sichtlich enttäuscht über seinen plötzlichen Aufbruch, doch darauf konnte er keine Rücksicht nehmen.

»Kommen Sie demnächst noch mal vorbei?«, fragte sie mit waidwundem Blick. »Es tut gut, mit jemandem über Johanna zu sprechen.«

»Gerne«, log Lucky, der sich ziemlich sicher war, dieses Haus kein weiteres Mal zu betreten, um mit Elena Kirschtee zu schlürfen und sich vom Sandelholznebel einhüllen zu lassen. Er drückte tröstend ihre Hand, dann nickte er Konstantin Kirchberg und Laura Koch kurz zu, bevor er schleunigst die Wohnung verließ. Ob Lou einen Aufriss machen würde, weil er Tessas Notizbuch abgegeben hatte? Egal. Sie war sowieso sauer auf ihn. Ein bisschen mehr oder weniger spielte jetzt auch keine Rolle. Im Grunde war ihm keine andere Wahl geblieben, wenn er sich nicht selbst verdächtig machen wollte.

Mittlerweile hatte es aufgehört zu regnen. Doch noch immer hing eine schwere Feuchtigkeit in der Luft. Lucky trat auf den Bürgersteig und überlegte, was er als Nächstes tun sollte. Alle Spuren führten auf irgendeine Art und Weise zu Ulrich Saatmann. Tessa hatte eine Liaison mit ihm gehabt, Klein hatte für ihn gearbeitet, an der Seniorenresidenz war er finanziell beteiligt und selbst Bruno van der Sand unterhielt geschäftliche Verbindungen zu ihm. Anscheinend hielt er im Düsseldorfer Süden zahlreiche Strippen in der Hand. Statt zu seiner Harley führten ihn seine Schritte wie von selbst in die Meliesallee. Diesmal stand der Porsche Cayenne nicht am Straßenrand. Entweder hatte Ursula Saatmann aus den Vorkommnissen gelernt und die Garage benutzt oder sie war schlicht und ergreifend nicht zu Hause. Vermutlich Letzteres, denn er konnte trotz des trüben Wetters nirgendwo in der Villa einen Lichtschein entdecken. Lucky verspürte das aufregende Kribbeln, das ihn immer dann erfasste, wenn er im Begriff war, etwas Unüberlegtes zu tun. Bei seinem letzten Besuch in der Villa hatte er nur die unteren Räume inspizieren können. Aber was würde er im Obergeschoss finden? Er griff zu seinem Smartphone, um Johnson anzurufen. Bereits beim zweiten Klingeln war sein Kumpel am Apparat.

»Hey, Jo«, raunte Lucky, »kannst du in Saatmanns Büro anrufen, um herauszufinden, wo er sich derzeit aufhält?«

»Was hast du vor, Lucky? Mach bitte keinen Scheiß.« Johnsons Stimme klang besorgt.

»Kannst du oder kannst du nicht?«, überging er den Einwand seines Freundes. Am Ende der Leitung herrschte für einen Moment Stille.

»Auch wenn ich mir sicher bin, ich sollte es besser nicht machen, gebe ich dir in fünf Minuten Bescheid.«

Na also, Lucky rieb sich gedanklich die Hände. Auf Johnson war immer Verlass. In der Tat dauerte es nicht lange, bis ihn eine Kurznachricht mit der gewünschten Information erreichte.

Bingo! Saatmann ist im Feindesland Colonia. Wird gegen 18 Uhr im Büro zurückerwartet.

Lucky grinste zufrieden. Wer sagt's denn? Wie er vermutet hatte, war Thadeus von Johansson ohne Zögern mitgeteilt worden, dass Ulrich Saatmann einen Termin in Köln hatte. Alex Luckmann hingegen wäre vermutlich direkt abgewimmelt worden. Ob Saatmann auch in der Domstadt seine Fühler nach lukrativen Geschäften ausstreckte? Wie auch immer. Wichtig war nur, dass scheinbar beide Eheleute ausgeflogen waren. Jetzt um die Mittagszeit war die Allee wie ausgestorben. Wohl auch deshalb, weil der Nieselregen wieder leise eingesetzt hatte. Lucky schlenderte zur Haustür und klingelte. Er wollte ganz sicher sein, dass sich niemand im Haus befand. Zur Not würde er Ursula Saatmann eine verrückte Ausrede auftischen. Das fiel im nicht sonderlich schwer.

Aber auch nach mehrmaligem Betätigen der Schelle, blieb alles ruhig. Zeit, auf Entdeckungstour zu gehen. Wie beim letzten Mal schlängelte er sich an der Taxushecke vorbei in den Garten. Heute waren alle Fenster und Türen ordnungsgemäß verschlossen. Obwohl er keine Kameras entdecken konnte, zog Lucky vorsichtshalber sein Halstuch über das Gesicht, bevor er sich geschickt an der Regenrinne empor zum Balkon im ersten Stock hangelte. Er fragte sich, wie wahrscheinlich es war, dass Ursula Saatmann die Alarmanlage während ihrer Abwesenheit tatsächlich aktiviert hatte. Viele Menschen waren tagsüber in solchen Dingen sträflich nachlässig. Falls die Unternehmergattin wider Erwarten zu der sorgfältigen Sorte gehörte, musste er schnellstens wieder verschwinden. Eine weitere Begegnung mit der Polizei oder gar Konstantin Kirchberg wollte er unbedingt vermeiden. Lucky zog sein kleines Spezialwerkzeug, das er immer bei sich trug und dem bislang noch kein Schloss widerstanden hatte, aus der Innentasche seiner Jacke. Innerhalb von Sekunden hatte er sich damit Zutritt verschafft. Es war erschreckend, wie schlecht die meisten Menschen ihren Reichtum schützten. Leise betrat Lucky das Schlafzimmer und lehnte die Balkontür hinter sich an. Dieses Mal konnte er auf Anrufe wachsamer Nachbarn gerne verzichten. Obwohl das Tageslicht aufgrund der starken Wolkendecke den Raum nur unzureichend erhellte, verzichtete Lucky darauf, die Deckenbeleuchtung einzuschalten. Aufmerksam ließ er seinen Blick durch das großzügige Zimmer gleiten, in dem ein riesiges Wasserbett zu lustvollen Aktivitäten verlockte. Zügig öffnete Lucky die Schubladen des ersten weißgoldenen Nachttischs. Anscheinend hatte Frau Saatmann ein kleines Tablettenproblem. Er fand zahlreiche Fläschchen, die unterschiedliche Sorten an Pillen und Kapseln enthielten. Biotin für die Schönheit, Zopiclon zum Schlafen und Lorazepam als Angstlöser. Besonders erfüllend schien das Leben als Gattin von Ulrich Saatmann demnach nicht zu sein. Ganz hinten in der Schublade lagen zwei kleine Tütchen, die mit weißen Krümeln befüllt waren. Zweifellos Kokain. Das war ein möglicher Grund dafür, dass die Luxus-Lady kein Interesse daran gehabt hatte, bei dem kleinen Malheur mit ihrem Auto direkt die Polizei einzuschalten. Schlechte Publicity, weil man high war, war schlimmer als ein abgefahrener Spiegel.

Als er die Schublade an Saatmanns Nachttisch aufzog, pfiff er überrascht durch die Zähne. Eine Glock 21 lag geladen und griffbereit in der Schublade, was ein mehr als überzeugendes Argument war, hier niemandem in die Quere zu kommen. Geräuschlos schob er die Schublade wieder zu. Seine Silhouette, die der riesengroße Spiegel am Kopfende des Bettes reflektierte, ließ ihn für einen kurzen Moment zusammenschrecken. Lucky lehnte seinen Kopf gegen die Wand und atmete tief durch. Er durfte jetzt nicht die Nerven verlieren. Jeden Moment konnte Ursula Saatmann in die Villa zurückkehren. Nachdem er die Waffe entdeckt hatte, wollte Lucky kein unnötiges Risiko eingehen. Wer konnte schon wissen, was in anderen Schubladen versteckt war? Er öffnete eine Schiebetür, die ins angrenzende Badezimmer führte. Wow! Das war kein normales Bad, das war ein Wellness-Tempel. Auch hier standen zahlreiche Tiegel und Fläschchen mit Beauty-Pillen und Cremes. Er konnte sich ein Grinsen nicht verkneifen, als ihm eine Packung Viagra in die

Finger fiel. Aha, Herr Saatmann benötigte also Potenzpillen, um seine Gespielinnen zu befriedigen. Tessa hatte er dennoch nicht halten können. Das hatte diesen Machtmenschen bestimmt zur Weißglut getrieben und sein Ego mächtig angekratzt.

Lucky schlüpfte wieder hinaus und betrat das an das Schlafgemach angrenzende Ankleidezimmer, das etwa der Größe seines Wohnzimmers entsprach. In erster Linie interessierte er sich für Saatmanns Anzüge, die nach Farben sortiert sorgsam in Reih und Glied aufgehängt waren. Rasch ließ er seine Finger in die Taschen sämtlicher Sakkos gleiten. Endlich wurde er fündig und zog eine Visitenkarte hervor. »*Rubens Resort*«, las er leise. Plante das Ehepaar Saatmann einen gemeinsamen Trip oder war das der heimliche Anlaufpunkt, an dem sich Ulrich Saatmann mit seinen Bettgenossinnen verlustierte? Auf der Rückseite war ein Datum vermerkt. Interessant! Der nächste Kurzurlaub in diesem Resort stand offenbar unmittelbar bevor. Lucky machte ein Foto von der Visitenkarte und schob sie zurück in die Innentasche des Jacketts.

Gerade als er mit dem Gedanken spielte, ein weiteres Mal das Erdgeschoss zu inspizieren, hörte er den Porsche Cayenne in die Garageneinfahrt einbiegen. Frau Saatmann kam also vom Shoppen zurück. Es war an der Zeit, sich unbemerkt aus dem Staub zu machen, ehe die Saatmann-Uschi womöglich einen Revolver aus ihrem schicken Chanel-Täschchen zog. Als er die Balkontür im Schlafzimmer öffnete, um das Haus zu verlassen, konnte er Ursula Saatmann bereits auf der Treppe hören. Eilig zwängte Lucky sich durch den Türspalt und presste sich eng an die Außenwand neben der Balkontür. Der heftiger werdende Regen peitschte ihm kalt ins Gesicht und durchnässte ihn innerhalb weniger Sekunden bis auf die Haut. Lucky schickte ein Stoßgebet zum Himmel, dass die Nachbarn bei diesem Wetter den Blick nach draußen vermieden. Warum war Ursula Saatmann auch auf direktem Wege nach oben gegangen, um im Ankleidezimmer die zweifelsohne teuren Resultate ihrer Shopping-Tour zu inspizieren? Hätte sie sich nicht erst einen heißen Cappuccino trinken können? Oder seinetwegen auch ein Glas Schampus. Er bemerkte, dass er bei seinem schnellen Rückzug die Balkontür nicht fest verschlossen hatte. Shit. Spätestens wenn der erste heftige Windstoß die Tür aufdrücken würde, fiele selbst Ursula Saatmann auf, dass etwas nicht stimmte. Lucky warf einen kritischen Blick auf die feuchte Regenrinne, die keinen guten Halt für einen Abstieg bot. Dann schätzte er die Entfernung zum pedantisch gepflegten Rasen unter dem Balkon ab. Auch wenn er keine Lust hatte, sich womöglich die Knöchel zu verknacksen, war das immer noch besser, als beim Einbruch erwischt zu werden. Gerade rauschte Ursula Saatmann quer durchs Schlafzimmer. Den Duft ihres schwülstigen Parfüms glaubte er, bis auf den Balkon hinaus wahrzunehmen. Immer näher kamen ihre Schritte. Lucky spürte, wie seine Anspannung stieg und sein Herzschlag sich beschleunigte. Doch dann steuerte die Unternehmergattin schnurstracks ihr Wellness-Bad an. Er seufzte erleichtert auf. Das war die Gelegenheit, auf die er gewartet hatte. Geschickt schwang er seine Beine über das Geländer, baumelte Sekunden später an der Brüstung, atmete kurz durch und ließ sich dann in die Tiefe fallen.

Kapitel 14

Noch immer ging Lou das gestrige Gespräch mit Lucky nicht aus dem Sinn. Wie hatte er sie so brüskieren können, als sie ihm ihre Freundschaft anbot? Ganz gewiss würde sie keine weitere Nacht mit ihm unter einem Dach verbringen. Mit einem Mann, der offenbar keine besonders hohe Meinung von seinen Mitmenschen und erst recht nicht von ihr hatte. Nur Johnson schien eine glorreiche Ausnahme zu sein. Warum auch immer. Auf diesen Freak ließ er nichts kommen, was Lou nicht im Entferntesten nachvollziehen konnte. Daran, dass Johnson Geld wie Heu hatte, lag es bestimmt nicht. So etwas war Lucky egal, da war sie sich sicher. Johnson musste andere Vorzüge haben, die ihr bislang verborgen geblieben waren. Ganz richtig im Oberstübchen tickte der jedenfalls nicht. Wer verbrachte schon einen Großteil seiner Zeit in einer spartanischen Schrebergartenlaube, wenn er eine schicke Altbauwohnung in Benrath besaß?

Sie gab es nicht gerne zu, aber bei allem Ärger über Lucky quälte sie auch ein wenig ihr schlechtes Gewissen. Es war nicht richtig von ihr gewesen, einfach das Haus zu verlassen, ohne sich von ihm zu verabschieden oder ihm zumindest einen guten Morgen zu wünschen. Aber sie war einfach viel zu wütend auf ihn gewesen, war es eigentlich immer noch. Ein bisschen zumindest. Nichtsdestotrotz fragte sie sich, was Lucky nach diesem unhöflichen Abgang von ihr halten würde. Vermutlich fühlte er sich in seiner Ansicht bestätigt, dass sie nur eine praktische Zweckgemeinschaft bildeten. Sie seufzte. Nur gut, dass sie heute Vormittag mit Bruno van der Sand in dessen Galerie verabredet war. Sie hätte jubeln können, als er ihr von einem Interessenten an ihren Bilder erzählte. Zwar wusste sie noch nicht, wer dieser ominöse Kunstliebhaber war, aber es spielte auch keine Rolle. Wichtig war nur eines: Sie würde endlich eine gehörige Summe Geld mit ihrer Kunst verdienen.

Als sie die Räume der Galerie betrat, war sie erneut von der Atmosphäre, die in diesem einzigartigen Raum herrschte, hingerissen. Ob sich der potenzielle Kunde bereits für eines ihrer Werke entschieden hatte? Sie hatte Bruno gestern eine Auswahl ihrer besten Gemälde zur Ansicht gemailt.

»Ah, Louisa!« Wie bei ihrem ersten Besuch schwebte Bruno in einem weißen Outfit auf sie zu. »Ich bin entzückt, dich zu sehen. Nachdem du letztens so plötzlich aufbrechen musstest, hast du heute hoffentlich ein bisschen mehr Zeit für mich mitgebracht.«

»Bruno.« Sie umarmte ihn leicht und drückte ihm zwei Küsschen auf die Wangen. »Mich freut es auch.«

»Gut siehst du aus«, lächelte er.

Kein Wunder, dachte Lou. Sie hatte erneut Tessas schickes Luxuskleid angezogen, um einen professionellen Eindruck zu hinterlassen. Jeans und Sweatshirt waren zwar praktisch, aber viel zu leger, um über Geschäftliches zu sprechen.

»Ist der Interessent noch nicht da?« Suchend ließ sie ihren Blick durch die Räume schweifen.

Bruno van der Sand stellte zwei Champagnergläser auf einen weißen Stehtisch, den sie bei ihrem letzten Besuch nicht bemerkt hatte.

»Ein Champagne Charles Clement Rosé Brut Imperial«, hauchte er. »Erfrischend mit einem Bouquet von Mandel und Mohnbonbons. Perfektioniert durch das zarte Aroma roter Früchte.« Er seufzte beglückt. »Du musst wissen, liebe Louisa, dass ich Mitglied im Champagnerclub bin. Auch die Kunst, ein solches Getränk in seiner Vollendung zu erschaffen, darf nicht unterschätzt werden. Schon der englische Dramatiker Noël Coward erklärte seine Präferenz für Champagner mit klaren Worten: ›Warum ich Champagner zum Frühstück trinke? Tut das nicht jeder?‹« Er kicherte leise. »Nun, wir tun es jedenfalls, meine Liebe. Wir Künstler beherrschen das Savoir-vivre.«

Er schritt zurück in den hinteren Raum und kam mit einem silbernen Tablett zurück, auf dem eine Vielzahl unterschiedlicher Canapés appetitlich angerichtet war.

»Sollten wir nicht lieber auf den Kunden warten?«, fragte Lou irritiert.

»Ich möchte dich ungern enttäuschen, aber er wird heute nicht persönlich erscheinen.« Bruno van der Sand strich sich durch sein wallendes graues Haar. »Wir beide werden wohl alleine deinen Erfolg feiern müssen.«

Lou zog die Augenbrauen hoch. »Hat er sich bereits für ein Gemälde von mir entschieden?«

Van der Sand schüttelte bedächtig den Kopf. »Die Sache liegt etwas anders.« Er nippte an seinem Champagner. »Mein Kunde legt Wert darauf, dass du ein komplett neues Bild malst. Speziell für ihn.« Großzügig füllte er Lous Glas nach. »Zuletzt hast du hauptsächlich die Farben des Tessins in deinen Bildern eingefangen. Das ist wundervoll, wenn man die Landschaft dort kennt und liebt. Für ihn sollst du aber die Schönheit der hiesigen Natur auf deine Leinwand bannen. Im gleichen Stil, mit der gleichen Methode, aber aufgrund der einfließenden Motive doch ganz anders.«

Noch während Bruno sprach, wanderten Lous Gedanken unwillkürlich zu den Motorradfahrten mit Lucky, bei denen die Landschaft durch die Geschwindigkeit zu einer Fantasiewelt verschwommen war. So würde sie ihr Bild gestalten. Das würde großartig werden. Am liebsten hätte sie sofort angefangen zu malen, aber ihre Utensilien waren in ihrem Atelier in Albonago. Sie musste zurück in die Künstlervilla fahren, um Brunos Wunsch erfüllen zu können. Mit all ihren Erinnerungen im Herzen. Wider Erwarten spürte sie einen leichten Hauch von Wehmut, als sie daran dachte, Urdenbach und vor allem Lucky zu verlassen, um im Tessin ihrer Arbeit nachzugehen. Aber vielleicht war es so am besten. Sie waren bei ihrer Suche nach Tessa bisher keinen Schritt vorangekommen. Viel schlimmer noch, sie hatte sich mit ihm zerstritten. Auch wenn ihr der Gedanke missfiel, musste sie sich damit auseinandersetzen, dass Tessa womöglich für immer verschwunden bliebe.

»Louisa?« Bruno van der Sand legte seine Hand auf ihren Arm und holte sie durch die Berührung in die Realität zurück.

»Das ist in der Tat eine spannende Idee«, beeilte sie sich zu versichern. »Ich werde gleich heute meine Sachen packen und nach Hause fahren, um zu malen.«

»Nein, nein, meine Liebe. Du verstehst das völlig falsch.« Bruno schüttelte entschieden sein Haupt. »Du sollst nicht nach Lugano zurückkreisen. Du wirst hier malen. Quasi unter meiner Obhut. Fast wie früher, als ich noch dein Mentor war.« Dieser Gedanke schien ihn zu erfreuen. »Wie du weißt, habe ich ein Atelier in meinem Haus an der Augsburger Straße. Nicht besonders groß, aber perfekt ausgestattet mit allem, was das Künstlerherz begehrt. Du kannst es zu diesem Zweck nutzen. Vorausgesetzt, dein Freund kann dich für einige Stunden am Tag entbehren.«

Lou biss sich auf die Unterlippe. Brunos Vorschlag entsprach nicht ihrer Vorstellung von entspanntem Arbeiten. Aber sie hatte keine Alternative. In Tessas Haus gab es keinen geeigneten Raum und auch Luckys Domizil war zu eng und viel zu dunkel.

»Die Entscheidung liegt ganz bei dir, mein Herz.« Bruno füllte erneut ihr Glas. »Was darf ich dem Kunden sagen? Er erwartet noch heute eine Antwort.«

Der Champagner, der so herrlich im Gaumen perlte, berauschte ein bisschen ihre Sinne. Wollte sie wirklich bei van der Sand im Haus malen? Was, wenn ihr dort die Inspiration fehlte und sie den Ansprüchen ihres Lehrers nicht genügte? Aber konnte sie sich eine solche Chance wirklich entgehen lassen? Bruno hatte von einer fünfstelligen Summe gesprochen, die sein Kunde zu zahlen bereit war.

»Ich mach's«, hörte sie sich plötzlich sagen und fühlte sich seltsam erleichtert dabei. Was war falsch daran, die Suche nach Tessa und den Job auf praktische Weise miteinander zu verbinden? Sie musste nur noch ihre Missstimmung mit Lucky aus der Welt schaffen. Am besten gleich, wenn sie nach Hause kam.

Doch als Lou zwei Stunden später *Lucky's Luke* betrat, erwartete sie nur Johnson hinter dem Verkaufstresen. Wie immer stand eine Tasse Tee neben ihm und wie immer blätterte er in einem dicken Wälzer.

»Du hast dich aber in Schale geschmissen«, zog er sie auf. »Wichtige Geschäftstermine oder ein Date?«

»Geschäfte.« Sie sah sich suchend um. »Ist Lucky nicht hier?«

»Scheint so.« Johnson wirkte nicht sonderlich gesprächig.

»Ist er oben?«, hakte Lou nach.

»Nope.« Johnson blätterte weiter in seinem Buch und würdigte sie keines weiteren Blickes. Lou hätte ihm am liebsten ein paar unfreundliche Worte um die Ohren gehauen, aber sie musste wissen, wo Lucky war.

»Hättest du die unendliche Güte, mir zu verraten, wo er ist?« Sie konnte nicht verhindern, dass ihre Stimme eine Nuance schriller klang als zuvor.

Jetzt schlug Johnson endlich das Buch zu und sah sie an. »Keine Ahnung, er hat sich bei mir nicht abgemeldet. Ich bin ja nicht sein Babysitter. Lucky kann gehen, wohin er will. Er ist ein freier Mann und wird es hoffentlich lange bleiben.«

»Ja klar.« Lou glaubte ihm kein Wort. Johnson wusste fast immer, wo sein Kumpel sich gerade herumtrieb, wenn er dessen Büdchen übernahm. Sie funkelte ihn wütend an. »Du willst mich wohl auf den Arm nehmen? Ihr beide haltet doch zusammen wie Pech und Schwefel.«

Johnson verdrehte die Augen. »Wenn ich Lucky richtig verstanden habe«, bemerkte er spitz, »sagst du ihm auch nicht immer, wo du dich herumtreibst. Oder leidet er womöglich an Fehlwahrnehmungen? Das könnte natürlich sein, wer weiß das schon so genau?« Seine Stimme triefte vor Sarkasmus.

Lou lag bereits eine passende Entgegnung auf der Zunge, als eine lärmende Schülerhorde ins Büdchen stürmte und das unerfreuliche Gespräch mit Johnson unterbrach. Unverrichteter Dinge verließ sie die *Luke* und lief über den Innenhof zum Treppenhaus. Glücklicherweise hatte Lucky ihr einen Schlüssel gegeben. Auch wenn sie noch vor wenigen Stunden fest entschlossen gewesen war, ihre Sachen zu packen und auszuziehen, wollte sie keinesfalls gehen, ohne die Angelegenheit vorher mit Lucky zu klären. Sie kämpfte sich aus dem grünen Kleid und schlüpfte erleichtert in ihre Jeans. Dann zog sie ihr gemütliches Kapuzenshirt an und machte es sich mit einer Decke auf dem Sofa bequem.

Sie musste wohl eingenickt sein, denn als die Wohnungstür laut ins Schloss fiel, fuhr sie erschrocken hoch und bemerkte Lucky, der bis auf die Knochen durchnässt ins Wohnzimmer humpelte.

»Mein Gott, wie siehst du denn aus?« Entgeistert starrte sie ihn an, als sähe sie ein Gespenst. Lucky lehnte sich gegen den Türrahmen und schloss die Lider, ohne zu antworten. Für einen kurzen Moment glaubte sie, er würde umkippen, doch dann öffnete er seine Augen wieder, zog seine Jacke aus, hängte sie sorgfältig an die Garderobe und steuerte langsam auf das Sofa zu. Lou rutschte beiseite, um ihm Platz zu machen. Mit einem tiefen Seufzer ließ er sich neben ihr nieder und begann, seine Boots auszuziehen. Noch immer hatte er kein Wort gesprochen. Seine dunklen Haare hingen nass in sein Gesicht und seine rot gefrorenen Hände zitterten vor Kälte.

»Nicht das richtige Wetter zum Motorradfahren«, stieß er jetzt leise hervor, als er Lous Blick bemerkte.

»Was ist passiert? Hattest du einen Unfall?« Lou deutete auf seine dreckigen Jeans.

Statt ihr eine Antwort zu geben, stand er auf und hinkte wortlos ins Bad. Kurz darauf hörte sie das Wasser der Dusche leise rauschen. Lou nahm seine Boots, die er achtlos vor dem Sofa liegengelassen hatte, und stellte sie im Flur unter die Heizung. Dann setzte sie in der Küche Wasser auf, um Tee zu kochen. Was immer Lucky heute getrieben hatte, er wollte ihr anscheinend nichts davon erzählen. Obwohl seine Verschlossenheit sie kränkte, bemühte sie sich, ihren Unmut darüber beiseitezuschieben. Vielleicht würde ein heißer Tee seine Laune bessern und ihn zum Reden veranlassen. Zumindest in britischen Kriminalgeschichten bewirkte das Tässchen Tee stets wahre Wunder. Sie hörte Lucky aus dem Bad kommen und im Schlafzimmer verschwinden. Noch hatte sie ihre Klamotten nicht gepackt, obwohl sie ihm gestern Abend großspurig ihren Abgang verkündet hatte.

Gedankenverloren fischte Lou die Teebeutel aus der Kanne,

als Lucky zurück ins Wohnzimmer kam. Er war jetzt mit einer schwarzen Jogginghose und einem grauen Shirt bekleidet. Seine nassen Klamotten trug er auf dem Arm und stopfte sie in die Waschmaschine, die sich in einer separaten Nische neben der Küche befand.

»Magst du einen Tee?« Unsicher sah sie ihn an. Mit der seltsamen Stimmung, die derzeit zwischen ihnen herrschte, konnte Lou nicht umgehen. Bislang war Lucky zumeist freundlich und umgänglich gewesen. Jetzt sah er nur mürrisch aus und schien nicht die geringste Lust auf eine Unterhaltung oder gar Versöhnung mit ihr zu haben. Lou stellte dennoch eine Tasse für ihn zurecht, ließ zwei Kluntjes hineinfallen und goss langsam den dampfenden Tee ein. Das leise Knacken der Zuckerstücke war das einzige Geräusch in der Stille des Raums, die immer schwerer auf ihr lastete. Lucky schob sich mühsam an ihr vorbei, öffnete den Küchenschrank und griff nach einer halb vollen Flasche Rum. Daraus kippte er einen kräftigen Schuss in seinen Tee, bevor er ihr einen fragenden Blick zuwarf.

»Du auch?«

Lou nickte. Sie war erleichtert, dass er wieder mit ihr sprach und wagte einen erneuten Vorstoß. »Sagst du mir, was passiert ist?«

»Jetzt nicht«, blockte Lucky ab und füllte noch ein bisschen Rum nach. »Erzähl mir lieber, wie dein Tag war. Vermutlich deutlich besser als meiner.«

»Pflegen wir jetzt belanglosen Small Talk?«, entgegnete Lou enttäuscht. Sie wollte es sich nicht eingestehen, aber ihr fehlte die vertraute Nähe zu Lucky.

»Was willst du von mir hören, Lou?« Er wirkte ungewohnt erschöpft. »Ich war bei Johanna Klein in der Benrodestraße. Du erinnerst dich, dass ihr Name in Tessas Notizblock markiert war? Sie lebt dort mit einer zierlichen Rothaarigen namens Elena Aretz zusammen. Oder besser gesagt, lebte, weil Johanna Klein, oh Wunder, ebenfalls verschollen ist.«

»Echt jetzt?«, rief Lou überrascht aus. »Und das erwähnst du so beiläufig in einem Nebensatz.«

»Sorry, dass ich mir über meine Satzkonstruktion keine tiefergehenden Gedanken gemacht habe.« Sie traf ein sichtlich genervter Blick, ehe er fortfuhr. »Ich habe weiterhin erfahren, dass Johanna Klein bei einer Modenschau, die Saatmann im Benrather Dorf veranstaltet hat, als Make-up-Artistin tätig war. Was uns mal wieder zu der Frage führt, die seit Tagen im Raum steht: Was hat unser Freund Saatmann mit der ganzen Geschichte zu tun?«

»Hm«, sagte Lou nachdenklich, »kannst du mir das Adressbüchlein noch mal geben?«

»Fehlanzeige«, bemerkte Lucky trocken und goss sich diesmal einen kräftigen Schuss Rum ohne Tee ein.

»Kannst du auch in ganzen Sätzen reden?« Lou merkte, dass er sie mit seiner einsilbigen Art schon wieder auf die Palme trieb.

»Ich bin bei Elena Aretz dem eifrigen Kirchberg-Koch-Gespann in die Arme gelaufen und musste spontan erklären, wie ich an ihre Adresse gekommen bin.« Er zuckte entschuldigend mit den Schultern. »Ich fand das Büchlein in diesem Zusammenhang entbehrlich und habe es den beiden ausgehändigt. Im Übrigen habe ich gesagt, du hättest es im Haus gefunden und mir gegeben.«

Für einen kurzen Moment blieb Lou die Spucke weg. »Im Schwindeln bist du wirklich nicht zu toppen«, seufzte sie frustriert, ahnend, dass er ihr wieder nur die halbe Wahrheit über seine Aktivitäten erzählt hatte.

»Jetzt du«, forderte er sie auf, ohne auf ihre Bemerkung einzugehen, »wo hast du dich heute rumgetrieben?«

»Ich war bei Bruno van der Sand in der Galerie.«

»Stimmt, du hattest so was erwähnt«, erinnerte er sich.

»Bruno hat mir ein unglaubliches Angebot gemacht«, strahlte sie ihn an. »Einer seiner Kunden möchte ein Bild von mir kaufen. Für eine fünfstellige Summe!«

»Und wo ist der Haken?« Lucky legte seine bloßen Füße auf den Couchtisch und griff nach der Fernbedienung.

»Du denkst auch immer nur das Schlechteste von allen, nicht wahr«, entfuhr es ihr. »Statt wieder nach einem Haken zu suchen, könntest du dich einfach für mich freuen.«

»Okay. Ich freue mich für dich.« Er lächelte sie an.

Lou verkniff sich einen giftigen Kommentar. Sie wollte nicht schon wieder mit Lucky streiten. Gerade als sie überlegte, ob sie ihn in seiner eigenen Wohnung bitten durfte, zumindest die Füße vom Tisch zu nehmen, bemerkte sie seinen dick geschwollenen Knöchel, der sich bereits bläulich zu verfärben begann. Das erklärte allerdings sein Humpeln.

Lucky folgte ihrem Blick. »Was ist?!«, fragte er unwirsch.

»Ich bin umgeknickt.«

»In den dicken Bikerboots?«

»Wie du siehst.«

Lucky schaltete den Ton des Fernsehers lauter. Lou war klar, dass er damit die Unterhaltung beenden wollte, aber so leicht würde sie ihn nicht davonkommen lassen. Sie wollte wissen, was ihm zugestoßen war. Doch das Glück war auf seiner Seite, denn das Klingeln seines Handys hinderte sie daran, weitere Fragen zu stellen. Lucky warf einen kurzen Blick auf das Display, wirkte allerdings wenig begeistert. Leise murmelte er etwas, das Lou als ›Scheißtag‹ interpretierte, ehe er sich dazu durchringen konnte, das Gespräch entgegenzunehmen.

»Hey, Maja, wie komme ich zu dieser Ehre?« Seine Stimme hatte einen sarkastischen Unterton. Die Antwort, die er erhielt, schien seine Laune nicht unbedingt zu bessern. Zumindest klang seine Stimme nicht gerade freundlich.

»Komm zur Sache, ich hab gerade Besuch.«

Lou sah, dass seine Kinnmuskeln zuckten. Ein deutliches Zeichen seiner Anspannung. Sehr ungewöhnlich, denn bislang hatte Lucky in allen Lebenslagen ein äußerst strapazierfähiges Nervenkostüm bewiesen.

»Wann?«, hörte sie ihn leise fragen. »Okay, ich denk' drüber nach und gebe dir dann Bescheid.« Er lehnte den Kopf zurück, schloss die Augen und stieß einen tiefen Seufzer aus.

»Ist alles in Ordnung?« Besorgt sah Lou ihn an.

»Wie man's nimmt.« Er rieb sich die Schläfen. »Meine Ex will mich besuchen.«

»Das ist doch prima.« Lou bemühte sich um einen erfreuten Klang in ihrer Stimme.

»Ist es das?«, fragte er zweifelnd. »Eigentlich habe ich gerade genug Komplikationen am Hals. Und Maja ist nicht die Art von Frau, die Dinge unbedingt leichter macht. Ich bin nicht ohne Grund von der Ostsee ins Rheinland gezogen. Aber egal«, er machte eine wegwerfende Handbewegung, »das sollte nicht dein Problem sein.«

Lou war sich, was diese Sache anging, nicht so sicher. Was würde Maja davon halten, dass sie sich bei Lucky einquartiert hatte? Während sie heute Morgen noch felsenfest davon überzeugt gewesen war, wieder in Tessas Haus zurückkehren zu wollen, bereitete ihr der Gedanke, Luckys On-Off-Beziehung das Feld zu überlassen, jetzt Unbehagen. Ein Klingeln an der Haustür unterbrach ihre Überlegungen.

»Kannst du vielleicht aufmachen?«, bat Lucky sie und deutete auf seinen geschwollenen Knöchel.

»Ja klar.« Umgehend erhob sich Lou und ging zur Tür.

Es war Johnson, der Lucky nach seiner Schicht in der *Luke* einen kurzen Besuch abstatten wollte. Er nickte Lou nur kurz zu, setzte sich in einen der Sessel und deutete auf Luckys Fuß.

»Um nicht aufzuschlagen, wenn man sich fallen lässt, muss man selbst das Fliegen lernen.« Er grinste Lucky bedeutungsvoll an. »Eine überaus weitsichtige Erkenntnis von Damaris Wieser, die es sich lohnt, zu befolgen. Ganz abgesehen davon, dass du den Knöchel kühlen solltest.«

Lou bemerkte den warnenden Blick, den Lucky seinem Kumpel zuwarf. Sie fühlte sich wieder einmal ausgeschlossen. Wie fast immer, wenn die beiden ihre Köpfe zusammensteckten und nahezu wortlos miteinander kommunizierten.

»Maja will mich besuchen.«

»Gott bewahre!«, Johnson verzog angewidert den Mund. »Die hat uns gerade noch gefehlt. Wann wird dieses Inferno denn über uns hereinbrechen oder lässt es sich womöglich abwenden?«

»Besonders nett bist du nicht gerade«, entfuhr es Lou. Sie ärgerte sich erneut über Johnsons herablassende Art.

»Warte nur ab, bis du sie kennenlernst«, erwiderte er ungerührt. »Dann wirst du merken, wovon ich spreche. Und zwar schneller, als es dir lieb ist.« Er wandte sich wieder Lucky zu. »Wo wird die Dame denn residieren?«

Johnson stellte genau die Frage, die auch Lou beschäftigte. Solange Lucky sie hier beherbergte, war für eine weitere Person kein Platz in seiner Wohnung. Ein Umstand, der für Querelen sorgen würde, dessen war sie sich sicher.

»Lucky!« Johnson stieß ihn an. »Wo soll Maja wohnen? Du

willst sie doch hoffentlich nicht wieder in dein kuscheliges Bett kriechen lassen?«

»Ich kann zurück in Tessas Haus ziehen«, schlug Lou vor. Sie fühlte sich unbehaglich in dieser Situation. Auf keinen Fall wollte sie ein Störfaktor in Luckys Beziehung zu seiner Ex-Freundin sein.

»Das lässt du schön bleiben«, äußerte sich Lucky endlich. »Maja kann im Hotel wohnen. Oder bei Johnson.« Er zwinkerte seinem Kumpel zu. »Was hältst du davon?«

»Never ever«, stieß Johnson entsetzt hervor. »Sonst werde ich noch zum Mörder und Maja ist die nächste Frau, die spurlos verschwindet. Ene mene muh – und fort bist du.«

»Diese Worte lass mal besser den Kirchberg nicht hören«, grinste Lucky. »Wir werden eine andere Lösung finden. Ich hab da schon eine Idee.«

Kapitel 15

»Meine Güte, Ursula, beruhige dich endlich«, versuchte Ulrich Saatmann seine aufgebrachte Gattin zu beschwichtigen. »Du hast vermutlich nur vergessen, die Balkontür richtig zu schließen.«

Ursula Saatmann schüttelte heftig den Kopf.

»Ich sage dir, es war jemand im Haus.«

Sie stöckelte durch das Schlafzimmer, wobei ihr immer noch wohlproportionierter Hintern ihn daran erinnerte, dass er ein Mann war. Doch im jetzigen Zustand war seine Frau nicht in Stimmung für eine Stunde voller Amore und Leidenschaft. Saatmann seufzte genervt. Er war sich sicher, dass Ursula wieder einmal maßlos übertrieb und vermutlich zu viele ihrer bunten Spaßpillen eingeworfen hatte.

»Hast du den Eindruck, dass etwas gestohlen wurde?«, heuchelte er Interesse.

Seine Frau blieb stehen und hörte endlich auf, mit ihren Absätzen Trampelpfade in den flauschigen Hochflorteppichboden zu treten.

»Bislang nicht«, gab sie zu.

»Na also«, lächelte Saatmann milde. »Warum sollte jemand hier einsteigen, ohne etwas mitzunehmen? Wer würde deinen teuren Schmuck und sämtliche Wertgegenstände liegen lassen?« Er erhob sich aus dem flamingofarbenen Plüsch-Sessel, der in der Ecke des Schlafzimmers stand. »Das ergibt keinen Sinn, mein Schatz. Oder?«

Er hatte jetzt wirklich Besseres zu tun, als den überreizten Hirngespinsten seiner Frau weitere Aufmerksamkeit zu schenken. Seine Gedanken waren ganz woanders. Denn van der Sand hatte ihn kontaktiert und ihm eine Künstlerin ans Herz gelegt, deren Werke seinem Verständnis von Kunst in nahezu vollkommener Weise entsprachen. Saatmann war begeistert gewesen von dem Farbenspiel ihrer Bilder, die fast alle im Tessin entstanden waren. Außerdem hatte der Galerist ihm versprochen, dass diese Malerin ein ganz individuelles, persönliches Werk der hiesigen Landschaft für ihn erschaffen würde. Eine Vorstellung, die sein Herz höherschlagen ließ. Im Geiste stellte er sich bereits vor, wie seine kunstinteressierten Freunde voller Neid auf seine Errungenschaft reagieren würden. Zwar wusste er bislang nicht, wer dieses außergewöhnliche Talent war, aber das spielte auch keine Rolle. Spätestens wenn ihr Werk die Wand seiner Villa zierte, würde sie in aller Munde sein.

»Ulrich!« Die schrille Stimme seiner Frau ließ ihn zusammenzucken. »Ich sage dir noch einmal, es war jemand im Haus. Bemerkst du nicht den zarten Duft von Sandelholz?« Sie reckte ihre Nase schnuppernd in die Höhe, wobei sie ihn frappierend an ein Murmeltier erinnerte.

Saatmann tat es ihr nach, doch er konnte nur das schwere Parfüm seiner Frau ausmachen. Allerdings war Ursula für ihren herausragenden Geruchsinn bekannt. Konnte es sein, dass sie mit ihrer Annahme tatsächlich richtig lag und jemand in der Villa gewesen war? Ihm kam ein unerfreulicher Gedanke. Was, wenn der vermeintliche Einbrecher es gar nicht auf Wertsachen abgesehen, sondern etwas ganz anderes im Sinn gehabt hatte? Warum musste Ursula auch immer vergessen, die Alarmanlage einzuschalten, wenn sie das Haus verließ? Sie war diesbezüglich definitiv zu nachlässig. Er öffnete seine Nachttischschublade und fühlte sich augenblicklich erleichtert, als er seine Glock unberührt an ihrem gewohnten Platz liegen sah. Er musste aufpassen, dass ihn Ursula mit ihren Fantastereien nicht ansteckte. Meine Güte, sollte er etwa die Polizei rufen, nur weil seine Frau vergessen hatte, die Balkontür richtig zu schließen und sich einbildete, den Geruch von Sandelholz wahrzunehmen? In letzter Zeit war sie definitiv geistig ein wenig derangiert. Erst stritt sie auf offener Straße mit einem Fahrradfahrer und jetzt glaubte sie an einen imaginären Einbrecher. Er konnte keine negative Publicity brauchen. Es war an der Zeit, Ursula wieder auf Spur zu bringen. Am besten ging das mit teurem Schmuck, Schuhen oder Luxus-Handtaschen. Er ignorierte ihre Aufgebrachtheit und lächelte sie milde an.

»Uschi, mein Schatz. Lass uns doch in den nächsten Tagen auf die Kö zum Shoppen fahren.« Er nahm sie in die Arme und drückte sie leicht. »Vielleicht hast du Lust, ein bisschen Schmuck zu kaufen. Den kann eine schöne Frau doch immer brauchen, nicht wahr? Oder neue Schuhe, eine Designer-Handtasche vielleicht? Gibt es etwas Besseres zum Stressabbau?«

Er sah, dass sich die Zornesfalte seiner Frau im Nu glättete. Na ja, ein Außenstehender hätte diese Falte vermutlich gar nicht bemerkt, denn Ursula sprach gerne und gut dem Botox zu, das ihr der Arzt ihres Vertrauens regelmäßig injizierte. Aber Saatmann kannte seine Frau nur zu gut.

Er ging hinunter ins Wohnzimmer und schenkte sich einen doppelten Cognac ein. Den hatte er sich mehr als verdient. Die Geschäfte liefen derzeit hervorragend. Seine neuen Boutiquen erfüllten nicht nur ihren Zweck, sondern dienten auch der Werbung, die Nachfrage in der Villa Carlotta boomte, und demnächst stand wieder ein kleiner Wellness-Urlaub im *Rubens Resort* an, für den er eine attraktive Begleitung hatte gewinnen können. Seine Gedanken wanderten zu Tessa. Das Gespräch mit Thadeus von Johansson hatte ihn aufgewühlt. Besser gesagt, die Frau am Nebentisch mit dem smaragdgrünen Kleid, das er an Tessa immer so bezaubernd gefunden hatte. Es war schon ein überaus merkwürdiger Zufall gewesen, dass die Unbekannte gerade dieses Kleid getragen hatte. Noch immer empfand er gleichermaßen Wut und Verzweiflung, wenn er an Tessas Zurückweisung dachte. Sie hatte mehr als verdient, von ihm zurechtgewiesen zu werden. So konnte man nicht mit ihm umspringen! Nicht mit einem Ulrich Saatmann!

★★★★

Im Autoradio spielten sie ›The Future Looks Fine‹ von LadyCouch. Majas Finger wippten fröhlich im Takt, während sie ihren kleinen Audi über die linke Spur der A1 jagte. Sie war in Hochstimmung, seit Lucky ihrem Besuch zugestimmt hatte. Vielleicht etwas verhaltener als erhofft, aber immerhin. Dass er sie nicht in seiner Wohnung unterbringen konnte, sondern ihr das Benrather *Hotel Rheinterrasse* empfohlen hatte, ärgerte sie zwar, doch Maja wäre nicht Maja, wenn sie sich von derartigen Kleinigkeiten unterkriegen ließe. Sie verlor niemals ihr Ziel aus den Augen. Genießerisch schob sie sich eine dicke Marzipanpraline in den Mund. Die Schachtel, die neben ihr auf dem Beifahrersitz lag, war fast leer. Egal. Sie brauchte jetzt Nervennahrung, um Lucky von dem zu überzeugen, was sie im Sinn hatte. Schließlich fuhr sie nicht zum Spaß nach Düsseldorf, sondern wollte ihn nach Eckernförde zurückzuholen, möglicherweise zu seinem Job, auf jeden Fall aber zu ihr. Was auch immer ihn veranlasst haben mochte, in diesen unbedeutenden Vorort von Düsseldorf zu ziehen und dort einen Kiosk zu eröffnen, musste ausradiert werden. Maja drehte das Radio lauter und gab kräftig Gas. Noch etwa zwei Stunden, dann wäre sie bei Lucky und würde all ihren Charme spielen lassen, um ihm zu zeigen, dass er einen großen Fehler begangen hatte, sie zu verlassen. Sie musste zugeben, ihre Reaktion auf seine Überlegung, sich von ihr zu trennen, war suboptimal gewesen. Im Grunde hatte sie ihn sogar dazu aufgefordert, endlich abzuhauen. Aber zu jenem Zeitpunkt war ihre Beziehung am Ende gewesen. Sie hatten sie sich oft gestritten, eigentlich dauernd. Lucky war aufgrund seiner Verletzung frustriert gewesen, und sie hatte keine Lust gehabt, das Auffangbecken für seine seelische Diarrhö zu sein. Doch mittlerweile war so viel Zeit vergangen, dass ihr klar geworden war, wie sehr er ihr fehlte. Die Dates und One-Night-Stands, die sie nach ihrer Trennung gehabt hatte, waren alle belanglos gewesen. Niemand hatte ihr dieses unbeschreibliche Gefühl der Geborgenheit vermitteln können, das Lucky ihr gab oder – besser gesagt – vor seinem Unfall gegeben hatte.

Sie fragte sich zum wohl hundertsten Mal, wer dieser ominöse Besuch war, von dem er gesprochen hatte. Offensichtlich jemand, der vorübergehend bei ihm wohnte und den er nicht ausquartieren wollte. Maja beschloss, diese lästige Person möglichst schnell loszuwerden. Lucky hatte, was seinen Umgang betraf, nicht immer den besten Geschmack. Wenn sie an diesen komischen Typen dachte, mit dem er einmal in Kiel gewesen war. Johnson oder so ähnlich. Ein grässlicher Mensch, der ihr mit seiner Überheblichkeit und Zitierfreude gehörig auf die Nerven gegangen war. Zweifellos war die Abneigung gegenseitig gewesen, weshalb sie inständig hoffte, ihm diesmal nicht zu begegnen.

Maja spürte eine brennende Neugierde, endlich mit eigenen Augen zu sehen, wie Lucky jetzt lebte. Es erschien ihr unvorstellbar, dass er auf Dauer ein beschauliches Leben führen konnte. In ihm steckte ein Abenteurer, der stets nach dem nächsten Kick suchte und ohne einen kräftigen Adrenalinschub unleidlich wurde. Diese Eigenschaft hatte sie früher oftmals an den Rand des Wahnsinns getrieben, doch jetzt wünschte sie sich genau diesen Lucky inständig zurück. Sie schob eine weitere Praline in den Mund. Ob er sich in den letzten Monaten sehr verändert hatte? Sie hatte nicht oft mit ihm gesprochen, den Kontakt aber nie ganz abreißen lassen. Lucky war schon immer eine feste Größe in ihrem Leben gewesen. Quasi ein Fels in der Brandung, auf den sie keinesfalls verzichten wollte, selbst wenn sie kein Paar mehr waren.

★★★★

Lucky hockte auf seinem Stuhl hinter dem Verkaufstresen der *Luke* und ließ seinen Gedanken freien Lauf. Er war sich nicht sicher, was er von Majas unerwartetem Besuch halten sollte. Zum jetzigen Zeitpunkt konnte er sie nicht wirklich brauchen. Sie würde Zeit beanspruchen, viel Zeit. Denn Maja hatte schon immer die Eigenschaft gehabt, sich selbst äußerst wichtig zu nehmen. Allerdings war ihm beim gestrigen Gespräch mit Johnson eine Idee gekommen, wie er gegebenenfalls zwei Fliegen mit einer Klappe schlagen konnte: Maja bei Laune zu halten und gleichzeitig die Suche nach Tessa voranzutreiben. Er griff nach seinem Notebook und gab das *Rubens Resort* in die Suchmaschine ein. »Nicht übel«, stellte er fest, als er die Internetseite des schicken Wellness-Hotels betrachtete. Saatmann war zweifelsohne ein Genussmensch. Er zögerte noch einen kurzen Moment, dann griff Lucky nach seinem Smartphone, um Maja anzurufen.

»Lucky!« Sie wirkte erfreut. »Was gibt's? Ich bin schon fast in Düsseldorf.«

Er räusperte sich kurz. Wenn sein Vorhaben gelingen sollte,

durfte er jetzt keinen Fehler machen, sondern musste die richtigen Worte finden.

»Hör zu, Maja. Ich habe nachgedacht. Vielleicht sollten wir uns ein paar entspannte Tage gönnen. Ohne Stress, ohne Arbeit und ohne andere Menschen, die unsere Zweisamkeit stören. Einfach, um für uns zu sein. Ich dachte, ich engagiere eine Vertretung für mein Büdchen und lade dich für zwei, drei Tage in ein Wellness-Resort ein. In Erinnerung an vergangene Zeiten sozusagen. Bist du dabei?«

»Ehrlich?! Natürlich bin ich dabei!« Majas Stimme klang so euphorisch, dass er sich fragte, ob seine Idee wirklich so brillant war, wie er angenommen hatte. Denn eigentlich wollte er nur das Wohndilemma lösen und gleichzeitig Saatmann im Auge behalten. Was er keinesfalls vorhatte, war, falsche Hoffnungen zu wecken. Aber nun konnte er keinen Rückzieher mehr machen. Jetzt hieß es: Augen zu und durch. Er bemühte sich um einen sanften Klang in seiner Stimme.

»Ich buche uns was Schönes, einverstanden?«

»Aber klar. Du weißt besser als jeder andere, was mir gefällt. Ich freue mich wahnsinnig auf dich.« Ihre Begeisterung klang so echt, dass Lucky sich unbehaglich fühlte.

»Ich freue mich auch«, antwortete er verhalten, ehe er das Gespräch beendete. Er fragte sich, inwieweit diese Antwort tatsächlich der Wahrheit entsprach. In den letzten Monaten hatte er krampfhaft versucht, Maja aus seinen Gedanken zu verbannen und zu akzeptieren, dass ihre Beziehung endgültig gescheitert war. Und nun lud er sie zu einem gemeinsamen Kurztrip ein. Ob das wirklich sinnvoll war? Vermutlich nicht, aber das war zum jetzigen Zeitpunkt unerheblich. Darüber würde er sich später Gedanken machen. Jetzt musste er sich schleunigst darum kümmern, zwei Zimmer im *Rubens Resort* zu reservieren. Glück hatte er dabei nur bedingt, denn statt der beiden Einzelzimmer, die er eigentlich wollte, konnte er nur eine Luxussuite ergattern. Alles andere war bereits ausgebucht und nicht mehr zu haben, ganz gleich, wie sehr er am Telefon seinen Charme spielen ließ, um die Rezeptionistin zu bezirzen.

»Fährst du weg? Mit Maja?« Lous Frage ließ ihn aufblicken. Er hatte gar nicht bemerkt, dass sie inzwischen das Büdchen betreten und zumindest einen Teil seines Telefonats gehört hatte. Jetzt musste er ihr auf die Schnelle seine Pläne überzeugend verkaufen. Besser gesagt das, was sie davon wissen sollte. Sie würde sein Vorhaben, mit Maja zu verreisen, vermutlich nicht verstehen. Wie sollte sie auch? Er hatte ihr von seinem zweiten Abstecher in die Saatmann-Villa, bei dem ihm die Visitenkarte des *Rubens Resorts* in die Finger gefallen war, nichts erzählt. Denn bei allem Verständnis, das Lou bislang seinen halblegalen Eskapaden entgegengebracht hatte, brächte dieser leichtsinnige Einbruch sie vermutlich völlig aus der Fassung, was bei ihrem derzeit angespannten Verhältnis zueinander alles andere als vorteilhaft wäre. Deshalb entschied er sich, die Sachlage in seinem Sinne ein bisschen anzupassen.

»Du hast es richtig erkannt, genau das werde ich tun«, lächelte er sie an. »Ich löse das Problem ›Maja‹, indem ich mit ihr ein paar Tage verreise. Dann kannst du in meiner Wohnung bleiben, während wir unseren Privatkram auf neutralem Boden ausdiskutieren. Ich würde sagen, ein perfektes, absolut stressfreies Arrangement.«

»Glaubst du wirklich?«, lachte Lou auf. »Ich würde eher sagen, das verkompliziert die Sache. Deshalb wiederhole ich meinen Vorschlag, wieder in Tessas Haus einzuzie…«

»Vergiss es«, unterbrach er sie abrupt. »Das ist viel zu riskant. Außerdem habe ich unser Hotelzimmer soeben gebucht.

Mach dir keine Sorgen, alles wird gut.«

Er sah, dass Lou ihn mit skeptischem Blick musterte. Ob sie spürte, dass er von seinen Worten selbst nicht überzeugt war? Denn wie er es auch drehte und wendete, letztendlich hatte Lou absolut recht. Die Tour mit Maja könnte kompliziert werden. Noch schlimmer, was Lou allerdings nicht ahnte, sie könnte ihn völlig aus der Bahn werfen. Er hatte lange gebraucht, sich emotional von Maja zu lösen und war sich nicht sicher, was diese Begegnung mit ihr bei ihm auslösen würde. Fünf Jahre Beziehung hatten Spuren hinterlassen. Im schlimmsten Fall würde sich der gemeinsame Wellness-Urlaub zum Horrortrip mit Spätfolgen entwickeln.

»Wenn du meinst«, lenkte Lou überraschenderweise ein. »Du musst schließlich selbst wissen, was das Richtige für dich ist. Aber dein Büdchen übernehme ich nicht, während du es dir gut gehen lässt. Ich muss nämlich malen.«

»Bei mir?!« Lucky entgleisten für einen Moment seine Gesichtszüge.

Lou schüttelte ihre blonden Locken. »In Brunos Atelier. Ich habe dir doch erzählt, dass er einen Kaufinteressenten für ein Bild von mir hat.«

»Und dieses Bild musst du erst noch malen? Du weißt also gar nicht, ob du seinen Geschmack triffst und es ihm letztendlich gefällt?«, wunderte sich Lucky. »Ihr Künstler seid schon ziemlich schräg drauf.«

»Das Genie wohnt nur eine Etage höher als der Wahnsinn«, merkte Johnson an, der soeben das Büdchen betrat, um Lucky abzulösen. »Und bevor ihr Unwissenden fragt: Arthur Schopenhauer war der geistreiche Mann, der zweifelsohne wusste, wovon er sprach.«

»Hat Lucky dir gesagt, dass er mit Maja in eine Wellness-

Oase fährt?«, wollte Lou wissen. »Ein angeblich stressfreies Arrangement.«

»Klar hat er das«, grunzte Johnson. »Ich bin schließlich sein bester Freund und werde in dieser Zeit die *Luke* für ihn rocken.«

»Und mich habt ihr bei euren Plänen mal wieder außen vor gelassen?« Ihr Tonfall war jetzt unverkennbar zickig.

»Wieso stört dich das?«, lächelte Johnson sie provozierend an. »Wolltest du die beiden etwa begleiten oder mir im Büdchen helfen?«

»Du hast doch sowieso eigene Pläne«, warf Lucky ein. »Malen bei Bruno van der Sand zum Beispiel.«

»Bei dem absonderlichen Galeristen, von dem du mir erzählt hast?« Johnson schaute Lucky fragend an.

»Bruno ist nicht absonderlich.« Lous Stimme verwandelte sich von zickig in wütend. »Er ist sogar äußerst liebenswürdig. Ihr versteht ihn nur nicht.«

»Stimmt«, nickte Lucky. »Ich verstehe ihn nicht. Ganz abgesehen davon, dass ich mich frage, ob er selbst versteht, was er so von sich gibt. Aber ich erinnere mich dunkel, dass er von einem Atelier in seinem Haus erzählt hat.«

»Genau«, bestätigte Lou. »Und diese Räumlichkeiten stellt er mir nun freundlicherweise zur Verfügung.«

»Prima, dann bist du ja beschäftigt«, jubilierte Johnson. »Ich hatte schon die Befürchtung, während Luckys Lusturlaub deinen Babysitter spielen zu müssen.«

Lou funkelte ihn böse an. Allerdings schien ihre Empörung Johnson eher zu erheitern als zu beunruhigen.

»Wann plant ihr denn, euren Trip der Erkenntnis zu starten«, wandte er sich jetzt an Lucky.

»Gleich morgen früh«, erklärte dieser, wobei er noch immer

zwischen Vorfreude und Besorgnis schwankte. Maja konnte extrem anstrengend sein. Besonders dann, wenn die Dinge nicht so liefen, wie sie es wollte. Andererseits war sie clever, amüsant und tough. Eigenschaften, die ihn schon immer an ihr fasziniert hatten. Ein Supergirl eben, allerdings mit kleinen Fehlern.

Genau in diesem Moment öffnete dieses Supergirl die Tür seines Büdchens und ließ eine überdimensional große Reisetasche vor ihren Füßen auf den Boden fallen.

»Moin Jungs!«

»Hey, Maja«, witzelte Johnson. »Du bist bepackt, als wolltest du auswandern oder – Gott bewahre – hier einziehen?«

Lucky warf ihm einen warnenden Blick zu. Auch wenn er Johnsons Meinung teilte, musste er nicht direkt in den ersten fünf Sekunden für Missstimmung sorgen. Doch Maja grinste ihn nur breit an.

»Salut d'Artagnan! Wie ich sehe, hast du immer noch keinen passenden Barbier gefunden.« Dann ging sie auf Lucky zu, umarmte ihn herzlich, ließ ihre Hände langsam durch sein Haar gleiten und gab ihm einen innigen Kuss.

»Das längere Haar steht dir«, stellte sie fest. »Ganz anders als dein Kampfschwimmer-Look, aber durchaus brauchbar.« Ihr Blick wanderte hinüber zu Lou, die die ganze Szene bislang stumm verfolgt hatte.

»Hi, ich bin Maja.« Sie reichte Lou die Hand, wobei die Neugierde ihr ins Gesicht geschrieben stand.

»Louisa«, erwiderte diese kühl.

»Lou wohnt für ein paar Tage bei mir«, ergänzte Lucky knapp. Er hatte keine Lust auf lange Erklärungen, schließlich ging Maja sein Privatleben nichts an.

»Hast du mich deshalb ins Hotel ausquartiert?«, wollte Maja

wissen. Sie war schon immer sehr direkt gewesen.

»Nur für eine Nacht«, beruhigte Lucky sie. »Morgen früh fahren wir ins *Rubens Resort*. Super Anlage. Vom Allerfeinsten. Ich bin mir sicher, es wird dir dort gefallen.«

»Mit der Fat Boy? Wie in guten alten Zeiten?«, strahlte Maja ihn an.

»Natürlich«, nickte Lucky, wobei er sich nicht zum ersten Mal fragte, ob die alten Zeiten mit Maja für ihn wirklich so gut gewesen waren.

★★★★

Als sie Lucky und Maja am nächsten Vormittag mit der Harley entschwinden sah, fühlte Lou sich seltsam verloren. Am liebsten hätte sie ihre Siebensachen gepackt und wäre nach Hause gefahren. Hier lief alles aus dem Ruder. Tessa war fort, Lucky jetzt auch, und Johnson bot keine wirkliche Alternative, die miese Stimmung aufzuheitern. Sie dachte an das Bild, das sie für Brunos Kunden malen sollte. Hoffentlich war sie dabei erfolgreicher als bei der Suche nach Tessa. Ob Lucky mit Maja weggefahren war, weil er nicht mehr an einen Erfolg ihrer Nachforschungen glaubte? Er wirkte auf sie nicht, als würde er schnell aufgeben. Aber was wusste sie schon über Lucky? Sie kannte ihn ja erst seit ein paar Tagen. Lou merkte, dass sie noch immer auf dem Bürgersteig stand und sehnsüchtig dem Motorrad hinterherschaute, obwohl es schon längst nicht mehr zu sehen war. Langsam ging sie zurück ins Büdchen zu Johnson, der bereits einen dampfenden Tee neben sich stehen hatte.

»Und?«, schaute er sie erstaunlich mitfühlend an, »vermisst du Lucky bereits?«

Lou lag bereits eine schnippische Antwort auf der Zunge,

doch im Grunde hatte Johnson des Pudels Kern getroffen. Sie vermisste ihn, und ärgerte sich ganz gewaltig, dass Johnson sie durchschaut hatte.

»Magst du auch einen Tee?« Ohne ihre Antwort abzuwarten, stellte er eine weitere Tasse auf den Tresen und legte ein paar Plätzchen dazu.

»Weißt du«, er verharrte einen Moment, ehe er leise fortfuhr, »Lucky ist ein ganz besonderer Mensch. Deshalb muss es dir nicht unangenehm sein, dass es dir besser geht, wenn er an deiner Seite ist. Es ist eine seiner Stärken, den Menschen in seiner Nähe dieses Gefühl zu vermitteln. Maja wusste das nie zu schätzen.«

»Du magst sie nicht, oder?«

»Stimmt genau«, antwortete Johnson. »Ich mag sie nicht, weil sie nicht gut für Lucky ist.

Sie ist egoistisch und denkt nur an ihren eigenen Vorteil. Und Lucky weiß das auch. Er hat schließlich lange genug darunter leiden müssen.«

»Warum fährt er dann mit ihr in dieses Resort, um Urlaub zu machen, statt hier nach Tessa zu suchen?«

Johnson kicherte leise. »Er macht dort keinen Urlaub. Lucky behält Ulrich Saatmann im Auge. Der weilt nämlich mit einer noch unbekannten Gespielin dort. Hast du wirklich geglaubt, unser Lucky entspannt sich, während Tessa vermisst wird? Du kennst ihn wirklich nicht gut, muss ich feststellen.«

»Willst du damit sagen, Saatmann ist im *Rubens Resort*?« Lou konnte ihre Verblüffung nicht verbergen. »Woher wisst ihr das? Ihr habt gar nichts davon gesagt.«

»›Der Fuchs bellt nicht, wenn er das Lamm stehlen will‹, nicht wahr?« Johnson schob sich einen Schokokeks in den Mund. »Diese Shakespeare'sche Weisheit hat auch Lucky beherzigt. Er hat ein paar stille Erkundigungen eingezogen, von denen du nichts wissen musst.«

»Aber Maja weiß Bescheid?«

»Wo denkst du hin?«, wehrte Johnson entsetzt ab. »Die liebe Maja glaubt, sie kann verlorenes Terrain zurückerobern. Was für eine fatale Fehleinschätzung.« Ihn schien dieser Gedanke zu amüsieren.

Lou wusste nicht, ob sie erleichtert oder verärgert darüber sein sollte, dass die beiden wieder einmal ihr eigenes Süppchen gekocht hatten. Wie Lucky wohl an die Information über Saatmanns Kurzurlaub herangekommen war? Beim Dinner im *Alten Fischerhaus* hatte der Unternehmer nichts von einer geplanten Reise erwähnt. Zumindest hatte sie nichts davon mitbekommen. Luckys geschwollener Knöchel kam ihr in den Sinn. Er hatte ihr nicht erzählen wollen, auf welche Weise er sich die Verletzung zugezogen hatte. Sein Talent, unangenehmen Fragen auszuweichen, war bemerkenswert.

Lou bedankte sich bei Johnson, der in einem neuen Buch blätterte, für den Tee und ging hinauf in Luckys leere Wohnung. Alleine würde sie es in dieser tristen Bude nicht lange aushalten, dessen war sie sich sicher. Vielleicht sollte sie auch für ihn ein Bild malen. Damit etwas Farbe an die kahlen, weißen Wände kam und er sich an sie erinnern konnte, wenn sie wieder in Lugano war. Sie griff zum Mobiltelefon und wählte Bruno van der Sands Nummer. Es dauerte nur einen kurzen Moment, bis sie seine Stimme am anderen Ende der Leitung vernahm.

»Louisa, ich habe gerade an dich gedacht.« Er wirkte aufgekratzt. »Weißt du schon, wann du mit der Arbeit bei mir beginnen kannst?«

»Deswegen rufe ich an, Bruno. Ich werde morgen die Leinwand und alle übrigen Materialien besorgen. Danach kann es losgehen. Vorausgesetzt, du bist einverstanden.«

»Selbstverständlich bin ich das«, säuselte van der Sand. »Aber du musst nichts mitbringen. Alles, was du für deine Kunst brauchst, steht dir in meinem Atelier zur Verfügung. Du kannst dir den Schlüssel für mein Haus in der Galerie abholen, wann immer du willst.«

»Danke Bruno«, freute sich Lou. »Das ist mehr als großzügig von dir.«

»Ich denke ausschließlich an meine Provision«, entgegnete er aufgekratzt, wobei Lou sich fragte, ob er das wirklich ernst meinte oder sie nur auf den Arm nehmen wollte. Wie auch immer, sie fühlte sich nach dem Gespräch mit Bruno erheblich besser. Auch wenn es einer dieser Tage war, der wenig verheißungsvoll begonnen hatte, hob die Aussicht, bald wieder malen zu können, ihre Laune ungemein. Sie beschloss, gleich jetzt nach Benrath zu fahren, um den Schlüssel zu holen und anschließend ein bisschen bummeln zu gehen. Doch gerade als sie aufbrechen wollte, klingelte es an der Tür. Wer konnte das sein?

Als sie die Wohnungstür öffnete, sah sie Konstantin Kirchberg mit Laura Koch im Schlepptau die Treppe hochkraxeln. Was wollte die Kripo von Lucky?

»Frau Caprini!« Der Ausdruck in Kirchbergs leicht gerötetem Gesicht drückte Überraschung aus, als er den ersten Stock erreichte. »Ich hatte nicht erwartet, Sie hier anzutreffen. Ist Herr Luckmann bei Ihnen?«

»Herr Luckmann ist verreist.« Skeptisch sah sie den japsenden Mann an. »Kann ich Ihnen vielleicht weiterhelfen?«

Kirchberg tupfte sich mit einem altmodischen Stofftaschentuch die feucht glänzende Stirn ab. »Ah, deshalb steht er nicht selbst im Büdchen. Wir haben uns schon gewundert, aber die mürrische Aushilfe dort unten war nicht sehr mitteilsam. Dürfen wir vielleicht hereinkommen?«

»Bitte.« Sie wich zurück und ließ die Ermittler eintreten. »Gibt es in Tessas Fall Neuigkeiten?«

»Wie man's nimmt«, erwiderte Kirchberg, der seinen Blick neugierig durch die Wohnung schweifen ließ. »Sind Sie mittlerweile bei Herrn Luckmann eingezogen?«

»Nur für ein paar Tage. Er hat mir freundlicherweise angeboten, hier zu wohnen. Schließlich haben Sie mir davon abgeraten, alleine in Tessas Haus zu bleiben. Ist das ein Problem für Sie?«

»Wir hoffen, dass es das nicht für Sie wird«, warf Laura Koch ein, die bislang geschwiegen hatte. »Herr Luckmann ist mehrfach an Orten gesehen worden, die mit den vermissten Personen in Zusammenhang stehen. Gibt Ihnen das nicht zu denken?«

Lou fühlte sich unbehaglich. Worauf wollten die Kommissare hinaus? Sie räusperte sich.

»Falls Sie damit andeuten wollen, dass Herr Luckmann in die Sache verstrickt sein könnte, liegen sie komplett falsch. Er hilft mir lediglich bei der Suche nach Tessa, weil ich ihn darum gebeten habe. Das ist alles. Das macht ihn nicht zu einem Verdächtigen. Oder sehen Sie das anders?«

»Natürlich nicht«, beschwichtigte Kirchberg. »Aber Sie können mir sicher sagen, wohin Herr Luckmann gefahren ist und wann Sie ihn zurückerwarten? Wir möchten uns gerne mit ihm unterhalten.«

»Er ist für ein paar Tage auf einer Motorradtour durchs Siegerland, soviel ich weiß.«

»Mit der Harley?« Laura Kochs Augen bekamen wieder ein sehnsüchtiges Leuchten.

Lou nickte ungeduldig. »Was können Sie uns denn Neues über Tessa mitteilen? Deswegen sind Sie schließlich gekommen oder habe ich das falsch verstanden?«

»Keineswegs.« Kirchberg zögerte einen Moment, ehe er mit verhaltener Stimme weitersprach. »Leider habe ich wenig erfreuliche Nachrichten. Am Benrather Rheinufer sind Leichenteile gefunden worden. Einigen Jugendlichen die dort Party machen wollten, hat das den Abend gehörig versaut.«

»Wir glauben allerdings nicht, dass es sich um ihre Freundin handelt«, beeilte sich Laura Koch, Kirchbergs Ausführungen zu ergänzen, als sie bemerkte, dass Lou die Farbe aus dem Gesicht wich. »Aber endgültige Sicherheit können erst die Ergebnisse der Forensik geben.«

»Wer ist es dann, wenn nicht Tessa?«, fragte Lou. Sie fühlte sich bestürzt und unglaublich erleichtert zugleich.

»Wir nehmen an, dass das Opfer Johanna Klein ist«, erklärte Koch. »Die Frau, in deren Wohnung wir Herrn Luckmann kürzlich angetroffen haben. Deswegen müssen wir dringend ein weiteres Mal mit ihm sprechen.«

Jetzt wurde Lou klar, dass Luckys eigenmächtiges Handeln für ihn unangenehme Folgen haben konnte. Auch wenn sie es herunterspielten, schienen Kirchberg und Koch zumindest einen Verdacht gegen ihn zu hegen. Vielleicht wäre es besser, den Ermittlern reinen Wein über ihre Nachforschungen einzuschenken. Doch Lucky hatte sich mit seinem Einbruch bei Saatmann auf illegales Terrain begeben, und sie wollte ihn auf keinen Fall mit unüberlegten Äußerungen belasten.

»Richten Sie Herrn Luckmann bitte aus, er möge sich nach seiner Rückkehr umgehend bei uns melden.« Kirchberg reichte ihr seine Visitenkarte. Lou nickte nur stumm. Was sollte sie auch sagen? Manchmal war es besser, den Mund zu halten.

Als sie die Haustür unten ins Schloss schnappen hörte, erwachte sie aus ihrer Starre. Hastig wählte sie Luckys Handynummer.

»Bitte geh ran«, flüsterte sie leise, aber nur die Mailbox sprang an. Entweder brauste er mit Maja auf seinem Motorrad durch die Landschaft oder er genoss seinen Wellness-Urlaub in vollen Zügen. Lou mochte gar nicht daran denken, was das bedeuten konnte. Sie schnappte sich ihre Jacke und lief hinunter ins Büdchen, wo Johnson gerade eine wilde Horde Schüler abgefertigt hatte.

»Ich nehme an, unser netter Kommissar hat auch dir einen Besuch abgestattet?« Er schob sich eine Lakritzstange in den Mund und redete mit vollen Backen weiter. »Was hast du ihm gesagt?«

»Nichts, außer dass Lucky für ein paar Tage verreist ist.« Lou gesellte sich zu Johnson. In der aktuellen Lage war er ihr einziger Anker, auch wenn sie nie gedacht hätte, das einmal zu sagen.

»Gut«, nickte er zufrieden. »Es ist besser, Kirchberg noch ein bisschen im Unklaren darüber zu lassen, welche Spuren wir verfolgen. Soll sich doch seine Bullerei selbst bemühen, etwas herauszufinden, anstatt sich auf den Lorbeeren anderer auszuruhen.«

»Na ja«, gab Lou zu bedenken, »besonders erfolgreich waren wir bislang nicht.«

»Auch eine Reise von tausend Meilen beginnt mit einem Schritt«, kommentierte Johnson lakonisch und griff nach einem Salino. »Das ist von Laotse, falls dir dieser Name etwas sagt.«

»Stell dir vor, das tut er«, entgegnete Lou sarkastisch. »Ich mache mir ernsthafte Sorgen, dass Kirchberg Lucky mit den Vermisstenfällen in Verbindung bringt.«

Johnson machte eine wegwerfende Handbewegung. »Lachhaft, das wird auch Kirchberg noch merken. Ganz abgesehen davon, dass Lucky für jede erdenkliche Tatzeit ein Alibi hat.«

»Du willst für ihn lügen?« Lou riss erstaunt die Augen auf.

»Was immer nötig sein wird«, grinste Johnson sie an. »Er würde übrigens für dich oder mich dasselbe tun, wenn er von unserer Unschuld überzeugt wäre. Aber mal ganz abgesehen davon: Wann sollte Lucky diese Frau entführt, ermordet oder gar zerstückelt haben? Du hast ihm doch die ganze Zeit am Hemdzipfel gehangen? Das war zumindest mein Eindruck.«

Das Argument war schlüssig, wenn auch nicht besonders charmant formuliert, fand Lou. Sie beschloss, ihre ursprünglichen Pläne in die Tat umzusetzen und nach Benrath zu fahren, denn Johnsons unverblümte Direktheit frustrierte sie.

Als sie eine halbe Stunde später die Galerie van der Sand mit dem Schlüssel für Brunos Haus und sein Atelier verließ, war der Anflug von Verdruss, den Johnson in ihr ausgelöst hatte, der Vorfreude darauf gewichen, bald wieder malen zu können. Sie musste erneut an Lucky denken. Was er und Maja wohl gerade machten? Sie fragte sich zum wiederholten Male, was es mit diesem unerwarteten Besuch seiner Ex-Freundin auf sich hatte. Ohne Absichten war sie ganz sicher nicht zu ihm gekommen. Lou hatte Zweifel, dass sie die Antwort auf diese Frage wirklich wissen wollte. Sie hatte sich bereits so an Luckys Anwesenheit und Unterstützung gewöhnt, dass sie nie überlegt hatte, wie es ohne ihn sein würde. Er würde ihr fehlen, wenn sie wieder in Lugano wäre. Das war klar. Ob es ihr nun gefiele oder nicht.

★★★★

»Ist ja irre!«, entfuhr es Maja begeistert, als sie das *Rubens Resort* erreichten. Inmitten eines weitläufigen Waldgebiets mit Blick über die hügelige Landschaft lag ein herrschaftliches Gebäude, das mit kleinen Türmchen und Erkern eher an ein verwunschenes Schloss als an ein modernes Hotel erinnerte. Überall funkelte bereits die Adventsbeleuchtung und vor dem Portal protzte ein riesengroßer, opulent dekorierter Weihnachtsbaum.

»Nicht übel«, stimmte Lucky ihr zu, wobei er seinen Blick über den angrenzenden Parkplatz schweifen ließ, um unauffällig nach Saatmanns Auto Ausschau zu halten. Aber der Unternehmer schien noch nicht eingetroffen zu sein. Na schön, dann musste er sich eben ein bisschen gedulden. Er hielt Maja die schwere Tür zum Foyer auf und steuerte zielstrebig auf den Empfangstresen zu, hinter dem zwei perfekt gestylte Damen auf die Gäste warteten. Lucky konnte nicht verhindern, dass er sich in seiner Motorradkluft deplatziert vorkam. Aber er schob diesen Gedanken beiseite. Was ihm an elegantem Chic fehlte, würde er eben mit Charme wettmachen.

»Luckmann«, schenkte er den Angestellten ein strahlendes Lächeln, »ich hatte reserviert.«

Falls Marina Peters, wie die Empfangsdame laut ihrem Namensschildchen hieß, von Majas und seinem Look entsetzt war, ließ sie es sich zumindest nicht anmerken. Sie lächelte ebenso freundlich zurück, während sie im Computer nach seiner Reservierung suchte.

»Sie haben die Romantik-Suite gebucht«, flötete sie zuvorkommend, während sie bereits nach einem Hotelboy winkte, dem sie die Zimmerkarte reichte. »Fynn wird Sie zu Ihrer Suite begleiten und Ihnen mit dem Gepäck behilflich sein.«

»Ich glaube, Letzteres ist nicht nötig«, entgegnete Lucky und wies auf die beiden kleinen Taschen, die sie auf dem Motorrad hatten mitnehmen können. »Wir reisen mit leichtem Gepäck.«

Der kirschrot bemalte Mund deutete erneut ein Lächeln an. »Wenn Sie etwas benötigen, Fragen oder Wünsche haben, können Sie sich jederzeit an uns wenden.«

»Vielen Dank«, Lucky versenkte seinen Blick in ihren grünen Augen, »wir werden gegebenenfalls darauf zurückkommen.«

»Musst du die aufgetakelte Pute so anflirten?«, zickte Maja ihn auf dem Weg zur Suite an. »Das war ja mehr als peinlich.«

Lucky warf ihr einen warnenden Blick zu. Er wollte nicht direkt unangenehm auffallen, nur weil Maja ihre Eifersucht mal wieder nicht zügeln konnte. Schon früher hatte sie ihn mit unberechtigten Szenen in den Wahnsinn getrieben. Er hatte seine Gründe, besonders freundlich zu Marina Peters und ihren Kolleginnen zu sein. Schließlich wollte er Informationen erhalten, und die konnte niemand besser liefern als das Empfangspersonal. Fynn öffnete ihnen die Tür und ließ sie in die Romantik-Suite eintreten. Damit sorgte er für einen jener seltenen Augenblicke, die selbst Maja die Sprache verschlugen. Allerdings für einen sehr kurzen.

»Das ist der Wahnsinn!« Sie stieß Lucky begeistert in die Rippen. Dann trat sie an die riesige Fensterfront und seufzte beglückt. »Dieser Ausblick. Und dieses gigantische Zimmer. Es ist traumhaft hier, irgendwie gediegen-luxuriös. Hast du den Kamin gesehen? Du kannst dir vorstellen, was wir davor machen können. Fehlt nur das Bärenfell.« Sie kicherte frivol.

Lucky nickte lahm, wobei er an den horrenden Preis dachte, den er für diesen Traum bezahlen musste.

»Ich geh raus, eine rauchen.« Er griff nach einer Packung Zigaretten, die er vorsorglich eingesteckt hatte.

»Du rauchst? Seit wann das denn?« Überrascht starrte Maja ihn an.

»Nur gelegentlich«, erwiderte Lucky. »Ich bin gleich zurück, mach es dir schon mal bequem.«

Eilig verließ er die Romantik-Suite, die bislang noch keine entsprechenden Gefühle in ihm ausgelöst hatte, um herauszufinden, ob Saatmanns Wagen mittlerweile auf dem Parkplatz abgestellt worden war. Doch den Weg dorthin konnte er sich sparen. Denn als er die Hotellobby betrat, sah er den Unternehmer an der Rezeption stehen, um einzuchecken. Begleitet von einer Frau, die für Lucky keine Unbekannte war: Elisabeth Kaiser, Chefin der Villa Carlotta. Damit hatte er nicht gerechnet. Kaiser durfte ihn keinesfalls sehen, denn sie konnte sich bestimmt an ihn und Lou erinnern. Dass Saatmann ihn im *Alten Fischerhaus* wahrgenommen hatte, glaubte er hingegen nicht. Lucky rief sich den Abend in Erinnerung, an dem der Unternehmer Johnson die Ohren darüber vollgejammert hatte, dass Tessa ihn nicht mehr treffen wollte. Erstaunlich, dass er sich so schnell mit Elisabeth Kaiser tröstete. Wie passte das mit der angeblich großen Liebe seines Lebens, um die er kämpfen wollte, zusammen? Er folgte dem Pärchen, das ebenfalls von Fynn begleitet wurde, in sicherem Abstand zu den Aufzügen. Aha, sie fuhren in den zweiten Stock. Das war dieselbe Etage, auf der auch Maja und er wohnten. Während sich die Türen des Aufzugs behäbig schlossen, sprintete Lucky die Stufen hinauf. Der flauschige, dunkelrote Teppichboden schluckte dabei jeden seiner Schritte. Als er den Flur erreichte, öffnete Fynn gerade die Tür, die ihrer Suite schräg gegenüber lag. Saatmann und Kaiser residierten in der Suite Royal. Vermutlich die teuerste, die das *Rubens Resort* zu bieten hatte. Das sieht diesem Aufschneider ähnlich, dachte Lucky. Jetzt legte Saatmann seinen Arm um Elisabeth Kaisers Schultern. Eine Geste, die bei ihm eher besitzergreifend als liebevoll wirkte.

Nachdenklich kehrte er zu Maja zurück. Sie warf ihm einen auffordernden Blick zu.

»Willst du mir endlich sagen, was los ist? Es passt überhaupt nicht zu dir, dass du mich in diesen überteuerten Luxusschuppen verschleppt hast. Ich bin nicht blöd, auch wenn du das offensichtlich denkst.«

Lucky überlegte kurz, dann warf er seine Reisetasche, die noch immer mitten im Raum stand, aufs Bett und kramte nach seinem Haarschneider, den er aus einer spontanen Laune heraus mitgenommen hatte. Er reichte ihn wortlos Maja, die ihn vielsagend anlächelte.

»Wie in alten Zeiten?«, fragte sie.

»Wie in alten Zeiten«, entgegnete er. »Und danach erzähle ich dir haarklein, was es mit unserer Reise auf sich hat.«

Eine Viertelstunde später sah Lucky komplett verändert aus. Maja hatte seine Mähne auf knapp drei Millimeter gekürzt. Sein Standardschnitt, als er noch bei den Kampfschwimmern war. Er war sich sicher, dass ihn weder Saatmann noch Elisabeth Kaiser mit dieser Frisur wiedererkennen würden.

»Schnittig.« Maja strich ihm liebevoll über den Kopf. »Jetzt habe ich meinen alten Lucky wieder.«

Lucky war sich nicht sicher, ob sie mit dieser Bemerkung richtig lag, aber ganz gleich, wie ihr derzeitiges Verhältnis zueinander war, sie hatte es verdient, in seine Pläne eingeweiht zu werden.

»Wahnsinn«, hauchte Maja, nachdem Lucky ihr alles Wesentliche erzählt hatte. Sie lagen nebeneinander auf dem riesigen Boxspringbett und gönnten sich eine Flasche Schampus, die Lucky beim Zimmerservice bestellt hatte. »Das klingt ja richtig unheimlich. Und jetzt willst du diesem Kerl hinterherschnüffeln?« Sie schmiegte sich an ihn, während ihre Finger an der

Knopfleiste seines Hemdes spielten. »Glaubst du wirklich, dieser Saatmann hat mit dem Verschwinden von Tessa und den anderen Personen etwas zu tun?«

»Ich habe keine Ahnung«, gestand Lucky. »Aber es gibt nicht viele Spuren, denen wir ansonsten nachgehen könnten.«

»Zum Glück. Diese Spur gefällt mir nämlich außerordentlich gut«, entgegnete Maja. »Sonst wärst du niemals mit in dieses Resort gefahren. Warum hast du eigentlich diesen blonden Wuschelkopf nicht mitgenommen, der bei dir wohnt? Da läuft doch bestimmt was zwischen euch. Ich meinte, da gewisse Schwingungen zu verspüren.«

»Nope.« Lucky schüttelte den Kopf. »Da läuft rein gar nichts zwischen uns. Lou ist Tessas beste Freundin, eine Künstlerin, die eigentlich im Tessin lebt. Wir sind gute Bekannte, würde ich sagen. Vielleicht inzwischen auch Freunde. Genau weiß ich das, nicht. Auf jeden Fall sind wir kein Paar.«

»Gut für mich«, hörte er sie in sein Ohr hauchen, während sie langsam begann, sein Hemd aufzuknöpfen. »Wir haben noch reichlich Zeit bis zum Abendessen. Die sollten wir nutzen, auch wenn uns der röhrende Hirsch beäugt.« Sie zeigte kichernd auf ein großes Gemälde über dem Bett. »Wozu sind wir sonst in der Romantik-Suite?«

Kapitel 16

Lou lag auf der kuhfladenbraunen Couch in Luckys Wohnzimmer und zappte sich durch die Programme. Bislang hatte sie nichts von ihm gehört. Weder dass er gut angekommen war noch dass er Saatmann gesehen hatte. Sie beschloss, ihn per Video-Call anzurufen, ganz gleich, ob Maja bei ihm war oder nicht. Sie vertraute auf Johnsons Annahme, dass Luckys Leidenschaft nicht seiner Ex, sondern ausschließlich seiner Mission galt. Bereits nach dem zweiten Klingeln war Lucky am Apparat. Lou hätte ihn beinahe nicht erkannt. Nicht nur, weil er ein elegantes Hemd trug, sondern auch, weil sein Haar auf wenige Millimeter Länge abrasiert war. Er wirkte wie ein Fremder auf sie, viel härter und männlicher als zuvor.

»Hi Lou«, grinste er sie an. »Gibt's was Neues?«

»Offensichtlich«, sagte sie und deutete mit einer Kopfbewegung auf sein Konterfei im Display ihres Handys. »Ich dachte, für einen Sommerhaarschnitt wäre es mittlerweile zu kalt. Hast du Saatmann schon gesehen?«

»Aha, Johnson hat dir von meinem Plan erzählt, richtig?«

»Ja, das hat er. Du hättest es mir auch selbst sagen können, finde ich.«

»Das hätte ich. Sorry.« Ohne weiter auf ihren Vorwurf einzugehen, strich er sich mit der Hand über seinen Kopf und grinste schief. »Was tut man nicht alles für die perfekte Tarnung. Jetzt lernst du meinen einstigen Kampfschwimmer-Look kennen. Sehr praktisch, muss ich sagen. Übrigens ist Ulrich Saatmann tatsächlich hier eingetroffen. Allerdings nicht in Begleitung seiner holden Gattin, sondern – jetzt halt dich fest – gemeinsam mit Elisabeth Kaiser. Deshalb meine spontane Typveränderung. Ich hoffe, sie erkennt mich mit dieser Frisur nicht. Es sähe schon komisch aus, wenn ich innerhalb kürzester Zeit nicht nur die Frau auswechseln, sondern auch im selben Hotel einkehren würde.«

»Hallo Lou.« Maja schob sich dicht neben ihn und winkte ihr zu. Sie trug ein schwarzes Etuikleid und hatte ihre kurzen schwarzen Haare streng nach hinten gegelt. Unwillkürlich verzog Lou ihr Gesicht, als hätte sie auf etwas Saures gebissen.

»Ist alles in Ordnung bei dir?«, erkundigte sich Lucky besorgt.

»Bei mir schon«, beeilte sie sich zu sagen, »aber ich befürchte, du könntest Unannehmlichkeiten bekommen.«

»Warum sollte ich?«

»Weil die Kommissare gerade hier waren, um dich zu Johanna Klein zu befragen. Am Benrather Rheinufer sind Körperteile angespült worden, die anscheinend von ihr stammen. Ich hatte den Eindruck, Kirchberg hält es für möglich, dass du in die Sache verwickelt sein könntest.

»Ich? Wie kommt er auf diese absurde Idee? Ich kenne die Frau doch gar nicht.«

»Du bist Kirchberg und Koch kürzlich in Kleins Wohnung begegnet«, wandte Lou ein. »Das scheint bereits zu genügen, um dich zum Kreis möglicher Verdächtiger zu zählen. Jedenfalls sollst du dich umgehend bei der Kripo melden, sobald du zurück bist.«

»Okay.« Noch immer wirkte Lucky nicht sonderlich beunruhigt. »Hast du ihnen gesagt, wo ich derzeit bin?«

»Nur, dass du mit dem Motorrad im Siegerland unterwegs bist.«

»Gut. Um Kirchberg kümmere ich mich später. Momentan interessiert mich mehr, warum Saatmann derart schnell weiblichen Ersatz gesucht hat, obwohl er behauptet, Tessa über alles zu lieben.«

»Das braucht er vermutlich für sein angeknackstes Männer-Ego«, hörte Lou Maja im Hintergrund sagen. »Im Übrigen ist es für uns an der Zeit, zum Dinieren in den Speisesaal zu gehen. Herr Saatmann und seine Begleitung haben soeben ihre Suite verlassen. Und wir möchten doch einen Platz in ihrer Nähe ergattern.«

»Du hast es gehört, Lou. Die Pflicht ruft. Ich melde mich morgen früh bei dir«, versprach Lucky. »Wie sehen deine Pläne für heute Abend aus?«

»Mal sehen. Vielleicht treffe ich mich mit Bruno.« Lou hatte keine Lust, zuzugeben, dass sie sich langweilte und ihn vermisste. Es war nicht zu übersehen, dass er sich mit Maja blendend amüsierte. Ganz abgesehen davon, dass seine Ex, anders als Johnson gesagt hatte, unverkennbar in Luckys Pläne eingeweiht war, während er ihr gegenüber nichts davon erzählt hatte. Warum auch immer.

»Hab einen schönen Abend.« Seine Stimme drang entfernt an ihr Ohr. »Wir sprechen uns morgen. Schlaf gut, Lou.«

»Du auch.« Missmutig warf sie ihr Handy auf die Couch und erhob sich, um aus dem Kühlschrank eine Flasche Chablis zu holen. Dann überlegte sie es sich anders. Sie stieg die Treppe ins Obergeschoss seiner Wohnung hinauf und griff nach einer der Umzugskisten, die bereits zu Beginn ihrer Bekanntschaft mir Lucky ihre Neugierde geweckt hatten. Anders als damals, konnte er sie jetzt nicht stören. Sie klappte den Deckel zurück und schob das Zeitungspapier, mit dem der Inhalt bedeckt war, beiseite. In dem Karton befanden sich Bücher, Filme, Briefe und ein großer Stapel an Fotos. Lou hockte sich im Schneidersitz auf den Boden, um sich die Bilder anzuschauen. Schnell war ihr klar, dass die meisten Fotos aus seiner Kindheit stammen mussten. Sie zeigten ihn mit seinen Eltern und einem kleinen Jungen, der ihm ähnlich sah – vermutlich seinem Bruder. Auf anderen war er gemeinsam mit seinen Kumpels abgelichtet, die – genau wie er – Kampfmontur trugen. Einige Fotos aber zeigten ihn gemeinsam mit Maja, mit der er sich verliebte Blicke zuwarf. Sie war weitaus mehr für ihn gewesen als eine flüchtige Beziehung, das war unverkennbar.

Ihre Befürchtung, dass Maja schlechten Einfluss auf Lucky nehmen könnte, wuchs. Ob es ihre Idee gewesen war, ihm die Haare abzurasieren? Wie groß mochte ihr Einfluss auf ihn noch sein? Johnsons Andeutungen über diese schwierige Beziehung verursachten ihr ein ungutes Gefühl, obwohl sie Luckys Privatleben eigentlich nicht das Geringste anging. Sie legte die Fotos sorgsam zurück und warf einen Blick auf die Briefumschläge. Sie waren alle von Maja. Für einen kurzen Moment war sie in Versuchung, einen der Brief zu lesen. Doch dann legte sie die Umschläge zurück, schob das Zeitungspapier darüber und schloss die Kiste. Es war eine dumme Idee gewesen, hier herumzuschnüffeln. Statt sich besser zu fühlen, befand sich ihre Stimmung jetzt auf dem Nullpunkt. Wie würde Lucky reagieren, wenn er bemerkte, dass sie erneut sein Vertrauen missbraucht und in seinen privaten Sachen gekramt hatte? Sie löschte das Licht, ohne einen weiteren Blick in die anderen Kartons zu werfen. Bestimmt hatte Lucky seinen Grund, diese Dinge zum jetzigen Zeitpunkt aus seinem Leben zu verbannen. Entweder waren sie unbedeutend für ihn oder er wollte sie vergessen. Beides sollte sie respektieren. Lou löschte das Licht und ging hinab ins Wohnzimmer. Es war erst zwanzig Uhr und sie kam vor Langeweile um. Vielleicht sollte sie wirklich Bruno anrufen. Doch im Grunde genommen hatte Lou keine Lust, ihn heute Abend zu treffen. Sie begann stattdessen, das Wohnzimmer aufzuräumen. Wieder einmal hatte Lucky sein Regal als Großablage benutzt. Sie sortierte die Bücher und CDs ein und begann damit, seine Post zu ordnen. Rechnungen, Lieferscheine, Werbung. Sie stutzte, als ihr ein Schreiben von der Marine in die Finger fiel. Was hatte das zu bedeuten? Mit klopfendem Herzen überflog sie den Inhalt. Plötzlich wurde ihr vieles klar. Auch der Grund für Majas unerwartetes Auftauchen. Lucky wurde angeboten, Anfang des Jahres zu seiner Einheit zurückzukehren. Vermutlich hoffte Maja deshalb, ihr früheres gemeinsames Leben wieder aufnehmen zu können. Mit zitternden Händen schob sie den Brief zurück in den Poststapel. Sie war wütend und gleichermaßen enttäuscht darüber, dass Lucky ihr gegenüber den Brief nicht erwähnt hatte. Offenbar vertraute er ihr nicht. Vielleicht vertraute er niemandem, denn auch Johnson schien von dieser möglichen Entwicklung keine Ahnung zu haben. Sie brauchte dringend frische Luft. Ein kurzer Spaziergang zum Rhein würde ihre Laune hoffentlich bessern.

Doch als sie auf die Straße trat, empfingen sie feiner Nieselregen und ein scharfer Wind. Na klar, es war beinahe Dezember. Sie zog ihren Parka enger um die Schultern und wandte ihre Schritte fast automatisch zur *Alten Apotheke*. Auf einen öden Abend alleine in Luckys spartanischer Bude hatte sie überhaupt keine Lust. Wenn er sich amüsierte, konnte sie das auch. Wenige Minuten später stieß sie die Tür zu ihrer ehemaligen Stammkneipe auf. Lautes Stimmengewirr lieferte sich mit der Musikanlage einen erbitterten Zweikampf, den der von der Heavy-Metal-Band Starz besungene ›Subway Terror‹ zu verlieren schien. Lou sah sich um. Sie hatte sich gerade entschieden, ein Alt an der Theke zu trinken, als ihr jemand auf die Schulter klopfte.

»Hey, du bist Lou, nicht wahr? Erinnerst du dich an mich?

Yannick Schwarz, ihr habt mich kürzlich für Progsy Roxy interviewt. Wann erscheint euer Bericht eigentlich?«

Überrascht drehte sich Lou um und blickte in das blasse Gesicht des Bassisten von Mortal Septicemia.

»Dich hatte ich hier nicht erwartet«, wich sie aus. »Bist du öfter hier?«

»Gelegentlich«, nickte er. »Magst du ein Alt? Die erste Runde geht auf mich.« Er hob zwei Finger in die Luft und bekam umgehend zwei volle Gläser gereicht. »Gibst du uns noch zwei Kurze dazu?«, bat er den Wirt. »Das lockert die Stimmung auf«, grinste er Lou an. »Wo ist übrigens der Typ, den du letztes Mal dabei hattest?«

»Lucky?« Lou nippte an ihrem Bier. »Der macht eine Motorradtour.«

»Ohne dich?«

»Wir sind kein Paar, falls du das gedacht haben solltest.« Sie nahm einen größeren Schluck. »Wir sind nur Kollegen.«

»Umso besser.« Er rückte näher an Lou heran. »Dann steht einem vergnüglichen Abend ja nichts mehr im Wege.«

Stimmt eigentlich, dachte Lou, während Yannick ihr ein weiteres Altbier samt Korn bestellte. Warum sollte sie sich nicht auch ein bisschen Spaß gönnen, während Lucky mit seiner Ex das High-Society-Leben im Wellness-Tempel genoss? Wenn sie es recht bedachte, hätte er nicht Maja, sondern sie bitten müssen, ihn zu begleiten. Schließlich war die Suche nach Tessa ihr gemeinsames Projekt, mit dem Maja nicht das Geringste zu tun hatte. Sie spürte, dass ihr das Denken aufgrund des Alkohols zunehmend schwerfiel. Sie sollte nach Hause gehen. Nach Hause? Was für ein dummes Wort. Die ungemütliche Bude war Luckys Zuhause. Sie beschloss, die Nacht in Tessas Haus zu verbringen. Auch wenn Kirchberg sie gewarnt hatte, konnte ihr niemand den Aufenthalt dort verbieten. Yannick Schwarz legte seinen Arm um sie und zog sie eng an sich.

»Soll ich dich vielleicht nach Hause begleiten?«, flüsterte er vielsagend in ihr Ohr.

Lou überlegte nur kurz, während sie ihren Blick über das lange schwarze Haar und die schlanke Figur des Bassisten gleiten ließ. Warum eigentlich nicht? Eine Nacht mit Yannick Schwarz war definitiv eine gute Idee, um ihr brachliegendes Sexleben aufzupeppen und ihre Einsamkeit zu vertreiben.

****

Der feuchte November war einem klaren, kalten Dezemberanfang gewichen. Auf den Wiesen hatte sich Raureif gebildet und die Umgebung über Nacht in eine zartweiße Winterlandschaft verwandelt, die beinahe mystisch wirkte. Maja hatte sich in den Wellnessbereich begeben und schwitzte gemeinsam mit Elisabeth Kaiser in Dampfbad und Sauna, während Lucky unauffällig Ulrich Saatmann folgte, der einen ausgedehnten Spaziergang durch die Natur zu bevorzugen schien. Lou hatte recht gehabt. Besonders wintertauglich war Luckys neuer Haarschnitt nicht, weshalb er sich eine schwarze Strickmütze übergestülpt hatte. Mit Lederjacke und Boots wirkte er zwar nach wie vor nicht wie ein Wanderfreund, aber er war sich ziemlich sicher, dass Saatmann ihn sowieso nicht bemerkte. Denn der Modeunternehmer führte ein lautstarkes Telefongespräch mit seiner Frau, während er durch den idyllischen Wald stapfte. Wie es schien, war Ursula Saatmann wenig begeistert von dem Kurzurlaub, den ihr Ehemann ohne sie unternahm. Lucky konnte es ihr nicht verdenken. Er hätte nur zu gerne gewusst, welche Story Saatmann seiner besseren Hälfte aufgetischt hatte, um sich hier ungestört mit Elisabeth Kaiser verlustieren zu können. Gerade bog der Unternehmer in einen schmalen Wanderweg ein, der einer hölzernen Hinweistafel zufolge in fünf Kilometern zu einer kleinen Wallfahrtskapelle führte. Lucky entschied sich, ihm weiter zu folgen, auch wenn sein Knöchel immer noch schmerzte und ihm der Sinn keineswegs nach Beten stand. Sein Verhältnis zu Gott und insbesondere zur Kirche war schon lange massiv gestört.

Er atmete tief die frische, klare Luft ein und spürte, wie er sich beim Laufen zunehmend entspannte. Der gestrige Abend und die gemeinsame, leidenschaftliche Nacht mit Maja beschäftigten ihn. Sie hatten sich geliebt, als hätte es nie diese hässliche Trennung gegeben. Das war schon immer ihr Problem gewesen. Offensichtlich hielten sie es nicht miteinander, aber auch nicht dauerhaft ohne den anderen aus. Johnson hatte ihn gewarnt, sich auf dieses Wochenende einzulassen. Sein Freund wusste nur zu genau, dass Maja und er einander nicht guttaten. Warum hatte er also alle berechtigten Bedenken in den Wind geschlagen und dennoch diese Tour mit ihr unternommen? Wenn er ehrlich war, war nicht alleine Ulrich Saatmann der Grund dafür. Natürlich hoffte er, neue Erkenntnisse zu gewinnen, aber es hatte ihn auch gereizt, in Erfahrung zu bringen, was Maja wirklich von ihm wollte. Denn sie war keine Frau, die ihn ohne Hintergedanken aufsuchen würde. Maja wusste immer genau, warum sie etwas tat. In der letzten Nacht hatte sie ihm in einem schwachen Moment ihre Absichten verraten. Irgendwie hatte sie erfahren, dass er eine Entscheidung über seine berufliche Zukunft fällen musste. Und – wie so oft – wollte sie auf sein Leben Einfluss nehmen. Wenn es nach ihr ginge, sollte er zu seinem Job und natürlich zu ihr zurückkehren. Aber wollte er das auch? Zuletzt hatte ihn die aufreibende Suche nach Tessa davon abgehalten, intensiv über Maja und seine gescheiterte Beziehung nachzudenken. Er hatte ihre Fotos und Briefe in Kisten verstaut und weit aus seinem Sichtfeld entfernt. ›Aus den Augen, aus dem Sinn‹ war seine Devise gewesen. Das hatte auch halbwegs funktioniert, vor allem, seit Lou sein Leben durcheinanderwirbelte. Doch jetzt, während er Ulrich Saatmann durch das unwegsame Waldgelände zu der kleinen Wallfahrtskapelle folgte, wurde er mit den Gedanken konfrontiert, die er so lange beiseitegeschoben hatte. Er griff nach seinem Smartphone, um Lou anzurufen. Schließlich hatte er ihr gestern Abend versprochen, sich bei ihr zu melden. Doch sie ging nicht ans Telefon. Vermutlich schlief sie noch. Also rief er Johnson an, der sich in *Lucky's Luke* mittlerweile richtig heimisch fühlte.

»Hey, Lucky!« Es war nicht zu überhören, dass sich Johnson gerade ein gut belegtes Butterbrot gönnte. »Wie viele Joints brauchst du, um Maja zu ertragen?«

»Du wirst es kaum glauben, aber ich inhaliere gerade ganz viel Sauerstoff und pure Natur.«

»Cannabis ist auch ein natürliches Produkt«, kicherte Johnson. »Sehr hilfreich bei enervierenden Frauen.«

Lucky entschied sich, diese Sticheleien zu überhören. »Ich bin gerade auf Schusters Rappen unterwegs zu einer Wallfahrtskapelle. Unser Freund Ulrich hat Wanderlust.«

»Und Maja?«, hakte Johnson nach.

»Sie schwitzt gemeinsam mit Elisabeth Kaiser in der Sauna. Das war jedenfalls der Plan.«

»Daraus entnehme ich, dass du zumindest für kurze Zeit ihren Fängen entkommen konntest. Pass auf, dass dir Maja nicht den Kopf verdreht und lass dir Kafkas Worte eine Warnung sein. Wie sagte er so treffend: ›Du musst nur die Laufrichtung ändern, sagte die Katze zur Maus und fraß sie‹. Wirst du deine

Richtung ändern und dich von ihr fressen lassen? Denn genau das hat sie vor, das wissen wir beide. Übrigens war Lou ziemlich mies drauf gestern Abend.«

Lucky seufzte. »Ich habe vorhin versucht, sie zu erreichen, aber sie geht nicht an ihr Handy.«

»Ich habe sie heute auch noch nicht gesehen. Vielleicht ist sie schon unterwegs nach Benrath zu ihrem Meister der Kunst.«

»Vermutlich«, pflichtete Lucky ihm bei. »Ich melde mich später noch mal bei dir.«

Er beendete das Gespräch und verharrte einen Moment. Denn Ulrich Saatmann war aus seinem Sichtfeld verschwunden.

»Fuck«, fluchte Lucky, während er die letzten Meter zu der Anhöhe hinaufstapfte, auf der die mittelalterliche Kapelle stand. Wie konnte er so unachtsam sein? Auch hier war der Unternehmer nirgendwo zu entdecken. Er musste in der kleinen Kapelle sein. Lucky öffnete die schwere Holztür und betrat den abgedunkelten Innenraum, in dem nur wenige Holzbänke Platz hatten. Saatmann hockte in einer dieser Bänke und wirkte seltsam bedrückt. Er strahlte nichts mehr von dem weltmännischen Modeunternehmer aus, sondern wirkte wie ein unglücklicher, einsamer Mann. Als er Lucky hineinkommen hörte, wandte er sich um und sprach ihn unvermittelt an.

»Hierher verirrt sich in dieser Jahreszeit selten jemand. Wer dennoch den Weg zur Kapelle einschlägt, ist zumeist auf der Suche nach dem Sinn des Lebens, Erkenntnis oder einfach der wahren Liebe. Wissen Sie, wonach Sie suchen, junger Mann?«

»Darf ich?« Lucky wies auf den Platz neben Saatmann, der daraufhin zustimmend nickte. Er setzte sich in die Bank und dachte einen Moment über dessen Worte nach.

»Es stimmt. Ich bin tatsächlich auf der Suche«, gab Lucky zu, wobei er an Tessa dachte. Nur gut, dass sein Gesprächspartner nicht im Geringsten ahnte, wie recht er mit seinen Worten hatte. »Ich suche nach Antworten für meine Zukunft, sowohl beruflich als auch privat. Und was führt Sie an diesen Ort der Stille?«

»Eine Frau.« Ulrich Saatmann entwich ein tiefer Seufzer. »Ich bin seit einer gefühlten Ewigkeit verheiratet. Glücklich verheiratet. Das dachte ich zumindest. Natürlich habe ich mich hier und da ein bisschen abseits des Ehelebens verlustiert, aber das war unbedeutend. Sie werden das sicher kennen, schließlich sind Sie ein Mann. Aber dann habe ich eine ganz besondere Frau getroffen. Eine Frau, die mich vom ersten Augenblick an auf eine Art und Weise fasziniert hat, die unbeschreiblich ist.« Er stockte. »Ich muss zugeben, mir fehlen die Worte.«

»Die reizende Blondine, mit der Sie im Hotel eingecheckt haben?«, fragte Lucky interessiert. »Ich habe Sie beide bei Ihrer Ankunft in der Hotellobby gesehen. Meine Lebensgefährtin und ich wohnen auch im *Rubens Resort*. Ihre Begleitung ist eine außergewöhnlich attraktive Frau.«

Aber Saatmann machte nur eine abfällige Handbewegung und verzog verächtlich den Mund.

»Ach was. Elisabeth ist nur der vergebliche Versuch, mich zu zerstreuen. Leider klappt es ganz und gar nicht.« Er wischte sich mit dem Arm über die Augen. Ulrich Saatmann war in sich zusammengesunken und wirkte wie ein Schatten seiner selbst. »Die Frau, die ich liebe, heißt Tessa. Und ich bin fest entschlossen, sie für mich zu gewinnen!«

»Es hat also bei der Frau, die Sie verehren, nicht in der gleichen Weise gefunkt wie bei Ihnen?«

»Sonst säße ich nicht hier. Sie hat mich verlassen. Von heute auf morgen. Ohne triftigen Grund.« Saatmanns Stimme bekam einen erbitterten Klang. »Aber ich lasse mich durch nichts und niemanden davon abbringen, sie von der Tatsache zu überzeugen, dass wir füreinander bestimmt sind.«

»Und Ihre Frau? Sie wird nicht begeistert davon sein, nach so vielen Jahren gegen eine andere ausgetauscht zu werden.«

»Das lassen Sie mal meine Sorge sein, junger Mann. Solche Probleme weiß ich zu regeln.«

»Das klingt für mich, als hätten Sie einen Plan«, mutmaßte Lucky. »Ich wünsche Ihnen viel Erfolg dabei. Wann werden Sie Ihre Traumfrau denn wiedersehen?«

»Das ist das Problem«, klagte Saatmann, dessen Stimme in einen wehleidigen Tonfall zurückfiel. »Ich kann sie seit geraumer Zeit nicht erreichen. Sie ist wie vom Erdboden verschluckt. Als würde sie mir mit Absicht aus dem Weg gehen. Dabei habe ich, nachdem mein erster Zorn verraucht war, alles unternommen, um sie aufzuspüren und mich für meine verbalen Entgleisungen zu entschuldigen.«

»Wirklich?«, hakte Lucky nach, »was zum Beispiel?«

»Ganz unter uns«, tat Saatmann vertraulich, »ich habe sogar versucht, in den Besitz ihres Laptops zu kommen, um ihre Termine auszukundschaften. Aber das hat leider nicht geklappt. Der Stümper, den ich dafür engagiert habe, hat kläglich versagt.«

»Ihr Engagement zeugt von wahrer Liebe«, entgegnete Lucky scheinheilig. »Aber da ihr Plan nicht funktioniert hat, müssen Sie sich jetzt wohl etwas anderes einfallen lassen.«

»Ich arbeite daran«, nickte Saatmann verbissen.

»Darf ich fragen, wo Sie diese Traumfrau kennengelernt haben?«

Saatmann bekam einen sehnsuchtsvollen Blick. »Bei einer Modenschau. Sie müssen wissen, ich bin Unternehmer in der Modebranche. Ab und an organisieren wir extraordinäre Shows an spektakulären Locations. Dieses Mal waren wir auf einem Schiff. Tessa war dort, um für eine Tageszeitung über unser Event zu berichten. Ich war sofort angetan von ihrem bezaubernden Charme und ihrem scharfsinnigen Intellekt.«

»Ein Schiff. Wow, das klingt glamourös.«

»Im Gegenteil«, klärte Saatmann ihn auf. »Es war weder eine Yacht noch ein Kreuzfahrtschiff, sondern ein alte Rheinfrachter, der den perfekten Gegensatz zu unserer cleanen Modelinie verkörperte. Ein unvergessliches Erlebnis, natürlich auch deshalb, weil ich Tessa dort getroffen habe.« Er wischte sich bei der Erinnerung an diesen Tag eine Träne aus dem Augenwinkel. Spätestens jetzt war Lucky davon überzeugt, dass Ulrich Saatmann zwar ein windiger Geschäftsmann sein mochte, aber offensichtlich nicht die geringste Ahnung davon hatte, wo Tessa sich derzeit befand. Der Auftrag an Max Nowak, den Laptop aus Tessas Haus zu stehlen, hatte nur einen Grund gehabt: Saatmann war hoffnungslos verliebt. Dass er Tessa als ›Bitch‹ bezeichnet hatte, war wohl in erster Linie seiner maßlosen Enttäuschung über ihre Zurückweisung zuzuschreiben. Das machte Saatmann nicht zu einem schlechten Menschen, sondern zeugte nur von den starken Gefühlen, die er ihr entgegenbrachte. Es war nicht davon auszugehen, dass er Lucky belog. Schließlich hatte der Unternehmer keine Ahnung, wer er war. Er glaubte, sich einem völlig Fremden anzuvertrauen, von dem er nicht einmal den Namen kannte. Vermutlich war es gerade diese Anonymität, die ihn so unbefangen über seinen Kummer reden ließ. Gedanklich strich er Saatmann von der Liste der Verdächtigen. Jetzt gab es eigentlich keinen Grund mehr für ihn, den Aufenthalt im *Rubens Resort* fortzusetzen. Er dachte an eine weitere heiße Nacht mit Maja, die ihm die anschließende Trennung nur erschweren würde, und seufzte.

»Was liegt Ihnen auf dem Herzen? Vielleicht möchten Sie mir Ihre Sorgen auch anvertrauen?«, bot Ulrich Saatmann an. »Ich bin ein sehr guter Zuhörer.«

»Das glaube ich Ihnen gerne«, antwortete Lucky, »aber ich bin eher der introvertierte Typ, der seine Probleme mit sich selbst ausmacht.«

Er schickte ein Dankgebet zum Himmel, als in diesem Moment sein Smartphone vibrierte und ihn aus der Situation erlöste. Denn er hatte ganz sicher nicht vor, Ulrich Saatmann auch nur das Geringste über sein Privatleben zu erzählen.

»Entschuldigen Sie mich bitte.« Er nickte Saatmann kurz zu und verließ eilig die Kapelle, um das Gespräch entgegenzunehmen.

Es war Lou.

»Dich schickt der Himmel«, stieß Lucky erleichtert hervor.

»Eine reizende Begrüßung«, erwiderte Lou lachend. »Ist Maja so anstrengend?«

»Willst du mit Johnson einen Anti-Maja-Klub gründen?«, erwiderte er leicht gereizt. »Nein. Du hast mich vor Ulrich Saatmann gerettet. Erst hat er mir in blumigen Worten sein Liebesleid geklagt und dann wollte er mir ein offenes Ohr für meine Probleme schenken.«

»Seit wann hast du Probleme?« In Lous Stimme schwang ein seltsamer Unterton mit, den Lucky nicht richtig deuten konnte.

»Hat die nicht jeder?«, antwortete er ausweichend. »Im Übrigen können wir Saatmann von der Liste der Verdächtigen streichen. Er ist nicht nur mächtig verliebt in Tessa, sondern selbst wie ein Besessener auf der Suche nach ihr. Deshalb hat er Max Nowak geschickt, um den Laptop zu stehlen und an Infos zu gelangen.«

»Warum hat er sie dann als ›Bitch‹ bezeichnet?«, wandte Lou

ein. »Das ist eine merkwürdige Art, seine Liebe auszudrücken.«

»Ich würde mal sagen, seine Eitelkeit war verletzt«, mutmaßte Lucky. »Wenn ich wieder zurück bin, müssen wir neue Überlegungen anstellen. Wie war übrigens deine Nacht in meiner Bude?«

Am Ende der Leitung herrschte so lange Stille, dass Lucky nachhakte. »Lou? Bist du noch dran?«

»Ich habe in der Gänsestraße übernachtet. Bei dir habe ich mich nicht wohlgefühlt«, gestand sie leise.

»Ah, okay.« Lucky war überrascht. »Wir hatten doch entschieden, dass es momentan für dich dort zu gefährlich ist.«

»Ich war nicht alleine«, entgegnete Lou patzig. »Ich habe in der *Alten Apotheke* einen Bekannten getroffen.«

Lucky glaubte, seinen Ohren nicht zu trauen. Konnte man diese Frau nicht einen Tag aus den Augen lassen, ohne dass sie Dummheiten machte?

»Dir ist klar, dass ein One-Night-Stand derzeit mit gewissen Risiken verbunden ist?« Er bemühte sich, seiner Stimme einen ruhigen Klang zu geben.

»Das geht dich überhaupt nichts an«, verteidigte sich Lou. »Oder hast du mich etwa gefragt, ob du mit deiner Ex ins Wellness-Resort verreisen darfst? Ich bin ebenso frei in meinen Entscheidungen wie du.«

Lucky schluckte den unfreundlichen Kommentar, der ihm auf der Zunge lag, hinunter. Natürlich konnte Lou tun und lassen, was sie wollte, aber sie begab sich mit diesem unbedachten Handeln unnötig in Gefahr.

»Sorry. Ich mache mir nur Sorgen.«

»Vielleicht hättest du in diesem Fall nicht mit Maja verreisen, sondern stattdessen mich ins Wellness-Resort mitnehmen sollen«, entgegnete Lou schnippisch. »Dann bräuchtest du dir keine Gedanken über meine Sicherheit zu machen.«

Aha, daher wehte der Wind also. Sie war sauer auf ihn. Zeit, das Thema zu wechseln.

»Fährst du heute zu van der Sand, um mit deinem Bild anzufangen?«

»Das war meine Absicht«, erwiderte Lou reserviert. »Was steht bei euch auf dem Programm?«

»Keine Ahnung. Momentan laufe ich quer durch den Wald zurück zum Hotel, während Maja sämtliche Beauty- und Wellness-Angebote nutzt, die sich ihr bieten. Vielleicht schwinge ich mich gleich auf die Harley und mache eine kleine Spritztour, um ein bisschen Dampf abzulassen. Die kurvige Gegend hier ist perfekt zum Motorradfahren.«

»Hauptsache, du kommst heil wieder zurück. Ich brauche dich hier. Schließlich müssen wir Tessa finden«, hörte er Lou leise sagen, die jetzt eher besorgt als verärgert klang.

»Ich passe auf. Versprochen«, entgegnete er. »Wir sehen uns morgen, Lou.«

Nachdem er das Gespräch beendet hatte, schenkte Lucky seiner Umgebung erneut Aufmerksamkeit. Er hatte etwa die Hälfte des Weges zum Resort zurückgelegt. Um ihn herum herrschte wohltuende Stille. Nur hier und da hörte er das leise Rascheln eines Tieres, das sich im tiefen Laub bewegte. Lucky setzte sich auf einen abgesägten Baumstamm und atmete tief den harzigen Duft der Nadelbäume ein. Er brauchte keinen luxuriösen Wellnessbereich, um sich zu entspannen. Die unberührte Natur genügte ihm völlig. Endlich hatte er Gelegenheit, in Ruhe nachzudenken. Über Maja, über Lou und vorrangig über Tessa. Wenn Saatmann nichts mit ihrem Verschwinden zu tun hatte, wer dann? Wo gab es eine Verbindung zu Madeleine Brinker oder Johanna Klein? Brinker und Tessa hatten sich am

Reitstall getroffen, standen aber in keinerlei Beziehung zu Klein oder Aretz. Irgendetwas stimmte hier nicht, sie hatten etwas Wesentliches übersehen. Dieses Gefühl nagte unaufhörlich an ihm. Es war viel zu einfach gewesen, Saatmann als vermeintlichen Täter vorzuverurteilen. Ein Anfängerfehler, der ihm nicht hätte passieren dürfen. Die Sache schien sehr viel komplexer zu sein. Wie sollte es jetzt weitergehen? Eines stand fest: Er durfte sich nicht länger von seinen Gefühlen zu Maja ablenken lassen. Solange sie in seinem Leben für Turbulenzen sorgte, war es ihm unmöglich, klar zu denken. Langsam erhob er sich, um seinen Weg zum Hotel fortzusetzen. Er kramte nach seiner Zigarettenschachtel, in der sich noch ein letzter Joint befand. Dann aber entschied er sich anders und steckte die Schachtel wieder ein. Die Zeit des Kiffens war vorbei, vor allem, da er mit dem Gedanken spielte, seinen alten Job wieder aufzunehmen. Lucky hatte das Gefühl, dass ihn seine Vergangenheit längst eingeholt hatte. Der Versuch, aus seinem Leben auszubrechen und seine Altlasten zu entsorgen, war gescheitert. Doch bevor er Düsseldorf den Rücken kehrte, musste er hier eine letzte Mission erfüllen, die darin bestand, Tessa zu finden.

Als er beim *Rubens Resort* eintraf, war es fast Mittag. Maja war noch nicht wieder zurück in der Hotelsuite. Vermutlich ließ sie sich von einem stattlichen Masseur durchkneten oder machte den Edel-Coiffeur, der seine Dienste im hoteleigenen Salon anbot, reicher, als er ohnehin schon war. Erschöpft ließ er sich auf das breite Bett sinken und schloss die Augen. Nur für einen kleinen Moment wollte er die Ruhe genießen und seinen Kopf von der quälenden Sorge um Tessa befreien. Einen ganz kleinen Moment ...

»Lucky», jemand streichelte seine Wange. »Lucky, wach auf!« Unwillig öffnete er die Augen und brauchte einige Sekunden, um sich zu orientieren. Maja lag im hoteleigenen Bademantel neben ihm und kuschelte sich dicht an ihn.

»Wie kann man so fest schlafen, statt im Whirlpool zu sitzen oder sich verwöhnen zu lassen? Das Hotel hat einen traumhaften Spa-Bereich. Willst du dir das entgehen lassen?«

Er schob sie ein wenig von sich und setzte sich auf. Doch Maja kniete sich hinter ihn und schlang ihre Arme fest um ihn. Er spürte ihre Küsse in seinem Nacken und schüttelte sie ab. »Jetzt nicht, Maja – bitte.«

»Was ist los mit dir? Bist du nicht in Stimmung?«

Er stand auf, ging zum Fenster und ließ seine Augen über die dicht bewaldete Landschaft wandern. An dem festlich erleuchteten Weihnachtsbaum vor dem Hotelportal blieb sein Blick schließlich hängen. Es war zweifellos wunderschön hier. Romantisch, märchenhaft, einfach idyllisch. Er hätte begeistert sein müssen, an diesem magischen Ort gemeinsam mit Maja Zeit verbringen zu können. Vor wenigen Monaten hätte er alles dafür gegeben. Doch jetzt fühlte es sich nicht richtig an. Warum das so war, konnte er sich selbst nicht erklären. Weil Tessa verschwunden war? Weil Lou ihn brauchte? Weil Johnson ihn ständig vor Maja warnte? Die letzte Nacht mit ihr war der schiere Wahnsinn gewesen. Sie hatten alles getan, was er sich so lange ersehnt hatte. Aber anstatt pures Glück zu empfinden, fühlte er sich heute einsamer als zuvor. Das hatte einen Grund. Er liebte Maja nicht mehr, und es tat weh, sich das einzugestehen. Sie waren in vielerlei Hinsicht ein perfekt eingespieltes Team, doch es wurde Zeit, dieses Team endgültig zu verlassen. Saatmanns Worte hatten ihn aufgerüttelt. Eine Frau, die man nicht wirklich liebte, war nur Zerstreuung. Elisabeth Kaiser mochte Zerstreuung für Saatmann sein, aber Maja hatte es nicht verdient, von ihm so behandelt zu werden.

»Lucky?« Maja stellte sich neben ihn und ließ ihren Kopf auf seine Schulter sinken. »Es ist vorbei mit uns, oder?«

Er nickte. »Es war doch schon vorher vorbei. Wir wollten es nur nicht wahrhaben. Warum sonst bin ich nach Düsseldorf geflüchtet? Und warum sonst hast du mich einfach ziehen lassen?«

Sie sah ihn mit Bedauern im Blick an. »Vielleicht habe ich mittlerweile erkannt, dass das ein Fehler war. Was wäre, wenn du deinen alten Job wieder aufnehmen und nach Eckernförde zurückkommen würdest? Gäbe es dann noch eine Chance für uns?«

Er schüttelte den Kopf. »Es geht nicht mehr, Maja.«

»Hast du Gefühle für eine andere? Bist du etwa in diese Künstlerin verliebt?«

»In Lou?« Überrascht sah er sie an. »Nein. Zwischen Lou und mir läuft wirklich nichts. Sie ist viel zu entrückt von dieser Welt. Ganz abgesehen davon, dass sie sich für etwas Besseres hält. Ich bin weit unter ihrem Niveau. Wir passen überhaupt nicht zusammen.«

»Dann steckt Johnson dahinter. Der mochte mich noch nie.«

»Halt Johnson raus, Maja. Der Punkt ist: Wir zwei haben es verbockt. Nicht hier und jetzt, sondern in den letzten Jahren. Johnson hat es nur früher erkannt als ich. Also lass uns keinen Schuldigen suchen. Es hat halt nicht gepasst, das kommt vor.«

»Und nun?« Sie sah ihn mit Tränen in den Augen an.

»Nun packen wir unseren Kram zusammen und reisen ab.«

Kapitel 17

Lous Herz klopfte heftig vor Vorfreude, als sie den Polo in der Augsburger Straße abstellte. Viele kleine Häuser standen eng aneinandergepresst in Reih und Glied nebeneinander. Fahrräder, Bobbycars und bunte Kreidemalereien auf dem Bürgersteig ließen keinen Zweifel daran, dass hier hauptsächlich Familien mit Kindern lebten. Das Haus von Bruno van der Sand stach ihr direkt ins Auge. Die Fassade war in einem dunklen Grauton gestrichen, während die angrenzende Garage mit hochwertigem Holz verkleidet war. Es wirkte modern, schnörkellos, aber dennoch wohnlich und passte perfekt zu Bruno. Denn unter der makellosen Schale, die er nach außen hin zur Schau trug, schlug ein sehr empfindsames Herz. Das obere Geschoss hatte er ausgebaut, wobei insbesondere die großen Fensterfronten ins Auge fielen. Dort war vermutlich das Atelier, von dem er gesprochen hatte. Obwohl Bruno ihr den Hausschlüssel gegeben hatte, betätigte Lou anstandshalber den Klingelknopf. Doch der Galerist hatte das Haus bereits verlassen. Lou schloss auf und stellte ihre Tasche im engen Hausflur ab, der mit hellem Teppichboden ausgelegt war. Vorsichtshalber schlüpfte sie aus ihren Schuhen, um keinen Schmutz zu hinterlassen. Sie warf einen kurzen Blick in die modern eingerichtete Küche und den gegenüberliegenden Wohn- und Essbereich. Dort wurde ihr Blick von einer Reihe abstrakter Gemälden angezogen, die durch eine extravagante Farbgebung bestachen. Etwas Derartiges hatte Lou noch nie gesehen. Die Bilder hatten eine nahezu magische Wirkung auf sie, wobei sie sich nicht erklären konnte, woran das lag. Sie suchte nach der Signatur, um herauszufinden, wer der Künstler war.

»M. Mori«, las sie leise. Komisch, von diesem Maler hatte sie noch nie etwas gehört. Vermutlich eines der außergewöhnlichen Talente, die ihr ehemaliger Lehrer entdeckt hatte. Sie wollte Bruno bei nächster Gelegenheit nach ihm fragen. Lou verließ das Wohnzimmer und ging auf Socken hinauf ins Dachgeschoss, wo sich das Atelier befand. Bruno hatte nicht übertrieben – hier war tatsächlich alles vorhanden, was das Künstlerherz begehrte. Zahllose Tuben, Tiegel und Dosen mit Farben, Pinsel aller Art, Leinwände unterschiedlicher Größe und weitere Utensilien, die sie benötigte, hatte er für sie bereitgestellt. Auf einem hölzernen Schubladenschrank lag eine an sie gerichtete, handgeschriebene Notiz.

Liebste Lou,
mi casa es su casa. Fühl' dich ganz wie zu Hause. Du kannst alle vorhandenen Materialien nach Belieben nutzen. Einzig jene Farben, die ich in dem silbernen Spind aufbewahre, sind mir heilig und absolut tabu! Ich wünsche dir viel Freude bei der Arbeit.

Dein Bruno

Silberner Spind? Lous Blick wanderte durch den lichtdurchfluteten Raum. Sie konnte keinen derartigen Schrank entdecken. Sie öffnete die Tür zum angrenzenden Zimmer. Auch hier stapelten sich Farben, Leinwände und massenweise Zubehör. Ja, da stand er, der Metallspind, den Bruno gemeint haben musste. Lous Neugierde war geweckt. Sie versuchte die Tür zu öffnen, um einen Blick auf die Farben zu werfen, die Bruno so wichtig waren. Doch der Spind war verschlossen. Wie schade. Lou spürte, dass sie wieder einmal von heftiger Neugierde erfasst wurde. Wie bereits bei den Kisten auf Luckys Dachboden lockte auch hier der Reiz des Verbotenen. Diese Schwäche hatte sie immer schon gehabt. Obwohl es ihr schwerfiel, schob Lou den Drang, den Schrank zu öffnen, vorerst beiseite und konzentrierte sich auf ihre Arbeit.

Sie platzierte eine große Leinwand derart, dass der Lichteinfall für sie perfekt war. Dann schloss sie die Augen, um das Gefühl heraufzubeschwören, das sie bei der Motorradfahrt mit Lucky empfunden hatte, als die Landschaft an ihr vorbeigeflogen war. Es war eine ihrer besonderen Gaben, Eindrücke und Emotionen in unglaubliche Farbenspiele übertragen zu können. Eine Gabe, die nicht viele Künstler hatten. Während andere an ihrer Technik feilten und Kunst als Handwerk verstanden, konnte sie aus ihrer Kreativität Unglaubliches schöpfen. Bruno van der Sand war schon früher von dieser Fähigkeit begeistert gewesen. Eigentlich war es nur konsequent, dass sie jetzt bei ihm in seinem Atelier malen durfte. Es schloss sich ein Kreis, der seinen Anfang vor Jahren im Kunstsaal ihres alten Gymnasiums genommen hatte. Wie in Trance begann sie, auf einer polierten Holzpalette die Farben zu mischen. Sie musste nicht überlegen, sie wusste genau, was sie zu tun hatte. Als sie nach einem großen Pinsel griff, fragte sie sich, wie sie während ihres Aufenthalts in Düsseldorf so lange auf ihre Kunst hatte verzichten können. Sie brauchte die Malerei wie die Luft zum Atmen. Auch wenn Brunos Atelier nicht mit dem Ambiente in ihrer Künstlervilla am Luganer See zu vergleichen war, machte sie dieser Ort glücklich. Während sie in großen Schwüngen die ersten Farbschichten auf die Leinwand auftrug, wanderten ihre Gedanken zu Lucky und seiner trostlosen Bude. Wie konnte man nur so leben? Seine Wohnung versprühte nicht die geringste Inspiration. Sie war pragmatisch und anspruchslos, genau wie Lucky selbst. Andererseits hatte sein Büdchen durchaus nostalgischen Charme. Wie passte das zusammen?

Lou dachte an die vergangene Nacht mit Yannick Schwarz. Er war zwar Rockmusiker, aber deren Ruf als Womanizer in keiner Weise gerecht geworden. Um es deutlicher auszudrücken: Sie war mehr als enttäuscht über diese schnelle Nummer gewesen. Aber sie hatte zumindest die Nacht nicht alleine in Luckys Wohnung verbringen müssen. Ob Lucky wohl ein guter Liebhaber war? Zumindest schien Maja noch immer an ihm zu hängen und ihn sehr zu vermissen. Dafür musste es schließlich Gründe geben. Gründe, die sich ihr bislang noch nicht restlos erschlossen hatten, obwohl Lucky zugegebenermaßen sehr charmant sein konnte. Ganz anders als sein Kumpel Johnson, mit dem Lou nach wie vor nicht warm wurde. Er schien Luckys Entscheidungen – außer vielleicht bei Maja – niemals infrage zu stellen, sondern ihm stets den Rücken zu stärken. Zum wiederholten Male hatte sie den Eindruck, dass Johnson Dinge aus Luckys Vergangenheit wusste, die er ihr bislang verschwiegen hatte. Vielleicht war es unangemessen, von ihm zu erwarten, dass er sich ihr gegenüber öffnete. Schließlich hatte auch sie ihre Geheimnisse. Das Fiasko mit Paolo beispielsweise. Paolo! Lou seufzte leise, als sie an ihn dachte. Dieser Mann hatte sie damals im Sturm erobert. Ein Blick in diese tiefbraunen Augen, die von langen dunklen Wimpern umrahmt waren, und sie war ihm mit Haut und Haaren verfallen. Leider war sie nicht die einzige Frau gewesen, auf die er diese Wirkung gehabt hatte. Und er war keineswegs geneigt gewesen, die Chancen, die sich ihm aufgrund seines blendenden Aussehens boten, auszuschlagen. Dummerweise war sie aus ihrem Traum erst erwacht, als es zu spät war. Nachdem sie ihrer Heimat den Rücken gekehrt und alle Brücken hinter sich abgebrochen hatte. Alle, bis auf die zu ihren Eltern und zu ihrer besten Freundin Tessa, zu der sie nie den Kontakt verloren hatte. Sie spürte, wie ihre Inspiration verflog und einem negativen Gefühl wich. Augenblicklich legte sie den Pinsel aus der Hand. Es machte keinen Sinn, jetzt weiterzuarbeiten.

Kritisch betrachtete sie die Leinwand. Sie konnte zufrieden sein, denn sie hatte schon eine Menge geschafft. Erst der Gedanke an Tessa hatte sie unsanft aus ihrer Trance gerissen. Während der Arbeit war ihr gar nicht aufgefallen, wie spät es schon war. Lou griff nach ihrem Smartphone, um Lucky anzurufen. Mehr denn je hatte sie das Bedürfnis, seine Stimme zu hören, die auf sie fast immer eine beruhigende Wirkung hatte.

»Hey, Lou.« Sie atmete erleichtert auf, als er das Gespräch entgegennahm. »Ist alles in Ordnung bei dir?«

»Eigentlich schon«, es fiel ihr schwer, das Zittern in ihrer Stimme zu verbergen. »Aber ich musste gerade an Tessa denken und habe mich gefragt, was wir jetzt noch tun können. Wir hatten alles darauf gesetzt, dass uns Saatmann zu ihr führen würde und nun ist diese Hoffnung zerplatzt wie eine Seifenblase.«

»Das ist kein Grund, den Kopf hängen zu lassen«, tröstete Lucky sie. »Es gibt immer einen alternativen Weg. Saatmann war erst der Anfang. Die Liste möglicher Verdächtiger ist noch lang.«

»Deinen Optimismus hätte ich gerne«, schniefte sie. »Was machst du gerade?«

»Meine Tasche auspacken. Ich bin wieder zu Hause. Wellnessurlaub in der Romantik-Suite ist definitiv nichts für mich.«

»Wirklich?!« Lou versuchte, die offensichtliche Freude in ihrer Stimme zu unterdrücken. »Und was sagt Maja dazu?«

»Mit Maja ist alles geklärt. Sie ist nach einem kurzen Zwischenstopp direkt an die Ostsee weitergefahren.«

»Habt ihr euch gestritten?«

»Nope.«

Lou merkte, dass Lucky nicht darüber reden wollte. Aber das machte ihr nichts aus. Was kümmerte sie Maja? Mit einem Mal war ihre miese Laune verflogen. Jetzt, da Lucky wieder da war, konnten sie die Suche nach Tessa vorantreiben. Es war zumindest ein kleines Licht am Ende des Tunnels erkennbar.

»Ich bin auch bald zu Hause«, sagte sie, während sie die letzten Farbtuben zuschraubte und eilig beiseite räumte. »Wir sehen uns gleich. Ciao Lucky.«

»Ciao Bella!« Sie hörte ihn leise lachen.

Lou stutzte. Hatte sie Luckys Wohnung gerade wirklich als Zuhause bezeichnet? Sie musste völlig den Verstand verloren haben. Es war mittlerweile halb sechs. Bald würde Bruno van der Sand seine Galerie schließen. Lou hatte keine Lust, ihm zu begegnen. Womöglich würde er dann erwarten, dass sie mit ihm essen ginge. Auch wenn das durchaus unterhaltsam sein konnte, zog es sie heute Abend zu Lucky. Sie legte Bruno eine kurze Nachricht auf den Wohnzimmertisch. Dann schloss sie leise die Tür und drehte den Haustürschlüssel zweimal um.

Kurz bevor sie ihren Wagen erreicht hatte, überlegte sie es sich anders. Sie würde noch nicht nach Urdenbach fahren, denn jetzt bot sich die perfekte Gelegenheit, endlich das kleine Feinkost-Geschäft im Rathausviertel aufzusuchen, das ihr schon bei ihrem letzten Besuch in Düsseldorf so gut gefallen hatte. Der *Ausprobierladen* war der ideale Ort, um für Bruno und Lucky ein kulinarisches Dankeschön zu besorgen.

Schon beim Eintreten in das schnuckelige Geschäft hob sich ihre Stimmung. Leckere Toffees, feines Marzipan, edle Spirituosen, ein reichhaltiges Marmeladensortiment und wunderschöne, handgemachte Töpferwaren lachten sie aus den Regalen an. Hier hatte Tessa damals die entzückende kleine Teekanne gekauft. Bei dem Gedanken an ihre Freundin seufzte sie leise. Tessa! Sie mussten sie einfach finden.

****

Am frühen Abend hockte Laura Koch an ihrem Schreibtisch im Präsidium und war frustriert. Ihr Chef Konstantin Kirchberg hatte sich bereits nach Hause verabschiedet, um die unvergleichlichen Kochkünste seiner Frau zu genießen. Er hatte seiner Kollegin zwar angeboten, ihn zu begleiten, doch sie hatte dankend abgelehnt. Zugegebenermaßen war Hermine Kirchberg eine Meisterin am Herd, aber Laura war der Appetit gründlich vergangen. Die Todesfälle Brinker und Klein waren ihr auf den Magen geschlagen. Auch Kirchberg griff nach jedem Strohhalm, der sich ihm bot, um den Fall voranzubringen. Zuletzt war es Alex Luckmann gewesen, den er ins Visier genommen hatte. Aber Konstantin machte ihr nichts vor, im Grunde wusste er ebenso wie sie, dass dieser lässige Typ nichts mit den vermissten Personen zu tun hatte. Dass dem so war, sagte ihr nicht nur ihre die Erfahrung, sondern vor allem ihr Bauchgefühl, auf das sie sich bislang stets hatte verlassen können. Dennoch wollte sie dringend mit Luckmann über die Ereignisse sprechen. Wie lange er wohl noch mit seinem Motorrad auf Tour war? Sie zögerte nur einen kurzen Augenblick, dann griff sie zum Telefon, um es herauszufinden.

»Luckmann.« Als sie seine Stimme hörte, war Laura selbst überrascht. Irgendwie hatte sie nicht damit gerechnet, dass er das Gespräch tatsächlich annehmen würde.

Sie räusperte sich. »Kommissarin Koch von der Kripo Düsseldorf am Telefon. Sie erinnern sich an mich?«

»Natürlich.« Er schien von ihrem Anruf nicht allzu überrascht zu sein. »Der Harley-Fan. Wie könnte ich Sie vergessen? Kann ich etwas für Sie tun?«

»Ich würde gerne mit Ihnen über die Vermisstenfälle sprechen. Am liebsten unter vier Augen.«

»Ganz ohne die Gesellschaft Ihres reizenden Chefs?«

»Ja, ohne Kirchberg. Nur wir zwei. Wann kommen Sie denn von Ihrem Motorradtrip zurück?«

»Ist soeben geschehen«, entgegnete er. »Fast so, als hätten Sie einen siebten Sinn.«

»So etwas nennt sich Intuition«, lachte Laura Koch. »Wäre es zu viel verlangt, mich schon heute Abend zu treffen? Im ungezwungenen Rahmen. Ich habe gehört, in Hassels soll eine neue Kneipe eröffnet haben, das *Zampano*.«

Insgeheim rechnete sie damit, dass er ihren Vorschlag ablehnen würde, aber überraschenderweise stimmte er sofort zu.

»Wenn es für Sie wichtig ist, bin ich dabei.«

Laura fühlte sich erleichtert. Das lief deutlich besser, als sie erwartet hatte. »Dann sehen wir uns also in einer Stunde im *Zampano*?«

»Jep. Ich werde da sein.«

Als sie den Gastraum betrat, saß Luckmann bereits mit einem Glas Rotwein an einem kleinen Ecktisch und machte sich mit einem Handzeichen bemerkbar. Tatsächlich hätte sie ihn fast nicht erkannt, denn seine wuschelige Haarpracht war einem militärisch anmutenden Bürstenhaarschnitt gewichen. Schade eigentlich. Ihr hatten die längeren Haare gut gefallen. Laura hängte ihre Jacke an die Garderobe und nahm ihm gegenüber Platz.

»Herr Luckmann, ich freue mich, dass unsere Verabredung so schnell geklappt hat.«

»Ich helfe jederzeit gerne«, erwiderte er, »wobei ich mich natürlich gefragt habe, ob ich überhaupt eine Wahl hatte?«

»Natürlich hatten Sie die«, entgegnete sie überrascht. »Dies ist kein Verhör, sondern eine private Besprechung. Mein Chef weiß nicht einmal, dass ich Sie kontaktiert habe. Er würde mir vermutlich den Kopf abreißen.«

»Warum sind wir dann hier, Frau Koch?«

»Laura. Ich heiße Laura«, entgegnete sie bestimmt. »Lassen wir doch das blöde ›Sie‹ Schließlich sind wir fast im gleichen Alter.«

»Gut, Laura«, lächelte er sie an. »Ich bin, wie du natürlich längst weißt, Alex. Oder für meine Freunde, Lucky. Vielleicht werden wir ja irgendwann Freunde. Was meinst du?«

»Es wäre schön«, stellte sie fest.

»Du glaubst also nicht, dass ich etwas mit der ganzen Sache zu tun habe? Sonst würdest du mich kaum ohne Kirchberg treffen wollen. Oder interpretiere ich das falsch.«

»Nein, du siehst das ganz richtig«, nickte Laura.

»Aber dein Chef verdächtigt mich?«

Sie schüttelte den Kopf. »Kirchberg ist nicht blöd, Alex. Er versucht nur, sich ein Bild von der Lage zu machen und alle Optionen in seine Überlegungen miteinzubeziehen. Das ist alles.«

»Bei Lou klang das irgendwie anders«, entgegnete Lucky verhalten. »Sie meinte, dein Chef brächte mich mit Johanna Kleins Tod in Verbindung.«

»Bullshit«, wehrte Laura entschieden ab. »Wie ich schon sagte, er wollte sich nur ein umfassendes Bild machen.«

Sein skeptischer Blick verriet ihr, dass ihre Worte ihn keineswegs überzeugt hatten. Dennoch schien er es dabei belassen zu wollen, denn statt nachzuhaken, wechselte er unvermittelt das Thema.

»Möchtest du auch ein Glas Wein oder lieber ein Alt?«

Laura schüttelte bedauernd den Kopf. »Ich bin mit dem Auto hier. Ich nehme eine hausgemachte Limonade. Blutorange-Rosmarin, diese Sorte soll hier besonders lecker sein.« Sie winkte bereits ungeduldig nach der Bedienung.

»Mal ehrlich, Laura, warum wolltest du mich unbedingt sehen? Glaubst du wirklich, ich kann euch helfen oder hast du in Wahrheit nur Lust auf eine Tour mit der Harley?«

»Die hätte ich wirklich«, gestand sie, »aber nicht zum jetzigen Zeitpunkt. Heute möchte ich von dir wissen, was du schon alles unternommen hast, um Tessa aufzuspüren?«

Er zog erstaunt eine Augenbraue hoch. »Wer sagt denn, dass ich was unternommen habe?«

Laura winkte ungeduldig ab. »Lass die Spielchen, Alex. Nachdem ich dein Tattoo gesehen habe, war mir alles klar. Ich habe mich über dich erkundigt und dafür ein paar Gefallen von Freunden eingefordert. Du bist ein ausgebildeter Kampfschwimmer, ein sehr guter sogar, wie ich erfahren habe. Loyal, unerschrocken und für seine unkonventionellen Ideen bekannt. So jemand hält nicht die Füße still, wenn eine Freundin verschwindet. Er wird aktiv. Ich bin mir sicher, dass du auf eigene Faust Nachforschungen anstellst. Gemeinsam mit dieser Künstlerin aus der Schweiz. Vielleicht können wir unsere Kräfte bündeln und uns gegenseitig unterstützen?«

»Das ist ein interessanter Vorschlag. Teilt dein Chef diese Meinung denn?«

»Das wird er. Sobald ich ihn von den Vorteilen eines solchen Arrangements überzeugt habe.«

»Also teilt er sie nicht«, konstatierte er. »Du riskierst mit diesem Treffen einen gehörigen Anpfiff. Kirchberg wird mächtig

Puls kriegen, sollte er davon erfahren. Glaubst du, es zahlt sich letztendlich aus?«

Laura wusste nur zu gut, dass ihr Gegenüber mit seiner Annahme richtig lag. Ihr Chef würde vermutlich ausflippen, wenn er von ihrem Alleingang erführe. Aber das musste sie riskieren. Selten war sie so überzeugt davon gewesen, das Richtige zu tun.

»Natürlich denke ich, es zahlt sich aus. Sonst wäre ich nicht hier.« Sie strich selbstbewusst eine vorwitzige Haarsträhne ihres braunen Bobs aus dem Gesicht. »Ich muss nur den richtigen Zeitpunkt abpassen, um ihn von meiner Idee zu überzeugen. Du wirst mich nicht vorher bei ihm verpfeifen oder habe ich mich in dir getäuscht?« Sie versuchte, seinen Gesichtsausdruck zu deuten, der sich jetzt zu einem beruhigenden Lächeln verzog.

»Hast du nicht. Es gibt für mich gar keinen Grund, ihm etwas von unserem Gespräch zu erzählen. Aber du solltest aus Eigeninteresse möglichst bald mit deinem Chef sprechen. Das wäre definitiv besser, als hinter seinem Rücken zu agieren.«

»Werde ich«, stimmte sie zu. »Sobald ich von dir etwas Brauchbares erfahren habe, das die Effektivität einer Kooperation unterstreicht.«

»Das Problem ist«, sagte er und beugte sich zu ihr hinüber, »dass ich bislang noch nicht viel zu berichten habe. Von dem Notizbuch mit der Namensliste, das wir gefunden haben, weißt du ja bereits.«

»Das ist doch bestimmt nicht alles?« Laura fiel es schwer, ihre Enttäuschung zu verbergen. Sie hatte sich mehr Informationen von Alex Luckmann erhofft.

»Du bist ganz schön ungeduldig«, entgegnete er. »Aber du hast recht. Das ist nicht alles. Ich habe weiterhin herausgefunden, dass Tessa bis vor Kurzem mit dem Modeunternehmer Ulrich Saatmann liiert war, dann aber auf Abstand zu ihm gegangen ist, was ihn ziemlich in Rage versetzt hat.«

»Der Saatmann ist doch verheiratet«, entfuhr es Laura.

»War das jemals ein Hinderungsgrund?« Luckmann zuckte mit den Schultern.

»Bist du dir ganz sicher, dass diese Information stimmt?«

»Absolut. Saatmann hat mir selbst von der Affäre erzählt und schwer über das Ende dieser Beziehung geklagt. Seine Wut ist inzwischen heftigem Liebeskummer gewichen. Ich bin mir nahezu sicher, dass er nichts mit Tessas Verschwinden zu tun hat. Vielmehr sucht er selbst verzweifelt nach ihr, um sie davon zu überzeugen, zu ihm zurückzukehren.«

»Und seine Frau? Könnte sie etwas mit Tiedes Verschwinden zu tun haben?«

»Das kann ich natürlich nicht ausschließen«, sagte er. »Aber ich glaube, dass sie sich längst mit den Eskapaden ihres Ehemanns arrangiert hat. Tessa scheint nicht sein erster Fehltritt gewesen zu sein.«

»Hm.« Laura fragte sich, warum sie und Kirchberg bei ihrer Untersuchung nicht auf den Namen Ulrich Saatmann gestoßen waren? Was hatte Luckmann ihnen voraus?

»Darf ich dich fragen, woher du das alles weißt?«

»Na klar, darfst du. Allerdings werde ich dir keine Antwort auf diese Frage geben.«

Sein Gesichtsausdruck ließ keinen Zweifel daran, dass er diese Worte absolut ernst meinte. Laura schluckte ihre Verärgerung darüber hinunter. Vermutlich durfte sie zu Beginn ihrer Zusammenarbeit nicht zu viel Entgegenkommen erwarten. Allerdings brannte ihr noch etwas anderes unter den Nägeln.

»Der Besitzer vom Eulenhof hat uns erzählt, dass ein Pärchen ihn kürzlich auf Madeleine Brinker und Tessa Tiede angesprochen hat. Der Beschreibung nach wart ihr das. Was wolltet ihr dort? Wohl kaum reiten lernen?«

»Warum nicht?«, grinste Lucky. »Das Glück der Erde liegt auf dem Rücken der ...«

»Blödsinn«, unterbrach sie ihn heftig. Auch wenn sie Alex Luckmann durchaus sympathisch fand, wollte sie sich nicht von ihm auf den Arm nehmen lassen.

»Na gut.« Er lehnte sich entspannt zurück. »Holger Mattis war einer der Namen, die in Tessas Notizbuch aufgeführt waren. Wir wollten herausfinden, in welcher Verbindung er zu ihr steht. Also habe ich vorgegeben, bei ihm Unterricht nehmen zu wollen.«

»Und?«, starrte Laura ihn erwartungsvoll an, »habt ihr was in Erfahrung gebracht?«

»Vermutlich dasselbe wie du und dein Chef.« Er nahm einen weiteren Schluck Wein, bevor er fortfuhr. »Tessa wollte Infos für einen Artikel über die diesjährige Weihnachtsquadrille einholen. Und Madeleine Brinker hat ein erstklassiges Pferd dort eingestellt, das ihr Mann Tom jetzt möglichst schnell unter den Hammer bringen will.«

»Das ist alles?«

»Nicht ganz«, sagte er. »Die Ehe der Brinkers scheint nicht ganz unbelastet gewesen zu sein. Angeblich war er eifersüchtig auf das Pferd, dem sie einen Großteil ihrer spärlichen Freizeit gewidmet hat.«

»Eifersüchtig auf ein Pferd?«, wunderte sich Laura. »Das klingt absurd.«

»Es gibt nichts, was es nicht gibt«, bemerkte Luckmann lapidar.

»Weißt du, ob Madeleine und Tessa in Verbindung zueinander gestanden haben?«

»Also befreundet waren sie anscheinend nicht. Aber sie haben bei einem zufälligen Treffen am Reitstall ein Weilchen miteinander geplaudert. Über Kunst und Kultur, die Galerieeröffnung in Benrath und einen gemeinsamen Bekannten. Ich kann dir allerdings nicht sagen, um wen es sich dabei gehandelt hat. Vielleicht muss ich erst zu meiner Longenstunde antreten, um das herauszufinden.«

Laura war perplex. Wie konnte es sein, dass Alex Luckmann und Louisa Caprini mehr in Erfahrung gebracht hatten als Kirchberg und sie?

»Hat Holger Mattis euch das alles erzählt?«

Er schüttelte den Kopf und grinste. »Seine reizende Mutter und Kathi aus dem Reiterstübchen waren so freundlich, mir ausführlich von ihren Beobachtungen zu berichten.«

»Interessant.« Laura ließ das Gehörte sacken. Schon jetzt war sie überzeugt davon, dass die Idee, sich mit Alex Luckmann zu verbünden, absolut richtig war. Er verfügte über Fähigkeiten, die Kirchberg und ihr fehlten. Offensichtlich brachte er mit seinem lässigen Charme auch Menschen zum Reden, die bei der Kripo lieber den Mund hielten.

»Dein spontaner Motorradausflug ins Siegerland hatte nicht zufälligerweise was mit Tessas Verschwinden zu tun?«, fragte sie.

»Nein, wie kommst du auf diese Idee?« Er schüttelte den Kopf. »Ich wollte einfach mal wieder eine Tour machen, um auf andere Gedanken zu kommen.«

Erneut war Laura sich nicht sicher, ob er die Wahrheit sagte. Es war ihr nahezu unmöglich, ihn zu durchschauen. Er wirkte zwar offen und vertrauenswürdig, doch ihr war klar, dass sein harmloses Auftreten nur Fassade war. Ein Mann wie er war gewiss mit allen Wassern gewaschen.

»Wie sehen denn deine weiteren Pläne aus?«, fragte sie neugierig. »Vorausgesetzt, du hast schon welche.«

»Klar habe ich welche. Ich hau mich gleich aufs Ohr und schlafe ein paar Stunden.« Ein Seufzer kam über seine Lippen. Erst jetzt bemerkte Laura, dass er dunkle Schatten unter den Augen hatte und ziemlich ausgelaugt wirkte. Offensichtlich waren die Tage und Nächte mit Louisa Caprini äußerst anstrengend.

»Läuft da eigentlich was zwischen der Caprini und dir?« Laura konnte sich die Frage nicht verkneifen.

Augenblicklich wirkte Luckmann genervt. »Ich frage mich, warum das jeder denkt. Machen wir etwa einen verliebten Eindruck? Nein, da läuft nichts. Mittlerweile haben wir uns recht gut miteinander arrangiert, das war's. Ganz abgesehen davon, dass dich das, selbst wenn es so wäre, nichts anginge.«

»Entschuldige.« Laura wunderte sich über seinen ungewohnt schroffen Tonfall. »Ich war nur neugierig, weil sie doch bei dir wohnt.«

»Sie wohnt nur vorübergehend bei mir. Ich habe ihr quasi kurzfristig Asyl gewährt. Unter anderem deshalb, weil dein Chef ihr nahegelegt hat, nicht alleine in Tessas Haus zu übernachten. Aber auch das weißt du ja bereits.«

Er schaute auf seine Armbanduhr. »Falls du nichts dagegen hast, möchte ich unser Treffen jetzt beenden. Ich bin wirklich müde und muss morgen wieder sehr früh im Büdchen stehen.«

»Natürlich«, nickte Laura und griff nach ihrem Portemonnaie, um die Rechnung zu begleichen. »Wenn du dich in deiner Männlichkeit nicht gekränkt fühlst, möchte ich dich heute Abend gerne einladen.«

»Tu dir keinen Zwang an«, entgegnete Luckmann trocken.

»Damit habe ich kein Problem. Schließlich bin ich emanzipiert.«

»Das spricht für dich, Alex.« Sie zwinkerte ihm zu. »Ich hoffe, wir sehen uns bald wieder, dann kannst du dich revanchieren, wenn du möchtest.«

»Erst einmal musst du Kirchbergs Wutanfall überstehen. Er wird darüber, dass du hinter seinem Rücken mit mir paktiert hast, wenig begeistert sein. Wenn sich dann der Sturm im Wasserglas gelegt hat, unternehmen wir eine Spritztour mit der Fat Boy. Einverstanden?«

»Spitze.« Laura konnte sich ein breites Grinsen nicht verkneifen. »Übrigens – wie sieht's aus, darf ich dich jetzt Lucky nennen?«

Er lachte. »Ganz wie du willst. Diese Entscheidung überlasse ich dir.«

Draußen war es mittlerweile unangenehm kalt geworden. Man konnte förmlich spüren, dass der Winter unmittelbar vor der Tür stand. Laura fröstelte. Obwohl sie die kalte Jahreszeit grundsätzlich mochte, weil man es sich dann zu Hause bei Kerzenlicht schön hyggelig machen konnte, hätte sie beim Verlassen des *Zampano* nichts gegen angenehm sommerliche Temperaturen gehabt.

»Wo steht denn dein Wagen?« Lucky sah sie fragend an.

Laura wies in eine schmale Nebenstraße. »Es ist nicht weit, du musst mich nicht begleiten.«

»Das sagt die Frau, die zwei brutale Morde und diverse Vermisstenfälle aufklären muss«, entgegnete er spöttisch.

»Ich bin Kripobeamtin«, gab sie zu bedenken. »Ich weiß mich zu wehren.«

»Davon bin ich überzeugt. Trotzdem werde ich dich zu deinem Auto begleiten. Nicht, weil ich denke, dass du Schutz brauchst, sondern ausschließlich, damit ich mich besser fühle. Ich bin vermutlich hoffnungslos altmodisch.«

Erneut war Laura sich nicht sicher, ob er sie auf den Arm nehmen wollte. Aber seine Worte hatten durchaus ernst geklungen. Deshalb widersprach sie nicht, sondern schlenderte mit ihm gemeinsam zu ihrem Wagen, den sie unweit des Lokals geparkt hatte. Schließlich blieb sie vor einem weißen Peugeot stehen. Sie schloss die Fahrertür auf und schaute ihn an.

»Höre ich von dir?«

Er nickte. »Ganz bestimmt. Ich melde mich, sobald ich etwas Neues in Erfahrung bringen konnte. Du kannst dich auf mich verlassen.«

Trotz seiner Worte hatte Laura Zweifel. Im Rückspiegel ihres Wagens sah sie seiner schlanken Gestalt nach, die langsam von der Dunkelheit verschluckt wurde. Morgen würde sie Kirchberg von ihrem eigenmächtigen Treffen mit Alex Luckmann berichten. Bei diesem Gedanken verflog die Euphorie, die sie während der Unterhaltung mit Lucky empfunden hatte, und wich einem Gefühl des Unbehagens. Denn Konstantin Kirchberg war nicht nur bekannt für seine cholerischen Ausbrüche, sondern auch dafür, dass sein Verständnis für Alleingänge seiner Assistenten alles andere als ausgeprägt war.

Kapitel 18

Als Lucky kurze Zeit später nach Hause kam, lag Lou auf dem Sofa vor dem Fernseher und schaute ›Bones‹.

»Hast du im wirklichen Leben nicht schon genug Mord und Totschlag«, grinste er, während er sich eine Cola aus dem Kühlschrank holte.

»Könnte man meinen, nicht wahr?«, kicherte sie leise und schaltete den Ton aus.

»Wie war dein Trip mit Maja?«

»Kein Kommentar.« Sein Blick verfinsterte sich.

»Und das Treffen mit der Kripo? Hat Kirchberg dich einem Verhör unterzogen? Ich finde es übrigens recht seltsam, dass er dich so spät noch treffen wollte.«

»Von wegen Kirchberg.« Lucky setzte sich in den Sessel und legte die Füße auf den Tisch. »Ich habe mich mit Laura Koch getroffen. Es war sozusagen eine konspirative Zusammenkunft. Sie schlägt vor, unsere Kräfte zu bündeln.«

»Nicht wirklich, oder?«, rief Lou erstaunt. »Ich hab mich wohl verhört?«

»Du hast mich schon richtig verstanden.« Er rieb sich die Schläfen, denn mittlerweile verspürte er einen pochenden Kopfschmerz. Er hatte eindeutig in den letzten Nächten zu wenig und viel zu schlecht geschlafen.

»Warum denkt sie, wir könnten unsere Kräfte bündeln? Wovon in Gottes Namen spricht diese Frau überhaupt?«

»Koch hat spitzgekriegt, dass ich bei einer Spezialeinheit war. Jetzt vermutet sie ganz richtig, dass wir auf eigene Faust ermitteln und womöglich mehr herausfinden als Kirchberg und sie. Sie hofft auf meine ›unkonventionellen Ideen‹, wie sie es nennt.«

»Und was hast du ihr geantwortet?« Beherzt griff Lou in die Schale mit Chips, die vor ihr auf dem Couchtisch stand, und stopfte sich eine Handvoll in den Mund. Bei dem Gedanken an die Krümel, die ihn in der Nacht quälen würden, grauste es Lucky jetzt schon.

»Ich habe ihr unsere Infos über Saatmann und Mattis gegeben. Na ja, teilweise jedenfalls. Hier und da habe ich etwas ausgelassen, wie du dir wahrscheinlich denken kannst.« Er zwinkerte ihr zu. »An sich ist Lauras Idee ja nicht schlecht. Warum sollten wir uns nicht gegenseitig unterstützen, wenn es hilft, Tessa zu finden?«

»Ach, ihr duzt euch schon?«, fragte Lou verblüfft. »Was sagt denn Hauptkommissar Kirchberg zu diesem ungewöhnlichen Arrangement? Schließlich hat er dich noch vor ein paar Tagen zum erweiterten Kreis der Verdächtigen gezählt.«

»Der weiß noch nichts davon«, gestand Lucky. »Aber Laura wird mit ihm sprechen, sobald sich eine günstige Gelegenheit ergibt.«

»Na, wenn das so ist, dann war der Abend ja erfolgreich.« Lou nahm die Fernbedienung und schaltete den Ton wieder lauter, um Booths und Brennans Ermittlungen weiter zu verfolgen. Lucky lehnte den Kopf zurück und schloss erschöpft die Augen. Er sehnte sich nach seinem Bett oder zumindest dem Sofa, das Lou jetzt auch noch mit Beschlag belegte und gedankenlos weiter vollkrümelte.

Am nächsten Morgen saß Lucky noch immer in seinem Sessel und fühlte sich völlig zerschlagen. Auf Dauer konnte es keine Lösung sein, dass Lou in seinem Bett nächtigte. Auch er brauchte seinen Schlaf. Wenigstens ab und zu. Er schlug die Wolldecke zurück, mit der die Nachtschwärmerin Lou ihn offenbar zugedeckt hatte, und ging leise ins Badezimmer, um zu duschen. Das heiße Wasser, das minutenlang über seine verspannten Muskeln prasselte, tat unbeschreiblich gut. Dennoch drehte er am Schluss den Kaltwasserhahn bis zum Anschlag auf, um seine bleierne Müdigkeit zu vertreiben. Dann zog er sich Jeans und Pulli an und gönnte sich einen starken Kaffee im Stehen, bevor er die Wohnung verließ, um sein Büdchen zu öffnen. Gerade am frühen Morgen kamen viele Kunden auf dem Weg zur Arbeit oder zur Schule bei ihm vorbei, um sich mit Getränken, Butterbroten und Snacks zu versorgen.

Lucky liebte es, in Ruhe alles vorzubereiten und dabei seinen Gedanken nachzuhängen. Dass sie bei der Suche nach Tessa noch immer nichts Konkretes erreicht hatten, belastete ihn mehr, als er vor Lou zugegeben hätte. Es war an der Zeit, neuen Ideen Raum zu geben, nachdem er Saatmann von der Liste der Verdächtigen hatte streichen müssen.

Zum wiederholten Male ging er gedanklich die Namen aus dem Notizbuch durch, die er längst auswendig kannte. Tom Brinker und Frank Holtkamp waren die einzigen Personen, denen er bislang noch keine Beachtung geschenkt hatte. Welchen der beiden sollte er zuerst unter die Lupe nehmen? Wer war Frank Holtkamp überhaupt? Er zog sein Smartphone hervor, um nach dem Namen zu googeln. Schnell wurde er fündig, denn Holtkamp gehörte ein kleines Reisebüro, das sich auf USA-Touren spezialisiert hatte. Interessant! Hatte Tessa womöglich einen Urlaub geplant? Oder war Holtkamp nur ein weiterer ihrer zahlreichen Interviewpartner? Es brachte nichts, darüber zu spekulieren. Er musste Holtkamp aufsuchen. Am besten gleich heute Nachmittag, sobald Johnson ihn im Büdchen ablöste. Einen kurzen Augenblick spielte er mit dem Gedanken, Laura Koch in seine Pläne einzuweihen, dann aber entschied er sich dagegen. Vermutlich hatte sie sowieso noch nicht mit Kirchberg über ihre Idee gesprochen. Und letztendlich war es nicht seine Aufgabe, sich in die Arbeit der Kripo einzubringen. Selbst dann nicht, wenn Laura Koch mit ihm kooperieren wollte.

Als Johnson um drei Uhr endlich auftauchte, hatte sich Lucky bereits einen Plan zurechtgelegt. Was sprach eigentlich gegen eine USA-Reise? Er hatte schon immer einen Trip mit der Harley auf der historischen Route 66 machen wollen. Knapp 4.000 Kilometer quer durch acht Bundesstaaten der USA, von Chicago bis nach Los Angeles. War das nicht der American Dream nahezu aller Biker? Bestimmt konnte ihm Frank Holtkamp behilflich sein, seine Träume zu realisieren – zumindest in der Theorie.

»Du schwebst offenbar in fernen geistigen Sphären«, stellte Johnson grinsend fest. »Ich tippe mal darauf, dass du etwas ausheckst?«

»Ich statte Holtkamp einen Besuch ab«, entgegnete Lucky, während er seine Lederjacke anzog. »Sein Name stand auf der Liste in Tessas Notizbuch. Er hat eine Travel Agency für USA-Reisen, weshalb ich soeben beschlossen habe, ›The American Way of Life‹ in meinem nächsten Urlaub hautnah zu erleben.«

»Dass Amerika entdeckt wurde, war erstaunlich. Noch erstaunlicher wäre gewesen, wenn Amerika nicht entdeckt worden wäre«, gab Johnson zum Besten. Weißt du, wer das gesagt hat?«

»Bruce Springsteen?«, riet Lucky.

»Völlig falsch«, korrigierte Johnson ihn. »Es war natürlich Mark Twain.«

»Natürlich«, nickte Lucky. »Wer sollte es auch sonst gewesen sein?« Er nahm seinen Helm und winkte Johnson beim Verlassen des Büdchens zu. Froh, weiteren Belehrungen entkommen zu sein. Manchmal fragte er sich, wie Johnson seine Schulzeit unbeschadet hatte überstehen können. Er musste aufgrund seiner Besserwisserei nicht nur der Albtraum seiner Mitschüler, sondern auch vieler Lehrer gewesen sein. Auf seiner Schule hätte es dafür zumindest gelegentlich eine Abreibung gegeben.

Es dauerte fast zwanzig Minuten, bis Lucky sich durch den Verkehr gekämpft und die Birkenstraße im neuerdings hippen Stadtviertel Flingern erreicht hatte, in der sich das kleine Reisebüro befand. Als er die Geschäftsräume betrat, wurde ihm schnell klar, dass Holtkamp selbst nicht anwesend war. Nur eine attraktive Blondine mit einem flotten Pferdeschwanz und knallrot geschminkten Lippen saß hinter einem PC und begrüßte ihn mit einem eindrucksvollen Zahnpastalächeln. Sie trug ein eng anliegendes blaues Shirt, auf dem in sonnig-gelben Buchstaben ›I love California‹ stand und verkörperte in perfekter Weise die Vorstellung vom kalifornischen Girlie. Ein runder Button, der auf ihrem prallen Busen befestigt war, ließ keinen Zweifel daran, dass die junge Dame Melanie hieß. An den Wänden prangten große Poster mit USA-Motiven, die die Reiselust zusätzlich befeuern sollten, während sich in den Fächern der Regalwand Berge von Reiseprospekten und Reiseliteratur stapelten. Mehr Klischee ging wirklich nicht, dachte Lucky.

»Hi, kann ich dir helfen?« Sie strahlte ihn an, während ihre rot lackierten, mit winzigen Strass-Steinchen verzierten Fingernägel fast artistisch über die Tastatur ihres Computers klimperten.

Lucky nahm ihr gegenüber Platz und erwiderte ihr Lächeln.

»Das will ich hoffen, Melanie. Ich möchte gemeinsam mit meinem Kumpel einen USA-Trip machen. Mit dem Bike auf der Route 66. Eine Bekannte hat mir vor einiger Zeit euer Reisebüro empfohlen. Tessa Tiede, vielleicht kannst du dich an sie erinnern?«

»Tessa Tiede? Ja, natürlich kann ich mich erinnern. Sie war erst kürzlich hier.«

»Ach tatsächlich?«, heuchelte er Überraschung. »Wann genau war das denn?«

»Lass mich überlegen.« Melanie runzelte die Stirn. »Vor vier Wochen vielleicht«, antwortete sie zögernd. »Sie hat sich ausführlich beraten lassen, sich dann aber nicht wieder bei uns gemeldet. Vielleicht hat sie übers Internet gebucht. Allerdings wäre das ziemlich asozial, wo ich mir so viel Zeit für sie genommen habe.«

»Das wäre es wirklich«, stimmte Lucky ihr zu. »Weißt du noch, wohin Tessa reisen wollte und für welchen Zeitraum sie ihren Urlaub geplant hat?« Er spürte, wie sein Puls sich beschleunigte.

Melanie warf ihm einen misstrauischen Blick zu. »Wir geben üblicherweise keine Informationen über unsere Kunden weiter.«

»Sorry«, lächelte er entschuldigend. »Es ist auch weiter nicht wichtig. Ich dachte nur, wenn sie zeitgleich am selben Ort wie ich wäre, könnten wir uns vielleicht treffen. Übrigens hast du ein megacooles T-Shirt an. Es sieht super aus.«

»Nicht wahr?« Schlagartig war das Misstrauen aus ihrem Blick gewichen. Dann seufzte sie melodramatisch.

»Unter uns gesagt, hatte deine Bekannte ungewöhnliche Ziele. North Charleston, Huntington, Cincinnati und Atlanta, um nur einige zu nennen. Wer will bitteschön dorthin, wenn es New York, Los Angeles und San Francisco als Alternativen gibt?«

»Das ist wohl wahr«, pflichtete Lucky ihr bei, während er

versuchte, sich die Namen der Städte einzuprägen. Was zum Teufel hatte Tessa geplant? Warum wusste Lou nichts von ihrem ungewöhnlichen Vorhaben, obwohl beide seit Jahren beste Freundinnen waren?

»Und nun zu dir«, hörte Lucky Melanie sagen. »Jetzt suchen wir für dich und deinen Kumpel die heißeste Route-66-Tour und die coolsten Übernachtungsmöglichkeiten raus. Wann soll's denn losgehen?«

Eine Stunde später verließ Lucky mit rauchendem Kopf und einer dicken Mappe unter dem Arm das Reisebüro. Melanie hatte wirklich alle Register gezogen und ihm eine Tour zusammengestellt, die ihn restlos begeisterte. Vielleicht würde er, wenn dieser ganze Albtraum vorüber war, Johnson für seine Hilfe im Büdchen auf diese Reise einladen. Vorausgesetzt, sein Kumpel wäre bereit, seinen knochigen Hintern als Sozius aufs Motorrad zu schwingen. Wirklich vorstellen konnte er sich das allerdings nicht. Er warf einen Blick auf die Uhr. Halb fünf. Bald würde Lou nicht länger an ihrem Gemälde arbeiten können, weil es zu dunkel wurde. Sie mochte es nicht, bei künstlichem Licht zu malen. Er brannte darauf, ihr die Neuigkeiten über Tessas USA-Pläne zu erzählen, wollte sie aber nicht bei ihrer Arbeit stören. Eine seltsame innere Unruhe hatte ihn erfasst, die er in dieser Intensität zuletzt vor riskanten Auslandseinsätzen wahrgenommen hatte. Er vermisste diesen ganz besonderen Kick, der ihn spüren ließ, dass er lebte. Auch wenn er sein Büdchen liebte, fing die Arbeit dort an, ihn zu langweilen. Zwar hatte er genau diese Langeweile anfangs als wohltuend empfunden, aber jetzt spürte er, dass ihn die Abenteuerlust wieder packte. Er wollte zurück ins alte Team. So schnell wie möglich. Ihm war klar, dass Johnson von seinem Entschluss wenig begeistert sein würde. Lou wäre es vermutlich egal, da sie sowieso ins Tessin zurückkehren würde und Maja, tja Maja … Nach ihrem letzten Gespräch war beiden klar geworden, dass es keinen Sinn machte, die Beziehung wieder aufleben zu lassen. Es war dumm, immer wieder die gleichen Dinge zu versuchen und darauf zu hoffen, dass das Resultat ein anderes wäre. Maja und er passten einfach nicht zusammen, auch wenn die Anziehungskraft zwischen ihnen nach wie vor groß war. Es war an der Zeit, sich das endlich einzugestehen. So schwer es auch fiel.

Lucky schlängelte sich mit der Harley an der dichten Autokolonne vorbei, die sich langsam in Richtung Benrath quälte, wobei er sich einige unfreundliche Gesten der Autofahrer einhandelte. Doch das interessierte ihn nicht. Endlich hatte er das Schlimmste hinter sich gelassen und konnte wieder Gas geben. Als er am Benrather Schloss vorbeifuhr, fiel ihm auf, dass der Weihnachtsmarkt bereits seinen Betrieb aufgenommen hatte. Vielleicht hätte Lou Spaß daran, mit ihm heute Abend dort hinzugehen. Ein bisschen Abwechslung würde ihnen bestimmt guttun.

»Ehrlich?« Lou klatschte begeistert in die Hände und fiel ihm dann spontan um den Hals. »Ich war dieses Jahr noch auf keinem Weihnachtsmarkt. Das ist wirklich eine Spitzenidee von dir!«

»Das dachte ich auch«, nickte Lucky und tauschte die Motorradboots gegen bequeme Schuhe.

»Fahren wir nicht mit dem Bike?« Überrascht sah sie ihn an.

»Stell dir vor, wir laufen«, grinste er. »Ganz gemütlich durch den Schlosspark, dann über den Weihnachtsmarkt und vielleicht noch in eine Kneipe, wenn uns der Sinn danach steht. Ich hab dir ein paar interessante Neuigkeiten zu erzählen.«

»Über Tessa?«

»Auch.« Er griff nach seinem Portemonnaie und steckte es in die Tasche seiner Jeans. Dann öffnete er die Tür und wies Lou hinaus in den Flur. »Aber erst werden wir uns ein bisschen Spaß gönnen, einverstanden?«

Gemeinsam schlenderten sie die Urdenbacher Allee entlang, bevor sie nach links in den Benrather Schlosspark einbogen und kurz darauf zum Kopfende des Spiegelweihers gelangten. Im fahlen Mondlicht wirkte der glitzernde Weiher nahezu mystisch. Lou hakte sich bei ihm ein und lehnte ihren Kopf gegen seine Schulter.

»Bald ist Weihnachten«, freute sie sich. »Normalerweise fahre ich an den Festtagen zu meinen Eltern nach Ostfriesland. Was machst du?«

»Keine Ahnung. Vermutlich bleibe ich zu Hause. Ich habe noch nicht darüber nachgedacht.«

»Du verbringst die Weihnachtstage alleine?« Ihr entsetzter Blick sprach Bände.

»Wie ich schon sagte. Ich habe noch nicht darüber nachgedacht. Wir haben erst Anfang Dezember. Vielleicht setze ich mich auch mit Johnson in seine Laube, trinke Punsch und singe besoffen Weihnachtslieder. Wer weiß?«

»Besuchst du deine Familie nicht?«

»Ich habe keine Familie.«

»Aber das kann nicht sein, ich habe doch …« Lou schlug sich mit der Hand auf den Mund und verstummte augenblicklich.

»Was hast du?«, merkte Lucky auf. Wenn Lou sich so auffällig verhielt, hatte sie bestimmt einen Grund dazu.

»Ich habe ein Foto von deiner Familie gesehen. Mit dir und deinem Bruder.« Ihre Stimme klang schuldbewusst.

»Du hast also wieder in meinen Sachen geschnüffelt, als ich unterwegs war? Wolltest du das sagen?«

»Es gibt keine Entschuldigung dafür.« Sie ließ den Kopf hängen.

»Stimmt«, nickte Lucky, »die gibt es nicht. Aber ich habe heute keine Lust, mich darüber aufzuregen. Mittlerweile weiß ich ja, wie neugierig du bist.«

»Du bist nicht sauer?«

»Klar bin ich sauer. Oder besser gesagt, enttäuscht. Das wärst du vermutlich auch.« Er zuckte mit den Schultern. »Aber das ändert nichts mehr. Wenn du es genau wissen willst, habe ich in den Kisten all das verstaut, an das ich derzeit nicht denken möchte.«

»Und deine Familie gehört dazu?«

»Verdammt, Lou. Ich habe keine Familie mehr. Was ist daran so schwer zu verstehen? Meine Eltern und mein Bruder sind vor Jahren bei einem Autounfall ums Leben gekommen.«

Er sah, dass Lou bei seinen heftigen Worten erschrocken zusammenzuckte. Das tat ihm leid, aber war es seine Schuld, dass sie ihn permanent mit nervigen Fragen löcherte?

»Mein Gott, Lucky. Das wusste ich nicht.« Tröstend ergriff sie seinen Arm. »Das ist entsetzlich.«

»So spielt das Leben. Es ist schon lange her. Dir ist bislang wohl nicht viel Schlechtes widerfahren, oder?«, fragte Lucky.

Sie schüttelte den Kopf. »Ich habe eine tolle Kindheit gehabt. Meine Eltern sind wundervoll. Auch mit meiner großen Schwester verstehe ich mich super – na ja«, sie zuckte mit den Schultern, »meistens jedenfalls. Ich könnte mir nicht vorstellen, ohne sie zu leben. Es ist nicht fair, dass du deine Familie verloren hast.«

Lucky lachte kurz auf. »Schon gut, Lou. Das Leben ist nicht

fair. Ich habe mich längst damit abgefunden. Und jetzt lass uns einfach den Abend genießen und Spaß haben, okay?«

Mittlerweile hatten sie den idyllischen Weihnachtsmarkt vor dem Schloss erreicht. Viele Menschen drängten sich vor den kleinen, mit Lichterketten geschmückten Holzbuden, um nach Geschenken zu suchen.

»Ich liebe diese Atmosphäre«, schwärmte Lou genießerisch. Sie hatte bereits einen Stand mit Duftkerzen und Weihnachtsschmuck anvisiert. Während sie sich durch das gesamte Sortiment des Händlers kämpfte, hielt Lucky nach etwas anderem Ausschau. Ah, endlich hatte er den Stand entdeckt, der auf keinem Weihnachtsmarkt fehlen durfte. Er stieß Lou an.

»Magst du einen Glühwein?«

»Gerne!« Sie nickte, während ihr der Verkäufer eine gut gefüllte Papiertüte reichte.

»Meine ersten Weihnachtsgeschenke«, lächelte sie verzückt. Einmal mehr war Lucky froh darüber, dass er mit diesem Konsumterror abgeschlossen hatte. Er musste niemanden beschenken und erwartete auch keine Präsente. Das war einer der Vorteile, wenn man alleine Weihnachten feierte. Ganz ohne Verpflichtungen! Er griff nach den Tassen, die der Verkäufer ihm kredenzte, und steuerte einen kleinen Stehtisch in der Nähe an.

»Das Ambiente vor dem Schloss ist einfach traumhaft«, jubelte Lou. »Jetzt fehlt nur noch ein bisschen Schnee für die perfekte Weihnachtsromantik.« Sie wärmte ihre Hände an der Tasse mit dem dampfenden Glühwein.

»Mir fehlt dieses Romantik-Gen«, bedauerte Lucky, »aber es freut mich, dass es dir gefällt.«

»Schau mal« Sie zeigte zu einem Stand mit Kunsthandwerk, vor dem sich eine kleine Menschentraube versammelt hatte.

»Da ist Bruno! Ich geh mal eben rüber und frage ihn, ob er sich zu uns gesellen will. Du hast doch nichts dagegen?«

Ehe er entgegnen konnte, dass er durchaus etwas dagegen hatte, war Lou bereits unterwegs.

Na toll. Der Spinner hatte ihm gerade noch gefehlt. Jetzt musste er den restlichen Abend dieses abgedrehte Künstlergeschwafel wieder über sich ergehen lassen. Dabei wollte er Lou von seinem Besuch im Reisebüro erzählen. Wenn van der Sand dabei war, konnte er das vergessen. Gerade kam sie mit ihm im Schlepptau zurück.

»Herr Luckmann«, nickte ihm der Galerist, der in seinem cremefarbenen Kamelhaarmantel wie immer zwischen allen anderen Besuchern des Marktes herausstach, höflich zu. »Lou hat mich gebeten, mich zu Ihnen zu gesellen. Ich hoffe, es ist Ihnen recht?«

»Wenn es Lous Wunsch ist, ist es auch meiner«, log er, wobei ihm eine Weisheit in den Sinn kam, die sein Vater ihm mit auf den Weg gegeben und die sich seitdem oftmals als nützlich erwiesen hatte. ›Ein guter Diplomat ist derjenige, der nicht alles sagt, was er denkt und nicht alles denkt, was er sagt‹, waren seine Worte gewesen. Genau jetzt war die passende Gelegenheit gekommen, diesen Rat zu beherzigen. Dennoch würde er eine längere Konversation mit van der Sand nicht ertragen. Das wusste er genau.

»Entschuldigt mich bitte einen Moment.« Er wies zur Grünkohlbude am anderen Ende des Marktes. »Ich hole mir was zu essen. Hat sonst noch jemand Hunger?«

Glücklicherweise schüttelten beide den Kopf. Sie waren bereits in ihre ganz eigene Welt eingetaucht und schwafelten über Farben, Pinselstriche und perfekt präparierte Leinwände.

»Time to say goodbye«, sang Lucky leise, während er sich

gemächlich in Richtung Grünkohlausgabe trollte, vor der bereits eine lange Schlange wartete. Umso besser, dann hatte er mehr Zeit, sich diesem Gespräch zu entziehen. Dafür hätte er zur Not auch frittierte Heuschrecken gegessen. Er holte sein Smartphone aus der Jacke und rief Johnson an.

»Hey Johnson, was geht bei dir?«

»Ich sitze gemütlich auf dem Sofa und binge ›Dexter‹. Ein bisschen Mord muss sein«, kicherte er leise. »Und was treibt dich dazu, mich anzurufen?«

»Wir sind auf dem Weihnachtsmarkt vorm Schloss meinem herzallerliebsten Freund Bruno van der Sand in die Arme gelaufen. Vielleicht solltest du Dexter man hierher schicken, damit er seine mörderische Arbeit erledigt. Ich kann den Dummschwätzer partout nicht leiden, und das wird sich in diesem Leben auch nicht mehr ändern. Du müsstest mal sehen, wie Lou auf diesen Blender abfährt. Unfassbar.«

»Komm doch vorbei«, schlug Johnson vor, »und überlass die beiden Herzchen den schönen Künsten.«

»Würde ich gerne, das kann ich aber nicht bringen«, seufzte Lucky.

»Du hast mein volles Mitgefühl«, versicherte Johnson. »Solltest du deine Meinung ändern, weißt du, wo du mich findest. Hier wartet eine ganze Kiste gut gekühltes Altbier auf dich.«

»Das ist ein unschlagbares Argument«, bestätigte Lucky. Er warf einen Blick zu dem Stehtisch, an dem Lou noch immer mit Bruno van der Sand ins Gespräch vertieft war. Sie schien Lucky nicht im Geringsten zu vermissen. Vielleicht sollte er tatsächlich Johnsons Angebot annehmen?

»Du hörst von mir«, versprach er seinem Kumpel, ehe er das Handy ausschaltete und seine Grünkohl-Bestellung aufgab. Wenig später war der Teller leer, der Magen nur ansatzweise gefüllt und Lucky mehr als lustlos auf dem Weg zurück zu Lou und Bruno.

»Lucky«, strahlte sie ihn an. Sie schien sich wirklich zu freuen, dass er sich wieder zu ihnen gesellte. »Bruno wollte gerade gehen. Er hat noch einen wichtigen Termin heute Abend.«

»Wie schade«, heuchelte Lucky, wobei ihm diese Worte problemlos über die Lippen kamen. Van der Sand deutete eine Verbeugung an, bevor er in seinem wehenden Kamelhaarmantel auffällig wie ein Eisbär, der sich in eine Gruppe Schwarzbären verirrt hat, Richtung Hospitalstraße entschwand.

»Den sind wir los«, grunzte Lucky zufrieden, woraufhin er einen missbilligenden Blick von Lou erntete.

»Was willst du?«, verteidigte er sich. »Der Typ nervt.«

»Mich nicht. Ich weiß nicht, was du gegen Bruno hast, aber das spielt jetzt auch keine Rolle.« Sie griff in ihre Papiertüte und fischte einen aus stabilem Silberdraht geformten Engel hervor, der mit wehenden Haaren auf einem Motorrad hockte. »Für dich«, lächelte sie ihn an. »Ein Engel für meinen Schutzengel! Falls du auch mal himmlische Unterstützung brauchst.«

Behutsam griff Lucky nach der handgearbeiteten Figur, die an einem Schlüsselring befestigt war. Unwillkürlich musste er lachen. Er nahm Lou in die Arme und drückte sie kurz.

Danke, Lou! Ich hoffe, ich werde seine Hilfe niemals in Anspruch nehmen müssen.«

»Das hoffe ich auch.« Ihre Wangen waren von der Kälte und dem Glühwein gerötet. Lucky musste zugeben, dass er Laura Koch gegenüber untertrieben hatte, als er sagte, Lou und er hätten sich miteinander arrangiert. Mittlerweile mochte er sie wirklich gerne, auch wenn sie ab und an anstrengend war. Er versenkte das Engelchen sorgsam in seiner Hosentasche.

»Übrigens war ich heute Nachmittag in Frank Holtkamps

Reisebüro. Offenbar hat sich Tessa eine Tour durch die USA ausarbeiten lassen. Hat sie dir gegenüber irgendetwas von diesen Reiseplänen erwähnt?«

»Tessa wollte in die USA?«, rief Lou überrascht aus. »Das ist mir neu.«

»Diese Info habe ich von der Angestellten dort. Allerdings hat Tessa keine Buchung über dieses Reisebüro vorgenommen.«

Lou schüttelte den Kopf. »Ich weiß nichts von einer solchen Reise. War es das, was du mir erzählen wolltest?«

»Das war die eine Sache. Die zweite ist, dass ich im Februar meinen alten Job wieder aufnehmen werde. Vorausgesetzt, ich bestehe den Gesundheitscheck. Wir müssen also Tessa bis dahin gefunden haben, sonst bin ich raus.«

»Du verlässt Düsseldorf und gibst *Lucky's Luke* auf?«

»Vielleicht hat Johnson Lust, das Büdchen für eine Weile zu übernehmen. Es wäre perfekt für ihn. Er könnte ein ausgefallenes Teesortiment anbieten«, lachte Lucky leise.

»Hat Maja dich dazu überredet?«

»Maja hat damit überhaupt nichts zu tun«, wehrte Lucky entschieden ab. »Es ist ganz allein mein Entschluss, für den ich zugegebenermaßen eine Weile gebraucht habe.«

»Du hast nie mit mir darüber gesprochen.«

Er steckte die Hände in seine Jackentasche und bedachte sie mit einem seltsamen Blick.

»Na ja, weil es dich nicht betrifft. Wenn ich es richtig sehe, kehrst du ohnehin bald wieder nach Lugano zurück.«

»Vielleicht, vielleicht auch nicht«, sagte sie geheimnisvoll.

»Soll heißen?« Lucky zog eine Augenbraue hoch.

»Bruno setzt seine Ankündigung in die Tat um und stellt meine Werke in seiner Galerie aus. Ich werde deshalb noch ein

Weilchen länger bleiben als ursprünglich geplant.«

»Ich gratuliere, das freut mich für dich, ehrlich. Du wirst dir als Künstlerin einen Namen machen, ganz bestimmt.«

»Das Rad der Zeit dreht sich unaufhörlich weiter«, seufzte Lou. »Wahrscheinlich ist es gut, dass wir nicht wissen, was uns die Zukunft bringen wird.«

»Ich muss kein Prophet sein, um vorherzusagen, dass uns jetzt entweder ein Fußmarsch zurück nach Hause oder in eine warme Kneipe erwartet«, lächelte Lucky. »Du hast die Qual der Wahl.«

»Ich plädiere für ein leckeres Bierchen in der *Theke*.« Sie hakte sich bei ihm ein. »Bist du einverstanden?«

Lucky nickte zustimmend. »Nichts lieber als das.«

Kurze Zeit später betraten sie die *Alte Apotheke*, in der wie immer am Wochenende reger Betrieb herrschte. Auch dieses Mal hatten sie Glück und konnten einen der Tische ergattern.

»Zwei Alt«, orderte Lucky, noch während er seine Jacke auszog und über die Stuhllehne hängte. Lou rieb sich die Hände, um sich aufzuwärmen und ließ ihren Blick über die Gäste gleiten. Zu spät war ihr eingefallen, dass Yannick Schwarz womöglich auftauchen könnte. Sie hatte keinerlei Interesse daran, ihm hier zu begegnen, während sie in Luckys Begleitung war. Zwar hatte sie ihm von ihrem One-Night-Stand erzählt, aber ganz bewusst verschwiegen, dass es Yannick Schwarz gewesen war. Und das wollte sie so beibehalten. Doch das Glück, das ihnen bei der Suche nach einem Tisch hold gewesen war, schien sie nun verlassen zu haben, denn Yannick spielte im hinteren Teil der Kneipe mit einem Kumpel Darts. Dummerweise hatte er sie bereits gesehen und winkte ihr zu. Lou wäre am liebsten im Boden versunken, als er sein Spiel unterbrach und mit seinem Freund im Schlepptau zu ihrem Tisch kam.

»Hi, Lou! Hallo Alex«, schön, euch zu treffen. Er küsste Lou auf die Wange und sah sie vorwurfsvoll an. »Ich konnte dich nach unserer gemeinsamen Nacht nicht mehr erreichen. Gehst du nie an dein Handy oder ghostest du mich?«

Lou wurde heiß. Sie fühlte, wie ihr eine unangenehme Röte den Hals hinaufkroch und warf Lucky einen verlegenen Blick zu. Anders als sie befürchtet hatte, zeigte sich auf seinem Gesicht nicht die geringste Reaktion. Entweder hatte er seine Gefühle gut im Griff oder es war ihm völlig gleichgültig, dass Yannick mit ihr in Tessas Haus die Nacht verbracht hatte. Lou war sich nicht sicher, was ihr lieber wäre. Jetzt wies er tatsächlich auf die zwei freien Plätze an ihrem Tisch und forderte den Bassisten und seinen Kumpel auf, sich zu ihnen zu setzen. Lou war kurzfristig versucht, ihm mit Schmackes vor sein Schienbein zu treten.

»Hallo, ich bin Jonas«, stellte sich Yannicks Freund vor. »Der Frontmann von Mortal Septicemia.«

»Apropos Mortal Septicemia«, Yannick, der wieder einmal ein Iron-Maiden-Shirt trug, stieß Lucky an. »Wann erscheint endlich unser Interview in der Progsy Roxy?«

»In der Februar-Ausgabe«, versprach Lucky, ohne mit der Wimper zu zucken. »Erst muss der Fotograf noch ein paar geile Aufnahmen von euch machen. Er wird sich in dieser Sache bald bei euch melden.«

»Shit!«, stieß Yannick hervor. »Wir sind demnächst in den Staaten auf Tour. Das wird terminlich schwierig.«

Lou merkte, dass Lucky plötzlich hellhörig wurde.

»Wo werdet ihr denn auftreten?«, hakte er nach. »Wir haben beim letzten Mal viel zu kurz über die Tour gesprochen. Die USA sind schon eine geile Sache.«

»Also alle Gigs habe ich jetzt nicht im Kopf«, gab Yannick zu,

»aber wir supporten Heavy Hamlet bei ihren Auftritten in Charleston, Cincinnati, Atlanta und noch an ein oder zwei anderen Orten, die unser Management ausgehandelt hat.«

»Heavy Hamlet?«, pfiff Lucky durch die Zähne. »Die sind echt angesagt zurzeit. Das kann ein riesiges Sprungbrett für eure Karriere sein.«

»In ein oder zwei Jahren sind wir der Hauptact«, brüstete sich Jonas wenig bescheiden. »Dann sind die Jungs von Heavy Hamlet Geschichte.«

»Sag mal«, wandte sich Lucky erneut an Yannick, »wollte Tessa euch vielleicht auf eurer Tour begleiten?«

Langsam begann Lou zu begreifen, worauf Lucky hinauswollte. Tessas USA-Reisepläne korrespondierten mit den Tour-Terminen von Mortal Septicemia. Hatten Yannick und sie etwa eine heimliche Beziehung? Lou lief es heiß und kalt den Rücken hinunter bei dem Gedanken, dass sie womöglich mit dem Lover ihrer besten Freundin die Nacht verbracht hatte. Aber hätte sie das ahnen können? Yannick Schwarz entsprach in keiner Weise den Männern, die Tessa sonst datete.

Lucky grinste sie an, als ob er ihre heimlichsten Gedanken lesen könnte. Manchmal verfluchte sie seine rasche Auffassungsgabe und sein Geschick, sekundenschnell Zusammenhänge zu erkennen.

»Du wolltest Tessa mitnehmen?«, wandte sich Jonas überrascht an seinen Bandkollegen. »Ohne das mit der Band abzusprechen?«

»Es war gar nicht spruchreif, sondern nur eine spontane Idee bei einem Glas Bier«, wehrte Yannick Schwarz ab. »Ganz abgesehen davon, dass sie sich in dieser Sache nicht mehr bei mir gemeldet hat.«

»Konnte sie auch nicht«, warf Lucky mit einem provozierenden Unterton ein, »weil Tessa nämlich spurlos verschwunden ist.«

Yannicks entsetzter Blick sprach Bände. Der Bassist hatte definitiv keine Ahnung, was mit Tessa passiert war. Luckys Versuch, ihn aus der Reserve zu locken, war mehr als gelungen, denn er hatte unübersehbar mit den Tränen zu kämpfen. Der Musiker war der nächste, den sie von der Liste streichen konnten. Wieder einmal waren sie in einer Sackgasse gelandet.

Kapitel 19

Laura Koch saß mit hochroten Ohren vor dem Schreibtisch ihres Chefs. Heute Morgen hatte sie Kirchberg endlich ihr Treffen mit Alex Luckmann gebeichtet und umgehend einen verbalen Einlauf kassiert, der es in sich hatte. Wer ihn näher kannte, wusste, dass der Kriminalhauptkommissar ab und an aufbrausend reagieren konnte. Jetzt schob er die Unterlagen, die vor ihm auf seinem Schreibtisch lagen, schwungvoll zur Seite, stützte sich auf seine Ellbogen und starrte sie an, als wäre sie ein widerwärtiges Insekt.

»Was in aller Welt hat dich veranlasst, Alex Luckmann eine Kooperation mit uns vorzuschlagen? Er zählt zu den Verdächtigen, hast du das vergessen?«

»Er ist nicht verdächtig, sonst hättest du ihn längst ins Präsidium geholt, um ihn auszuquetschen wie eine Zitrone. Aber du tust es nicht. Und warum? Weil du tief in deinem Herzen genau weißt, dass er nichts mit der Sache zu tun hat. Er versucht lediglich, Tessa Tiede aufzuspüren, weil sie eine Freundin ist. Das ist alles. Und genau das würdest du an seiner Stelle auch tun.«

Laura hatte keine Lust, sich von Kirchberg abkanzeln zu lassen.

»Das überzeugt mich nicht«, brummte Kirchberg ungehalten. »Bei vielen Verbrechen kannten sich Täter und Opfer nur zu gut.«

»Er hat überhaupt kein Motiv«, beharrte Koch. »Du sagst doch immer, dass alles mit dem Motiv zusammenhängt.«

»Wir kennen sein Motiv nur nicht«, korrigierte Kirchberg.

Laura atmete tief durch. Ihr Chef konnte manchmal wirklich starrsinnig sein. Aber sie hatte noch einen weiteren Trumpf im

Ärmel.

»Ich habe mich unter der Hand nach Luckmann erkundigt. Er war zwölf Jahre bei den Kampfschwimmern. Seine Vorgesetzten haben ihn über den grünen Klee gelobt. Loyal, mutig, absolut zuverlässig und unkonventionell waren die Worte, mit denen sie ihn beschrieben haben. Und so ein Mann soll plötzlich völlig grundlos Menschen zerstückeln?.«

»Diese Lobhudelei hat nichts zu bedeuten. Die Militär-Bagage hält sowieso immer zusammen«, winkte Kirchberg ab.

»Wenn du das so siehst«, Laura Koch fehlte die Geduld, sich weiter mit Kirchbergs Vorbehalten herumzuschlagen, »dann lass uns eben weiter kostbare Zeit verschwenden, indem wir den Falschen verdächtigen, anstatt Luckmanns Talente für uns zu nutzen.«

Sie erhob sich und ging langsam zur Tür. Dort drehte sie sich um und lächelte Kirchberg süffisant an.

»Ach übrigens, ehe ich es vergesse. Vielleicht interessiert es dich, zu erfahren, dass Tessa Tiede eine Affäre mit dem Modeunternehmer Ulrich Saatmann hatte. Zu dumm, dass uns dieses wesentliche Detail ebenso entgangen ist wie der Umstand, dass die Ehe der Brinkers keineswegs so harmonisch war, wie ihr Mann es uns glauben lassen wollte oder die Kenntnis darüber, dass Madeleine und Tessa sich im Reiterstübchen sehr angeregt über einen gemeinsamen Bekannten ausgetauscht haben. Aber vermutlich hat Alex Luckmann mir das alles nur erzählt, um von seinen mörderischen Taten abzulenken.«

Sie verließ den Raum, ohne einen Blick zurückzuwerfen, obwohl sie Konstantin Kirchbergs Gesichtsausdruck nur allzu gerne gesehen hätte.

****

Schon seit einer ganzen Weile lag Lucky auf der Wohnzimmercouch und starrte an die Decke. Sein Hirn schien ebenso leer zu sein wie diese nichtssagende weiße Fläche. Er fragte sich, was er für Tessa noch tun konnte. Laura Koch setzte auf ihn und seine unkonventionellen Ideen. Wenn sie wüsste, dass diese Ideen in erster Linie darin bestanden hatten, in fremde Häuser einzubrechen, wäre ihre Begeisterung darüber wohl weniger groß. Müde setzte er sich auf. Jetzt konnte ihm nur ein starker Kaffee helfen, in die Gänge zu kommen. Einmal mehr hatte Johnson die *Luke* übernommen. Bald würde sein Freund immer hinter dem Tresen stehen, während er wieder bei seinem alten Team in Eckernförde war. Lucky überfiel ein wehmütiges Gefühl. In gewisser Weise hatte er sich mit dem Büdchen eine heile Welt erschaffen wollen, denn seine Kindheit war in dem Augenblick, als seine Eltern und sein kleiner Bruder in dem Autowrack starben, vorbei gewesen. Egal. Man konnte die Vergangenheit nicht mehr ändern, dafür aber die Zukunft. Er warf vier Zuckerstückchen in seinen Kaffeepott, kippte einen Schuss Milch hinzu und füllte alles mit Kaffee auf. Perfekt. Mit jedem Schluck der heißen, süßen Brühe wurde seine Laune besser. Aus dem Kühlschrank fischte sich Lucky ein Stück mittelalten Gouda heraus und säbelte sich eine dicke Scheibe ab. Es war halb drei. Lou war bereits vor Stunden zu van der Sand aufgebrochen, um weiter an ihrem Bild zu pinseln. Sie hatte ihm von verschiedenen Schichten erzählt, die sie übereinander malen wollte, um den gewünschten Effekt zu erzielen. Spätestens als sie von Transparenz und Volumenminderung gesprochen hatte, die kompositorischen Feinheiten und optischen Schichtenwirkungen diskutieren wollte, hatte er sich geistig ausgeklinkt.

Das waren Themen, die sie besser mit Bruno erörterte, denn unverkennbar war der Meister diesbezüglich noch verrückter als seine Schülerin. Wie auch immer, Lou würde ihm heute bei seiner Suche nach Tessa nicht zur Seite stehen. Das musste nicht zwingend von Nachteil sein, fand Lucky. Wenn Lou ihn begleitete, fühlte er sich immer für sie verantwortlich. Er spielte in Gedanken alle Optionen durch, die ihm sinnvoll erschienen, um an neue Informationen zu kommen. Viele waren es nicht, aber er entschloss sich aus einem Bauchgefühl heraus, noch einmal zu Mattis an den Eulenhof zu fahren. Einen kurzen Moment überlegte er, dann wählte er Laura Kochs Nummer, die sie ihm bei ihrem letzten Treffen gegeben hatte.

»Koch.« Ihre Stimme klang erstaunlich präsent.

»Hi Laura, hier ist Lucky.«

»Ah!« Sie schien sich über seinen Anruf zu freuen. »Nicht Alex, sondern Lucky. Wir sind also Freunde.«

»Scheint fast so«, bestätigte er. »Hast du mit deinem Chef schon über unser Teamwork gesprochen?«

»Hab ich«, seufzte sie frustriert. »Er war ›not amused‹ und lässt mich jetzt dafür büßen. Ich bin für heute zum Schreibtischdienst verdonnert worden.«

»Zu dumm«, entgegnete Lucky. »Ich wollte nämlich ein weiteres Mal zu Holger Mattis an den Eulenhof fahren und dachte, du hättest vielleicht Lust, mich zu begleiten. Du weißt schon, der Rausch der Geschwindigkeit auf meiner Harley.«

»Schade, daraus wird leider nichts. Kirchberg lässt nicht mit sich spaßen. Dass ich, ohne ihn zu fragen, eigene Wege gegangen bin, passt ihm nicht. Er will nicht zugeben, dass meine Idee gut war.«

»Dann holen wir das eben bei anderer Gelegenheit nach«, versprach Lucky. »Ich rufe dich später an und erzähle dir, ob ich etwas Neues in Erfahrung bringen konnte. Ich denke, in zwei bis drei Stunden bin ich spätestens zurück.«

»Sei bitte vorsichtig«, bat sie ihn. »Wenn dir bei deinen Nachforschungen was passiert, bin ich die nächste Tote. Kirchberg wird mich höchstpersönlich vierteilen.«

Lucky lachte. »Du hättest ohnehin keine Chance, mich aufzuhalten. Und das sollte auch dein Chef wissen. Bis später, du hörst dann von mir.«

Knapp eine halbe Stunde später bog Lucky auf den Parkplatz des Reiterhofs ein. Er fragte sich, warum es ihn erneut an diesen Ort gezogen hatte, obwohl nichts dafür sprach, dass Holger Mattis etwas mit Tessas Verschwinden oder Madeleine Brinkers Ermordung zu tun hatte. Und doch war er von seiner inneren Stimme hierher getrieben worden. Er stellte den Motor ab und legte seinen Helm auf den Sitz. Es war erstaunlich viel Betrieb überall. Als er die festliche Weihnachtsbeleuchtung sah und laute Musik aus der Reithalle hörte, wusste er, warum. Die Vorbereitungen für die Weihnachtsquadrille, über die Tessa hatte berichten wollen, liefen auf Hochtouren. Er warf einen kurzen Blick in die Reithalle, in der Holger Mattis unüberhörbar das Kommando führte. Zimperlich durfte man als sein Reitschüler wirklich nicht sein, dachte Lucky. Zumindest war der raue Ton eine gute Vorbereitung fürs Leben. Er entschied sich, in den Stall zu gehen, um nach Erlkönig zu sehen. Der bildschöne Rappe hatte es ihm angetan. Als er die Stallgasse betrat, sah er einen kräftigen, blonden Mann vor der Box stehen. Er trug keine Reitsachen, sondern Bluejeans, ein kariertes Hemd, einen dunkelblauen Troyer und weiße Sneaker, weshalb er an diesem Ort seltsam deplatziert wirkte. Lucky schlenderte weiter, bis er neben ihm vor der Box von Erlkönig stehenblieb.

»Ein traumhaftes Pferd, nicht wahr«, sprach er den Fremden

an.

»Haben Sie Interesse? Sie können ihn kaufen, wenn sie wollen.« Die Stimme des Mannes klang völlig emotionslos. »Ich brauche ihn nicht mehr.«

»Der Wallach gehört Ihnen?« Jetzt ging Lucky auf, wen er vor sich hatte. Tom Brinker, Madeleines Witwer.

»Er gehörte meiner Frau. Aber ich möchte ihn jetzt veräußern.«

»Ein reizvolles Angebot, aber ich glaube kaum, dass ich mir dieses Pferd leisten kann«, antwortete Lucky. »Mein Name ist übrigens Alex Luckmann.«

»Tom Brinker.« Der blonde Hüne nickte ihm kurz zu. Lucky schätzte ihn auf 30 Jahre. So alt wie Lou vielleicht. Er wirkte erstaunlich gefasst auf Lucky. Aber das konnte ein Abwehrmechanismus sein. Jeder reagierte anders auf einen solchen Verlust, wie Brinker ihn erlitten hatte. Manche weinten, andere erstarrten, er selbst hatte sich nach dem Tod seiner Familie für Wochen abgekapselt und den Kontakt zu anderen Menschen vermieden. Die leeren Mitleidsfloskeln, die den meisten Menschen spielend leicht über die Lippen kamen, hatten ihn nicht getröstet, sondern aggressiv gemacht. Er war ein zorniger Teenager gewesen, der die Welt und sich selbst gehasst hatte. Oft hatte er sich gewünscht, an jenem verhängnisvollen Tag mit im Auto gesessen zu haben. Aber er hatte an diesem Tag keine Lust gehabt, einen auf Familie zu machen. Stattdessen wollte er sich mit seinen Kumpels treffen, heimlich rauchen und über Mädels reden. Sie hatten heftig gestritten, bis seine Eltern schließlich nachgaben. Wenn er geahnt hätte, dass es die letzte Gelegenheit sein würde, ihre Nähe zu spüren, wäre er mitgefahren. Er hätte alles dafür gegeben, bei ihnen zu sein. So aber waren sie auf dem Friedhof und er im Waisenhaus gelandet.

Lucky spürte, dass er sentimental wurde. Ein Gefühl, das ihm verhasst war. Deshalb nickte er Tom Brinker nur kurz zu und beeilte sich, den Stall zu verlassen. Er hatte kein Interesse mehr, mit ihm zu sprechen. Was sollte ihm dieser Mann auch sagen?

Gedankenverloren schlenderte Lucky zu dem großen Reitplatz hinüber, der ungenutzt war. Beinahe zumindest, denn zwei etwa zehnjährige Mädchen spielten dort mit einem kleinen schwarzen Hund mit kurz geschorenem Fell, den sie über bunte Hindernisstangen springen ließen. Lucky musste grinsen. In Haarlänge und -farbe passten er und der Hund einwandfrei zusammen. Eigentlich eine komische Zeit, das Fell so kurz zu scheren, überlegte er. Dann stutzte er plötzlich, denn er glaubte, diesen Hund zu kennen: Er sah verdammt noch mal aus wie Rocky!

»Hi«, rief er und winkte den beiden Mädchen zu. »Euer Hund ist aber niedlich.«

»Das ist Buddy«, ergriff die Größere der beiden das Wort.

»Ist das deiner?«, fragte Lucky interessiert.

Jetzt schüttelte die Kleine den Kopf so heftig, dass ihre geflochtenen Zöpfe flogen. »Wir dürfen nur ein bisschen mit ihm spielen. Sein Frauchen will ihn gleich wieder abholen.«

»Darf ich ihn streicheln?« Lucky hockte sich hin und rief nach dem Tier. Beim Klang seiner Stimme spitzte der Hund sofort die Ohren, rannte schwanzwedelnd auf ihn zu, sprang begeistert an ihm hoch und leckte ihn ab. Auch wenn das Fell geschoren war und er deshalb verändert aussah, war Lucky sich jetzt nahezu sicher, Rocky vor sich zu haben. Allerdings trug der Rüde nicht wie sonst ein rotes Geschirr, sondern ein edles, kalbsledernes Halsband mit einer Hundemarke, auf der *Buddy* eingraviert war. Es war zumindest möglich, dass er sich irrte. Sanft kraulte er dem Mischling den Kopf, als etwas seine

Aufmerksamkeit erregte. Dem kleinen Rüden fehlte ein Stück seines Ohres – genau wie Rocky. Jetzt war Lucky überzeugt davon, Tessas Hund vor sich zu haben. Er glaubte nicht an derartige Zufälle. Sein Herzschlag beschleunigte sich vor Aufregung. Da war sie, die lang ersehnte heiße Spur, die dazu führen konnte, Tessa zu finden. Unauffällig machte er ein Foto von Rocky alias Buddy, um es später Lou zu zeigen. Jetzt musste er unbedingt herausfinden, wer den Vierbeiner abholen würde und dann dieser Person folgen.

Um nicht aufzufallen, winkte Lucky den beiden Mädchen noch einmal zu und entfernte sich ein Stück vom Reitplatz, ohne ihn jedoch aus den Augen zu lassen. Mittlerweile hatte die Abenddämmerung eingesetzt und den Hof in ein diffuses Licht getaucht. Allzulange konnte es also nicht mehr dauern, bis der vermeintliche Besitzer auftauchen würde.

»Lucky! Was machst du denn hier?« Mit einem breiten Lächeln im Gesicht lief ihm Kathi entgegen. Auch dieses Mal trug sie perfekt sitzende Reithosen, dazu eine knallrote Steppjacke und hochwertige, blank polierte Lederreitstiefel.

»Schicke Frise übrigens.« Sie deutete auf seine Haare. »Ich hätte dich fast nicht erkannt. Aber ist dieser Look nicht ein bisschen zu luftig bei dem fiesen Wetter?«

»Ich hatte Sehnsucht. Nach dem Geruch von Pferdemist und natürlich nach dir. Und die Haare sind so kurz, damit sie demnächst besser unter den Reithelm passen«, scherzte er. Dann deutete er zum Reitplatz hinüber. »Kannst du mir sagen, wem dieser Hund gehört?«

»Nee.« Kathi schüttelte den Kopf. »Keine Ahnung. Den hatte eine Frau dabei, die ich noch nie zuvor hier gesehen habe. Sie sprach vorhin mit Tom Brinker. Vielleicht eine Interessentin für Erlkönig. Warum fragst du?«

»Der Kleine kommt mir irgendwie bekannt vor. Ich dachte, vielleicht kenne ich den Besitzer.«

»Die Köter sehen für mich alle gleich aus«, gluckste Kathi. »Aber da kommt die unbekannte Hundequeen, um ihren vierbeinigen Schatz entgegenzunehmen. Jetzt kannst du selbst herausfinden, ob du sie schon einmal getroffen hast.«

Kathi zeigte auf eine blonde Frau. Sie lief über den gepflasterten Hof auf die beiden Mädchen zu, die noch immer mit einer Engelsgeduld versuchten, Buddy über die Stangen springen zu lassen. Lucky hatte sie noch nie gesehen. Sie gehörte zu der Kategorie Frau, die von allem ein bisschen zu viel hatte, um seinem Idealbild zu entsprechen. Zu viel Make-up im Gesicht, zu viele Pfunde auf den Hüften und die Haare zu auffällig blondiert. Dennoch war sie durchaus attraktiv. Sie schien viel Wert auf exklusive Kleidung zu legen, denn ihre cremefarbene Wildlederjacke mit Lammfellkragen sah ebenso teuer aus wie ihre Designerjeans und die fellbesetzten Boots an ihren Füßen. Jetzt winkte sie die beiden Mädchen zu sich, drückte ihnen einen Geldschein in die Hand und nahm Rocky in Empfang.

»Viel Erfolg«, flüsterte ihm Kathi ins Ohr. »Ich weiß zwar nicht, ob du in ihrer Liga spielst, aber falls du bei der Lady abblitzen solltest, weißt du ja, wo du mich findest. Ich stehe auf Bad Boys.«

Sie drückte ihm einen leichten Kuss auf die Wange und zwinkerte ihm zu, bevor sie sich auf den Weg zum Reiterstübchen machte. Auch Lucky setzte sich in Bewegung. Er folgte der fremden Frau, die zielstrebig den Parkplatz vor der Reithalle ansteuerte. Vor einem metallicblauen Range Rover blieb sie stehen und verfrachtete den kleinen Hund in eine Transportbox im Kofferraum. Während er der Unbekannten folgte, versuchte Lucky, Laura Koch zu informieren, doch auf ihrem Handy sprang nur die Mailbox an. Offensichtlich war sie beschäftigt. Also hinterließ er eine kurze Sprachnachricht und machte ein Foto von dem Range Rover, das er ihr schickte. So konnte Laura mithilfe des Nummernschilds herausfinden, wem der Geländewagen gehörte. Er setzte sich den Motorradhelm auf und wartete, bis der Range Rover den Reiterhof verließ, ehe er in sicherem Abstand auf seiner Harley folgte. Am Ende des asphaltierten Feldweges fuhr der SUV nach rechts auf die B7, die zur Autobahn führte. Kurz darauf bog er auf die Zufahrt zur A3 Richtung Köln ab. Inzwischen war es komplett dunkel, sodass Lucky aufgrund des hohen Verkehrsaufkommens aufpassen musste, das Auto nicht aus den Augen zu verlieren. Gekonnt, aber verkehrswidrig schlängelte er sich an einigen Fahrzeugen vorbei, die die linke Spur blockierten. Nicht zum ersten Mal fragte er sich, ob diese unbelehrbaren Schleicher noch nie etwas vom Rechtsfahrgebot in Deutschland gehört hatten. Mittlerweile hatten sie das Hildener Kreuz erreicht, wo der Range Rover auf die A46 in Richtung Neuss wechselte. Konzentriert folgte Lucky der Spur der unbekannten Fahrerin, die immer weiter in den Düsseldorfer Süden führte. Lucky fragte sich, wer die Blondine war. Vielleicht eine Freundin von Tessa, bei der diese untergetaucht war – aus welchen Gründen auch immer? Oder wurde Tessa womöglich gegen ihren Willen von ihr und einem Komplizen irgendwo festgehalten? Auf die eine oder andere Weise steckte Lous Freundin jedenfalls gehörig in der Klemme. Die Möglichkeit, dass sie tot sein könnte, schob Lucky weit von sich. Negativen Gefühlen durfte er jetzt keinen Raum geben. Sie hinderten ihn nur daran, klar und strukturiert zu denken.

Inzwischen hatten sie Benrath hinter sich gelassen und Urdenbach erreicht. Lucky vergrößerte den Abstand, denn hier wurde es aufgrund des geringeren Verkehrsaufkommens schwieriger, dem Wagen unbemerkt zu folgen. Als sie das Ende der Urdenbacher Dorfstraße erreicht hatten, nahm die Fahrerin den Weg Richtung Baumberg, ließ den Wanderparkplatz ›Piels Loch‹ linker Hand liegen und bog dann hinter der kleinen Brücke nach rechts in den Ortweg ein. Wollte die Frau etwa zum Ausleger? Um diese Uhrzeit und dazu noch im Dunkeln? Lucky schaltete das Licht am Motorrad aus, um nicht aufzufallen und heftete sich an die Rückleuchten des Geländewagens, der schließlich in der Nähe des dortigen Ausflugslokals stoppte. Genau hier hatte er mit Lou am Tag ihrer Ankunft nach Tessa gesucht. Alles war menschenleer und trostlos. Lucky stellte die Harley ab und wartete, was jetzt geschehen würde. Offensichtlich führte die Frau ein längeres Telefonat. Lucky war inzwischen trotz seiner Handschuhe mächtig kalt geworden. Er steckte seine Hände in die Jackentasche, um sie aufzuwärmen. Aber wirklich hilfreich war das nicht. Endlich öffnete sich die Fahrertür des Geländewagens und die Blondine stieg aus, um Rocky aus seiner Box zu befreien. Gemächlichen Schrittes setzten sich beide in Bewegung. Luckys Nerven waren zum Zerreißen gespannt. Die Suche nach Tessa stresste ihn mehr als jeder Kampfschwimmer-Einsatz, den er bislang absolviert hatte. War die Frau wirklich in diese Einöde gefahren, nur um den Hund auszuführen? Das konnte er sich kaum vorstellen. Er hoffte auf Ergebnisse, die ihn zu Tessa führten, hatte allerdings wenig Ambitionen auf einen Mondscheinspaziergang – zumal ihm die feuchte Kälte, die in der Luft lag, mittlerweile in die Knochen zog. Erneut warf er einen Blick auf sein Smartphone. So wie es schien, hatte Laura seine Nachricht noch nicht abgehört.

Typisch Frau! Wenn es drauf ankam, war man auf sich alleine gestellt. Eine Erfahrung, die er schon allzu oft in seinem

Leben hatte machen müssen. Insbesondere im Zusammenleben mit Maja. Vielleicht zog es ihn deshalb zurück zu den Kampfschwimmern. Dort stand Teamgeist an erster Stelle. Mist, jetzt hatte er Rocky und seine Begleitung in der Dunkelheit aus den Augen verloren. Er blieb stehen und sah sich suchend um. Zu beiden Seiten war der schmale Weg von dichten Büschen und Bäumen gesäumt. Die Tussi würde sich kaum ins Unterholz geschlagen haben. Insbesondere nicht mit den teuren Klamotten. Das leise Knacken und Rascheln, das ab und an zu vernehmen war, stammte von Tieren, die sich im Gehölz bewegten. In nicht allzu weiter Ferne hörte er das Rauschen des Rheins. Ah, da sah er sie wieder. Er hatte recht gehabt, sie war nicht hinunter zur Autofähre gegangen, sondern hatte den Weg nach Baumberg eingeschlagen. Jetzt verschwand die Frau erneut aus seinem Sichtfeld. Lucky wartete einen Moment, ehe er sich wieder in Bewegung setzte. Er durfte sie nicht aus den Augen verlieren, wollte aber auch nicht Gefahr laufen, von ihr entdeckt zu werden. Ihm war bewusst, dass sein Verhalten mehr als auffällig war. Wohl jede halbwegs normale Frau würde sich unbehaglich fühlen, wenn ein unbekannter Mann ihr in dieser Einöde nachstellte. Was wollte sie überhaupt um diese Uhrzeit hier? Sie musste einen triftigen Grund für ihr ungewöhnliches Verhalten haben. Alleine die Tatsache, dass sie Rocky bei sich hatte und als ihren Hund ausgab, machte sie in seinen Augen verdächtig. Was auch immer ihr Motiv war, er würde es herausfinden!

Während er seinen Überlegungen nachhing, gelangte Lucky zu einem kleinen Platz, auf dem ein alter, ausrangierter Wohnwagen stand. So sehr er sich auch bemühte, er konnte die unbekannte Frau nirgendwo entdecken. Sie war wie vom Erdboden verschluckt. Vielleicht befand sie sich im Inneren des maroden

Campingwagens, dem Lucky sich nun vorsichtig näherte? Aber weder ein Lichtstrahl noch irgendwelche Geräusche, die diese Vermutung bestätigt hätten, drangen nach außen. Ganz abgesehen davon, dass es um diese Jahreszeit viel zu kalt war, sich in diesem Anhänger für längere Zeit aufzuhalten. Erneut wog er das Risiko ab, von der fremden Frau bemerkt zu werden. Er wusste, dass es gewagt war, die freie Fläche ohne die Möglichkeit einer Deckung zu durchqueren. Aber blieb ihm eine andere Wahl? Seine einzige Chance, weitere Anhaltspunkte zu finden, war dieser verlotterte Caravan. Lucky ärgerte sich gewaltig, dass ihn die Lady derart ausgetrickst hatte. Sie musste ihn schon auf dem Weg zum Ausleger bemerkt haben und saß vermutlich längst wieder in ihrem Range Rover mit kuscheliger Sitzheizung, während ihm hier gewaltig der Arsch abfror. Trotzdem beschloss er, der Sache nachzugehen. Geschmeidig bewegte er sich auf den Wohnwagen zu und nestelte nach seinem Lockpicking-Set, das er stets bei sich trug. Schließlich konnte man nie wissen, wann man es brauchte. Doch das marode Schloss des Hängers war gar nicht abgesperrt. Behutsam zog er die Tür auf, die sich mit einem knarrenden Seufzer ihrem Schicksal ergab. Lucky holte sein Handy heraus, um mit dessen Taschenlampe ins Innere des Wagens hineinzuleuchten. Er zögerte einen kurzen Moment. Sein Bauchgefühl sagte ihm, dass etwas nicht stimmte. Ganz und gar nicht stimmte. Aber als er den dunklen Schatten, der sich rasend schnell auf ihn zubewegte, aus den Augenwinkeln registrierte, war es bereits zu spät. Bevor er nur einen Blick in das Innere des Wagens werfen konnte, spürte er einen heftigen Schlag gegen den Kopf, der ihm augenblicklich alle Sinne raubte und nichts als abgrundtiefe Schwärze hinterließ.

Kapitel 20

Es war zum Verzweifeln. Laura Koch machte ihrem Namen alle Ehre und kochte tatsächlich – allerdings vor Wut. Denn ihr missmutiger Chef Konstantin Kirchberg hatte sie den ganzen Tag mit Aufgaben auf Trab gehalten, die seit ewigen Zeiten liegen geblieben waren. Lästige Fleißarbeit sozusagen. Oder besser gesagt, Kirchbergs Rache für ihr konspiratives Treffen mit Alex Luckmann, wie er es nannte. Mittlerweile war es fast 20 Uhr und sie hing immer noch in diesem verflixten Büro rum. Sie ärgerte sich gewaltig, dass sie die Motorradtour mit Lucky zum Eulenhof verpasst hatte. Wer konnte wissen, wann sie das nächste Mal ein solches Angebot von ihm bekam? Eigentlich hätte sich Lucky längst bei ihr melden müssen. Ob er womöglich sauer war, dass sie ihn nicht begleitet hatte? Verfluchter Kirchberg! Sie fischte ihr Handy aus der Hosentasche und stieß einen leisen Fluch aus. Es war tot. Mausetot. Weil sie beim Abarbeiten des Aktenstapels völlig vergessen hatte, den Akku aufzuladen. Sie zog die Schublade ihres Schreibtischs auf und kramte nach dem Ladekabel. Da war es ja. Laura stöpselte ihr Smartphone an und steckte das Kabelende in die Steckdose. Es dauerte nur einen kurzen Moment, bis das Display aufleuchtete und sie ihr Handy wieder in Betrieb nehmen konnte. Sie hatte in der Zwischenzeit eine beträchtliche Anzahl an Nachrichten erhalten. In Windeseile sortierte Laura die unwichtigen Mitteilungen aus und konzentrierte sich auf den Rest. Na also, Lucky hatte sein Versprechen gehalten. Sie verspürte einen Anflug von Erleichterung, ohne zu wissen, warum. Umgehend spielte sie die Sprachnachricht, die er auf ihrer Mailbox hinterlassen hatte, ab.

»Hi Laura, Lucky hier. Hat Kirchberg dich weggesperrt oder

warum gehst du nicht ran? Hör zu, ich glaube, ich habe Tessas Hund am Eulenhof entdeckt. Ich hefte mich jetzt an die Fersen seines vermeintlichen Frauchens. Ein Foto ihres Autos schicke ich mit, dann kannst du anhand des Nummernschilds feststellen, wem der Wagen gehört. Ich melde mich später noch mal, um Bericht zu erstatten. Bye.«

Scheiße! Lauras Erleichterung war wie weggeblasen. Er hatte die Nachricht vor mehr als zwei Stunden auf ihre Mailbox gesprochen. Eigentlich hätte er sich längst erneut bei ihr melden müssen. Sofort wählte sie Luckys Nummer, die sie im Handy eingespeichert hatte.

»*Hi, hier ist Lucky*«, hörte sie ihn sagen. »*Wenn es wichtig ist, hinterlasse, eine Nachricht. Ich rufe zurück*«.

Mist, nur seine Mailbox. Im ersten Moment hatte sie tatsächlich gedacht, er hätte das Gespräch angenommen. Sie drückte auf Wahlwiederholung, doch das Resultat war dasselbe. Lauras mulmiges Gefühl verstärkte sich, ohne dass es einen konkreten Grund dafür gab. Lucky hatte sie noch nicht wieder angerufen. Na und. Dafür konnte es viele Ursachen geben. Womöglich hatte er nichts erreicht und einfach vergessen, ihr Bescheid zu sagen. Wahrscheinlich saß er gemütlich zu Hause vorm Fernseher und trank ein Bier. Sie beschloss, Louisa Caprini anzurufen, um ihre aufkeimende Unruhe zu ersticken. Es dauerte nur wenige Sekunden, bis diese das Gespräch annahm.

»Frau Caprini? Hier Kommissarin Koch. Ist Herr Luckmann in Ihrer Nähe? Ich müsste ihn dringend sprechen.«

»Lucky?« Sie wirkte überrascht. »Nein, er ist nicht hier. Ich habe mich auch schon gewundert, wo er bleibt. Eigentlich ist er um diese Zeit immer zu Hause. Kann ich Ihnen behilflich sein?«

»Ich muss zugeben, ich bin etwas beunruhigt«, gestand Laura. »Herr Luckmann meinte, den Hund von Frau Tiede am Eulenhof entdeckt zu haben. Er wollte dieser Spur nachgehen und sich dann bei mir melden. Das hat er bislang nicht gemacht. Auch auf seinem Handy ist er nicht erreichbar. Ist Herrn Luckmann zuverlässig oder könnte er es einfach versäumt haben, mich zu informieren?«

»Lucky hält immer Wort«, versicherte Lou, ohne auch nur eine Sekunde zu zögern. »Hat er tatsächlich Rocky entdeckt? Das wäre unsere erste heiße Spur zu Tessa.«

Spätestens jetzt war Laura Koch klar, dass sie ihren Chef aus dem wohlverdienten Feierabend holen musste. Sie konnte sich lebhaft vorstellen, welche Strafpredigt er ihr halten würde. Nicht nur, dass sie es unterlassen hatte, Luckys Eigeninitiative zu bremsen, sie hatte ihn sogar ausdrücklich aufgefordert, ihr zu helfen. Und was am verwerflichsten war, sie war für ihn nicht erreichbar gewesen, als er sie brauchte. Laura Koch fühlte sich mehr als unwohl in ihrer Haut. Dennoch gab sie sich Mühe, ihrer Stimme einen festen Klang zu geben.

»Vielen Dank, Frau Caprini. Bitte melden Sie sich, falls Sie etwas von Herrn Luckmann hören sollten.«

»Ist Lucky in Schwierigkeiten?« Jetzt klang Lous Stimme besorgt.

»Ich hoffe nicht«, seufzte Laura. Sie hatte es eilig, das Gespräch zu beenden, um schnellstmöglich die Halterabfrage für das Nummernschild, das Lucky ihr gegeben hatte, vorzunehmen. Und dann, davor grauste es ihr gewaltig, Kirchberg über die neuen Entwicklungen zu informieren.

★★★★

Lou saß wie versteinert auf dem Sofa. Laura Kochs Anruf ließ ihre Alarmglocken schrillen. Wo um Himmelswillen war

Lucky? Hatte er sich womöglich leichtsinnig in Gefahr begeben? Lou machte sich Vorwürfe, dass sie sich zuletzt mehr um ihre Malerei gekümmert hatte als um die Suche nach Tessa. Es war so leicht gewesen, sich darauf zu verlassen, dass Lucky alles in die Hand nehmen und irgendwie regeln würde. Und nun wurde auch er vermisst. Ein Gedanke, der Übelkeit in ihr aufsteigen ließ. Unter anderem, weil Laura Koch sich offenbar große Sorgen machte. Das passte so gar nicht zu der toughen Kommissarin. Unruhig lief Lou im Wohnzimmer auf und ab. Sie hoffte inständig, dass sich der Schlüssel im Schloss bald drehen würde und Lucky mit seinem freundlichen Lächeln hereinkäme, aber nichts dergleichen geschah. Sie versuchte, sich zu beruhigen. Lucky sollte in der Lage sein, auf sich selbst aufzupassen. Bestimmt saß er gemütlich mit Johnson zusammen, um Gras zu rauchen und sich zu entspannen. Für einen kurzen Moment fühlte Lou sich befreit von ihrer Angst. Dann kam der Druck, der auf ihrer Brust lastete, unvermindert stark zurück. Sie musste Gewissheit haben. Rasch wählte sie Johnsons Nummer, die Lucky ihr für Notfälle gegeben hatte.

»Wer stört?« Die grummelnde Stimme schien wenig erfreut über ihren Anruf zu sein.

»Johnson? Hier ist Lou. Ist Lucky bei dir?«

»Nee, wieso. Hast du ihn verloren?«, gluckste Johnson belustigt.

»Er wird vermisst.« Lou war überhaupt nicht zum Lachen zumute.

»Von dir etwa?«

»Ich meine es ernst, Johnson. Lucky steckt vielleicht in der Klemme. Laura Koch hat gerade angerufen. Sie sagt, er hat eine heiße Spur verfolgt und wollte sich bei ihr melden. Hat er aber nicht. Außerdem ist sein Handy aus.«

»Hm. Das klingt gar nicht nach Lucky«, gab Johnson zu. »Hier ist er jedenfalls nicht. Und gemeldet hat er sich auch nicht bei mir.«

»Er hat Tessas Hund wiedererkannt und die Verfolgung der Frau aufgenommen, die Rocky bei sich hatte.«

»Warum war er denn allein unterwegs?« In Johnsons Stimme schwang unverkennbar ein leiser Vorwurf mit. »Ich dachte, ihr seid ein Team.«

Lou hatte den Eindruck, sich verteidigen zu müssen. »Ich war bei van der Sand, um an meinem Bild zu arbeiten. Der Kunde will bald Ergebnisse sehen. Ich … Sie brach ab. Johnson hatte recht, sie hätte sich auf die Suche nach Tessa konzentrieren sollen, statt ihre Zeit in Brunos Atelier zu verbringen, um für einen Kunden zu malen, den sie nicht einmal kannte. Wenn sie Lucky begleitet hätte, wäre er vielleicht nicht in Gefahr geraten. Sie hätte ihn daran hindern können, zu große Risiken einzugehen. Stattdessen hatte sie ihn einfach im Stich gelassen.

»Weißt du was«, sagte Johnson, der jetzt hellwach klang. »Ich schwing mich auf mein Rad und fahre zu dir. Wäre doch gelacht, wenn wir nicht herausfänden, wo Lucky steckt.«

»Das würdest du wirklich tun?« Lou hätte nie gedacht, sich derart über Johnsons Besuchsankündigung freuen zu können.

»Da kannst du einen drauf lassen«, knurrte Johnson. »Bin gleich bei dir.«

Auch wenn Johnsons Angebot, zu ihr zu kommen, den Druck minimal minderte, fühlte Lou sich miserabel. Denn wenn Lucky tatsächlich in Gefahr schwebte, konnten weder Johnson noch sie das Geringste tun, um ihm zu helfen.

****

Lucky zwang sich, die Augen aufzuschlagen und den bohrenden Schmerz in seinem Kopf zu ignorieren. Er hatte das Gefühl, der Boden, auf dem er lag, würde schwanken. Um ihn herum war es stockdunkel. Er spürte eine warme Flüssigkeit an seinem Kopf entlangrinnen und tastete mit zittriger Hand danach. Blut! Klebriges, warmes Blut. Matt ließ er seinen Arm wieder zu Boden sinken. Was war geschehen? Wo in Gottes Namen befand er sich? Mühsam versuchte er, seine Gedanken zu sortieren. Bruchstückhaft kam seine Erinnerung zurück und mit ihr die Erkenntnis, dass er sich wie ein Anfänger hatte überrumpeln lassen. Das blonde Luder hatte ihn in eine Falle gelockt und er war blindlings hineingetappt. Jetzt war ihm klar, warum sie am Ausleger telefoniert hatte. Sie musste mit einem Komplizen gesprochen haben, der anschließend auf ihn gewartet hatte. Wie dämlich war er gewesen, darauf hereinzufallen? Lucky verfluchte seine Unachtsamkeit. Was war aus seinen Instinkten geworden, denen er bislang immer blind hatte vertrauen können? Begraben unter Chips, Süßigkeiten und Bergen von Butterbroten. Das hatte er jetzt davon. Eine Welle der Übelkeit überkam ihn. So heftig, dass er dagegen ankämpfen musste, sich zu übergeben. Noch immer hatte er das Gefühl, seine Umgebung würde hin- und herschaukeln. Hinzu kam ein gedämpftes, gurgelndes Geräusch, das er sich nicht erklären konnte. Er startete den Versuch, sich aufzusetzen, doch der Schmerz, der ihn dabei durchfuhr, ließ ihn stöhnend auf den kalten Boden zurücksinken. Lucky fror gewaltig und zitterte unkontrolliert am ganzen Körper. Im Dunkeln versuchte er, sich zu orientieren, doch mehr als diffuse Schatten konnte er nicht wahrnehmen. Einer dieser Schatten bewegte sich jetzt langsam auf ihn zu. Lucky schloss die Augen. Ihm fehlte die Kraft, sich gegen einen potenziellen Angreifer zur Wehr zu setzen. Doch statt des befürchteten Schmerzes durch einen weiteren Schlag fühlte er die sanfte Berührung einer Hand an seiner Schulter.

»Lucky?« Eine eindringliche Frauenstimme drang an sein Ohr. »Lucky, bist du wach? Endlich! Ich hatte solche Angst um dich.«

»Lou?«, flüsterte er. Träumte er? Wie kam sie hierher? Er war doch alleine unterwegs gewesen. War er jetzt völlig verrückt geworden? Fieberhaft versuchte er, die Zusammenhänge zu verstehen.

»Nein. Ich bin's, Tessa.«

»Tessa!« Sein trockener Mund hatte Mühe, ihren Namen auszusprechen. »Hab ich dich endlich gefunden.« Er stieß ein Geräusch aus, das nur entfernt an ein Lachen erinnerte. »Ich muss zugeben, diesen Moment habe ich mir anders vorgestellt. Irgendwie heroischer.«

Ihr Gesicht, das dicht über ihn gebeugt war, verschwamm zu einer hellen Masse ohne Konturen. Lucky blinzelte, um klarer sehen zu können. Mit mäßigem Erfolg, noch immer hatte er Schwierigkeiten, irgendetwas zu erkennen. Es war, als hinge ein Nebelschleier über allem, das ihn umgab. Trotz seiner unliebsamen Lage beschlich ihn ein seltsames Gefühl der Erleichterung. Der erste Teil seiner Mission war erfüllt. Er hatte Tessa gefunden. Endlich war die Suche nach ihr erfolgreich gewesen. Na ja, erfolgreich war vielleicht ein bisschen zu überschwänglich formuliert, aber Lucky neigte dazu, die Dinge positiv anzugehen, statt den Kopf in den Sand zu stecken. Wo auch immer sie gerade waren, er würde sie hier herausholen. Er musste sich nur ein Bild von der Situation machen, dann würde ihm eine Lösung einfallen. Ganz bestimmt.

»Was ist passiert?«, presste er mühsam hervor. »Mir ist speiübel. Ich fühle mich, als hätte ich eine durchzechte Nacht hinter mir.«

»Das wundert mich nicht«, sagte sie leise. „Du scheinst einen heftigen Schlag versetzt bekommen zu haben. Ich dachte schon, du wachst nie mehr auf.«

»So schnell kriegt man mich nicht kaputt«, presste er mühsam hervor, wobei die Konfusion, die in seinem Kopf herrschte, etwas anderes besagte. »Hast du eine Ahnung, wo wir uns befinden?«

Ich vermute, dass wir auf einem stillgelegten Rheinlastschiff sind. Dieses schwankende Gefühl und das glucksende Geräusch sind typisch dafür. Saatmann hat unlängst eine Modenschau auf einem solchen Schiff veranstaltet. Glaub mir, ich weiß, wie das klingt.«

Endlich schaffte es Lucky, sich halbwegs aufzusetzen, obwohl er das Gefühl hatte, sein Kopf würde explodieren. Er bemühte sich, seine Umgebung schärfer wahrzunehmen und sich Details einzuprägen. Doch außer einer fleckigen Matratze auf dem Boden, zwei Wolldecken und einigen mit Wasser gefüllten Plastikflaschen konnte er in dem kargen Raum nichts erkennen.

»Ich bin so froh, dass du hier bist.« Tessa schlang ihre Arme um ihn. »Auch wenn ich keine Ahnung habe, wie du es geschafft hast, mich zu finden.«

»Ich schon«, stöhnte Lucky, während er sich das noch immer aus seiner Kopfwunde sickernde Blut mit dem Ärmel seines Pullis aus dem Gesicht zu wischen versuchte. »Teilweise jedenfalls. Erst habe ich mich von deiner verrückten Künstlerfreundin animieren lassen, nach dir zu suchen, und dann bin ich den Spuren deines Hundes gefolgt. Nur habe ich mich dabei dummerweise wie ein Anfänger austricksen lassen.«

»Rocky?«, hauchte Tessa. »Lebt er noch?«

»Tut er«, presste Lucky hervor. Das Sprechen und noch mehr das Denken strengten ihn an. Er versuchte, sich zusammenzureißen, obwohl er am liebsten dem Drang, sich zurück in die Dunkelheit gleiten zu lassen, nachgegeben hätte.

»Lou hat dich um Hilfe gebeten?«, fragte Tessa.

»Ja, das hat sie.« Lucky versuchte, mit dem Kopf zu nicken, unterließ es aber, als ihn erneut ein stechender Schmerz durchzuckte. »Im Übrigen hat sie auch die Kripo davon überzeugt, nach dir zu suchen.«

»Die Kripo – das sieht ihr ähnlich«, lächelte Tessa. »Lou kann sehr energisch sein.«

Lucky ließ unausgesprochen, was er jetzt dachte. Seiner Meinung nach war Lou weitaus mehr als nur energisch. Für seinen Geschmack war sie anstrengend, anmaßend und außerdem viel zu neugierig.

»Lou weiß also, wo du bist und wird die Polizei informieren, wenn du nicht wieder auftauchst?«, fragte Tessa erwartungsvoll.

»Da muss ich dich leider enttäuschen«, zerstörte Lucky ihre Hoffnung. »Sie hat nicht die geringste Ahnung von meiner kleinen Exkursion. Wir müssen schon alleine eine Lösung finden, aus diesem Kasten herauszukommen. Weißt du überhaupt, warum man dich hier eingebunkert hat?«

»Ich habe eine vage Vermutung«, seufzte sie leise. »An dem besagten Morgen, als ich mit Rocky in der Urdenbacher Kämpe unterwegs war, ist er mir stiften gegangen.«

»Was nicht unbedingt etwas Neues ist«, warf Lucky ein.

»Stimmt«, gab sie zu. »Aber das tut jetzt nichts zur Sache. Jedenfalls habe ich bei der Suche nach ihm zwei Personen bemerkt, die sich auffällig verhielten. Es sah aus, als ob sie in der Kämpe Müll entsorgten. Das fand ich so früh morgens mehr als suspekt!«

»Und da hat dich deine journalistische Spürnase veranlasst, ein bisschen herumzuschnüffeln«, mutmaßte Lucky. »Was das betrifft, steht Lou dir übrigens in nichts nach, wie ich feststellen musste.«

»Ich dachte, das könnte eine interessante Story ergeben und wollte ein paar Fotos schießen. Illegale Müllentsorgung im Naturschutzgebiet muss öffentlich gemacht werden. Das ist ein absolutes No-Go.«

»Na ja, deine skandalträchtige Story hast du jetzt ja«, entgegnete Lucky spöttisch. »Was du als ›Müll‹ bezeichnest, war vermutlich Madeleine Brinkers Leiche. Besser gesagt das, was von ihr übrig geblieben ist. Fragt sich nur, ob du als unliebsame Augenzeugin noch lange genug leben wirst, um diese Geschichte zu veröffentlichen.«

»Ich habe leider keine Beweise mehr«, maulte Tessa. »Sie haben mir mein Smartphone mit allen Fotos drauf abgenommen und entsorgt. Ist Madeleine tatsächlich tot? Das ist ja furchtbar.«

»Mausetot. Und sie ist nicht das einzige Opfer. Eine weitere Frau wurde ermordet. Sie heißt Johanna Klein. Sagt dir der Name was?«

»Ja sicher«, nickte Tessa schockiert. »Johanna hat bei der Modenschau zu Saatmanns Boutique-Eröffnung in Benrath die Models geschminkt und aus hässlichen Entlein traumschöne Schwäne gezaubert. Wer sollte sie töten wollen? Meine Güte, wie hängt das alles zusammen?«

»Ich dachte, das könntest du mir sagen«, antwortete Lucky. »Im Übrigen vermisst dich dein Ex-Lover gewaltig.«

»Ex-Lover? Wen meinst du?« Tessa sah ihn verdutzt an.

»Na Saatmann, wen sonst? Oder hast du noch mehr Verflossene, die sich die Augen nach dir ausweinen?«

»Ach, Uli ...«, stockte sie kurz. »Es war ein blöder Fehler, mich mit ihm einzulassen. Aber er war auf beeindruckende Weise charmant, außerdem attraktiv und distinguiert. Ein Mann von Welt eben. Ich fühlte mich von seinem Interesse an mir geschmeichelt. Diese Aufmerksamkeit wünscht sich wohl jede Frau, nehme ich an.« Sie setzte sich neben Lucky und legte vorsichtig ihren Kopf auf seine Schulter. »Aber Saatmann ist ein Blender. Sein ganzes Auftreten ist Fassade. Vom maßgeschneiderten Anzug bis zur exklusiven Luxus-Uhr. Wenn du an der Oberfläche kratzt, kommt ein hässlicher Charakter hervor. Er betrügt nicht nur seine Frau, sondern macht auch illegale Geschäfte. Auch dafür habe ich Beweise gesammelt. Für alle Fälle.«

»Warum wundert mich das nicht?«, murmelte Lucky, während sich die Punkte vor seinen Augen zu immer neuen Formationen zusammensetzten. Wie in einem Kaleidoskop, nur nicht so bunt. Er kniff die Augen zu, in der Hoffnung, dass sich das Wirrwarr in seinem Schädel auf diese Weise verflüchtigen würde, damit er wieder klar denken konnte.

»Weißt du, ob die Typen, die uns hier eingesperrt haben, an Bord sind?«

»Ich glaube, sie sind nur zeitweise hier. Ab und an hat jemand Essen und Wasser durch den Türspalt geschoben oder mich zur Toilette geführt. Aber ich habe nicht die geringste Ahnung, wer das war. Die Person war immer maskiert und hat mir zudem die Augen verbunden, sobald wir diesen Raum verlassen haben.«

»Ist dir sonst noch etwas aufgefallen? Jedes Detail kann wichtig sein.«

»Gelegentlich habe ich laute Geräusche vernommen, die ich

mir nicht erklären konnte. Wie ein Motor oder ein Mahlwerk. Das klingt verrückt, nicht wahr?« Hilfesuchend sah sie Lucky an. »Es tut mir leid, dass ich dir nicht mehr sagen kann.«

»Du machst das prima«, beruhigte Lucky sie. »Was denkst du, mit wie vielen Personen wir es zu tun haben?«

»Mindestens zwei, vielleicht auch drei«, antwortete Tessa spontan. »Auf jeden Fall ist eine Frau dabei, da bin ich mir hundertprozentig sicher.«

»Vermutlich das raffinierte Biest, das mich in die Falle gelockt hat«, stieß Lucky hervor. Er unternahm einen Versuch, auf die Beine zu kommen. Zwar wackelten seine Knie gewaltig, aber er stand. Obwohl sein Gleichgewichtssinn rebellierte und das Übelkeitsgefühl erneut aufwallte, tastete er sich in kleinen Schritten zu der Stelle, an der er die Tür vermutete.

»Was hast du vor?«, fragte Tessa. »Die Tür ist verschlossen, die kriegst du nicht auf. Das habe ich schon versucht. Und selbst wenn wir es an Deck schaffen würden, könnten wir niemals durch das kalte Rheinwasser ans Ufer schwimmen.«

»Wer sagt das?«, grummelte Lucky. »Das wissen wir erst, wenn wir es versuchen. Ich werde mich jedenfalls nicht darauf verlassen, dass man uns hier findet. Oder darauf warten, dass diese skrupellose Bagage auf die Idee kommt, uns zu Hackfleisch zu verarbeiten und zu beseitigen. Die wollen bestimmt keine Mitwisser haben.«

Er dachte an Laura Koch, die sicher schon auf Informationen von ihm wartete und an Lou, in deren Kopf momentan in erster Linie ihre Malerei herumspukte. Die Möglichkeit, dass eine von beiden sie hier finden würde, war verschwindend gering. Zuletzt hatte er Koch vom Eulenhof aus angerufen. Wie sollte sie ahnen, wo er sich jetzt befand? Automatisch tastete er in der Jeans nach seinem Handy, obwohl er davon ausging, dass man es ihm abgenommen hatte, ebenso wie seine Lederjacke mit dem Lockpicking-Set, seine Handschuhe und seine Boots. Kein Wunder, dass er so erbärmlich fror. Die Situation war alles andere als ermutigend. Er lehnte sich kraftlos gegen die Tür und schloss die Augen.

»Du musst dich ausruhen«, drang Tessas Stimme aus endlos weiter Ferne an sein Ohr. »Die Wunde an deinem Kopf sieht schlimm aus. Wahrscheinlich hast du eine Gehirnerschütterung. Ganz abgesehen davon, dass du völlig unterkühlt bist.«

So ungern er es sich eingestand, sie hatte recht. In seinem jetzigen Zustand konnte er nicht viel ausrichten. Erst musste er wieder zu Kräften kommen. Er taumelte zurück zu Tessa und rutschte mit dem Rücken an der Wand entlang in die Hocke. »Lerne leiden, ohne zu klagen«, murmelte er leise.

»Was sagst du?«, frage Tessa.

»Ach nichts«, presste er mit schwacher Stimme hervor. »Das ist nur unser Motto bei den Kampfschwimmern.«

»Komm her.« Tessa legte ihren Arm um seine Schultern und zog ihn zu sich auf die Matratze unter die Wolldecke. Dann kuschelte sie sich eng an ihn. Er spürte, wie sein vor Kälte erstarrter Körper sich minimal erwärmte. An einem anderen Ort und unter anderen Umständen hätte ihm die innige Nähe zu Tessa sicherlich Spaß bereitet, so aber fragte er sich nur, wie das alles wohl enden würde.

★★★★

Johnson radelte in einem Affenzahn durch den Benrather Schlosspark. Er hatte das Gefühl, noch nie zuvor so schnell gefahren zu sein. Wout van Aert war ein bedeutungsloses Nichts gegen ihn. Lous Anruf hatte ihn aufgeschreckt. Im ersten

Moment war er sauer auf sie gewesen, denn seit dieser verrückte Galerist ihr den Floh ins Ohr gesetzt hatte, ein Bild für einen anonymen Kunden zu malen, war sie abwesend gewesen. Sowohl gedanklich als auch physisch. Wenn Lucky sich nicht alleine auf die Suche nach Tessa begeben hätte ...! Tja, was dann? Er wusste es nicht und schob deshalb seinen Unmut über Lou beiseite. Nicht verdrängen ließ sich jedoch Johnsons brennende Sorge um seinen besten Kumpel. Denn wenn Lucky sich nicht wie versprochen meldete, musste etwas passiert sein. Er hielt immer sein Wort. Das war einfach seine Art. Mit einem quietschenden Geräusch bremste er vor *Lucky's Luke* ab, schob das Rad in den Hinterhof und klingelte Sturm. Luckys Harley stand nicht an ihrem angestammten Platz. Er musste also mit dem Bike unterwegs sein. Mit großen Schritten sprintete er die Treppe empor. Lou stand bereits in der geöffneten Tür und sah ihn mit verquollenen Augen an. Meine Güte, er hasste heulende Frauen. Rasch schob er sich an ihr vorbei ins Wohnzimmer hinein.

»Hast du einen Tee für mich?«, fragte er Lou. »Falls nicht, nehme ich heute auch Alkohol.«

Sie holte eine Flasche Killepitsch aus dem Kühlschrank, schenkte ihm ein Glas ein und schob es zu ihm hinüber. Johnson kippte sich den Kräuterlikör in einem Schluck hinunter. Das tat gut!

»So, jetzt gib mal einen Lagebericht«, forderte er Lou auf, während er sich auf einen Sessel sinken ließ. »Wie genau ist der Stand der Dinge?«

Gespannt lauschte er Lous Worten. Okay, Lucky war derzeit vom Radar verschwunden. Aber Johnson wollte sich davon nicht in Panik versetzten lassen. Schließlich war sein Kumpel nicht nur clever, sondern auch bestens dafür ausgebildet, in schwierigen Situationen die Nerven zu behalten. Das hoffte er zumindest.

Die Türschelle riss ihn unsanft aus seinen Grübeleien. Lou sah ihn wie ein aufgescheuchtes Reh mit weit aufgerissenen Augen an und rührte sich nicht. Also erhob sich Johnson, um nachzusehen, wer zu dieser späten Stunde noch vorbeikam. Für einen kurzen Moment gab er sich der Illusion hin, es könnte Lucky sein, der seinen Hausschlüssel nicht griffbereit hatte. Aber es waren Konstantin Kirchberg und Laura Koch, auf deren Gesellschaft er jetzt überhaupt keinen Wert legte.

»Wir möchten zu Frau Caprini«, klärte Kirchberg ihn auf. Er ließ seinen Blick aufmerksam über Johnson gleiten. »Sie sind doch die Aushilfe aus dem Büdchen, nicht wahr?«

»So ist es«, bestätigte Johnson. »Mein Name ist Thadeus von Johansson.«

Kirchbergs linke Augenbraue zuckte. »Ach, Sie sind also Luckmanns wohlsituierter Freund! Das hätte ich jetzt nicht gedacht, muss ich zugeben. Wer erwartet schon, dass ein Privatier im Kiosk jobbt.«

»Wenn wir unsere Erwartungen verringern, werden wir Zufriedenheit erfahren«, gab Johnson zurück und fügte, als er den konsternierten Blick Kirchbergs bemerkte, feinsinnig lächelnd hinzu. »Das sind weise Worte des Dalai Lama, die einem derart gebildeten Mann wie Ihnen mit Sicherheit geläufig sind, Herr Kommissar. Oder sollte ich mich irren?«

Kirchberg schien darauf lieber nicht antworten zu wollen, seine pochende Halsschlagader ließ allerdings erahnen, dass er sich über Johnsons blasierte Art ärgerte. Er wandte sich an Lou.

»Ich nehme an, Herr Luckmann hat sich bislang nicht bei Ihnen gemeldet?«

Lou schüttelte stumm den Kopf.

»Wir haben das Kennzeichen des Wagens überprüft, dem er vom Eulenhof aus gefolgt ist. Der Range Rover gehört einer Dame namens Leonie Brüne. Sagt Ihnen der Name etwas?«

»Nein«, hauchte Lou. »Ich habe nicht die geringste Ahnung, wer das ist.«

»Sie wohnt gar nicht weit von hier. In der Saddeler Straße«, fügte jetzt Laura Koch hinzu.

Lou zuckte mit den Schultern. »Ich lebe seit Jahren nicht mehr in Urdenbach. Ich kenne hier kaum noch jemanden.«

»Haben Sie Frau Brüne bereits befragt?«, schaltete Johnson sich ein.

»Nein.« Kirchbergs Stimme hatte jetzt einen scharfen Unterton. »Sie scheint nicht zu Hause zu sein. Jedenfalls reagiert niemand auf unser Klingeln. Wir observieren ihre Wohnung in der Hoffnung, dass sie dort auftauchen und uns womöglich zu Herrn Luckmann führen wird.«

»Ist es nicht unverantwortlich, einfach abzuwarten? Was, wenn Lucky in Gefahr schwebt?« Lou schien von der Vorgehensweise des Kommissars nicht sonderlich angetan zu sein.

»Selbst wenn das der Fall sein sollte«, erwiderte Kirchberg, »können wir nichts machen, solange wir nicht wissen, wo Frau Brüne sich aufhält. Manchmal bleibt einem nichts anderes übrig, als Geduld zu bewahren. Das müssen wir akzeptieren. Sie hätten besser nicht auf eigene Faust in Miss-Marple-Manier ermittelt.«

»Und was wäre dann?«, fauchte Lou ihn an, die sich urplötzlich vom verhuschten Bambi in eine kämpferische Wildkatze verwandelte. »Dann gäbe es nach wie vor nicht den geringsten Hinweis auf Tessas Verbleib. Lucky hat zumindest eine Spur gefunden, die zu ihr führen könnte.«

»Und hat dafür womöglich mit seinem Leben bezahlt«, entgegnete Kirchberg kalt. »War es das Ihrer Meinung nach wert? Sie wissen, dass wir es mit einem skrupellosen Mörder zu tun haben.«

Bei Kirchbergs unmissverständlichen Worten zuckte Lou zusammen.

»Sie halten es demnach tatsächlich für möglich, dass man Lucky getötet haben könnte?«, mischte Johnson sich ein. Dieser Gedanke des Hauptkommissars gefiel ihm ganz und gar nicht. Er ließ seinen Blick zu Laura Koch wandern, die mit betretener Miene neben ihrem Chef stand. Sie war ungewöhnlich blass und schweigsam.

»Wie es aussieht, müssen wir derzeit mit allem rechnen«, bekräftigte Kirchberg.

»Ich kann mir beim besten Willen nicht vorstellen, dass er sich von einer Frau hat überwältigen lassen«, bemerkte Johnson. »Er ist ein ausgebildeter Kampfschwimmer.«

»Vielleicht waren seine Gegner in der Überzahl? Oder Leonie Brüne hatte eine Waffe«, gab Laura Koch zu bedenken, die offenbar ihre Stimme wiedergefunden hatte.

»Wohin könnte sie vom Reitstall aus gefahren sein?«, überlegte Lou. »Direkt nach Hause? Das hieße, sie und Lucky müssten dort sein, auch wenn sie die Tür nicht öffnet. Aber wie sollte sie ihn in die Wohnung gelockt haben? Außerdem müsste in diesem Fall sein Motorrad dort stehen.«

»Kann man sein Handy nicht orten?«, fragte Johnson, dem Luckys Einbruchskünste in den Sinn kamen. Vielleicht war er wieder einmal spontan in das Haus eingestiegen und dabei überrascht und überwältigt worden.

Das Smartphone ist abgeschaltet«, entgegnete Koch. »Wir warten noch auf die Information vom Provider, wo es zuletzt eingeloggt war.«

»Immer nur warten.« Lou lief ungeduldig durchs Wohnzimmer. »Ich werde noch völlig verrückt dabei. Können wir nicht irgendetwas unternehmen? Warum durchsuchen Sie nicht einfach die Wohnung dieser Frau, um nachzusehen, ob Lucky dort festgehalten wird? Das muss doch möglich sein.«

»So einfach ist das nicht«, antwortete Kirchberg an ihrer Stelle. Der Umstand, dass Leonie Brüne den Hund bei sich hatte, heißt nicht zwingend, dass sie auch für Tiedes oder Luckmanns Verschwinden verantwortlich ist. Die Verdachtslage ist viel zu dünn für einen Beschluss. Vielleicht hat ihre Freundin sie einfach gebeten, eine Weile auf ihren Hund aufzupassen. Aktuell können wir nichts weiter unternehmen. Aber sobald diese Dame auf der Bildfläche erscheint, werden wir uns mit ihr beschäftigen. Sie haben mein Wort darauf. Und Sie beide«, er zeigte mit dem Finger auf Lou und Johnson, »werden unterdessen die Füße stillhalten. Haben wir uns verstanden?«

»Aber selbstverständlich«, nickte Johnson zahm, wobei er den Anschein erweckte, kein Wässerchen trüben zu können.

Als die Wohnungstür wenige Augenblicke später hinter den Kripobeamten ins Schloss fiel, revidierte er diesen Eindruck. Er drehte sich zu Lou um und klatschte in die Hände.

»Hopp hopp, ran an die Arbeit.«

Lou starrte ihn verdutzt an. »Wie meinst du das? Von welcher Arbeit sprichst du?«

Johnson kniete bereits vor Luckys Ivar-Regal und entzifferte die Beschriftung der Aktenordner, die dort standen. Dann zog er ein schwarzes Exemplar hervor, auf dem in dicken Lettern ›Fat Boy‹ zu lesen war. Er stieß einen zufriedenen Grunzlaut aus.

»Lucky hat in seiner Maschine einen GPS-Tracker als Diebstahlschutz verbaut. Und hier drin stehen die Zugangsdaten, um das gute Stück im Notfall orten zu können.«

Lou verschlug es für einen kurzen Moment die Sprache.

»Und das hast du vorhin nicht erwähnt, weil …?

»Weil wir zuerst suchen werden. Sonst schicken die Kommissare uns wieder auf die Reservebank und schließen uns aus, um selbst herumzustümpern. Wenn wir etwas herausgefunden haben, rufen wir Koch und Kirchberg an, vorher nicht. Sollen die sich doch selbst bemühen, Lucky aufzuspüren.«

Er war bereits dabei, in Windeseile Luckys Zugangsdaten in sein Handy einzutippen.

»Bingo!« Johnson klatschte in die Hände. »Die Harley befindet sich in der Nähe des Auslegers. Der perfekte Ort, um jemanden für alle Zeit verschwinden zu lassen. Ungeduldig stieß er Lou an. »Mach dich fertig, dann starten wir einen kleinen Ausflug mit Tessas Polo. Wir werden zwar vor Ort noch ein bisschen suchen müssen, aber die grobe Richtung wissen wir jetzt.«

Während der kurzen Fahrt wechselten Johnson und Lou kein Wort. Als sie sich dem Ausleger näherten, suchten sie den von Bäumen und Büschen gesäumten Fahrbahnrand nach Luckys Motorrad ab. Johnson hätte es vor Lou nie zugegeben, aber ihm klopfte das Herz bis zum Hals. Er hatte Angst vor dem, was sie im schlimmsten Fall erwartete und spürte, dass seine Handinnenflächen feucht wurden. Für ihn war Lucky der wichtigste Mensch in seinem Leben. Er mochte sich nicht vorstellen, seinen Kumpel zu verlieren. Und schon gar nicht auf diese Weise. Lucky hatte ihm damals in Hamburg aus der Klemme geholfen, ohne nur einen Moment zu zögern. Er hatte sich Johnsons Angreifer gepackt und ihm die Leviten gelesen. Einfach so. Weil er auf der Seite der Schwachen stand. Diesen Tag, der für ihn übel hätte enden können, würde Johnson nie vergessen. Er hatte sich tief in seine Erinnerung geprägt.

»Hey«, stieß Lou mit gepresster Stimme hervor, »ich glaube, da vorne glänzt etwas im Unterholz.«

Sie stoppte den Wagen und stellte den Motor ab. Johnson atmete tief durch, bevor er die Autotür öffnete und sich langsam dem Gebüsch näherte. Er vernahm Lous Schritte, die ihm leise folgten, wie durch eine dichte Nebelwand.

»Mir ist schlecht«, hörte er sie flüstern. Verdammt, das war es ihm auch. Er hätte kotzen können aus lauter Angst vor dem, was er womöglich gleich finden würde. Schließlich war nicht er, Johnson, der harte Kerl, sondern Lucky. Hoffentlich hatte diesen sein Glück heute nicht verlassen. Er schob einige Äste beiseite, um die Stelle zu erreichen, an der Lou glaubte, etwas gesehen zu haben. Sie hatte sich nicht getäuscht. Als er abrupt stehen blieb, drängte sich Lou neben ihn.

»Sein Motorrad«, hauchte sie kaum hörbar. »Jemand hat versucht, es hier zu verstecken.« Sie stieß Johnson zur Seite und begann hektisch, das Laub, das auf der Harley lag, beiseitezuschieben. Dann leuchtete sie mit ihrer Handytaschenlampe die Umgebung ab.

»Bitte sag mir, dass wir Luckys Leiche hier nicht finden werden«, schluchzte sie unkontrolliert.

»Wir werden seine Leiche hier nicht finden«, entgegnete Johnson tonlos. Was sollte er sonst auch sagen? Er fühlte sich wie erstarrt und hätte sich am liebsten wie ein Hobbit in irgendeinem Erdloch verkrochen. Je tiefer, desto besser.

»Wir müssen unbedingt Kirchberg verständigen«, drängte Lou.

»Warte!« Johnson fasste sie am Arm. »Wenn hier die Polizei aufläuft, riskieren wir vielleicht Luckys Leben. Lass uns einfach dem Weg folgen und schauen, wohin er uns führt.«

»Dein Ernst?«, fragte Lou entgeistert.

Johnson nickte. »Das ist mein voller Ernst.« Er kämpfte sich durch das Gestrüpp zurück auf die Straße. »Hier entlang!« Er lief los, ohne noch einen Blick zurückzuwerfen. Sonst hätte er die Scheinwerfer, die in der Ferne erloschen, vermutlich bemerkt.

****

»Hab ich's mir doch gedacht«, fluchte Konstantin Kirchberg, als er seinen Wagen am Straßenrand abstellte. Er suchte im Handschuhfach nach einem Riegel Schokolade, um seine Nerven zu beruhigen. Für seine Figur waren Zigaretten die deutlich bessere Lösung, aber wenn Laura Koch ihn begleitete, wollte er dieser Schwäche nicht nachgeben. »Allmählich geht mir diese aufgeblasene Sippe gewaltig auf die Nerven«, zeterte er weiter, während sich der herrliche Schokogeschmack langsam in seinem Mund verteilte.

»Du musst das verstehen. Sie machen sich halt Sorgen um Lucky«, versuchte Laura Koch ihren aufgebrachten Chef zu besänftigen.

»Ach, seid ihr schon so dicke miteinander, dass du ihn Lucky nennst?«, funkelte er sie an. »Dein Freund mit dem glückverheißenden Namen hat sich gehörig in die Scheiße geritten, wie es scheint.« Er stieg aus und leuchtete mit seiner Taschenlampe genau dort ins Unterholz, wo Lou und Johnson kurz zuvor gestanden hatten.

»Shit«, entfuhr es Laura Koch, als sie das blanke Chrom des Motorrads unter dem Laub hervorblitzen sah.

»Ich frage mich, warum die beiden so zielgerichtet hierher gefahren sind«, schimpfte Kirchberg weiter, der nichts so sehr hasste, wie zum Narren gehalten zu werden. »Ich habe diesem Herrn von und zu Johansson an der Nasenspitze angesehen, dass er mich angelogen hat, als er versprach, er würde die Füße stillhalten. Wann sehen die beiden endlich ein, dass diese Sache eine Nummer zu groß für sie ist? Die merken nicht einmal, dass wir ihnen auf den Fersen sind.«

In gebührendem Abstand folgten die Ermittler Luckys Freunden, die nun gar nicht mehr so zielgerichtet agierten. Jetzt blieben sie sogar stehen und schauten sich unschlüssig um. Anscheinend, um sich zu beraten. Kirchberg deutete Laura Koch an, Abstand zu wahren. Was hatten die beiden vor? Offenbar waren sie sich nun einig, denn sie wandten sich nach links, um dem Weg weiter zu folgen.

»Zum Rhein runter wollen sie also nicht«, wisperte Koch. »Dieser Weg führt nach Baumberg.«

Erneut entschwanden Louisa Caprini und Thadeus von Johansson hinter einer dichten Hecke aus ihrem Sichtfeld. Sie folgten ihnen unauffällig. Nichts wäre schlimmer, als die selbsternannten Hobbydetektive aus den Augen zu verlieren. Doch es gab keinen Grund zur Sorge, denn einen Moment später sahen sie die beiden wieder. Sie standen auf einem kleinen Platz vor einem schäbigen Wohnwagen, dessen Tür halb geöffnet war.

»Das nennen Sie also ›die Füße stillhalten‹«, donnerte Kirchbergs Stimme derart laut durch die Nacht, dass Louisa Caprini einen erschrockenen Schrei ausstieß. »Was in Gottes Namen haben Sie hier zu suchen?«

»Vielleicht das hier«, sagte Johnson, der sich bückte und mit zwei Fingern ein Smartphone aus dem feuchten Gras fischte.

»Das gehört Lucky«, bestätigte Lou. »Wir sind auf der richtigen Spur. Er muss hier gewesen sein.«

Kirchberg beleuchtete mit seiner Taschenlampe die Stelle, an der Thadeus von Johansson das Handy gefunden hatte und entdeckte etwas, das ihm gar nicht gefiel. Blut. Erschreckend viel Blut. Irgendetwas war Alex Luckmann an diesem einsamen Platz zugestoßen. Etwas, mit dem er offenbar nicht gerechnet hatte, denn es waren keinerlei Spuren zu sehen, die auf einen Kampf schließen ließen. Kirchberg war wütend. Und besorgt. Warum nur hatte Luckmann sich so unbedacht auf dieses gefährliche Spiel eingelassen? Es war ein fataler Leichtsinn gewesen, den seine Kollegin Laura noch forciert hatte. Jetzt standen sie und von Johansson stumm vor der Blutlache, während Louisa Caprini mit verzweifelter Stimme Luckys Namen flüsterte, ehe sie leise zu weinen begann.

Kapitel 21

Bruno van der Sand war blendender Laune. Die strahlende Sonne am kalten Dezemberhimmel beflügelte ihn ungemein. Er drehte das Radio lauter, in dem Hildegard Knef mit rauchiger Stimme ›Für mich soll's rote Rosen regnen‹ begehrte und sang inbrünstig mit. Inzwischen war WDR 4 sein Lieblingssender, ein eindeutiges Zeichen dafür, dass er alt wurde. Aber das war Bruno egal. Er hatte fast alles erreicht, was er erreichen wollte. Und bald würde er ganz oben auf dem Künstlerolymp stehen, dessen war er sich sicher. Louisa würde ihm dabei behilflich sein, auch wenn sie sich dessen noch nicht bewusst war. Sein Zusammentreffen mit ihr war schicksalhaft. Er bereitete sich einen Caffè Latte zu und legte einen fluffig gebackenen Donut auf einen kleinen Teller. Süß sollte der Tag beginnen, süß sollte sein Leben sein. Er warf einen Blick auf die Küchenuhr an der Wand. Es war acht Uhr. Jetzt sollte es nicht mehr allzu lange dauern, bis Louisa hier einträfe. Ihr Kunstwerk nahm immer mehr Gestalt an. Bald konnte er es Saatmann präsentieren. Bruno war sich sicher, dass es den Unternehmer hinreißen würde. Die Leidenschaft, die in diesem Bild steckte, war deutlich spürbar. Verlangen, Lust und Liebe. Vermutlich war es Louisa gar nicht bewusst, was ihr Bild verriet. Er aber konnte ihr bis tief auf den Grund ihrer Seele schauen. Sie war verliebt. In wen, das wusste er nicht. Er hoffte nur, dass es nicht dieser ungehobelte Kunstbanause war, mit dem sie ihn in seinem Atelier besucht hatte. Der einen van Gogh nicht von einem Kandinsky unterscheiden konnte und glaubte, Klee wüchse nur auf der Wiese. Das wäre fatal. Van der Sand spürte, dass seine Stimmung sank. Noch immer war Louisa nicht erschienen und noch immer standen ihre Malutensilien unberührt im Atelier. In den letzten Tagen hatte es sich eingespielt, dass er so lange auf sie wartete, bis sie eintraf, um zumindest ein paar inspirierende Worte mit ihm zu wechseln. Wo blieb sie nur? Er nestelte sein Smartphone heraus, um sie anzurufen. Als sie das Gespräch annahm, klang ihre Stimme ungewohnt schwach.

»Louisa, mein Kind. Ich warte auf dich, wo bleibst du denn?«

»Ich kann heute nicht kommen, Bruno. Es ist etwas Schreckliches passiert. Lucky ist verschwunden.«

»Wie furchtbar!« Er zwang sich, betroffen zu klingen, obwohl er am liebsten frohlockt hätte. »Aber du solltest dich trotzdem aufraffen, Louisa. Du kannst deine Angst und deinen Schmerz kreativ verarbeiten. Jeder erfolgreiche Künstler war besonders in schweren Zeiten produktiv.«

»Ich kann wirklich nicht, Bruno«, hörte er ihre bedrückte Stimme. Bruno zuckte innerlich zusammen. Sie widersetzte sich, aber das würde er ihr nicht durchgehen lassen. Er hatte von Anfang an geahnt, dass dieser Luckmann Schwierigkeiten bereiten würde. Solche Menschen wie er sorgten immer für Ärger. Dem würde er ein Ende setzen.

»Mein liebes Kind«, flötete er ins Telefon. »So sehr ich mit dir fühle, aber der Kunde verlangt nach seinem Bild. Wenn du es also nicht zeitnah fertigstellen kannst, wird der Auftrag womöglich platzen. Denk bitte ein bisschen an deine Karriere und auch an meinen Ruf als Galerist. Du willst mir doch nicht schaden. Schließlich habe ich dich empfohlen.«

Am anderen Ende der Leitung blieb es ruhig. Ruhiger, als van der Sand es erwartet hatte. Aber dann hörte er endlich den Klang ihrer Stimme.

»Na schön. Dann komme ich halt vorbei, um das Bild fertigzustellen. Aber falls sich etwas Neues über Lucky ergibt, muss ich nach Hause fahren.«

»Ich bin sicher, das lässt sich alles regeln«, beruhigte Bruno sie. Sie wusste es noch nicht, aber für ihn war die Sache schon längst geregelt. Sie würde ihre Arbeit erledigen, ohne Wenn und Aber.

****

»So ein elender Mist!« Lou trat wütend gegen den Sessel und verzog schmerzhaft das Gesicht, als ihr Zeh gegen dessen hölzernen Fuß schlug. Sie hatte gar nicht mehr an Bruno und das blöde Bild gedacht. Seit sie gestern Abend Luckys Smartphone und sein Blut am Wohnwagen gefunden hatten, war sie neben der Spur. Wie hatte sie ihn nur in die ganze Sache mit hineinziehen können, statt die Suche nach Tessa, von Anfang an den Profis der Polizei zu überlassen? Hätte sie ihn nicht gebeten, ihr zu helfen, säße er jetzt bei bester Gesundheit in seinem Büdchen, würde Kaffee trinken, Stullen essen und dabei Comichefte lesen. Sie fühlte sich schuldig. Und sie hatte Angst. Große Angst. Johnson war über Nacht geblieben, um sie zu trösten. Und auch Laura Koch und Kirchberg hatten versucht, ihr Mut zuzusprechen. Aber es hatte nicht geholfen. Ganz und gar nicht. Und jetzt kam Bruno van der Sand und wollte doch tatsächlich, dass sie malte! Sie schlurfte ins Bad und starrte ihr blasses Antlitz im Spiegel an. Alles war falsch. Sie fühlte sich unbehaglich an diesem Ort, an dem sie jede Kleinigkeit an Lucky erinnerte. Womöglich war es wirklich besser für sie, in die Augsburger Straße zu fahren, um nicht verrückt zu werden. Sie stellte das Wasser an, um ihr Gesicht zu waschen. Dann putzte sie die Zähne und legte ein dezentes Make-up auf, bevor sie in Jeans und T-Shirt schlüpfte. Das Frühstück ließ sie aus. Sie hätte keinen Bissen herunterbekommen. Zur Not würde sie sich bei Bruno einen Cappuccino machen. Sie lehnte ihren Kopf erschöpft gegen den Türrahmen und spielte mit dem Gedanken, Laura Koch anzurufen, um zu fragen, ob es irgendetwas Neues gäbe. Aber sie wusste, dass es keinen Sinn machte. Noch in der Nacht war die Gegend gründlich durchforstet worden, ohne jedoch weitere Spuren zu finden. Nur Luckys Handy und sein Blut ließen erahnen, dass sich an diesem Ort etwas Schreckliches abgespielt haben musste. Sie schüttelte diesen Gedanken ab, zog ihren Parka über und griff nach dem Haustürschlüssel. Unten warf sie einen Blick ins Büdchen, das Johnson heute trotz allem geöffnet hatte.

»Hey Johnson«, winkte sie ihm kurz zu. »Ich fahre zu Bruno. Er besteht darauf, dass ich das Bild fertigstelle. Der Kunde will nicht länger warten.«

»Alles nimmt ein gutes Ende für den, der warten kann«, entgegnete Johnson. »Soll Bruno den nervigen Kunstproll doch mit Tolstois Worten vertrösten.«

»Was soll ich machen?«, seufzte sie. »Im Grunde ist mir das blöde Bild jetzt völlig egal, aber ich brauche dringend das Geld.«

»Wenn er es nicht nimmt, werde ich es kaufen. Versprochen.« Er lächelte sie aufmunternd an. »Wir sitzen im selben Boot, das darfst du nicht vergessen.«

»Ich danke dir«, flüsterte sie. Am liebsten hätte sie ihn umarmt, aber dazu fehlte ihr der Mut. Allerdings begann sie zu ahnen, was Lucky an diesem Mann schätzte. »Bis später, Johnson. Wenn du etwas von Lucky hören solltest, melde dich bitte bei mir. Das musst du mir versprechen.«

»Geht klar«, versicherte er, bevor er nach seiner Teetasse griff, die dampfend auf dem Tresen stand. Eigentlich war alles wie immer. Abgesehen davon, dass Lucky fehlte.

★★★★

Er hatte nicht die geringste Ahnung, ob es Tag oder Nacht war. Noch immer lag Lucky von Tessas Armen umschlungen auf der miefigen Matratze und versuchte, den Schmerz in seinem Kopf zu ignorieren. Am erträglichsten war es, wenn er sich gar nicht bewegte. Aber mittlerweile konnte er diese Position nicht mehr beibehalten. Er versuchte, sich vorsichtig aus ihrer Umarmung zu befreien und aufzusetzen. Das Pochen in seinem Schädel wurde heftiger. Verflucht, womit hatte man ihm diesen Schlag versetzt? Der war wirklich nicht von schlechten Eltern gewesen. Er brauchte einen kurzen Moment, um sich zu orientieren. Der Raum, in dem sie sich befanden, war nicht allzu groß. Der Boden war hart, kalt und teilweise mit Gummimatten ausgelegt. Die Wände, die er ertasten konnte, fühlten sich an, als seien sie aus Stahl. Definitiv war dies keine normale Schiffskabine. Vermutlich waren sie im Rumpf untergebracht. Vielleicht in der Nähe des Maschinenraums, falls Tessa mit ihrer Annahme, dass sie sich auf einem Schiff befanden, überhaupt recht hatte. Wenn es nur nicht so verdammt kalt wäre. Lucky sehnte sich nach seiner Jacke und seinen Boots. Ungelenk erhob er sich, um seine steifgefrorenen Hände in die Hosentasche zu stecken und sie wenigstens ein bisschen aufzuwärmen. Mit den Fingerspitzen stieß er an einen kleinen Gegenstand, den er völlig vergessen hatte. Lous drahtigen Schutzengel, den sie ihm auf dem Weihnachtsmarkt geschenkt hatte. Er zog ihn hervor und ließ ihn langsam an seinem Finger auf und ab baumeln. »Hallo Engel«, grinste er. »Jetzt wäre der Moment, an dem ich dich wirklich brauchen könnte.«

»Sprichst du mit mir?«, hörte er Tessa verschlafen fragen.

»Nein.« Er setzte sich zu ihr auf die Matratze und ließ seinen Engel vor ihr hin- und herschaukeln. »Ich spreche mit diesem himmlischen Wesen, das uns möglicherweise den Weg aus diesem Gefängnis ebnen wird.«

»Wie das?« Mit einem Mal schien Tessa hellwach zu sein.

»Ich versuche, den Draht so umzufunktionieren, dass wir das Schloss knacken können.«

»Du glaubst, das könnte klappen?« Ihre Stimme klang hoffnungsvoll.

»Keine Ahnung«, sagte Lucky achselzuckend, »aber ich werde ganz bestimmt nicht darauf warten, dass sie uns hier beseitigen. Ich nehme an, Lou hätte in diesem Fall nichts dagegen, dass ich ihn zweckentfremde.«

»Hat sie dir den Engel geschenkt?« Tessa lachte leise. »Das sieht ihr ähnlich.«

»Hat sie«, nickte Lucky, während er den Draht, aus dem der Engel gefertigt war, langsam auseinanderbog, um ihn dann wieder kunstvoll auf seine Art in Form zu bringen. Es war schwieriger, als er gedacht hatte, mit seinen kalten Fingern einen geeigneten Spanner und Stift zu formen, aber letztendlich war er mit dem Ergebnis zufrieden. Er schlich wieder zur Tür, um zu lauschen, ob draußen ein Geräusch zu hören war. Aber abgesehen von dem leisen Gurgeln, das sie immer begleitete, war alles still. Er atmete tief durch. Wenn dieser Versuch scheiterte, könnte das übel für ihn und Tessa enden. War es das wert? Gab es vielleicht eine bessere Alternative?

»Warum zögerst du?« Tessa stand auf und kam auf ihn zu.

Lucky räusperte sich. »Was ist, wenn ich dich mit diesem Ausbruchsversuch in noch größere Gefahr bringe? Wenn man uns schnappt und entsprechend bestraft.«

»Würdest du es versuchen, wenn du nur für dich zu entscheiden hättest?«, wollte Tessa wissen.

»Das würde ich.« Er klang mehr als entschlossen.

»Dann mach's«, sagte Tessa. »Ich vertraue deinen Instinkten.« Sie drückte aufmunternd seinen Arm.

»Okay, dann legen wir mal los.«

Behutsam begann Lucky, mit seinem improvisierten Dietrich das Schloss der Tür zu bearbeiten, wobei er sich bemühte, möglichst geräuschlos zu agieren. Es benötigte verdammt viel Fingerspitzengefühl, aber davon hatte Lucky mehr als genug. So dauerte es nicht lange, bis ein leises Klicken verriet, dass er erfolgreich gewesen war. Millimeter für Millimeter drückte Lucky die Klinke hinunter, um die schwere Tür zu öffnen. Bei jedem Quietschen, das er vernahm, horchte er, ob sich irgendetwas auf dem Schiff regte. Aber alles blieb still. Endlich war der Spalt so groß, dass er sich durch ihn hindurchzwängen konnte. Er gab Tessa ein Zeichen, ihm zu folgen. Dann schloss er die Tür geräuschlos. Obwohl es auch hier dunkel war, erkannte Lucky sofort, dass sie sich im Maschinenraum eines Schiffs befanden. Allerdings war selbst bei fehlender Beleuchtung offensichtlich, dass diese Maschinen längst ausgedient hatten. Sie waren also nicht unterwegs, sondern lagen irgendwo vor Anker. Das erleichterte die Möglichkeit, sich aus dem Staub zu machen, gewaltig. Am Ende des Maschinenraums befand sich eine weitere Tür, die sich problemlos öffnen ließ. Überrascht blieb Lucky stehen. Er hatte einen weiteren heruntergekommenen Frachtraum erwartet, stattdessen verbarg sich hinter der Tür ein äußerst clean wirkender Raum, der Ähnlichkeit mit einem OP-Saal hatte. In der Mitte glänzte ein Seziertisch aus poliertem Edelstahl, an den Wänden standen Regale, die mit Gläsern, Tiegeln und Flacons in unterschiedlichen Größen und Formen bestückt waren. Lucky ließ seinen Blick über die Etiketten gleiten. »Scheeles Grün, Ultra Violet, Spirulina, Rote Beete Pulver, Hexaplex trunculus, Purpurküpe – was hatte das alles auf diesem Schiff zu suchen? Eines der Regale enthielt eine große Menge leerer Schraubgläser, die offenbar dazu bestimmt waren, bald befüllt zu werden. Daneben lagen große Trichter und mehrere Behälter mit Zinkricinoleat. Wozu in aller Welt brauchte man hier einen Geruchsabsorber?

»Was ist das?« Tessa war neben ihn getreten und deutete auf zwei seltsame Geräte, die neben einem überdimensionalen Mixer in der Ecke standen.

»Ich tippe mal auf eine Knochenmühle und einen Spezialofen«, antwortete Lucky leise. In seinem Kopf begann sich ein Puzzle zusammenzusetzen, das ihm einen kalten Schauer über den Rücken jagte. Noch hatte er allerdings keine endgültigen Beweise für seine aufkeimende Vermutung. Er ging zu einem großen Metallspind, der unmittelbar neben der Tür stand und rüttelte am Griff. Wie er erwartet hatte, war der Schrank verschlossen. Doch wozu gab es sein selbst gebasteltes Drahtwerkzeug?

»Was hast du vor?«, flüsterte Tessa.

»Ich will wissen, was in diesem Spind ist«, antwortete Lucky. Wobei er sich bei dem Gedanken ertappte, dass es vielleicht besser wäre, diese Büchse der Pandora nicht zu öffnen. Doch nun war es zu spät, denn die Schranktür klappte langsam auf und gab den Blick auf eine Reihe gläserner Farbbehälter frei, in denen sich flüssige Substanzen befanden, die nach Farbabstufungen von Weiß über Gelb bis Rot und Braun sortiert und sorgfältig beschriftet waren.

»Das sind ungewöhnliche Farben«, stellte Tessa fest. »Ganz anders als alles, was ich bislang bei Lou im Atelier gesehen habe.« Sie nahm vorsichtig ein Gefäß heraus. Auch Lucky schnappte sich ein Glas, um es aufzuschrauben. Augenblicklich schlug ihnen ein scheußlicher, süßlicher Gestank entgegen, der bei ihm einen heftigen Würgereiz auslöste. Angewidert drehte er den Deckel wieder zu und schob das Glas zurück in den Spind. Jetzt dämmerte es ihm, warum Madeleine Brinkers und Johanna Kleins Leichen nur als Stückgut wieder aufgetaucht waren. Ihre Organe, ihr Blut und ihre Knochen befanden sich – vermutlich ebenso wie Körperteile von Carl Behrens – fein püriert, gemahlen und verarbeitet in diesen Farbtöpfen.

»Ich fühle mich wie in Frankensteins Labor«, würgte Tessa hervor. »Sag mir bitte, dass ich mich irre, wenn ich glaube, dass diese Farben aus menschlichen Überresten bestehen.«

»Du irrst dich ganz und gar nicht, fürchte ich«, entgegnete Lucky. »Wir müssen schleunigst weg von hier.«

»Nichts lieber als das«, nickte Tessa.

Lucky ging zurück in den Maschinenraum und tastete sich Schritt für Schritt weiter zu einer Stahltreppe, die steil nach oben führte. Langsam begann er die Stufen hinaufzusteigen, bis er schließlich eine weitere Tür erreichte, von der er annahm, dass sie auf das Schiffsdeck führte. Er hoffte inständig, dass diese Tür unverschlossen sein würde. Zwar hatte er die Engels-Drähte eingesteckt, aber das Knacken dieses Schlosses würde alles verkomplizieren und das Risiko, entdeckt zu werden, erhöhen. Doch diesmal hatten sie Glück. Offenbar waren sich die Entführer absolut sicher, dass es für ihre Gefangenen kein Entrinnen gab. Nicht das erste Mal, dass Arroganz sich rächte, dachte Lucky. Er drückte behutsam die Tür auf. Gerade so weit, dass er hinaussehen konnte. Das grelle Sonnenlicht, das ihm entgegenstrahlte, blendete nach der Dunkelheit im Inneren des Schiffsrumpfs seine Augen. Er atmete tief durch, um den ekelerregenden Gestank, der ihm noch immer in der Nase hing, zu vertreiben. Das Schiff, auf dem sie sich befanden, lag höchstens zwanzig Meter vom Urdenbacher Rheinufer entfernt vor Anker. Lucky hätte am liebsten laut geflucht, denn er hatte diesen alten Lastkahn bereits am ersten Tag seiner Suche nach Tessa am Rheinufer liegen sehen, ihn damals aber nicht mit ihrem Verschwinden in Zusammenhang gebracht.

»Was kannst du erkennen?«, wisperte Tessa hinter ihm. »Ist jemand als Wache an Bord?«

»Ich bin mir nicht sicher«, entgegnete Lucky. »Ich kann nicht alles überblicken.«

Er drückte die Tür weiter auf und schob sich langsam hinaus. Dann gab er Tessa ein Zeichen, ihm zu folgen. Mit seinem Rücken presste er sich eng an die Wand des Brückenhauses, neben dem sie das Deck betreten hatten. Er hörte leise Stimmen, die im Inneren miteinander redeten und dann plötzlich verstummten. Sie waren also nicht alleine auf dem Schiff. Zentimeter für Zentimeter bewegte sich Lucky auf das Fenster des Hauses zu. Dann riskierte er einen kurzen Blick in den dahinterliegenden Raum. Er traute seinen Augen nicht und spähte erneut hinein. Nein. Er hatte sich nicht geirrt. Den Mann, der dort stand und die blonde Unbekannte, die er gestern verfolgt hatte, leidenschaftlich küsste, kannte er nur allzu gut.

»Was ist los?« Tessa stieß ihn ungeduldig an. »Nun sag schon. Wen hast du gesehen?«

»Die Frau, die deinen Hund bei sich hatte, in trauter Zweisamkeit mit Tom Brinker.«

»Ist das Madeleines Ehemann?«, fragte Tessa überrascht. Noch ehe Lucky sie daran hintern konnte, schaute sie selbst durch das Fenster.

»Ich kenne diesen Mann!«, stieß sie überrascht hervor. »Allerdings unter dem Namen Thomas Giebel. Er war mit Lou und mir gemeinsam auf dem Gymnasium.«

»Dann gehört er wohl zu der Spezies des aufgeschlossenen, zeitgemäßen Mannes, der sich nicht scheut, nach der Eheschließung den Namen seiner Frau anzunehmen«, bemerkte Lucky trocken.

»Er war nicht aufgeschlossen, sondern ein widerlicher Schleimer«, ätzte Tessa. »Einer, der immer um die Lehrer herumscharwenzelte und ihnen am liebsten die Aktentasche getragen hätte. Am schlimmsten war es im Unterricht bei Bruno.«

»Ihr wart zusammen in van der Sands Kunstkurs?«

Ein ungutes Gefühl beschlich Lucky. Ein Gefühl, das weder etwas mit der schneidenden Kälte noch mit seinen höllischen Kopfschmerzen zu tun hatte.

»Los, drängte er, »es wird allerhöchste Zeit, von hier zu verschwinden. Sollte Bruno mit in diese Sache verwickelt sein, schwebt Lou in höchster Gefahr.«

»Wie willst du denn vom Schiff runterkommen?«, fragte Tessa. »Wir können wohl kaum bei diesen Temperaturen durch den Rhein schwimmen. Vor allem nicht bei der Strömung.«

»Die beiden müssen mit einem Boot gekommen sein«, mutmaßte Lucky. »Fragt sich nur, wo sie es festgemacht haben. Es ist nahezu unmöglich, unbemerkt das ganze Schiff abzusuchen. Hoffen wir also, dass die beiden Turteltäubchen noch eine Weile miteinander beschäftigt sein werden.«

»Wir könnten auch versuchen, sie zu überwältigen«, schlug Tessa vor.

»Prinzipiell schon«, nickte Lucky. »Aber in Anbetracht der Tatsache, dass ich körperlich angeschlagen bin und Brinker eine Waffe im Hosenbund stecken hat, bevorzuge ich den geordneten Rückzug. Und zwar umgehend.«

Geduckt liefen er und Tessa an der Reling entlang. Sie hatten etwa 50 Meter zurückgelegt, als sie plötzlich laute Schreie vernahmen.

»Shit«, entfuhr es ihm. »So schnell hatte ich nicht damit gerechnet, entdeckt zu werden.« Er zog Tessa herunter auf den Boden. Gerade rechtzeitig, denn jetzt peitschten Schüsse über das Deck.

»Wir müssen aufgeben«, raunte Tessa ihm zu. »Wir haben keine Chance. Sie werden uns abknallen wie räudige Hunde und uns anschließend zu Farben verwursten.«

»Ich gebe niemals auf«, entgegnete Lucky. »Ganz abgesehen davon, dass sie uns sowieso nicht gehen lassen werden. Wir wissen viel zu viel. Wir werden über Bord springen und zum Ufer schwimmen.«

»Du bist verrückt?«, stöhnte Tessa entsetzt auf. »Das Wasser ist viel zu kalt. Das werden wir nicht überleben.«

»Ich schätze mal, sieben oder acht Grad«, vermutete Lucky. »Das ist zwar riskant, aber durchaus machbar, wenn man sich mental auf die Kälte einstellt. Besser jedenfalls, als sich von Brinkers Kugeln durchlöchern zu lassen. Vertraust du mir?«

»Unbedingt«, nickte Tessa.

»Dann los. Nase zuhalten, nicht nachdenken und auf keinen Fall zögern. Wenn du Probleme kriegst, fische ich dich raus, versprochen. Das Ufer ist nicht weit entfernt, das schaffen wir locker. Vergiss nicht, ich bin Kampfschwimmer.«

Während er und Tessa ihre Beine über die Reling schwangen, näherten sich Tom Brinkers dröhnenden Schritte unaufhörlich. Erneut zischten Kugeln an ihnen vorbei. Lucky spürte, wie ein heftiger Schmerz seinen Arm durchzuckte. Scheiße, der Mistkerl hatte ihn tatsächlich mit einem Streifschuss erwischt. Neben ihm klammerte sich Tessa angstvoll am Schiff fest und starrte in die Tiefe. Offenbar hatte sie nicht begriffen, was ›nicht zögern‹ bedeutete. Ihm blieb keine andere Wahl. Lucky versetzte ihr einen kräftigen Stoß, bevor er ihr mit einem Hechtsprung in die gurgelnde Brühe folgte und augenblicklich im eiskalten Wasser versank.

Kapitel 22

Niemals zuvor hatte Lou einen so großen Widerwillen verspürt, zu Bruno zu gehen. Sonst hatte sie sich immer auf einen gemeinsamen Kaffee und ein bisschen Fachsimpelei gefreut, doch heute glaubte sie, niemanden ertragen zu können. Die Sorge um Lucky und Tessa beraubte sie jeglicher Energie. Nur unter größter Anstrengung war es ihr gelungen, den kleinen Polo in eine riesige Parklücke zu chauffieren. Sie stand völlig neben sich. Gerade wollte sie die Tür öffnen, als Bruno ihr zuvorkam und sie mit einem mitfühlenden Lächeln in Empfang nahm.

»Mein armer Schatz«, er drückte sie liebevoll. »Ich habe uns schon einen Cappuccino und ein köstliches Mandelgebäck bereitgestellt, um ein kleines bisschen Trost zu spenden. Was um Himmelswillen denkt sich dieser undankbare Mensch dabei, einfach über Nacht fortzubleiben und dich derart in Sorge zu versetzen?«

»Danke Bruno.« Lou hatte kein Interesse, sich auf seine versteckten Sticheleien einzulassen. Sie hatte nur eines im Sinn, das Bild fertigzustellen und dann schleunigst wieder nach Hause zu fahren, um vor Ort zu sein, falls man Lucky oder Tessa finden würde. Mit hängenden Schultern folgte sie Bruno van der Sand in sein Wohnzimmer, in dem er bereits den Tisch gedeckt hatte. Während sie lustlos an den Plätzchen knabberte, fielen ihr erneut die extravaganten Gemälde des ihr unbekannten Künstlers M. Mori ins Auge, auf die sie Bruno schon längst hatte ansprechen wollen.

»Das sind unglaublich faszinierende Arbeiten«, bemerkte sie. »Aber von diesem Maler habe ich noch nie etwas gehört. Ist er eines der Ausnahmetalente, die du aufgespürt hast?«

Bruno kniff die Augen zu schmalen Schlitzen zusammen.

»M. Mori ist das Pseudonym eines bislang verkannten Genies. Eines Genies, das in nicht allzu ferner Zeit seine Maske ablegen und die Welt beschämen wird. Denn bislang ist ihm in keiner Weise die Verehrung entgegengebracht worden, die ihm gebührt.«

»Du weißt also, wer sich hinter dem Pseudonym verbirgt?« Jetzt war Lous Neugierde geweckt.

»In der Tat, das weiß ich nur allzu gut«, gab Bruno zu. »Aber du musst dich ein bisschen gedulden, ehe ich das Geheimnis lüften werde.«

Er schaute kurz auf seine Uhr und erhob sich dann, um die Tassen und das Tablett mit dem restlichen Gebäck in die Küche zurückzutragen. Bruno war schon als Lehrer immer sehr penibel gewesen, erinnerte sich Lou.

»Mein Herz, es wird Zeit für mich, in die Galerie zu entschwinden«, verabschiedete sich Bruno. »Und du, liebe Louisa, vergiss bei all deinem Kummer nicht, dass der Kunde sehnsüchtig dein Bild erwartet. Ich verlasse mich auf dich.«

Er schlüpfte in seinen cremefarbenen Kamelhaarmantel, schlang einen Seidenschal um den faltigen Hals und rauschte ohne ein weiteres Wort hinaus. Offenbar hatte er gesagt, was es für ihn zu sagen gab.

Als die Tür hinter ihm ins Schloss fiel, wartete Lou einen kurzen Moment, um sicher zu sein, dass van der Sand nicht zurückkehren würde. Dann ging sie zu Moris Werken und starrte sie interessiert an. Die Farbgebung war wirklich brillant. Und auch die Textur der Farben, die verwendet worden waren, entsprach in keiner Weise den Produkten, die sie kannte. Vorsichtig strich sie mit ihrer Fingerspitze über den Bildrand. Es fühlte sich ungewohnt an. Anders als Öl oder Tempera und schon gar nicht wie Aquarellfarben. Allerdings war der Geruch dieser Farben gewöhnungsbedürftig. Bislang war ihr das nicht aufgefallen, da Bruno überall in seinem Haus großzügig Duftstäbchen verteilt hatte, aber wenn man direkt vor den Gemälden stand, war es nicht zu ignorieren. Sie hätte zu gerne mehr über dieses unbekannte Genie gewusst. Vielleicht war es sogar eine Frau? Bruno hatte zweifelsohne eine Vorliebe für talentierte Künstlerinnen. Nur mühsam riss sie sich vom Anblick der Gemälde los, um die Treppe ins Atelier hinaufzusteigen. Noch immer hatte sie das Gefühl, ihre Brust würde von einem riesigen Gewicht, das auf ihr lastete, zusammengedrückt, weshalb ihr das Atmen schwerfiel. Sie hoffte inständig auf ein Lebenszeichen von Lucky, doch so oft sie auch auf ihr Handy schaute, bisher hatte sie keine erlösende Nachricht erhalten.

»Keine Nachrichten sind gute Nachrichten«, versuchte sie, sich selbst Mut zuzusprechen. Dumm nur, dass sie ihren eigenen Worten keinen Glauben schenkte. Es war der schrecklichste Tag ihres Lebens. Wie sollte sie heute nur irgendetwas Gescheites zustande bringen, wenn ihre Gedanken sich nicht auf ihre Kunst fokussieren ließen? Immer wenn sie ihr Bild betrachtete, empfand sie aufs Neue die Intensität der Gefühle, die sie bei dieser Motorradfahrt verspürt hatte. Die prickelnde Nähe zu dem damals noch unbekannten Mann, die durch den Fahrtwind schneidende Luft, die jede Faser des Körpers umfing, sowie das Farbenspiel der Natur, das wie ein einziger Rausch eine nahezu euphorische Wirkung auf sie gehabt hatte. Doch jetzt spürte sie nur grauschwarze Düsternis. Lou legte den Pinsel beiseite. Wollte sie wirklich das Gemälde aufgrund ihrer heutigen Verfassung seiner Leichtigkeit berauben? Dazu konnte sie sich einfach nicht durchringen. Fast automatisch betrat sie den kleinen Nebenraum und richtete ihr Augenmerk auf den

Metallspind, den Bruno stets sorgfältig verschlossen hatte. Was mochte sich darin verbergen? Lou war sich sicher, schon viel zu lange damit gewartet zu haben, dieses Rätsel zu lösen. Allzu schwierig konnte es nicht sein, das Schloss zu knacken. Sie hatte sich erst kürzlich von Lucky zeigen lassen, wie das funktionierte. Lucky – sie stieß einen tiefen Seufzer aus. Was war ihm bloß widerfahren? Diese Frage kreiste ihr seid gestern Abend ununterbrochen im Kopf herum. Sie stand auf, schaltete das Radio ein und suchte nach einem Sender mit Popmusik, um sich beflügeln zu lassen.

Wie passend, dachte Lou, als der 4-Non-Blondes-Song ›What's up?‹ aus dem Lautsprecher erklang. Auch sie hätte nur zu gerne gewusst, was eigentlich los ist. Unschlüssig stand sie in der Mitte des Ateliers und wusste nicht, was sie tun sollte. Mittlerweile war ihr egal, ob der Interessent auf das Bild wartete oder nicht. Sie war einfach nicht inspiriert. Ganz abgesehen davon, dass jemand, der nicht namentlich genannt werden wollte, ihr gestohlen bleiben konnte. Und Bruno mit seiner Geheimniskrämerei am besten gleich mit. Lou entschied sich, dem mysteriösen Metallschrank zu Leibe zu rücken. Suchend sah sie sich im Atelier nach einem geeigneten Werkzeug zum Öffnen des Schlosses um. Leider vergeblich. Doch davon wollte sie sich nicht aufhalten lassen, dann würde sie eben im Untergeschoss weitersuchen. Zielbewusst stieg Lou die Treppen bis zum Keller hinunter, wo sie Brunos Werkzeug vermutete. Im ersten Raum stieß sie auf die Waschküche, in der sich neben Wäscheständern auch Körbe voller Schmutzwäsche befanden. Uninteressant. Lou wollte schon weitergehen, als ihre Aufmerksamkeit auf eine Reihe blütenweißer Arztkittel gelenkt wurde, die akkurat aufgereiht auf dem Wäscheständer hingen. Wozu um Himmelswillen brauchte Bruno so viele Kittel? Wenn er malte, trug er stets einen roten Overall. Er fühlte sich von der Farbe Rot inspiriert, hatte er ihr erklärt. Jetzt war Lous Interesse geweckt. Sie öffnete den Deckel des ersten Wäschekorbs und warf einen Blick hinein. Doch hier gab es nichts Auffälliges zu entdecken. Sie wusste nicht, was sie eigentlich erwartet hatte, aber es reizte sie, etwas mehr über Bruno herauszufinden. Rasch klappte sie den nächsten Korb auf, aber er war leer. Na toll. Lou spürte Frustration aufsteigen. Jetzt blieb nur noch der Inhalt der Waschmaschine. Eine innere Stimme, die Lou sich nicht erklären konnte, trieb sie an. Fast automatisch öffnete sie die Trommel und räumte die Wäsche auf den Kellerboden. Ihr blieb fast das Herz stehen, als sie einen weiteren Kittel entdeckte, der über und über mit einer braunroten Flüssigkeit besudelt war. Was hatte das zu bedeuten? Angewidert stopfte Lou die Sachen zurück in die Waschmaschine. In einem kleinen Regal hatte van der Sand Wasch- und Bleichmittel stehen. Sogar Behälter mit Desinfektionsmitteln und Zinkricinoleat fanden sich. Entweder war Bruno extrem geruchsempfindlich oder er hatte eine Aversion gegen Keime. Wundern würde es sie nicht.

Zügig verließ Lou diesen merkwürdigen Ort, um im angrenzenden Raum nach Werkzeug zu suchen. Hier standen mehrere Regale, in denen Brunos Vorräte sorgsam einsortiert waren. Links waren Lebensmittelkonserven aufgereiht, rechts befand sich eine stattliche Anzahl leerer Gläser und Gefäße. Lou fragte sich, ob Bruno beabsichtigte, Marmelade zu kochen oder Gemüse zu fermentieren. Zuzutrauen wäre es ihm zweifellos, seine Kunst umfasste ein weites Spektrum, warum also nicht die Kulinarik? In der Ecke des Kellerraums stand eine überraschend große Gefriertruhe, die leise summte. Hier bewahrte er scheinbar seine Tiefkühlvorräte auf. Lou öffnete den Deckel und war überrascht von der großen Menge an Fleisch, die

Bruno eingefroren hatte. Sie holte einige Tiefkühlpakete heraus und las die Etiketten. CB/03/06/2022. Offenbar war es das Datum, an dem dieses Fleisch in der Truhe gelandet war. Allerdings war auf dem Aufkleber nicht vermerkt, um was für ein Fleischprodukt es sich handelte. Komisch, für ihre Mutter war das immer am wichtigsten gewesen, da die eingefrorenen Portionen ansonsten schlecht zu identifizieren waren. Aber das war nicht ihr Problem. Lou warf das Stück zurück in die Gefriertruhe und klappte den Deckel zu. Sie brauchte endlich ein Instrument, mit dem sie das blöde Schloss oben unauffällig knacken konnte. Ah, jetzt hatte sie entdeckt, wonach sie suchte. Brunos Werkzeugkiste. Lou jubilierte innerlich über diesen Erfolg. Sie fischte sich ein Multitool heraus und begab sich wieder auf den Weg zurück nach oben. Nun würde es ein Kinderspiel sein, das Vorhängeschloss zu knacken. Einen kurzen Moment überlegte Lou, ob das, was sie vorhatte, Bruno gegenüber fair war. Hätte er nicht ein derartiges Bohei um den Inhalt dieses Schränkchens gemacht, hätte es sie vermutlich nicht im Mindesten interessiert. So aber schien die Erkundung seines Inhalts die einzige Möglichkeit zu sein, sich von ihren Sorgen abzulenken. Sie kniete sich vor dem Spind auf den Boden und begann mit ihrer Arbeit, während im Radio Linkin Park ›What I've Done‹ anstimmte.

Es dauerte nur wenige Minuten, bis sie es geschafft hatte und ein leises Klicken vernahm, als das Schloss nachgab. Stolz betrachtete Lou ihr Werk. Lucky war ein guter Lehrmeister gewesen, das musste man ihm lassen. Du lieber Himmel, sie redete schon in der Vergangenheit von ihm. Lou schloss für einen Moment die Augen, um die Emotionen, die sie zu überwältigen drohten, in den Griff zu bekommen. Als sie sie wieder öffnete, begriff sie augenblicklich, dass etwas grundlegend anders war als zuvor. Chester Benningtons Stimme war verstummt. Es war still im Raum. Beängstigend still, denn irgendjemand hatte das Radio ausgeschaltet. Obwohl ihr Rücken zur Tür gewandt war, spürte sie die Anwesenheit einer weiteren Person fast körperlich. Sie war nicht mehr allein. Bruno war in sein Haus zurückgekehrt und hatte sie bei ihrem unangebrachten Tun überrascht. Er würde enttäuscht von ihr sein. Wieder einmal hatte sie es vermasselt. Langsam erhob sie sich und drehte sich um. Ihr Blick erstarrte. Alles war weitaus schlimmer, als sie es in ihren ärgsten Vorstellungen erwartet hatte. Denn Bruno hatte eine Waffe auf sie gerichtet. Einen kleinen, silbernen Revolver, mit dem er mitten zwischen ihre Augen zielte.

»Ich hatte dich gewarnt, Lou«, zischte er leise. »Ich hatte dich sogar eindringlich gebeten, die Finger von diesem Schrank zu lassen. Warum nur hast du nicht auf mich gehört und musstest deine Nase in Dinge stecken, die dich nichts angehen?« Er verzog sein Gesicht zu einem diabolischen Grinsen. »Das ist dieser unflätige Ignorant schuld, mit dem du dich abgegeben hast. Er übt schlechten Einfluss auf dich aus. Aber keine Sorge, das Problem hat sich schon bald erledigt.«

»Bruno«, flehentlich sah Lou ihn an. »Es tut mir wirklich leid. Bitte nimm die Waffe weg. Bitte!«

»Was tut dir leid?« Er trat einen Schritt näher. »Dass du mich enttäuscht hast? Dass du mich auf abscheuliche Weise hintergangen hast? Oder dass du dein Talent verschwendest, indem du dich von den falschen Menschen beeinflussen lässt? Du hast eine einzigartige Gabe, Lou. Und was machst du daraus? Gar nichts!«

»Bruno, bitte …«

»Halt den Mund!«, fuhr er sie an, wobei seine sonst so sonore Stimme derart schneidend war, dass Lou bei ihrem Klang zusammenschreckte.

»Was glaubst du, verbirgt sich in diesem Schrank?«, kicherte er schrill. »Ich will es dir sagen. Hier verbirgt sich die Essenz der Kreativität, die mir helfen wird, Unsterblichkeit und Ruhm zu erlangen. Als Künstler, als Genie, als Avantgardist und als Revolutionär. Ich habe es verdient, verstehst du?« Er strich sich fahrig eine Strähne seines grauen Haars hinter die Ohren.

»Jahrzehnte habe ich darauf gewartet. Meine Zeit mit Kretins vergeudet, die kein Gespür für Kunst und Inspiration hatten. Die nichts lernen wollten! Talentlose Körper, leere Hüllen, ohne auch nur den Hauch einer Ahnung, was wahre Kunst bedeutet. Ihr Schüler habt meine Erleuchtung und mein Gespür erstickt, ihr habt mich ins Reich der lebenden Toten katapultiert.«

Lou wagte kaum zu atmen, während sie entsetzt seinen Ausführungen lauschte. Bruno war eindeutig verrückt, daran bestand kein Zweifel. Auf van der Sands Stirn hatten sich kleine glänzende Schweißperlen gebildet, und die Hand, mit der er noch immer die Waffe auf sie gerichtet hielt, zitterte leicht.

»Carl Behrens war der erste Auserwählte«, frohlockte Bruno. »Hast du jemals seine begnadeten Lichtinstallationen gesehen? Was dieser Mann erschaffen konnte, hat mich tief in der Seele berührt. Zum ersten Mal seit langer Zeit habe ich wieder etwas gespürt. Ein Gefühl, das ich bewahren wollte. Bewahren musste. Die ganze Fülle seiner Schaffenskraft habe ich aus ihm herausgeholt, um sie für mich zu nutzen. Wusstest du, dass Blut ein herrliches Rot auf der Leinwand ergibt, viel besser als Farben, die aus Schnecken gewonnen werden.«

Er machte eine kurze Pause, um gleich darauf euphorisch fortzufahren. »Schon im Mittelalter hat man Kreiden, Erden, Pflanzen und Mineralien genutzt, um einzigartige Farben zu gewinnen. Knochenpulver, Asche, Blut und Urin sind einfach perfekt. Und die Galle«, van der Sand geriet ins Schwärmen, »die Galle ist einfach unübertrefflich für ein herrliches Gelb. Du hast es selbst auf den Bildern im Wohnzimmer gesehen. Es gibt nichts Vergleichbares.« Brunos Augen füllten sich vor Rührung mit Tränen. Was ihn aber nicht daran hinderte, seine Waffe weiter auf Lou zu richten.

»Und dann kam Madeleine«, fuhr er mit seinem Monolog fort. »Ihr Blickwinkel auf die Besonderheiten dieser Welt war phänomenal. Wie sie die menschliche Mimik ins rechte Licht rückte, hatte etwas wahrhaft Göttliches. Wenn nur ein Hauch dieser Divinität erhalten bleibt, hat sich ihr Tod gelohnt.« Nun wirkte sein Blick seltsam verklärt.

»Das kannst du nicht wirklich glauben, Bruno«, hob Lou an. »Das ist wahnsinnig.«

»Still!« Er fuchtelte hektisch mit dem Revolver herum. »Du musst zuhören, sonst kannst du es nicht verstehen.«

Das würde sie ohnehin nicht, dachte Lou. Lucky hatte recht gehabt mit seiner Aversion gegen Bruno. Er hatte gespürt, dass etwas mit ihm nicht stimmte. Sein verdammtes Bauchgefühl hatte ihn gewarnt. Aber sie war starrsinnig gewesen und hatte ihm vorgeworfen, nichts von Kunst zu verstehen. Das war ein entscheidender Fehler gewesen, den Lou jetzt bitter bereute.

»Du hast also Madeleine und Carl getötet«, stellte sie fest.

Van der Sand lachte höhnisch. »Ich? Ich habe niemanden getötet. Ich habe töten lassen. Johanna zum Beispiel, diese unvergleichliche Make-up-Magierin. Was sie anfasste, wurde zum strahlenden Objekt jeglicher Begierde und ließ die Spuren der Tristesse in den Äther entweichen, wo sie für immer verschwanden.«

»Wer hat diese Menschen denn ermordet, wenn nicht du?«

»Das möchtest du gerne wissen, nicht wahr? Du neugieriges

Miststück!« Der schwärmerische Ton wich augenblicklich seiner angestauten Wut. »Du magst das größte Talent von allen meiner Kunstschüler gehabt haben, aber du hast mir nie die gleiche Loyalität und den gleichen Respekt entgegengebracht wie Tom.«

»Tom?« Lou versuchte krampfhaft, sich daran zu erinnern, wer Tom gewesen war.

»Thomas Giebel oder«, Bruno hielt für einen Moment inne, »Tom Brinker, wie er seit seiner Hochzeit heißt.«

»Madeleines Ehemann ist Thomas Giebel? Dieser erbärmliche Speichellecker?«, rutschte es Lou heraus.

»Genau«, nickte Bruno und schniefte zufrieden. »Und just in diesem Moment dreht dieser, wie hast du ihn so blumig genannt, ›erbärmliche Speichellecker‹ deinem lästigen Freund voller Wonne den Hals um.«

»Du lügst«, fuhr Lou ihn aufgebracht an. »Warum sollte Tom dir bei diesem Irrsinn helfen?«

»Ganz einfach«, erklärte Bruno und klang plötzlich glasklar und gar nicht mehr verrückt, »weil er mir treu ergeben ist und sich außerdem auf diese Weise seiner Frau entledigen konnte, ohne verdächtigt zu werden. Der arme, trauernde Witwer, dessen Gattin einem psychopathischen Serienmörder zum Opfer gefallen ist, konnte unmöglich der Täter sein.« Er seufzte gekünstelt. »Tom half mir und ich ihm. Una manus lavat alterum! Eine Hand wäscht die andere. Denn seien wir ehrlich: Madeleine ist zwar eine außergewöhnliche Fotografin gewesen, aber als Ehefrau ein Totalausfall. Tom wollte sie gegen ein geeigneteres Exemplar austauschen und hat dies auch gemacht. Gegen eine Frau, die kein stinkendes Pferd ihrem geliebten Mann vorzieht.«

Lou schluckte. Was, wenn Bruno die Wahrheit sagte und

Brinker Lucky getötet hatte? Schon früher war Tom groß, kräftig und extrem gut trainiert gewesen. Optisch ein echter Hingucker, nur leider ziemlich hohl im Hirn. Sie schob diesen Gedanken weit von sich. Bestimmt wollte Bruno sie nur provozieren.

»Und was ist mit Tessa?«

»Ach, das liebe Fräulein Tiede«, ergötzte sich van der Sand. »Immer ein bisschen zu vorwitzig, immer ein bisschen zu laut und immer zur falschen Zeit am falschen Ort. So auch diesmal. Was geht sie mit ihrem verlausten Köter zur Unzeit genau dort spazieren, wo Tom und ich Madeleines unersprießlichen Überreste entsorgen wollten? Meine Kühltruhe hatte leider der gute Carl schon mit Beschlag belegt.«

»Was hast du Tessa angetan?«, flüsterte Lou entsetzt.

»Gar nichts«, frohlockte Bruno. »Oder doch, vielleicht ein bisschen. Ich habe die Gelegenheit genutzt, sie wegzusperren, damit sie nichts ausplaudern kann und du hier vor Ort bleibst, um nach ihr zu suchen. Ach ja, und heute kommt sie in den einmaligen Genuss, Alex Luckmann beim Sterben zuzusehen. Aber das kann schließlich auch eine bereichernde Erfahrung sein, findest du nicht? Ein kleiner Vorgeschmack auf das, was ihr dann blüht.«

»Du bist völlig irre!«, schleuderte Lou ihm fassungslos entgegen. Sie würde Bruno nicht die Genugtuung geben, in Tränen auszubrechen. »Warum sollte ich unbedingt hierbleiben? Wegen des Bildes für deinen mysteriösen Kunstliebhaber? Gibt es diesen Kunden überhaupt oder hast du den Auftrag frei erfunden?«

»Selbstverständlich gibt es ihn«, nickte van der Sand selbstgefällig. »Deshalb wirst du jetzt brav dein Bild fertigstellen, für das ich sehr viel Geld erhalten werde. Und dann vollende ich mein Werk an dir.«

Lou erstarrte. Sie hatte nicht die Absicht, als Farbe in einem von Brunos Schraubgläsern zu landen.

»Wird's bald?«, scheuchte er sie mit der geladenen Waffe zur Leinwand hinüber. »Und glaube nicht, dass dir jemand zur Hilfe eilen wird. Wer sollte das sein? Dein Lucky hat sein Glück endgültig verspielt, Tessa ist weggesperrt und diesem einfältigen Kripo-Gespann fehlt es unverkennbar an Klasse. Der Countdown läuft. Genieße deine letzten Augenblicke auf dieser Erde.«

****

Als das eiskalte Wasser über Lucky zusammenschwappte, verschlug es ihm für einen kurzen Moment den Atem. Doch er wusste, was zu tun war, um zu überleben. Mit einem geübten Griff schnappte er sich Tessa, die prustend neben ihm auftauchte und Probleme hatte, sich zu orientieren. Sie mussten so schnell wie möglich raus aus dem Strom, um möglichst wenig auszukühlen. Je länger sie im kalten Rheinwasser waren, desto schwerer fiel das Schwimmen und desto mehr zogen die nassen Klamotten sie in die Tiefe. Selbst bei wärmeren Temperaturen waren die heimtückische Strömung und der durch die Frachtschiffe hervorgerufene Wellengang eine Herausforderung. Aber Lucky war entschlossen, die wenigen Meter bis zum rettenden Ufer zügig zu überwinden und sich aus dem Staub zu machen, ehe Brinker und seine Komplizin ihnen mit ihrem Boot folgen konnte.

»Scheiße, ich krieg keine Luft«, japste Tessa neben ihm.

»Atme nicht so hektisch, dann schaffst du die paar Meter mit Leichtigkeit«, beruhigte Lucky sie. »Du musst nur an deine Stärke glauben.«

Mühsam kämpften sie sich durch das unruhige Wasser, bis sie endlich Boden unter den Füßen spürten.

»Los!« Lucky zog Tessa, die ihm mit schwerfälligen Bewegungen zu folgen versuchte, aus dem Wasser. Erneut zerriss ein peitschender Knall die idyllische Stille.

»Tom schießt wieder auf uns«, presste Tessa hervor. »Er wird uns töten. Genau wie die anderen.«

»Kümmere dich nicht um Brinker«, drängte Lucky. »Nimm die Beine in die Hand und lauf so schnell du kannst. Wenn dieser blonde Hulk gut zielen könnte, hätte er mich vorhin richtig erwischt. Auf diese Entfernung trifft der keinen Blumentopf.«

Der Kies und die Muscheln am Ufer des Rheins schmerzten an seinen Fußsohlen. Noch schlimmer aber waren die Glasscherben, die von Bier- und Schnapsflaschen nächtlicher Gelage am Rheinufer übrig geblieben waren.

»Fuck«, schrie Lucky auf, als eine Scherbe ihm seine Ferse zerschnitt. Während das Blut langsam aus der Wunde sickerte, fragte er sich, wie er in diese verdammte Lage hatte geraten können. Er schien Schwierigkeiten förmlich anzuziehen. Ganz gleich, wo er sich befand. Als sie endlich die schützenden Büsche am Flussufer erreichten, hielt er kurz inne, um Tessa Zeit zu geben, durchzuatmen. Ihre langen rotbraunen Haare klebten feucht an ihren Wangen, ihr blaues Sweatshirt triefte vor Wasser, doch jetzt, da die Anspannung von ihr abfiel, verzog sich ihr Gesicht zu einem Lachen.

»Es ist aufregend mit dir, Alex Luckmann«, schnaufte sie. »Ich liebe das.«

»Ich dachte, du stehst auf beschauliche Seriosität und schnieke Anzugträger«, entgegnete Lucky. »Das behauptet zumindest Lou. Apropos Lou: Wir müssen sie auf schnellstem Wege vor

Bruno van der Sand warnen.«

Lucky setzte sich wieder in Bewegung. Trotz seines verletzten Fußes und des Streifschusses, der unangenehm brannte, verschärfte er sein Tempo derart, dass Tessa kaum Schritt halten konnte. Er wollte sie nicht beunruhigen, aber die Lage war immer noch brenzlig. Ohne Handy und ohne den Schlüssel für sein Motorrad saßen sie hier in der Einöde fest, sodass Brinker weiterhin die Möglichkeit hatte, sie zu erwischen, selbst wenn er nicht besonders treffsicher war. Mittlerweile hatten sie fast den kleinen Platz erreicht, auf dem der alte Wohnwagen stand, vor dem er überwältigt worden war. Doch gerade als Lucky glaubte, hinter einer Baumgruppe der Gefahr entkommen zu sein, blickte er erneut in die Mündung eines Pistolenlaufs, der unmittelbar auf ihn gerichtet war

****

»Lucky!« Laura Koch ließ ihre Waffe sinken und stieß einen Laut der Erleichterung aus. »Gott sei Dank, ihr lebt! Wir suchen seit Stunden die Umgebung nach euch ab. Was ist passiert? Ihr seht ja furchtbar aus.«

»Tom Brinker ist passiert«, keuchte Lucky. »Er und seine feine Komplizin haben uns auf einem stillgelegten Frachtschiff festgehalten, das ganz in der Nähe am Rheinufer vor Anker liegt. Vielleicht könnt ihr ihn dort noch erwischen. Aber Vorsicht, er ist bewaffnet, wenn auch nicht besonders zielsicher. Wie es aussieht, steckt er mit van der Sand unter einer Decke. Ich erkläre dir die Einzelheiten später. Jetzt müssen wir unbedingt Lou vor diesem Irren warnen.«

»Schon gut.« Sie legte ihre Hand beschwichtigend auf seinen Arm. »Ich informiere sofort Kirchberg und schicke die Kollegen los, um Brinker und Brüne festzunehmen. Und um Lou brauchst du dir keine Sorgen zu machen. Sie wartet gemeinsam mit Johnson in deiner Wohnung auf Neuigkeiten. Ich gebe beiden sofort Bescheid, dass wir euch gefunden haben und alles in Ordnung ist. Sie haben sich riesige Sorgen gemacht.

Dann wandte sie sich Tessa zu. »Sie haben nicht die leiseste Ahnung, wie erleichtert ich bin, Sie in einem Stück vor mir zu sehen.«

»Doch«, nickte Tessa kurz. »Ich glaube, nach allem, was ich gehört und gesehen habe, kann ich es mir lebhaft vorstellen.«

»Ihr braucht unbedingt trockene Klamotten und einen Arzt.« Laura warf einen kritischen Blick auf die zitternde Tessa und Luckys blutverschmiertes Outfit. »Sonst rafft euch nicht Brinker, sondern eine Lungenentzündung dahin.«

Tessa und Lucky wickelten sich dankbar in die Rettungsfolien, die sie ihnen reichte, während sie gleichzeitig mit Johnson telefonierte. Allerdings war Laura alles andere als zufrieden nach diesem Gespräch.

»Hm.« Sie warf Lucky einen beunruhigten Blick zu. »Was ich dir jetzt sage, wird dir bestimmt nicht gefallen. Bruno van der Sand hat deine Künstlerfreundin zu sich ins Atelier zitiert, damit sie das Bild noch heute fertigstellt. Angeblich hat der Kunde Druck gemacht und will nicht länger warten.«

»Fuck!« Ohne nur einen Moment zu zögern, warf Lucky die Folie von sich und sprintete auf Lauras Wagen zu, den sie in unmittelbarer Nähe am Wegrand geparkt hatte. Sowohl seine Kopfwunde als auch den blutenden Fuß ignorierte er dabei. »Los, worauf wartest du?«, rief er ihr ungeduldig zu. »Wir dürfen keine Zeit verlieren!«

Laura seufzte tief und dachte mit Schrecken an ihre Autositze, die Lucky mit seinen nassen, blutverschmierten Klamotten zweifellos ruinieren würde. Dann griff sie nach ihrem Autoschlüssel und folgte ihm.

★★★★

Mit quietschenden Reifen stoppte der Wagen wenig später vor Brunos Reihenhaus. Eilig sprang Lucky heraus und lief auf den Eingang zu. Herrje, wie spießig es hier aussah! Und das, obwohl Bruno immer den großen Kreativen raushängen ließ. Zwar hob sich die Fassade seines Hauses optisch von den Nachbarhäusern ab, aber ansonsten war hier gar nichts innovativ. Im Vorgarten des schmalen Wohnturms stand ein beleuchteter Weihnachtsbaum, an den Fensterrahmen glänzten kleine Lichterketten und zwei rote Pappsterne sorgten an den Fenstern im Obergeschoss für kitschige Weihnachtsstimmung. Es fehlten nur noch Schwippbögen, Nussknacker und Räuchermännchen, dann wäre die kleinbürgerliche Idylle perfekt, fand Lucky. Als krönendes Highlight des dekorativen Advents-Albtraums baumelte an der Haustür ein ausladender Kranz aus Tannengrün, auf dessen roter Schleife ein schwungvolles *Welcome* zum Eintreten einlud. Na also – dann wollten sie dieser Aufforderung doch nachkommen. Als Laura Koch ihre Hand ausstreckte, um den Klingelknopf zu betätigen, legte Lucky seine Hand auf ihren Arm, um sie daran zu hindern.

»Wenn du läutest, ist van der Sand vorgewarnt. Dann ist Lou in höchster Gefahr.«

»Wir können nicht einfach die Tür eintreten«, entgegnete Koch. »Das ist kein Fernsehkrimi!«

»Das ist auch nicht nötig.« Lucky zog sein selbst gebasteltes Einbruchswerkzeug hervor. Binnen kürzester Zeit hatte er unter Lauras staunenden Blicken das Schloss lautlos geöffnet.

»Los, mir nach.« Ehe sie ihn aufhalten konnte, sprintete Lucky bereits in großen Schritten die Treppe zum Atelier hinauf, wobei seine blutende Schnittwunde eine unschöne Spur auf dem hellem Teppichboden hinterließ. Er war bereit. Mehr als bereit, Bruno van der Sand seine dämliche Künstlerfresse zu polieren und ein für alle Mal dieses überhebliche Grinsen aus seinem Gesicht herauszuschlagen.

★★★★

»So langsam könntest du nun aber zum Ende kommen, meine Liebe«, bemerkte Bruno van der Sand süffisant. »Wenn ich das richtig sehe, ist auf dieser riesengroßen Leinwand kein Fleckchen mehr übrig, das du mit deiner Kunst verschönern könntest. Glaube nicht, mir entginge, dass du Zeit schinden willst. Aber wozu? Es wird dir nichts nützen? Du solltest dich freuen, deinen Freunden im Jenseits bald Gesellschaft leisten zu können. Dann seid ihr wieder vereint. Du, Tessa und euer ordinärer, tätowierter Freund. Einfach herzzerreißend!«

Das Vibrieren seines Smartphones unterbrach für einen kurzen Moment seinen Redeschwall. Brunos Gesicht verzog sich zu einem triumphierenden Grinsen. »Ah, das wird der liebe Tom sein, um mir mitzuteilen, dass er alles zu meiner Zufriedenheit erledigt hat. Vermutlich hast du gehofft, ich müsste das Gespräch annehmen und könnte einen Moment unachtsam sein. Falsch!« Er stieß ein infernalisches Gelächter aus. »Mir genügt es zu wissen, dass er anruft. Ich bin omnipotent! Dann richtete er den Lauf seiner Waffe wieder auf Lous Stirn. »Genug geschwätzt. Leg den Pinsel beiseite – vite, vite.«

Lou zögerte nur wenige Sekunden. Kurz überlegte sie, Bruno den Pinsel einfach ins Gesicht zu schleudern. Doch was sollte das letztendlich bringen? Sie legte das Malutensil langsam auf die Ablage neben der Leinwand.

»Kannst du mir wenigstens sagen, für wen ich das Bild gemacht habe?«, bat sie flehentlich. »Du als Künstler müsstest doch Verständnis dafür haben, dass ich wissen möchte, wer es erhält.«

Er warf ihr einen misstrauischen Blick zu, als ob er zu ergründen versuchte, ob sich eine schlechte Absicht hinter ihrer Frage verbergen könnte. Dann beugte er sich ein wenig zu ihr vor.

»Ulrich Saatmann«, stieß er hervor. »Ein Mann, der mir zu der Reputation verhelfen kann, die mir zusteht. Erst wird ihn dein Werk überzeugen und mich als Galerist ins Rampenlicht rücken, dann werden meine eigenen Bilder folgen. Bilder, in denen die Kreativität wahrer Talente auf einzigartige Weise miteinander verwoben wird.«

»M. Mori, das bist du, oder?« Langsam dämmerte Lou, was hier vor sich ging.

»In der Tat«, pflichtete Bruno ihr bei. »Memento Mori drückt genau das aus, was ich dir jetzt wärmstens ans Herz legen würde.«

»Gedenke des Todes«, hauchte Lou und schloss die Augen.

»Gedenke des Todes«, wiederholte Bruno van der Sand emotionslos, bevor er den Abzug seiner Waffe betätigte.

Der Knall, der den Raum erfüllte, war ohrenbetäubend. Lou wartete auf den Schmerz, der ihm folgen sollte, doch überraschenderweise blieb dieser aus. Stattdessen hörte sie ein lautes Gepolter und einen entsetzten Aufschrei. Als sie die Augen öffnete, sah sie zwei Männer auf dem Boden des Ateliers miteinander ringen. Es war ein sehr ungleicher Kampf, denn einer der Männer war Lucky, der Bruno van der Sand in Sekundenbruchteilen überwältigt hatte und nun mit festem Griff zu Boden drückte. Er sah zu ihr hinüber und zwinkerte ihr lächelnd zu. »Alles okay bei dir?«

Lou spürte Tränen der Erleichterung über ihr Gesicht rinnen, als sie seine vertraute Stimme hörte. Sie hatte das Gefühl, ihre Beine könnten die Last ihres Körpers nicht mehr tragen. Spielte ihre Fantasie ihr einen Streich? War sie womöglich bereits tot und hatte es nur noch nicht begriffen? Wie konnte Lucky jetzt hier sein, um sie vor Bruno zu retten? Hatte dieser nicht behauptet, Lucky und Tessa seien bereits tot?

»Frau Caprini?« Gedämpft drang eine weibliche Stimme an ihr Ohr. Nur widerwillig löste Lou ihren Blick von Luckys Gesicht und blickte zu Laura Koch hinüber, die im Türrahmen stand und sie besorgt ansah. »Sind Sie verletzt?«

Lou schüttelte langsam den Kopf. Sie brachte noch immer kein einziges Wort hervor. Alles erschien ihr unwirklich, als betrachte sie einen Film, in dem sie die Hauptrolle spielte. Das Klicken der Handschellen, die sich nun um Bruno van der Sands Handgelenke schlossen, war allerdings mehr als real. Ebenso wie die Schritte von Lauras Kollegen, die zu ihrer Verstärkung die Treppe hinaufeilten, um Bruno van der Sand in Gewahrsam zu nehmen.

»Hey, Lou.« Jetzt stand Lucky unmittelbar vor ihr und nahm sie in seine Arme. Obwohl er kalt, nass und blutverschmiert war, zog sie ihn an sich. Am liebsten hätte sie ihn nie wieder losgelassen.

»Alles ist gut«, hörte sie ihn flüstern, während er sanft ihren Rücken streichelte. »Ich bin ja bei dir.«

»Und Tessa?« Endlich fand sie ihre Stimme wieder.

»Tessa geht's prima«, sagte Lucky. »Sie wartet zu Hause auf

dich.«

»Es ist also alles vorbei?« Sie lehnte ihren Kopf gegen seine Brust, um sich zu vergewissern, dass er wirklich bei ihr war.

»Ja.« Er drückte sie an sich und küsste sie sanft auf die Stirn.

»Es ist vorbei!«

Kapitel 23

Es war der Abend des 24. Dezember. Die festlich geschmückte Nordmanntanne, die in der Ecke des Wohnzimmers neben dem Fenster funkelte, sorgte für weihnachtlichen Glanz, während draußen vereinzelte Schneeflocken durch das nächtliche Dunkel tanzten. Tessa sah in die Runde der Gäste, die sich heute in ihrem Haus an der Gänsestraße versammelt hatten, und fühlte sich so glücklich wie lange nicht mehr. Sie liebte Weihnachten. Und insbesondere genoss sie es, an diesem Tag Freunde um sich zu haben.

»Na, woran denkst du gerade?« Lou gesellte sich mit einem Pott Glühwein in der Hand zu ihr.

»Ich denke daran, wie viel Glück wir haben, heute Abend hier alle zusammen sein zu können. Es hätte nicht viel gefehlt und es wäre nie dazu gekommen.«

»Stimmt. Aber bei all dem Schlechten, das uns in den letzten Wochen widerfahren ist, hat das Positive letztendlich gesiegt«, lächelte Lou.

»Glücklicherweise. Ich bin dir unendlich dankbar. Dir und natürlich Lucky. Dafür, dass ihr nicht aufgehört habt, nach mir zu suchen.«

»Ja«, nickte Lou, »Lucky ist schon ein besonderer Mensch. Aufgeben stand für ihn nie zur Debatte.«

Tessa grinste ihre Freundin an. »Kann es sein, dass ich da eine besondere Schwingung zwischen dir und ihm verspürt habe?«

»Mag sein.« Lou zuckte verlegen mit den Achseln. »Er hat Bruno überwältigt und mir das Leben gerettet. Das werde ich ihm nie vergessen.«

»Nicht nur dir«, seufzte Tessa. »Ohne ihn und sein Ausbruchstalent säße ich womöglich immer noch auf diesem rostigen Kahn fest. Ich wundere mich sowieso, dass Brinker und van der Sand mich so lange am Leben gelassen haben. Sie mussten das Risiko doch kennen.«

»Bruno wollte in erster Linie seine Kunst perfektionieren«, warf Lou ein. »Er hatte es auf meine Kreativität abgesehen und nahm an, dass ich in Düsseldorf bleiben würde, bis dein Schicksal geklärt wäre. Außerdem mochte er dich, soweit ihm das überhaupt möglich war, jemanden zu mögen.«

»Aber Brinker mochte mich nicht«, gab Tessa zu bedenken.

»Schon möglich. Aber der wollte vorrangig seine Frau loswerden, um sich mit Leonie Brüne ein neues Leben aufzubauen. Sonst hätte er sich vermutlich gar nicht auf das Arrangement mit Bruno eingelassen. Sie haben die perfekte Symbiose gebildet, aus der jeder seinen ganz persönlichen Vorteil ziehen wollte. Mit einem haben sie allerdings nicht gerechnet: Auf dem Schiff entdeckt zu werden.«

»Das Schiff war der perfekte Ort, um die Leichen auszuweiden, zu zerlegen und die Reste anschließend unauffällig im Rhein und in der Kämpe verschwinden zu lassen. Außerdem hatte sich Bruno dort ein komplettes Labor eingerichtet, um seine ganz speziellen Farben herzustellen.«

»Wer hätte ahnen können, dass er dermaßen verrückt ist?«, seufzte Lou.

»Die Vorstellung, sich die Kreativität anderer aneignen zu können, indem man ihr Blut, ihre Organe und ihre Knochen zu Farben verarbeitet, ist in der Tat völlig durchgeknallt.« Tessa tippte sich gegen die Stirn.

»Im Grunde hat er nur Techniken vergangener Zeiten in adaptierter Form angewendet«, überlegte Lou. »Schon in der Höhlenmalerei wurde Knochenkohle genutzt, um ein sattes

Elfenbeinschwarz darzustellen. Auch tierische Fette und Blut wurden verwendet. Das Rot der Farben hatte eine symbolische Funktion. Es stand für lebenserhaltende Kräfte.«

»Nimmst du den Psycho etwa in Schutz?«, wunderte sich Tessa. »Hast du vergessen, dass er dich abknallen und zu Farbe verwursten wollte. Ganz abgesehen davon, dass seine Methode nicht lebenserhaltend, sondern todbringend war.«

»Natürlich nehme ich ihn nicht in Schutz«, schüttelte Lou den Kopf. »Ich wollte nur zum Ausdruck bringen, dass die Herstellung natürlicher Farben nicht komplett neu ist. So wurden früher beispielsweise Häute und Knochen für die Produktion von Leimfarben genutzt.«

»Ist ja widerlich!«, verzog Tessa das Gesicht.

»Findest du?« Lou grinste. »In Peru und Teilen Afrikas hat man sogar Reptilien- und Schlangenurin zur Farbgewinnung genommen. In Europa konnte Indischgelb und Indigoblau nur mit Tierharn kreiert werden, meistens von Kühen. Auch Purpurschnecken wurden verwendet, weil ihre Drüsen ein Sekret absonderten, das sich im Licht wunderbar verfärbte. Und Galle ergab, wenn sie mit den getrockneten Blütennarben des Crokus sativus gemischt wurde, nicht nur Farben für Buchmalerei, sondern auch Tinte. Manchmal wurde Galle auch pur verwendet oder mit Schwefel, Kreide oder Eiweiß vermischt. Je nachdem, welche Farbintensität gewünscht war. Es sind wunderschöne Kunstwerke auf diese Weise entstanden.«

»Aber Bruno hat Menschen ausgeschlachtet«, brach es aus Tessa heraus, »in dem Glauben, ihre Kreativität für sein Werk nutzen zu können. Dabei hätte er nur zu seinen normalen Farbtuben und -töpfen greifen müssen. Wie konnte er das tun? Und wie konnte Tom Brinker sich vor diesen Karren spannen lassen, nur weil er seine Frau loswerden wollte? Er hätte sich einfach scheiden lassen können.«

»Tom war sehr beeinflussbar. Äußerlich stark, aber innerlich eine zerbrechliche Persönlichkeit, die nach Bestätigung suchte. Van der Sand hat das erkannt und für seine Zwecke ausgenutzt«, resümierte Lou. »Aber es ging Brinker auch ums Geld. Hauptkommissar Kirchberg hat gesagt, Madeleine war sehr vermögend. Da Tom und sie einen Ehevertrag geschlossen, hatten, wäre er im Falle einer Scheidung leer ausgegangen.«

»Ich dachte, Leonie Brüne sei auch eine gute Partie«, warf Tessa ein. »Dann hätte es ihm doch egal sein können. Die beiden hätten sich von ihrem Geld ein schönes Leben machen können.«

»Nicht, wenn sie ihren Mann verlassen hätte«, stellte Lou klar. »Denn in dieser Ehe hatte der Mann das Vermögen. Deshalb konnte Tom Brinker seine Angebetete nur mit einem prall gefüllten Bankkonto halten. Liebe allein hätte bei ihrem luxuriösem Lebensstil nicht genügt: Das hat mir Laura Koch verraten. Aber jetzt darf die Luxus-Lady ein spartanisches Dasein im Knast fristen. Zumindest in den nächsten Jahren.«

»Wäre Rocky mir an diesem Morgen nicht ausgebüxt und hätte diese Verbrecher gestört, als sie Madeleines Leiche entsorgten, hätten sie noch ewig so weitermachen können«, seufzte Tessa.

Als er seinen Namen hörte, hob der kleine Mischling den Kopf und wedelte mit dem Schwanz. Er lag neben Lucky auf dem Sofa und ließ sich von ihm und Johnson abwechselnd den Bauch kraulen.

»Hund müsste man sein«, seufzte Lou.

»Du könntest dein Glück bei Lucky doch versuchen«, schlug Tessa vor. »Er kann dich gut leiden. Das ist nicht zu übersehen. Vielleicht krault er dir dann demnächst den Bauch.«

»Sehr witzig«, entgegnete Lou kopfschüttelnd, „aber reine Utopie. Lucky setzt nämlich seine Karriere bei den Kampfschwimmern in Eckernförde fort, während ich in meine Künstler-WG nach Lugano heimkehre. Aus meiner Ausstellung bei Bruno wird ja nun nichts. Also zieht es mich weg aus dem tristen Grau Deutschlands, hin zu Sonne, See und Dolce Vita. Warum also etwas beginnen, das schon aufgrund der äußeren Umstände zum Scheitern verurteilt ist?«

»Weil du in ihn verliebt bist. Zumindest ein kleines bisschen«, stellte Tessa fest.

»Selbst wenn es so wäre, und ich sage nicht, dass es so ist«, entgegnete Lou leise, »hätte das Ganze keine Zukunft.«

»Wer kann das schon mit Gewissheit sagen?«, widersprach Tessa. »Aber wenn du es nicht wenigstens versuchst, wirst du es nie herausfinden.«

»Lucky und ich sind Freunde, mehr nicht.«

»Na, wenn dir das reicht, dann will ich nichts gesagt haben.« Tessa warf ihr einen vielsagenden Blick zu.

»Was ist denn mit dir und deinem abwechslungsreichen Liebesleben?«, wechselte Lou das Thema.

»Ich werde im Februar mit den Jungs von Mortal Septicemia als Berichterstatterin auf Tour gehen«, jubelte Tessa. »Quer durch die USA und dann durch Deutschland. Ein Interview für Progsy Roxy werde ich vorab in eine große Vorankündigung einfließen lassen. Das wird mega! Besser als diese schlecht bezahlte Schreiberei für Tageszeitungen.«

»Ist Yannick Schwarz etwa dein neuer Lover?«, fragte Lou nicht ohne Hintergedanken. Er entspricht nicht wirklich deinem Männertyp.«

»Anzugträger sind von nun an tabu«, lachte Tessa. »Aber wenn ich ehrlich bin, stehe ich mehr auf den Frontmann als auf

Yannick.«

»Auf Jonas Brasse?«, entfuhr es Lou »Da wird Yannick aber enttäuscht sein.«

»Ach was, seine Schwärmerei für mich hat sich längst erledigt«, winkte Tessa ab. »Er hat sich anderweitig getröstet, soviel ich weiß. Mit einer Backgroundsängerin namens Yvette.«

»Und Saatmann?«, kicherte Lou. »Hat der sich auch getröstet?«

»Saatmann kann froh sein, wenn die Kripo seinen illegalen Geschäften nicht auf die Schliche kommt«, entgegnete Tessa. »Ich habe noch immer den Stick, den ihr in meinem Auto gefunden habt. Ein überzeugendes Argument, mich in Ruhe zu lassen. Im Übrigen hat er derart viel Kohle für dein Bild bezahlt, dass ich ihm seine Aufdringlichkeit verzeihe.«

»Hey, ihr beiden.« Lucky kam mit einem Lächeln im Gesicht zu ihnen herübergeschlendert und klopfte sich Rockys Hundehaare von der Hose. »Wie weit ist die Knuspergans im Ofen? Johnson und mir läuft bei dem Duft das Wasser im Mund zusammen.«

»Ich werde mal in die Küche entschwinden und das Flügelvieh in Augenschein nehmen«, meinte Tessa, während sie Lou aufmunternd zuzwinkerte.

****

»Bedauerst du es, an diesem Weihnachtsfest nicht mit deinen Eltern gemeinsam zu feiern?«, erkundigte sich Lucky.

»Nicht im Geringsten«, entgegnete Lou. »Ganz abgesehen davon, dass ich über Silvester zu ihnen an die Nordsee fahren werde.«

»Das ist gut«, nickte er. »Sei froh, dass du deine Eltern noch hast«

»Vermisst du deine Familie sehr?« Lou mochte sich nicht vorstellen, wie es wäre, ganz auf sich allein gestellt zu sein.

»An Tagen wie diesen werde ich manchmal schon ein bisschen sentimental«, gab er zu. »Aber jetzt bin ich bei euch und alles ist gut.«

»Freust du dich, zu deinem Team zurückzukehren? Oder wirst du *Lucky's Luke* vermissen?«

»Beides«, sagte Lucky. »Ich habe jeden Tag an meine Teamkameraden gedacht, obwohl die Zeit hier toll war. Ihr werdet mir ganz sicher fehlen. Aber es ist ja kein Abschied für immer. Johnson wird das Büdchen während meiner Abwesenheit für mich weiterführen. Meine Wohnung behalte ich auch fürs Erste. Es wird sich zeigen, was die Zukunft bringt.«

»Reitunterricht bei Holger Mattis wirst du jedenfalls nicht mehr nehmen können, wenn du Düsseldorf verlässt. Kathi wird das sehr bedauern, vermute ich«, stichelte Lou.

Lucky lachte. »Mattis kann gerne andere Reitschüler anschreien. Ich werde das bestimmt nicht vermissen.«

»Aber ich werde dich vermissen«, rutschte es Lou ungewollt heraus. Sie spürte wie eine unangenehme Röte ihren Hals heraufkroch. Verflixt, das hatte sie nicht laut äußern wollen.

Lucky sah sie auf eine Weise an, die sie nicht deuten konnte. Dann legte er seinen Arm um sie. »Wir beide sehen uns bestimmt bald wieder, Lou. Auch wenn die Entfernung nach Lugano nicht gerade ein Katzensprung ist.«

»Das wäre schön«, murmelte sie leise. »Hattest du nicht davon gesprochen, eine Motorradtour ins Tessin machen zu wollen?«

»Hatte ich das?«, lachte er. »Mir schwebte nach Melanies Reisempfehlungen zuletzt eher die Route 66 vor. Aber okay, ich verspreche dir hiermit hoch und heilig, dass ich dich besuchen werde, sobald ich es zeitlich einrichten kann. Vorausgesetzt, ihr räumt für mich ein Plätzchen in eurer Künstler-WG frei.«

»Willst du mich wirklich besuchen?«, strahlte sie ihn an. »Du bist natürlich jederzeit willkommen.«

»Großes Kampfschwimmer-Ehrenwort. Und bis dahin«, er zog sie mit sich in den Flur und zeigte auf eine weihnachtlich verpackte Schachtel, die neben der Garderobe stand, »bis dahin kannst du in allem, was sich in dieser Schachtel befindet, nach Lust und Laune herumschnüffeln, um herauszufinden, was ich bis jetzt vor dir verborgen habe. Ich weiß ja, wie sehr du es liebst, Geheimnisse zu ergründen.«

Betreten sah Lou ihn an und schluckte die patzige Antwort, die ihr bereits auf der Zunge lag, hinunter. Ganz falsch lag er mit seiner Bemerkung schließlich nicht.

»Ich habe auch ein Geschenk für dich«, entgegnete sie und fischte eine Silberkette aus ihrer Tasche. An ihr baumelte ein schwarzer Anhänger in Form eines Schildes, auf dem ein martialischer Engel mit einem mächtigen Schwert posierte.

»Sieh an, der heilige Erzengel Michael«, sagte Lucky leise, »Schutzpatron der Soldaten und Bezwinger des Bösen.«

»Damit du immer wieder heil nach Hause kommst.«

Verlegen biss sich Lou auf die Lippen. »Du hast ja leider meinen anderen Engel vom Weihnachtsmarkt nicht mehr.«

»Der hat Tessa und mir himmlisch gute Dienste geleistet«, nickte er. »Vielen Dank, Lou.« Er legte sich die Kette an, dann nahm er sie in die Arme und drückte ihr einen freundschaftlichen Kuss auf die Wange.

»Ich will bei so viel inniger Zweisamkeit ja nicht stören«, wurden sie von Johnson unterbrochen, der seinen Kopf durch den Türspalt steckte, »aber der Weihnachtsvogel steht zum

Verzehr bereit. Tessa bittet zu Tisch.«

»Perfekt.« Lucky rieb sich die Hände. »Darauf freue ich mich schon den ganzen Tag.«

»Meine Lieben.« Tessa stand am Kopfende der Tafel und schlug mit der Gabel gegen das Glas. »Da Lucky und Johnson offenbar bereits am Verhungern sind, will ich es kurz machen. Ich bin megahappy, dass wir heute alle gesund und munter hier miteinander feiern können. Ganz besonders danke ich euch, dass ihr nie aufgegeben habt, nach mir zu suchen. Mit den Konsequenzen werdet ihr jetzt leben müssen.« Sie erhob ihr Glas. »In dubio prosecco!«

»Amicus certus in re incerta cernitur!«, ergänzte Johnson großspurig.

»Amicus was?« Tessa sah ihn verdattert an.

Johnson grinste. »Wie Cicero schon sagte: ›Einen sicheren Freund erkennt man in unsicherer Lage‹. Salute!«

Epilog

In gemächlichem Tempo fuhr das Taxi durch die Tempo-30-Zone am Benrather Rheinufer. Lou lehnte sich in den durchgesessenen Sitz des Mercedes zurück und kämpfte mit ihren Gefühlen. Zwar hatten ihr sowohl Tessa als auch Lucky angeboten, sie zum Bahnhof zu fahren, aber sie hatte abgelehnt. So sehr sie es liebte, nach ihrer Ankunft die ersten Momente alleine zu verbringen, so sehr hasste sie gefühlsduselige Abschiede auf Bahnsteigen oder am Flughafen. Wozu unnötige Emotionen hochkochen lassen, die besser unter Verschluss blieben? Ein letztes Mal für vermutlich lange Zeit ließ sie ihren Blick über den Rhein schweifen, der an diesem strahlenden Wintertag geradezu behäbig wirkte. Wie bei ihrer Ankunft schipperten auch heute mächtige Frachtschiffe durch die Strömung. Beinahe hätte Lou laut aufgelacht, als sie den Namenszug auf dem Bug eines stromabwärts fahrenden niederländischen Rheinfrachters entzifferte. »Dark Mystery«, flüsterte sie leise. Es war dasselbe Schiff, das ihr bereits bei ihrer Ankunft aufgefallen war und dessen Name sich als böses Omen offenbart hatte. Hier schloss sich der Kreis ihres Aufenthalts, der so viel Dunkles und Geheimnisvolles ans Tageslicht gezerrt hatte. Im Grunde konnte sie es immer noch nicht fassen, dass Bruno van der Sand völlig den Verstand verloren und mit ihrem früheren Klassenkameraden Tom Brinker gemeinsam gemordet hatte. Ihr Lehrer war damals ihr leuchtender Stern am Kunsthimmel gewesen. Und jetzt? Obwohl sie das in seinem Atelier gefertigte Bild an Saatmann hatte verkaufen können, war sie desillusioniert. Wie hatte Bruno im Namen der Kunst drei Menschen auf so bestialische Art und Weise töten lassen können? Er hatte auf die Eitelkeit der Künstler gesetzt. Hatte gewusst, dass jeder Kreative eine

Chance, sein Werk der breiten Masse vorzustellen, nutzen würde. So konnte er sie alle überzeugen, sich mit ihm unter dem Deckmantel Großartiges und Überraschendes zu planen, heimlich auf dem Schiff zu treffen, wo dann Brinker bereits auf sie wartete.

Auch Lou hatte Bruno glauben wollen, als er vorschlug, ihre Bilder in einer grandiosen Ausstellung der Öffentlichkeit zu präsentieren. Sie war eitel und arrogant gewesen. Genau wie Lucky es ihr mehrfach vorgeworfen hatte. Der Gedanke daran beschämte Lou. Für einen kurzen Moment war sie in Versuchung geraten, ihre Kunst aufzugeben. Wie sollte sie noch unbeschwert malen können, wenn die Geschehnisse der letzten Wochen wie eine dunkle Wolke über ihr schwebten? Der Gedanke an das, was der drängende Wunsch, perfekte Kunstwerke zu erstellen, aus Bruno gemacht hatte, erschütterte sie. Die Kunst hatte versagt. Statt Schönheit und Harmonie zu entfalten, hatte sie Zerstörung und Tod gebracht. Van der Sand war von dem Gefühl getrieben worden, den an ihn gestellten Ansprüchen nicht zu genügen. Sie hatte lange und intensiv mit Lucky über dieses Thema diskutiert. Er hatte sie ermutigt, trotz dieser Erfahrung ihren Weg weiter zu beschreiten und war der Überzeugung, dass Brunos Wahnsinn nicht das Geringste mit ihrer Malerei zu tun hatte. Auch wenn er sich gerne über ihr Kunstgeschwafel mokierte, hatte er sich als ein aufmerksamer Gesprächspartner erwiesen. Er würde ihr fehlen, wenn er in Kürze aus ihrem Leben verschwinden und zu seiner alten Truppe zurückkehren würde. Lou konnte nicht verhindern, dass sie ein mulmiges Gefühl bei diesem Gedanken beschlich. Vielleicht lag es daran, dass er bisher kaum etwas über seine Zeit als Kampfschwimmer und die Umstände seines Unfalls hatte verlauten lassen. Lucky konnte sehr verschlossen sein, wenn er wollte.

Und in diesem Fall wollte er es zweifellos. Ganz anders als Tessa, die seit Tagen von nichts anderem mehr sprach als ihrem Trip in die USA, bei dem sie Mortal Septicemia und ihren neuesten Schwarm Jonas Brasse begleitete. An ihr schienen die Ereignisse der letzten Wochen abzuperlen wie an einer Teflonpfanne. Lou beneidete sie heftig um diese Dickfelligkeit. Warum nur konnte sie nicht ebenso erwartungsvoll in die Zukunft blicken, sondern verspürte einen Hauch Wehmut?

Als das Taxi schließlich vor dem Düsseldorfer Hauptbahnhof stoppte, wuchtete Lou ihren olivfarbenen Rucksack aus dem Kofferraum und griff nach der Tasche, in der sich Luckys geheimnisvoller Karton befand. Er hatte partout nicht in ihren Rucksack passen wollen. Mühsam schleppte sie ihr Gepäck die Treppen zum Bahnsteig hinauf, wo der Zug nach Wilhelmshaven gerade einfuhr. Die Fahrt ging heute zu ihren Eltern, die sich freuten, sie zum Jahreswechsel endlich wiederzusehen und ausgiebig zu verwöhnen. Lou stieg in einen der hinteren Waggons ein und suchte sich einen ruhigen Platz am Fenster. Dann holte sie Luckys Schachtel hervor und starrte sie minutenlang an. Eigentlich hatte sie beschlossen, sich erst zu Hause dem Inhalt zu widmen. Doch erneut verspürte sie diesen unbändigen Drang, dem Unbekannten auf den Grund zu gehen. Sie stieß einen tiefen Seufzer aus. Ein Spruch von Albert Einstein kam ihr in den Sinn. Offenbar hatte Johnsons Zitierwahn schon auf sie abgefärbt. Wie hatte der Physiker noch so treffend formuliert? Ach ja – »Das Schönste, was wir erleben können, ist das Geheimnisvolle!« In diesem Sinne würde es eine äußerst reizvolle und hoffentlich aufschlussreiche Zugfahrt für sie werden. Mit einem Lächeln im Gesicht klappte sie den Deckel der Schachtel langsam auf.

****

Bruno van der Sand saß in seiner Gefängniszelle und stierte auf das blanke, weiße Blatt Papier, das auf dem kleinen Tisch vor ihm lag und förmlich danach schrie, von seiner qualvollen Leere befreit zu werden. Wie gerne hätte er jetzt zu seinen einzigartigen Farben gegriffen, um Abhilfe zu schaffen. Aber die standen ihm in der Justizvollzugsanstalt, in der er seit einigen Wochen weilte, nicht zur Verfügung, sondern waren von Kirchberg und Koch konfisziert und als Beweismittel in die Asservatenkammer verbracht worden. Was für eine unsägliche Verschwendung! Die beiden Kripobeamten verstanden nicht das Geringste von Kunst und dem Farbenspiel, das mit seinen brillanten Mischungen erschaffen werden konnte. Nicht ohne Grund hatte er sein bisheriges Leben aufs Spiel gesetzt, um Unglaubliches zu schaffen. Doch er hatte dieses Spiel verloren. Er griff nach einem Papiertaschentuch, um sich den Schweiß von der Stirn zu tupfen. Und jetzt? Alles war dahin, nur weil ihm Tessa, Louisa und dieser Barbar in die Quere gekommen waren. Aber sie irrten sich gewaltig, falls sie glaubten, ihn gestoppt zu haben. Er würde sich nicht aufhalten lassen! Von niemandem! Seinen Körper konnten sie vielleicht einsperren, nicht aber seinen genialen Geist. Im Grunde brauchte er keine Farben, er konnte das nichtssagende Vakuum, das ihn überall umgab, auch auf andere Weise füllen. Mit Worten beispielsweise. Schon seit Tagen schwirrten sie durch seinen Kopf, drangen auf ihn ein, um sich festzusetzen oder mit wehmütigem Klang wieder zu verabschieden. Es war, als würde alles, was er zuletzt gelesen hatte, eine neue Form suchen. Das Markus-Evangelium, die Bhagavad Gita, Homers Odyssee - er musste seine eigene literarische Irrfahrt durchleben, um die Worte, die ihn fasziniert hatten, einer neuen Bestimmung zuzuführen. Zweifellos gab es unterschiedliche Wege, ästhetische Vollkommenheit zu erlangen. Bruno seufzte befreit auf. Jetzt wusste er, was er tun musste. Er griff zum Stift, der wie von selbst schwungvoll über das Papier glitt und ihm mit jedem Wort, das er schrieb, mehr und mehr Erleichterung verschaffte.

Der Schöpfer

Im Zwielicht der Täuschung verborgen,
die Wahrheit des inneren Selbst.
Denn das Licht, das dem Suchenden den Weg weist,
ist vergänglich.

Dem Schwachen gebührt kein Glück.
Gefangen in den Ketten der Schöpfung,
nur der kann Freiheit erlangen,
der irdische Fesseln zu sprengen vermag.

Ich bin der Bewahrer der Seelen,
der Schöpfer neuer Welten.
Legion ist mein Name,
denn wir sind viele.

M. Mori

Danke

Ein dickes Dankeschön an alle, ohne die dieses Buch nicht zustande gekommen wäre:

Meinen Bruder Jörg, mit dem ich die Idee, einen Düsseldorf-Krimi zu schreiben, gemeinsam ausgeheckt habe. Danke dafür, dass du mich immer unterstützt und bei deiner Kritik kein Blatt vor den Mund genommen hast.

Meinen Sohn Cedric, mit dem ich stundenlang über Morde und Motive diskutieren und mögliche Szenarien durchspielen konnte. Deine Ideen sind manchmal verrückt, aber brillant.

Meine Tochter Celine, meinen Sohn Robin sowie meinen Mann Ralf für den motivierenden Glauben, dass das Projekt »Krimi« irgendwann zu einem guten Ende kommen würde.

Meine Freundin Susanne, die stets bereit war, als kompetente und zügige Probeleserin zu fungieren. Danke für dein konstruktives Feedback.

Markus Kamp für das tolle Foto vom Urdenbacher Rhein, das er zur Verfügung gestellt hat, damit die Hamburger Agentur *ohne plan B* daraus den perfekten Umschlag zur Story gestalten konnte.